Adieu Zanzibar

DU MÊME AUTEUR
AUX ÉDITIONS DENOËL

Près de la mer, 2021
Paradis, 1995, 2021

Abdulrazak Gurnah

Adieu Zanzibar

roman

Traduit de l'anglais
Par Sylvette Gleize

DENOËL
& D'AILLEURS

Ouvrage traduit avec l'aide du Centre national du livre.

Titre original :
Desertion

Partie I

1

Hassanali

Il y eut l'histoire de sa première apparition. En fait, il y en eut plusieurs, mais les récits ont fusionné pour n'en retenir qu'une au fil du temps et de la rumeur. Dans chacun de ces récits il apparaissait à l'aube, comme une figure de légende. Pour les uns, c'était une ombre dressée qui avançait dans une étrange lumière d'aquarium avec lenteur, au point que son déplacement en était presque imperceptible : il avançait tel le destin. Pour d'autres, il ne bougeait pas le moins du monde, pas d'un iota, pas d'un pouce. Il hantait simplement les abords de la ville, le regard brillant et gris, attendant que quelqu'un se présente, quelqu'un dont le destin était inévitablement de le croiser. Et puis, quand ce quelqu'un est arrivé, il s'est approché afin d'accomplir ce que nul n'avait prédit. On a prétendu l'avoir entendu avant qu'il ne soit visible, avoir entendu sa plainte aux heures les plus sombres de la nuit comme le brame d'un animal mythique. Ce qui était incontestable – encore qu'il n'y ait eu de véritable désaccord entre les différentes versions qui toutes concordaient sur le caractère singulier de cette apparition –, c'est que ce fut Hassanali le marchand qui l'avait trouvé, ou qui avait été trouvé par lui.

Le destin est partout, comme il était dans cette première rencontre, mais le destin n'est pas le hasard, et les événements même les plus inattendus répondent à un plan. Ainsi la suite a-t-elle laissé paraître moins qu'accidentel le fait qu'Hassanali ait été celui qui a découvert l'homme. À l'époque, Hassanali était *toujours* le premier le matin en ce lieu. Il se levait avant le jour afin d'ouvrir les portes et les fenêtres de la mosquée. Puis debout sur les marches il appelait à la prière, donnant de la voix dans toutes les directions de l'esplanade qui s'ouvrait devant lui. *Salla, salla.* Parfois la brise était porteuse d'autres appels en provenance de mosquées avoisinantes, d'autres voix réprimandaient les dormeurs. *As-salutu khayra minannawm.* Priez plutôt que de dormir. Sans doute Hassanali imaginait-il les pécheurs se retournant agacés dans leur lit et en éprouvait-il une satisfaction vertueuse et indignée. Son appel terminé, il débarrassait de la poussière et des petits cailloux les marches de la mosquée à l'aide d'un balai fait de rameaux plumeux de casuarina dont la silencieuse efficacité lui procurait un plaisir intense.

Cette tâche d'ouvrir la mosquée, de nettoyer les marches, d'appeler à la prière, il se l'était imposée pour des raisons qui étaient les siennes. Il fallait bien que quelqu'un s'en occupe, que quelqu'un se lève le premier, ouvre la mosquée et lance l'appel à la prière du matin, et toujours il y avait quelqu'un qui le faisait, pour des raisons qui lui étaient propres. Quand cette personne-là était souffrante ou qu'elle se fatiguait de sa mission, toujours il en était une autre pour prendre la relève. L'homme qui l'avait précédé s'appelait Sharif Mdogo, il avait été frappé deux ans plus tôt pendant le *kaskazi* par une fièvre si mauvaise qu'il en était encore cloué au lit. Qu'Hassanali se soit porté volontaire pour reprendre la charge avait de quoi surprendre un peu, et pas le moins Hassanali lui-même. Il ne fréquentait pas assidûment la mosquée, et il fallait de l'assiduité pour se lever à l'aube tous les jours et arracher les gens de leur lit. Sharif Mdogo, lui, aimait cela, il était du genre à intervenir et à faire la guerre au laisser-aller. Hassanali, en outre, était un homme par nature inquiet, à moins que la vie ne l'ait ainsi façonné, ne l'ait rendu anxieux et circonspect. Ces tâches semi-nocturnes torturaient ses nerfs et troublaient ses nuits, il avait peur du noir et des ombres, peur du trajet haletant à travers les ruelles désertes. Mais c'étaient aussi les raisons qui lui avaient fait choisir une telle tâche, comme pour se soumettre et faire pénitence. Il avait pris ses fonctions deux ans avant ce matin de l'apparition, à l'arrivée de sa femme Malika. C'était plaider pour que son mariage prospère, et prier pour que cessent les malheurs de sa sœur.

La mosquée se trouvait à peu de distance de sa boutique de l'autre côté de l'esplanade, mais lorsqu'il se chargea de l'appel à la prière du matin, il se sentit obligé d'agir de la façon dont Sharif Mdogo son prédécesseur agissait. Il arpentait les rues en s'égosillant à l'adresse des dormeurs devant chaque fenêtre sous laquelle il passait. Suivant un itinéraire qui évitait les gouffres et les grottes où les pires maléfices menaçaient, il n'en était pas moins sujet à des visions spectrales qui s'éloignaient à son approche vers les recoins les plus obscurs, fuyant devant les prières et les paroles sacrées qu'il prononçait pour exhorter le fidèle assoupi. Ces visions étaient si réelles – griffes monstrueuses surgies au détour d'une venelle, esprits contrariés pantelant mollement quelque part derrière lui, frustes créatures souterraines apparues dans un éclair puis disparues avant qu'il n'ait réussi à les distinguer –, si réelles en vérité qu'il accomplissait sa tâche ruisselant de sueur en dépit de la fraîcheur de la nuit. Un matin, durant l'une de ces tournées anxieuses au cours desquelles les ruelles sombres se refermaient sur lui comme un tunnel qui se réduit, il sentit passer un courant d'air sur son bras et, dans son champ de vision, l'ombre d'une aile noire. Il s'enfuit en courant, puis décida après cela de mettre un terme à ses tourments. Il se réfugiait désormais sur les marches de la mosquée pour lancer son appel après s'être contenté de traverser l'esplanade. Il balayait ensuite pour se faire pardonner, même si l'imam disait que l'appel à la prière suffisait, et que Sharif Mdogo avait été zélé à ce poste.

Hassanali traversait l'esplanade ce matin-là lorsqu'il vit au loin un fantôme avancer dans sa direction. Il plissa les yeux, la gorge nouée par l'effroi. Rien que de très prévisible, le monde fourmillait de morts, et cette heure grise leur appartenait. Sa voix se fit sourde, ses paroles pieuses tarirent, son corps l'abandonnait. Lentement la silhouette approchait et, avec l'aube qui gagnait à grands pas, Hassanali crut voir ses yeux briller d'une lumière froide et dure. C'était un épisode qu'il avait déjà vécu en pensée, et il savait qu'à peine il aurait le dos tourné, la goule le dévorerait. Dans la mosquée, il se serait senti en sécurité car la mosquée est un sanctuaire où ne pénètre nul démon, mais il en était encore loin, et il n'en avait pas ouvert les portes à cette heure. À la fin, succombant à la panique, il ferma les paupières, implora plusieurs fois dans un balbutiement le pardon de Dieu et laissa ses genoux se dérober sous lui. Il se résignait à ce qui devait arriver.

Lorsqu'il rouvrit les yeux, lentement, comme émergeant de sous le drap qui l'aurait soustrait à un cauchemar, ce fut pour découvrir une masse affalée sur le sol à quelques pas de lui, à moitié sur le flanc, une jambe repliée sous le corps. Dans la lumière devenue plus vive à présent, il comprit qu'il ne s'agissait ni d'un spectre, ni d'une ombre, ni d'une goule, mais d'un homme au teint terreux, aux yeux gris écarquillés d'épuisement. « *Subhanallah*, qui es-tu ? Es-tu humain ou esprit ? » demanda Hassanali par précaution. L'homme émit un grognement en même temps qu'un soupir, se signalant de la sorte comme humain sans le moindre doute.

C'est dans cet état qu'il était arrivé, épuisé, désemparé, à bout de forces, le visage et les mains couverts de traces d'entailles et de piqûres d'insectes. Agenouillé dans la poussière, Hassanali voulut savoir s'il respirait, et l'haleine chaude et vigoureuse qu'il sentit sur sa paume le fit sourire de fierté comme s'il y était pour quelque chose. L'homme avait les yeux ouverts, mais quand Hassanali agita les mains devant lui, il ne broncha pas. Il eut préféré le voir réagir. Hassanali se leva prudemment, il avait du mal à croire à cette histoire à laquelle il se trouvait mêlé. Il resta un moment debout au-dessus de la masse qui grommelait, inerte, à ses pieds avant de courir chercher de l'aide. Le jour s'était à présent levé. L'heure précise et bénie de la prière du matin était en train de passer – ce n'était qu'un moment très bref – sans qu'Hassanali se soit acquitté des devoirs qu'on attendait de lui. Il craignait la colère des fidèles du matin lorsqu'au réveil ils découvriraient avoir dormi à l'heure de la première bénédiction de la journée. La plupart des fidèles étaient des hommes âgés qui se devaient de bien tenir leurs comptes à jour pour le cas où ils seraient rappelés sans préavis. Mais Hassanali aurait dû savoir qu'ils avaient perdu le sommeil, qu'ils passaient leurs nuits à s'agiter et n'attendaient pas l'aube et l'appel à la prière pour se lever. Ainsi, alors qu'Hassanali partait chercher du secours, rongé par l'idée d'avoir failli à son devoir de muezzin, certains sortaient déjà de chez eux, se demandant pourquoi ce matin il n'y avait pas eu d'appel. Peut-être même s'inquiétaient-ils de la santé d'Hassanali, ou craignaient-ils qu'il ne lui soit arrivé quelque chose dans la nuit. Il y eut des témoins, donc, à cette première apparition de l'homme, des gens massés autour du corps aux yeux écarquillés, et qui le virent effondré, telle une ombre sur l'esplanade de la mosquée.

Hassanali revint avec deux jeunes gens qu'il avait trouvés encore somnolents, pelotonnés contre les portes du café. Ils travaillaient dans l'établissement et en attendant l'heure de l'ouverture profitaient des derniers instants de repos avant les gesticulations de la journée. Ils s'empressèrent cependant d'apporter leur aide lorsque Hassanali les tira de leur torpeur. Tout le monde donnait volontiers un coup de main dans le temps. Arrivés sur les lieux en toute hâte derrière Hassanali dont le pas devenait de plus en plus important, ils trouvèrent trois hommes âgés, debout à quelque distance du corps qu'ils observaient avec minutie et intérêt : Hamza, Ali Kipara et Jumaane. Ils étaient les piliers des prières du matin pendant lesquelles ils se tenaient juste derrière l'imam dans l'assemblée ; ils étaient aussi chaque jour les premiers clients du cafetier. Des hommes dont les belles années étaient depuis longtemps enfuies, des hommes sages qui désiraient qu'on considère leur existence comme sans tache, mais qui gardaient les yeux ouverts sur le monde qui les entourait. Ils ne faisaient d'ordinaire pas grand-chose pour autrui, estimant que leur âge les en dispensait. Ainsi n'étaient-ils pas exactement trois hommes âgés car tout le monde les connaissait, encore que pour l'époque et le lieu ils aient été vieux, et que leurs infirmités aient contribué à leur dignité, et que la rigidité qu'ils affichaient ait peut-être été une manière de réponse à ce que l'on attendait d'eux. Quoi qu'il en soit ils étaient là, feignant l'indifférence, faisant des remarques désinvoltes pendant que les jeunes gens et Hassanali s'affairaient. Hassanali ouvrit la mosquée et les garçons allèrent chercher le brancard de corde, celui qui sert à laver les morts. Hassanali sourcilla mais ne dit mot. Ils déposèrent sur le brancard l'homme qui geignait et se tinrent prêts à le transporter.

Soudain, il y eut un bref affrontement entre Hassanali et Hamza à propos du lieu où emmener le malade. Hamza était un homme imposant en dépit de son âge – un visage âpre, raviné, une barbe grise de plusieurs jours, un regard menaçant. Il avait été un riche marchand du *simsim* par le passé, et était aujourd'hui riche tout simplement. Ses fils faisaient de l'argent pour lui dans la boucherie à Mombasa. Il était pointilleux quant au respect qu'on lui devait et aimait à être consulté sur tous les sujets quelle qu'en soit l'importance. Il voulait, dans le voisinage, être traité en *jamadar*. Du temps de leur jeunesse, Ali Kipara et Jumaane avaient été respectivement vannier et peintre en bâtiment.

Tous deux donc savaient se situer par rapport au *jamadar* et rester à leur place quand il le fallait. Hamza se mit en route, irritable, impatient, et ordonna aux jeunes gens de le suivre. Il était évident que, étant celui qui l'avait trouvé, Hassanali avait un devoir moral vis-à-vis de cet homme à bout de forces, qu'il était à ce titre tenu de lui prodiguer des soins et de lui offrir l'hospitalité. Hamza savait cela aussi bien que quiconque, mais peut-être agissait-il comme il le faisait pour rappeler à chacun qu'il était un homme fortuné pour lequel ces actes de compassion constituent une obligation.

Quoi qu'il en soit, tout le monde feignit poliment d'ignorer Hamza, même ses compagnons les autres sages. Et l'homme étendu sur le brancard de corde fut dûment transporté jusqu'à la boutique d'Hassanali. La porte de la cour qui jouxtait le commerce et servait également d'entrée à sa maison était trop étroite pour permettre le passage du brancard. Les deux jeunes gens soulevèrent la victime et la portèrent dans la cour, où ils la déposèrent sur une natte, à l'abri de l'auvent de chaume attenant à la maison.

Les vieux dévots s'introduisirent eux aussi dans la cour et jetèrent de rapides coups d'œil dans tous les coins. Il n'y avait pas grand-chose à voir, mais n'étant jamais entré chez Hassanali, aucun des trois ne parvint à réfréner sa curiosité malgré la gravité de l'heure. C'était une cour de bonne taille qui s'étirait sur toute la longueur de la maison. Il y avait là des plantes en pots, deux fenêtres encadrées de rideaux de part et d'autre de la porte d'entrée en façade, une surface pavée réservée à la lessive, plusieurs braseros pour la cuisine et, tout au fond, la salle d'eau et les lieux d'aisance

– une cour ordinaire. Ils auraient pu également remarquer les murs récemment blanchis à la chaux et la luxuriance de la végétation dont un rosier rouge, une lavande en fleurs et un aloès hérissé de piquants.

Les six hommes restèrent autour de l'étranger quelque temps sans parler, comme surpris de la façon dont les choses avaient tourné. Puis, au bout d'un moment, plusieurs avis furent émis successivement, comme un énoncé d'obligations quant à la suite à donner à l'affaire. Il faudrait appeler Mamake Zaituni la guérisseuse. Et envoyer quelqu'un chercher Brisejambe. Je crois qu'il serait bon d'avertir l'imam sans tarder, pour le cas où des prières seraient nécessaires contre la contagion ou pis. Cela venait d'Hamza qui voyait toujours grand. Hassanali hocha la tête aux suggestions sans protester, avant de faire sortir la petite troupe. Ils s'en allèrent à regret, mais avaient-ils le choix ? Seul le drame de cet homme qui geignait à leurs pieds avait permis leur présence dans l'intimité de la maison d'Hassanali, et celui-ci n'eut qu'à tendre lentement les bras dans sa direction pour que chacun se tourne vers la porte.

« Merci, merci pour tout. Vous voudrez bien prier Mamake Zaituni de venir jusqu'ici ? demanda-t-il, se liant ainsi un peu plus encore à ses voisins.

— Bien entendu, dit le marchand Hamza de sa voix pleine d'importance, tandis qu'il agitait sa canne en direction d'un des jeunes gens. Allons toi, cours vite la chercher, et sans traîner, il en va de la vie d'un homme. »

Des conseils furent prodigués avant qu'on ne se sépare. Ne le touche pas jusqu'à l'arrivée de Zaituni. Je ne le toucherai pas. Ne le bouge pas avant la visite de Brisejambe. Je ne le bougerai pas. Si tu as besoin d'une aide quelconque… Je vous ferai signe. Hassanali referma la porte de la cour sans la verrouiller – il ne voulait pas paraître trop inhospitalier – puis il retourna vers le voyageur étendu sur la natte à l'abri de l'auvent. Et il fut soudain sur ses gardes, inquiet de se retrouver seul avec l'étranger, comme s'il s'était risqué trop près d'une bête sauvage. Qui pouvait-il bien être ? Quel était cet homme qui traversait seul des régions reculées ? Hassanali se souvenait à présent de lui avoir demandé, alors qu'il gisait à terre : *Qui es-tu ?* Le bruit avait dû réveiller sa femme et sa sœur qui étaient sûrement déjà levées et attendaient derrière les rideaux de sortir voir ce qui se passait. Il craignit soudain d'avoir commis une erreur en amenant cet étranger malade à la maison. Un frisson d'angoisse lui vrilla la poitrine.

Il posa sur l'homme un sourire étonné. Que faisait un étranger, blessé dans on ne sait quel endroit perdu, sur la natte de leur cour ? Pourquoi pas un cheval volant, ou une colombe douée de parole ? Ces choses-là n'arrivent pas à des gens comme eux. Il se souvint de sa terreur lorsqu'il avait aperçu la silhouette et qu'il l'avait prise pour une goule hideuse. Bien qu'homme fait, Hassanali s'alarmait souvent. Parfois la vie l'inquiétait tant qu'il voyait des fantômes partout. Cela aurait pu être n'importe quoi d'horrible à cette heure incertaine entre chien et loup, entre le monde des vivants et celui des morts, mais cette chose horrible se serait-elle alors écroulée à terre comme l'étranger l'avait fait ? S'il s'était agi d'un spectre, il aurait ricané avant de lui broyer l'âme. Hassanali s'apitoyait autant sur sa propre timide et frêle personne que sur l'homme qui gisait à ses pieds. Car celui-ci n'était pas un spectre, et n'était pas plus horrible que le premier venu. Il avait le visage exsangue et couvert d'un poil gris fatigué et rebelle. Ses yeux restés ouverts regardaient fixement sans voir, même si à l'observer Hassanali crut surprendre chez lui un battement de paupières. Sa respiration ténue, légèrement haletante, laissait passer un grognement à peine audible. Il avait les bras écorchés et plantés d'épines. La tunique d'indienne qu'il portait par-dessus son pantalon était grise de poussière et d'usure. Déchirée, rapiécée, couverte de traînées et de taches, elle avait sans doute été acquise en cours de route ; elle ne pouvait pas avoir fait partie des bagages au départ, quel qu'ait été le point de départ. Personne n'emporte de tels oripeaux en voyage. Les sandales tenaient par des bouts de tissu, et l'homme avait, noué à la ceinture, ce qui restait d'une chemise brune. Une bande du même tissu ceignait son front. Hassanali sourit à voir l'aspect de mélodrame du costume, celui d'un aventurier du désert, ou d'un combattant. Cette pensée allégea le poids qu'il avait sur la poitrine. Avait-il ramené un bandit à la maison, un maraudeur qui allait les massacrer tous ? Mais non, l'étranger était à moitié mort, peut-être même victime de bandits.

« Qui est-ce ? demanda sa sœur Rehana, derrière lui.

— Il est blessé », dit-il en se retournant. Il prit alors conscience du sourire qu'il avait encore sur les lèvres et de sa légère excitation.

Elle se tenait sur le seuil de la maison, sa main gauche écartait le rideau de la porte. Elle venait tout juste de se réveiller, il vit cela à ses paupières lourdes, à son œil hébété, à sa voix rauque. Elle fit trois pas en avant et posa sur l'homme un regard scrutateur. Il avait les yeux ouverts, brillants comme des pierres grises au bord de l'océan. Crépusculaires. Il le vit alors ciller, sans le moindre doute. Les lèvres ravinées restèrent entrouvertes au milieu d'un râle. Rehana recula promptement et Hassanali ne put qu'imaginer quel espoir fou avait un bref instant envahi le cœur de cette femme.

« Que nous as-tu ramené, maître estimé ? » demanda-t-elle d'une voix railleuse. Hassanali sourcilla malgré lui. Une journée qui commence avec cette voix est souvent longue et humiliante. Il ferma très fort les yeux une seconde pour se ressaisir.

« Il est blessé », répéta-t-il.

Elle avait la bouche amère, la mâchoire serrée. Il sentit son propre corps se raidir de déplaisir. Il lui vit relever légèrement le menton, elle était froissée, il comprit qu'elle avait sans doute remarqué son irritation. Mais il avait aussi vu dans ses yeux la douleur en dépit de la colère, et il prit sur lui, effaça de ses traits l'irritation. Peut-être était-elle furieuse d'avoir été réveillée. Elle aimait à dormir le matin. Mais tout de même, il y avait un homme affalé à ses pieds, peut-être mourant, et la seule chose qui la préoccupait était son sommeil. C'est alors que Malika apparut derrière l'épaule droite de Rehana, Malika sa femme, qui à la vue de l'étranger plaqua sa main contre sa bouche d'un geste de surprise compatissante et horrifiée. Hassanali sourit pour lui-même, cette bonté.

« Attention à toi ! Pas si vite », lança Rehana, arrêtant Malika qui avançait d'un pas. Puis s'adressant à son frère : « Qui est cet homme ? Où l'as-tu trouvé ? Que lui est-il arrivé ?

— Je l'ignore », dit doucement Hassanali du ton calme qu'il prenait avec elle quand elle était contrariée, ce qui la contrariait plus encore parfois. Il ne savait pas lui parler autrement, surtout quand il ne pouvait pas répondre à ses questions. Et même lorsqu'il avait une réponse à lui apporter, la mésestime qu'elle lui témoignait le faisait douter et perdre contenance. Son hésitation à présent, en cet instant même, lui montrait, à lui aussi, qu'il avait été crédule une fois de plus. « Il vient de par là-bas. Il est blessé.

— Où, par là-bas ? De quel côté ? Blessé par quoi ? De quoi souffre-t-il ? » interrogea Rehana avec dans le regard un mépris incrédule. Hassanali connaissait bien ce regard-là, et il aurait aimé qu'elle sache à quel point il rendait laid ce visage par ailleurs agréable et séduisant. Mais il n'avait jamais trouvé le moyen de dire ces choses-là sans aggraver encore la situation. « Qu'est-ce que tu nous as ramené, tu nous as fait encore des tiennes ? Un homme malade qui vient d'on ne sait où, atteint d'on ne sait quel mal, et que tu conduis directement à la maison afin qu'on meure tous de ce qui est en train de le tuer ? Tu connais ton affaire, ah ça oui ! Rien ne t'échappe, sans le moindre doute. Tu l'as touché ?

— Non », dit Hassanali, surpris de ne pas l'avoir fait. Il jeta un coup d'œil à sa femme Malika et celle-ci baissa les yeux. Elle était si jolie, si simple, si jeune. Il éprouvait comme de la douleur à la contempler, quelque chose entre jalousie inquiète pour le dévouement qu'elle montrait et désir de lui plaire. « Les jeunes gens l'ont mis sur le brancard et l'ont porté jusqu'ici. Mais tu as raison, je n'ai pas pensé à la maladie. J'ai cru qu'il était blessé. Il vaut mieux ne pas le toucher avant que Mamake Zaituni ne l'ait examiné. Je l'ai fait envoyer chercher. Malika, éloigne-toi de lui, écoute Rehana.

— Te voilà plein de sagesse », reprit Rehana d'un ton sarcastique empreint de lassitude. Puis considérant l'homme qui gisait à terre et baissant la voix comme par égard pour lui, elle ajouta presque dans un murmure : « Tu l'as placé sur la natte qui sert aux repas. À quoi pensais-tu en nous ramenant un étranger malade, sans même savoir de quoi il souffrait ? Il peut mourir. » Puis, plus bas encore : « Et sa famille viendra nous demander des comptes.

— Tu ne voulais tout de même pas que j'abandonne à sa souffrance un pauvre fils d'Adam quand nous pouvons lui apporter aide et soins, protesta Hassanali.

— Ah, j'oubliais que tu étais un homme de Dieu », lança Rehana avec légèreté, et même un vague sourire. La prochaine fois transporte-le à la mosquée où Dieu s'occupera de lui. Il faut te remercier, je suppose, de ne pas nous avoir amené un sauvage nauséabond. Quelqu'un est allé chercher Mamake Zaituni ? »

Pendant des années Rehana l'avait traité comme s'il était un imbécile. Il n'en avait pas toujours été ainsi. C'était en devenant une femme qu'elle s'était mise à lui parler comme à un demeuré, comme à un incapable. Dans un premier temps cela l'avait amusé que Rehana joue ainsi à la grande, s'alliant à leur mère que l'âge et le veuvage avaient rendue irritable. Pendant ce temps il travaillait jour et nuit pour nourrir la famille et lui conserver son honneur. C'est une chose de plus qu'il n'avait jamais osé dire, le fait d'avoir travaillé autant, et qu'en remerciement elles lui aient reproché son impéritie face à la vie. Avec le temps, Rehana avait durci sa position de mépris et Hassanali s'était inévitablement résigné à ce mépris. Qu'y pouvait-il ? Ce n'était pas seulement le temps qui l'avait rendue ainsi. Non, pas seulement le temps. Il y avait eu Azad et le rôle joué par Hassanali. Il percevait parfois la voix de sa sœur en lui, et des larmes d'impuissance alors lui montaient aux yeux.

« Oui, on est allé la chercher. » Il jeta de nouveau un œil en direction de Malika qui lui adressa un signe de reconnaissance avant de détourner le regard. « Il y a du café ? » demanda-t-il pour se rapprocher d'elle et oublier Rehana.

Malika hocha la tête. « Je vais en faire », dit-elle. Et elle contourna avec une prudence exagérée le corps de l'homme qui gémissait à terre, pour se diriger vers le brasero.

Dans ses moments d'ennui à la boutique, quand il était fatigué d'égrener son chapelet, Hassanali se laissait gagner par une angoisse surgie d'on ne sait où et qui lui donnait la sensation de suffoquer. Au sujet de choses inattendues et souvent dérisoires. Dans ces moments-là, un petit rien trop longtemps ressassé prenait des proportions énormes qui le troublaient, et parmi ces choses-là il y avait la crainte de voir la reconnaissance de Malika se transformer un jour en mépris.

Rehana se laissa tomber sur un tabouret près de la porte au fond de la cour, s'adossant au mur dans un soupir pour y attendre Mamake Zaituni. Hassanali se détourna légèrement d'elle, il refusait de se sentir coupable. Il était trop prompt à se croire toujours dans son tort. Il devait résister à ces accusations implicites. Appuyé contre le pilier de l'auvent il contempla la masse grise de l'homme qu'il avait ramené chez lui. Il se souvint du plaisir qu'il avait eu à l'avoir là dans sa cour et il sourit en songeant qu'Hamza avait essayé de le lui voler. Hamza ne pouvait résister à ces choses-là, il lui fallait toujours rivaliser, toujours paraître. Aurait-il cherché à lui voler l'étranger si celui-ci avait été le sauvage nauséabond qu'évoquait Rehana ? Il se dit que non. Hamza était intarissable à propos des sauvages, chez lesquels il avait voyagé dans sa jeunesse et avec lesquels il avait commercé – évoquant leurs colères imprévisibles, leur nonchalante cupidité, leurs incontrôlables appétits. Des animaux. Même Hassanali n'en aurait pas ramené un chez lui. Son sourire s'élargit à cette pensée. Certainement pas, ils étaient tous terrorisés par les sauvages. Tout le monde racontait tout le temps des histoires de sauvages. Qui aurait pu survivre au fin fond de la brousse hormis les bêtes sauvages et les sauvages eux-mêmes qui n'avaient peur de rien, tout comme évidemment les Hubsh de Somalie et d'Abyssinie, et leurs apparentés, qui avaient depuis longtemps perdu la raison dans des querelles interminables ? Il jeta un rapide regard en direction de Rehana qui avait remarqué son sourire. Elle secoua lentement la tête avec hostilité, elle était à présent tout à fait réveillée.

« *Masikini*, laissa-t-elle tomber. Pauvre de toi.

— Je pensais à Hamza, commenta-t-il. Hamza qui voulait le prendre chez lui. Ce vieillard, il lui faut toujours être le premier !

— Et tu l'en as empêché, n'est-ce pas ? » se moqua-t-elle d'une voix dans laquelle la crainte perçait.

C'est alors que quelqu'un appela de la rue. Mamake Zaituni était arrivée. En ouvrant la porte de la cour, Hassanali découvrit les vieux mages qui attendaient les événements, installés sur le brancard de corde, et les deux jeunes gens qui allaient et venaient derrière Mamake Zaituni comme pour la protéger. Minuscule et infatigable, la guérisseuse passa devant lui, l'air affairé, récitant d'un ton monocorde des prières à mi-voix tel un moulin à paroles. D'un geste de la main il prit congé de tous les autres – un geste ambigu pour le cas où quelqu'un s'en serait offensé – avant de refermer la porte et de la verrouiller.

« Tout se passe bien là-dedans ? » C'était Hamza, qui à son habitude donnait de la voix plus fort que tout le monde. Hassanali rouvrit pour gentiment leur demander de faire silence, mais il eut la satisfaction de voir que les trois vieillards s'étaient déjà levés et que les deux jeunes gens, qui avaient repris possession du brancard, étaient sur le point de partir. Il les salua de la main et referma rapidement derrière lui.

« Hassanali, quand vas-tu ouvrir ta boutique ? » lança Jumaane de l'autre côté du mur. Ils voulaient le revoir au plus vite pour avoir des détails.

« Je ne vais pas tarder, mes frères, leur répondit-il.

— Nous allons prier », indiqua Ali Kipara, peut-être pour lui donner envie de les rejoindre.

Mamake Zaituni baisa les mains de Rehana et de Malika, sans cependant les laisser réellement en faire autant. C'était une astuce dont usaient les humbles, que de baiser la main de l'autre et de retirer la sienne avant que l'on n'ait eu le temps de lui retourner la politesse. Ainsi montrait-elle de l'humilité envers même le plus déshérité, et tout le monde de dire que cela contribuait à faire d'elle une sainte et que c'était une des raisons pour lesquelles Dieu lui avait donné le don de guérir, comme Il l'avait auparavant accordé à son père. Tout en marmonnant des prières, elle enleva son *buibui* et le plia soigneusement, comme s'il s'était agi d'un vêtement taillé dans la soie la plus fine parfumée au bois de santal et non cette triste toile de coton imprégnée de fumée à l'odeur de graillon. Le vieux châle qu'elle portait serré autour de la tête lui descendait jusqu'aux poignets, de sorte que seuls restaient visibles ses mains et son visage anguleux. Elle retira ses sandales et posa les pieds sur la natte, puis elle tourna autour de l'homme sans le toucher, comme un oiseau de proie famélique et voûté. Elle récita une prière pour demander aide et protection face à l'inconnu, avant d'inviter Rehana et Malika à se retirer à l'intérieur de la maison pour que soit épargnée à l'homme la honte, indiqua-t-elle. Elle s'exprimait d'un ton sec, courroucé, comme si à traîner là ainsi qu'elles le faisaient elles cherchaient un plaisir déplacé. Elle était toujours de la sorte bourrue et déterminée, jamais à court de remontrances.

Rehana manifesta bruyamment son impatience mais n'opposa pas de résistance. Ce mélange d'humilité et de brusquerie que montrait Mamake Zaituni prévenait toute opposition, et elle avait toujours la présence d'esprit qui lui faisait trouver la bonne solution. Elle découpa la tunique de l'homme avec la pointe d'une lame sans avoir besoin de le déplacer. De l'encolure jusqu'à la cheville. Il avait la peau claire. Son corps maigre, décharné, parut étrangement fragile dans la lumière qui grandissait. Hassanali l'avait d'abord pris pour l'un de ces Arabes du Nord au teint pâle dont il avait entendu parler, ceux qui ont les yeux gris et les cheveux blonds, mais une fois qu'ils lui eurent ôté les sandales et le pantalon, ils virent qu'il n'était pas circoncis. *Mzungu*, s'exclama Mamake Zaituni pour elle-même. Un Européen. Il avait le corps couvert de contusions et d'égratignures mais ne présentait aucune blessure, ni de face ni sur les flancs. Le ventre étonnamment pâle et lisse donnait l'impression d'être celui d'un mort qui serait déjà froid. Mamake Zaituni promena ses mains osseuses sur cette partie de l'anatomie de l'étranger en hésitant. Hassanali vit dans cette hésitation une fascination mêlée d'effroi, comme si la guérisseuse touchait par curiosité. C'étaient ces mêmes mains qui pétrissaient infatigablement la pâte donnant le pain qu'elle vendait chaque jour, ces mains qui roulaient cette pâte, la plaçaient sur la tôle servant à la cuisson puis qui la retournaient, avant de retirer enfin le pain du four sans se brûler. Ces mains qui massaient un rein douloureux, pansaient un mollet sanglant, plongeaient sans barguigner dans la douleur humaine. Ces mains qui maintenant passaient et repassaient sur ce ventre blême.

Ils placèrent l'homme sur le flanc. Il émit un grognement et ouvrit les yeux. Hassanali s'attendait à ce que se dégage une odeur fétide, mais l'étranger ne sentait guère que les chemins poudreux, les haillons laissés trop longtemps au soleil, le voyage. Il était sans doute resté plusieurs jours à errer, à en juger par son corps famélique imprégné de poussière, que le soleil avait desséché. Le dos aussi portait des contusions et des égratignures, et une couleur vert sombre ombrait l'épaule droite, sans qu'il y ait cependant ni blessure, ni sang. Ils le remirent sur le dos, puis Mamake Zaituni le couvrit de la tunique déchirée et appela les femmes.

Elle lui palpa le visage, il grogna de nouveau et ouvrit les paupières sur des prunelles vitreuses.

« Vous lui donnerez de l'eau chaude, sucrée d'un peu de miel, dit-elle de ce ton brusque qui était sa manière de parler. Une mesure de miel pour trois mesures d'eau dans une tasse à café. » Elle lança un regard en direction de Rehana avant de détourner les yeux, évitant le contact. Rehana répondit d'un sourire sarcastique. Pas moi, crut lire Hassanali dans ses pensées. « Puis vous le laisserez dormir. Il n'a rien de méchant. L'épuisement et la soif, ça c'est sûr. Une vilaine ecchymose à l'épaule, avec peut-être une fracture ou une luxation. Faites-le examiner par Brisejambe. Quant à moi, j'ai ma fournée à terminer, il y a des gens qui attendent. Je lui apporterai de la soupe plus tard.

— Il n'a pas de maladie ? interrogea Rehana incrédule.

— Je ne vois aucun signe, dit Mamake Zaituni. Pas de fièvre, pas d'éruption cutanée, pas d'odeur suspecte, pas de diarrhée. Le soleil l'aura sans doute déshydraté, ce qui a pu provoquer des vertiges. *Limemkausha na kumtia kizunguzungu.* Je repasserai plus tard, quand vous lui aurez donné le miel et que Brisejambe sera venu le voir. Pour l'heure, je retourne à mon pain.

Les femmes n'avaient plus, semble-t-il, besoin d'Hassanali. Très vite elles échangèrent entre elles des instructions tandis que Mamake Zaituni prenait congé. Hassanali s'éloigna comme à regret, en espérant que l'homme allait parler, ou bien poser les yeux sur lui, peut-être regarder dans sa direction. Il eut le sentiment que ce n'était pas bien de le laisser ainsi entre d'autres mains après l'avoir trouvé. Mais l'homme resta muet, du moins en sa présence. Hassanali finit par disparaître dans la maison pour aller ouvrir sa boutique.

« Appelez-moi si vous avez besoin d'aide, lança-t-il. Et toi Malika, n'oublie pas mon café.

— Bien, maître », répondit celle-ci, parodiant l'obéissance.

Voilà comment l'Anglais Pearce était arrivé, suscitant l'émotion et provoquant un drame dont il n'eut jamais pleinement conscience.

Hassanali était un homme de petite taille. Il se savait petit et un peu ridicule aux yeux des gens, avec ses rondeurs et ses kilos en trop. Lorsque fusaient les plaisanteries, il faisait toujours face au flot des sarcasmes en se taisant pour éviter les ennuis. Il vivait ainsi, timide, replié sur lui-même, dans l'attente de ces moqueries dont bien sûr il souffrait. Il était incapable de dissimuler son anxiété. Ceux qui le connaissaient depuis longtemps le savaient et s'en amusaient. Ils prétendaient que c'était la faute à son *jinsi*, à sa lignée. Les Indiens sont des poltrons, disaient-ils, ils sont nerveux, agités comme des papillons. Son père n'était pas timide. Dans sa jeunesse il avait été une tête brûlée, qui chantait et dansait, arpentant les rues avec n'importe qui, il était l'Indien de sa lignée. C'est Dieu qui l'avait fait ainsi, lui, rien à voir avec la lignée, et qui était-il pour discuter ? *Alhamdulillah*. Il gardait les yeux ouverts pour parer à l'adversité. C'était ce qu'il avait de mieux à faire, pensait-il. Les années passant, il avait acquis une certaine sagesse vis-à-vis des gens qu'il côtoyait, même si cela ne le mettait pas toujours à l'abri des ennuis. Il prenait leurs plaisanteries avec bonhomie, en prétendant n'y voir aucune méchanceté, juste beaucoup de verve et de rugosité dans les rapports d'amitié. Les années passant, il avait également acquis une supériorité sur ses clients et ses voisins, en dépit de son manque d'assurance manifeste. Il était petit sans le moindre doute, mais il était malin – en bon commerçant, profession qui à coup sûr requiert qu'on soit plus astucieux que ses clients, qu'on les fasse payer plus qu'ils ne sont prêts à payer, qu'on leur donne moins qu'ils n'aimeraient recevoir. Et cela en toute discrétion, sans rien de choquant ni d'agressif. Quand il entendait parler des ruses dont usaient les marchands et des profits qu'ils réalisaient, une peur panique s'emparait de lui en même temps qu'il rêvait de courir le risque. Les autres alors se moquaient, et il les faisait payer, un peu. Des arrangements qui, à ses yeux, allaient avec le métier.

Il lui arrivait parfois de penser qu'ils riaient de le voir prendre du plaisir à leur soutirer ces modestes gains. Parfois il aurait aimé être autre chose, boulanger ou charpentier, faire un métier utile. Mais il était commerçant, comme tant d'autres. Son père avait été commerçant, et son fils le serait quand il en aurait un. Ils étaient de petites gens.

Lorsque ce matin-là il ouvrit la boutique, trois clients attendaient déjà. Cela l'énerva, même si l'un d'eux n'était qu'un enfant et les deux autres les jeunes gens qui avaient transporté jusque chez lui l'Européen blessé, et qui à présent espéraient ses remerciements. Nous t'attendons depuis un bon moment, lui firent-ils remarquer, nous allons être en retard au travail. Il avait l'habitude de prendre tout son temps pour ouvrir la boutique au retour des prières du matin, il n'y avait alors encore personne alentour. C'était une opération compliquée. La devanture comportait une série de lourds panneaux de bois, d'une largeur de deux paumes chacun, et il y en avait dix-huit en tout. Hassanali enleva les deux premiers et servit l'enfant. Une louche de beurre clarifié et bien le bonjour chez toi. Il donna dix *annas* à chacun des deux jeunes gens, qui acceptèrent les pièces mais ne bougèrent pas. Ils restaient là, plantés devant lui, retenant un sourire. C'étaient de bons garçons, Salim et Babu. Eux aussi faisaient des courses pour leur mère autrefois, comme l'enfant auquel il avait vendu une louche de beurre clarifié, et ils seraient sans doute chez lui des clients à vie. Il distribua dix autres *annas* à chacun, puis dix autres encore avant qu'ils ne se décident à lever le camp, ravis de la façon dont ils l'avaient contraint à se montrer généreux. Tout le monde, en fait, croyait Hassanali plus riche qu'il n'était. Ainsi prenait-on son sens de l'économie pour de l'avarice. C'était terrible que de passer pour pingre, que de pécher par désobéissance à Dieu qui a enjoint aux riches d'être charitables envers les nécessiteux. Les gens se délestaient de leurs maigres *annas* et autres roupies au profit du commerçant qui nuit et jour se prélassait sur les monceaux d'articles dont tous rêvaient. Tandis que lui n'avait qu'à faire marcher le tiroir-caisse, pensaient-ils. C'était ce qu'on disait des commerçants, qu'ils vivaient comme des miséreux en ayant une fortune enfouie dans leur jardin.

Hassanali retira un à un les seize panneaux restants et les empila à l'extérieur de la boutique. Puis il dégagea les rabats qui lui servaient de comptoir et les cala sur la pile avant de disposer la marchandise à sa place habituelle. Il s'installa ensuite au milieu des divers récipients qui contenaient l'huile, le beurre clarifié, les épices, au milieu des paniers de lentilles, de haricots secs et de dattes, des sacs de sucre et de riz. Tout cela lui prit du temps. Quand enfin il eut terminé, ses pensées retournèrent au café que Malika lui avait promis, peut-être accompagné d'un petit pain sucré. De nouveau il songea à l'homme étendu sous l'auvent dans sa cour. Et il en éprouva comme un malaise. Qui pouvait bien ainsi aller courir la brousse à des milliers de kilomètres de chez lui ? Était-ce de sa part une preuve de courage ou une forme d'inconscience ? Qu'y avait-il ici qu'il ne trouvait pas ailleurs ? Hassanali n'arrivait pas à imaginer ce qui pourrait l'amener, *lui*, à de pareils vagabondages. Avait-il été malavisé de laisser entrer un étranger dont on ignorait tout dans la maison où vivaient sa femme et sa sœur ? Si l'homme se révélait être violent ou tentait l'impensable, Hassanali serait impardonnable d'avoir été aussi négligent. Debout dans le couloir qui reliait la boutique à l'intérieur de la maison, il appela Malika. « Allons, viens donc, presse-toi.

— J'arrive, je t'apporte ton café, lança-t-elle d'une voix assourdie par les coffres et les sacs qui encombraient le corridor.

— Hâte-toi, à la fin. »

Il y avait de l'urgence dans cette injonction. La réponse de Malika le rassura un peu. Elle n'avait pas l'air d'être terrorisée. Il voulait néanmoins la voir au plus vite, pour la mettre en garde contre les périls du vaste monde. « Quelles sont les nouvelles ? demanda-t-il lorsqu'elle arriva avec un pot de café et un petit pain de millet enveloppé dans un linge. Que se passe-t-il ?

— Eh bien, en fait, on vient de découvrir qu'il s'agit

d'un démon qui a pris forme humaine. » Elle avait débouché du couloir, tête nue, et le fixait l'air égaré. « À peine Rehana lui a-t-elle administré une gorgée d'eau sucrée qu'il s'est transformé en *rokh* et qu'il est allé se percher sur le toit d'où il attend à présent que l'un de nous succombe afin de lui voler son âme.

— Vas-tu cesser de dire des bêtises, protesta Hassanali, qui aimait cependant que Malika le taquine. Ce ne peut pas être un *rokh.* Je te l'ai expliqué, ce que l'on nomme *rokh* n'a pas de corps tangible et ne peut donc pas se percher sur un toit. » D'autant que le *rokh* est un esprit indestructible qui quitte le corps après la mort, il n'est pas celui qui emporte les âmes. Leur *mzungu* était un corps sans nom, il ne pouvait en aucun cas être un *rokh.* Elle n'en avait cure et répétait en se trompant les choses qu'il lui enseignait, dans le seul but de le faire gentiment enrager. Elle le taquinait beaucoup dans l'intimité. L'un de leurs jeux secrets consistait pour Malika à le réprimander tandis qu'il se répandait en excuses et en caresses. Son existence était transformée depuis qu'elle était là.

« Que crois-tu qu'il se passe ? demanda-t-elle. Le *mzungu* est toujours allongé sur le sol à grognonner. Il prend de temps en temps une gorgée du liquide que Rehana lui fait avaler, il bave et rote comme un bébé. Brisejambe vient d'arriver, il est en train de l'examiner. Ne t'inquiète donc pas pour rien.

— Je ne m'inquiète pas pour rien », répliqua-t-il, le sourcil froncé, tenté de lui rappeler qu'il avait presque deux fois son âge et qu'elle devait montrer plus de respect. Il ne désirait pas plus de respect, il souhaitait juste qu'elle ne parte pas tout de suite. « Je voulais m'assurer que tout allait bien. Tu tardais à m'apporter le café, et nous ne savons pas qui est cet homme. Je me demandais ce qui se passait.

— L'homme gît à terre, c'est à peine s'il vit, maître. »

Hassanali hocha la tête. « Que dit Brisejambe ?

— Rien pour l'instant, et ce n'est pas à nous que, le moment venu, il dira quelque chose », répondit Malika, avant d'ajouter dans un murmure : « C'est un vieil homme qui fait peur.

— Va maintenant », dit Hassanali en la chassant d'un geste. Il avait vu un client approcher. « Et dis à Brisejambe de venir me trouver avant de décider quoi que ce soit. »

Brisejambe était le rebouteux. Il devait son surnom à la fâcheuse réputation qu'il avait acquise dans la réduction des fractures. Il lui fallait souvent rebriser l'os qu'il avait mal ajusté, afin que celui-ci se ressoude droit. Dans certains cas, il avait dû s'y prendre à plusieurs fois. Tomber entre les mains de Brisejambe pouvait ainsi tourner au cauchemar. Anxieux de devoir faire appel à ses services, les parents tremblaient quand leurs enfants chutaient. Car personne d'autre que lui ne savait réparer les fractures. Hassanali espérait que le pauvre *mzungu* n'avait rien de cassé.

Il aimait à penser au *mzungu* dans sa maison. Il en avait vu un une fois, il y avait deux ou trois ans de cela, lorsqu'il était descendu en ville près du rivage. Enfant, il fréquentait le bord de mer comme tous le faisaient, mais à l'époque on ne rencontrait pas de *mzungus*. Aujourd'hui, il n'avait personne pour garder la boutique, et ses approvisionnements en marchandise Hassanali les négociait sur le long terme avec ses fournisseurs, si bien qu'il n'avait plus besoin de courir après quiconque. Parfois, lorsque mourait un voisin ou quelque notable, il abandonnait son commerce le temps de suivre le cortège jusqu'au cimetière. Pendant le ramadan, il n'était pas utile d'ouvrir aux heures de la journée durant lesquelles nul ne sortait. Enfin, depuis l'arrivée de Malika, il fermait à présent boutique pour le déjeuner, et il s'accordait une courte pause l'après-midi. Hormis ces moments-là, et un ou deux autres de même nature, son commerce restait ouvert dès le retour des prières du matin jusqu'à une heure après le coucher du soleil. Et Hassanali quittait rarement son poste à la caisse. Il avait même exercé son corps à cette implacable discipline.

La fois où il s'était rendu sur la grève, c'était à l'occasion de la fête de l'aïd, car la coutume veut que ce jour-là on cesse le travail pour quelques heures au moins. Il était allé comme tout le monde assister à la régate qui se disputait chaque année dans la baie. C'est à cette occasion qu'il avait aperçu le *mzungu*, debout sur le podium couvert, parmi les dignitaires arabes. Il était grand et d'aspect massif dans sa veste verte et son pantalon clair. Le coiffait un de ces casques coloniaux, dont Hassanali avait entendu parler sans en avoir jamais vus. Il savait que c'était l'homme que le sultan avait envoyé de Zanzibar pour gérer les plantations, et qui, contre toute attente, avait libéré les esclaves et ruiné les propriétaires terriens. Ce *mzungu* se trouvait à une telle distance le jour où il l'avait aperçu, qu'il n'était guère plus qu'une veste verte et un couvre-chef. Le héros d'un récit plutôt que quelqu'un de réel. L'autre était son hôte, qui gisait grommelant sur la natte destinée aux repas dans sa cour.

Avoir des hôtes était toujours divertissant, surtout les premiers jours. Tout n'était alors que joyeux remue-ménage, et chacun se donnait du bon temps. Hassanali adorait cela. Mais cet hôte-là était d'un tout autre acabit. Un Européen, un *mzungu*. Qu'allaient-ils faire d'un Européen ? Où allaient-ils l'installer ? Il aurait dû le laisser à Hamza, qui avait chez lui des chambres d'amis. Hamza possédait l'argent et le mobilier qui pourraient assurer le confort du *mzungu*. Il n'y avait que deux chambres dans leur maison à eux, et Hassanali aurait à partager la sienne avec lui. À en croire ce qui se disait, l'Européen réclamerait sûrement cette pièce-là et, qui sait même, la maison tout entière pour son usage exclusif. Avec quoi allaient-ils le nourrir ? Comment allaient-ils lui parler ? Il était sans doute anglais, ou allemand, peut-être italien. Hassanali ne savait pas un mot de ces langues-là. Pourquoi d'ailleurs les connaîtrait-il ? Il n'était qu'un petit boutiquier d'une ville perdue aux confins de la civilisation. Tandis que dans sa boutique il disposait les sacs et les paniers, il songea qu'il lui fallait envoyer dire à Hamza de venir chercher l'Anglais, si tant est qu'il ait été anglais. Cette idée s'empara de lui, et son cœur timide s'emballa. Il allait tout de suite faire prévenir Hamza. S'il te plaît reviens chercher l'Anglais, je n'ai pas de place pour un tel hôte dans mon humble foyer. Mais quelles plaisanteries n'allaient pas alors courir à son propos, comme on se moquerait de lui. Les gens diraient qu'il avait le cœur sec et qu'il était avare, qu'il avait rechigné à offrir l'hospitalité à un étranger blessé alors qu'il possédait en vérité un trésor caché dans sa maison, les habituelles inepties. Car le peu qu'il avait amassé en secret était bien loin de constituer un trésor.

Et puis c'était lui qui avait vu l'homme émerger de l'ombre au petit jour et l'avait pris pour un spectre égaré dans la lumière naissante. Lui que ce regard gris dans la grisaille du matin avait cherché et poursuivi. C'était le hasard de Dieu qui avait fait que les choses s'étaient passées ainsi, et Dieu ne laisse rien au hasard. Ce fardeau avait été choisi à son intention, peut-être pour l'éprouver, ou le punir, ou bien l'évaluer, il répondait à une logique qui ne lui était pas encore lisible. Comment pouvait-il ne serait-ce qu'imaginer refuser aide et hospitalité à l'homme blessé ? S'étant ainsi convaincu que ce serait une offense à Dieu que de laisser partir l'Européen, Hassanali sentit son corps céder à la paisible exaltation qu'il avait ressentie un moment plus tôt à l'idée de savoir l'Anglais dans sa maison. Comme s'il avait acquis un exotique animal de compagnie et qu'il avait failli l'abandonner, avant de se reprendre in extremis.

Le flot des clients du matin s'écoulait doucement lorsque Brisejambe apparut. Il arriva par le couloir qui séparait la boutique de la maison. Hassanali lui lança très vite un regard suspicieux, craignant qu'il n'ait chapardé quelque chose au passage. Un regard machinal, l'habitude de se méfier. Ils le pillaient toujours, chacun leur tour. Qui l'avait autorisé à passer par là ?

« Yahya, comment vas-tu ? » s'exclama Hassanali. Personne n'usait en sa présence du surnom de Brisejambe, à moins de savoir courir très vite et de ne pas avoir peur d'une fracture par accident. « Comment se porte notre hôte ? »

Brisejambe était un vieillard solide, dont l'énorme panse bombait le *kanzu*. Les récits narrant sa force juvénile et son goût pour le sexe faisaient partie de la légende, et malgré son âge déjà avancé il avait du mal à ne pas plastronner en guerrier victorieux. L'étroit calot d'épais coton blanc qui lui servait de couvre-chef durcissait ses traits et faisait ressembler sa tête à un boulet de canon. Il jetait à tous des regards mauvais lorsqu'il arpentait les rues, les épaules en arrière et la panse en avant, balançant les bras à la manière d'un soldat, sans curieusement avoir conscience du comique de son allure. Les gens l'appelaient capitaine pour lui faire plaisir. Et ceux qui se moquaient le faisaient dans son dos ou à bonne distance, car il passait pour imprévisible et dangereux. Il occupait seul une pièce qu'il louait dans un rez-de-chaussée dont la fenêtre ouvrait sur la rue, et, la nuit, passants et voisins l'entendaient souvent pousser de rauques gémissements angoissés, sans que personne cependant n'ait jamais osé le réveiller par crainte des colères dont il était capable.

Il avait fait partie des premiers soldats baloutches que le sultan de Zanzibar avait envoyés dans les nouvelles plantations pour les surveiller. Les sultans d'Al-Busaïd avaient une prédilection pour les mercenaires baloutches, ils les avaient utilisés dès le début de leur conquête de la côte. C'est ainsi que lorsque Majid décida de donner un regain de vie au territoire qui s'étendait par-delà cette lointaine cité de son empire, il envoya un contingent de Baloutches pour accompagner les milliers d'esclaves qui devaient travailler dans les plantations. C'était là, dans ces plantations, que Brisejambe s'était fait connaître comme rebouteux. Hassanali frémit à la pensée des pauvres esclaves qui avaient été ses premiers patients.

Informés de l'arrivée de l'Européen, les clients de la boutique attendaient eux aussi le diagnostic de Brisejambe. Hassanali vit les trois mages, Hamza, Ali Kipara et Jumaane, quitter le café qu'ils avaient investi tôt dans la matinée et traverser l'esplanade en apercevant Brisejambe dans le magasin. Ils voulaient à leur tour savoir si l'on allait devoir faire appel aux redoutables services du rebouteux.

« Capitaine, est-il vrai que les os des Européens se remettent tout seuls ? » demanda à Brisejambe l'un des clients d'Hassanali. C'était un jeune homme maigrichon qui livrait des marchandises dans toute la ville pour qui voulait bien l'employer. Il passait chaque matin à la boutique prendre la chique de tabac qu'Hassanali lui fournissait gratuitement afin qu'il reste à sa disposition pour les quelques courses qu'il aurait à lui demander. Mais aussi parce qu'il lui faisait pitié. Le garçon n'avait ni famille ni foyer, d'après ce qu'en savait Hassanali. Toujours à cran, il n'était que rictus crispés, rires nerveux, plaisanteries obscènes et braillements. Trop de haschich, disaient les gens. Les sourires apparurent néanmoins sur toutes les lèvres, car au ton de la question chacun savait qu'allait succéder une insolence d'un genre ou d'un autre. Brisejambe risquait alors de perdre son sang-froid et de faire du raffut.

« Ne dis donc pas de bêtises, répondit Brisejambe d'un ton modéré, indiquant par là que l'heure était trop grave pour les colères de mélodrame. L'Européen aurait plutôt les os fragiles, à cause du froid et de l'humidité de son pays, et parce qu'il mange le lard du cochon.

— Alors, capitaine, il vous sera plus facile de casser et de recasser quand vous le soignerez », lança le jeune homme, qui se mit à bondir en poussant des cris pour mimer les méthodes chirurgicales du rebouteux.

Brisejambe parut montrer de l'intérêt et resta un moment à contempler attentivement le gringalet. Puis il se tourna lentement et comme à regret vers Hassanali qui venait de s'adresser à lui.

« Des fractures ? demandait ce dernier.

— Non, pas de fracture, répondit Brisejambe qui secoua tristement la tête à cause de la mauvaise nouvelle. Quelques méchantes contusions. Je lui ai posé un cataplasme sur l'épaule, je reviendrai plus tard voir ce qu'il en est. Tu devrais peut-être l'envoyer en ville consulter les Arabes. Ils s'occuperont de lui jusqu'à l'arrivée du prochain bateau, ou bien le montreront à un médecin de Mombasa ou d'ailleurs.

— En effet, intervint Hamza qui venait de faire son apparition et avait entendu cette dernière réflexion. Il te faut l'envoyer en ville pour qu'il voie les plus grands. Tu ne voudrais tout de même pas qu'il lui arrive quelque chose pendant qu'il est dans ta maison.

— Ce n'est sûrement pas ce que tu souhaiterais, renchérit Ali Kipara en agitant un index menaçant.

— Qu'on le laisse d'abord se reposer », répondit Hassanali, qui n'était pas pressé de se séparer de son *mzungu*.

Il mesura un quart de riz dans une pièce de toile, la noua avec soin et la tendit à Brisejambe qui prit son paiement sans un mot puis se dirigea à grands pas vers la porte. Mais avant que le jeune gringalet n'ait compris ce qui se passait, Brisejambe l'avait attrapé par le collet et lui tirait l'oreille sans ménagement. « Tu n'as donc pas de manières, sale petite pute vérolée, enfant de sauvage, race de quadrupède, gronda-t-il, en tirant sur l'oreille de plus en plus fort. Espèce de macaque, de babouin décervelé, de radoteur, de chien. Qu'est-ce que tu es donc ? » demanda Brisejambe au garçon en s'acharnant une dernière et terrible fois sur lui. Puis dans un tohu-bohu de ricanements, tandis que les plus vieux s'étouffaient de rire, il sortit en balançant les bras comme un soldat à la parade tandis que le maigrichon, se tenant douloureusement l'oreille, hurlait des injures ordurières en pleurant de rage et d'humiliation.

Hassanali servit ses clients et, l'heure d'affluence passée, les bavardages prirent fin, chacun s'étant égaillé en direction qui de son travail, qui de sa maison pour y déjeuner. Il savait que les vieux sages reviendraient plus tard dans la matinée s'asseoir sur le banc qu'il avait installé devant la boutique à leur intention, lorsque le soleil aurait disparu derrière les maisons les plus proches. Ils migreraient ensuite nonchalamment au cours de la journée vers un autre coin d'ombre, ou bien retourneraient au café, puis à la mosquée, avant de réapparaître en fin d'après-midi du côté de la boutique. À la fraîche, les bavardages seraient plus amènes, les récits plus longs et plus anciens. Il en allait ainsi depuis l'époque de son père. Les vieillards se succédaient, qui allaient et venaient en traînant les pieds au gré des événements, mais le banc restait à sa place, et ne manquait jamais d'occupants.

Durant le répit qui succéda à l'heure d'affluence du matin, il eut le temps de penser à leur hôte. Quand l'homme se réveillerait, après qu'il l'eut laissé se reposer, Hassanali lui demanderait s'il voulait qu'on l'emmène consulter les Arabes ou le *mzungu* du gouvernement. Mais il lui fallait d'abord du repos. Jamais ils n'avaient eu chez eux un hôte aussi étrange et inattendu. Depuis leur mariage deux ans plus tôt, ils recevaient de temps en temps la mère de Malika, qui restait toujours trop longtemps. Leur tante Mariam, sœur aînée de sa mère à lui, séjournait elle aussi régulièrement chez eux, et il arrivait que les deux femmes se croisent. Elles étaient amies de longue date, et c'est cette amitié ancienne qui avait permis à tante Mariam de négocier le mariage avec Malika. Il n'était plus resté à Hassanali qu'à dire oui à ce qui avait été arrangé et, l'heure venue, sa jolie Malika était arrivée. Cela aurait pu être pire, mais ce ne le fut pas. Un miracle.

Quand tante Mariam venait s'installer chez eux, c'était toujours accompagnée d'un cousin, d'un neveu, ou de quelque parent. Hassanali était persuadé qu'ils lui pillaient son stock aussi souvent qu'ils le pouvaient. Les neveux étaient les fils de l'oncle Hamadi qui vivait à Mombasa. Hassanali n'avait rencontré cet oncle qu'à de rares occasions, dont l'une le jour où il était venu présenter ses condoléances quelques semaines après les funérailles de leur père. Ils étaient tous à l'époque convaincus que l'oncle Hamadi, qui disait avoir fait le voyage pour s'assurer que le veuvage n'avait pas mis sa sœur sur la paille, voulait en fait vérifier qu'il n'y avait pas quelque chose à glaner. L'autre occasion avait été la mort de leur mère. Il avait à l'époque expliqué s'être inquiété de savoir si son neveu et sa nièce ne manquaient de rien. Les regards qu'alors il lança du côté de Rehana – elle devait avoir dans les dix-neuf ans – n'avaient pas échappé à Hassanali qui avait craint qu'il ne veuille la prendre pour énième épouse. Tante Mariam se trouvait être là elle aussi, et sa présence l'empêcha sans doute de se déclarer par respect humain. Elle était l'aînée des trois et possédait un sens aigu du ridicule. Ses railleries auraient chassé de la maison oncle Hamadi s'il avait soulevé la question d'un mariage avec Rehana. Hassanali ne se souvenait pas vraiment s'il y avait eu d'autres visites quand il était enfant, mais ils n'avaient plus revu l'oncle Hamadi depuis la fois où il avait lancé ces regards terribles du côté de Rehana, quelque douze ans plus tôt.

Tante Mariam était toujours la bienvenue. À peine arrivée, elle quittait ses beaux habits et enfilait une tenue d'intérieur, puis elle déballait potins et nouvelles, et riait, riait, riait, avant de distribuer les fruits et les légumes qu'elle apportait comme présents de la campagne. Très vite ensuite, elle trouvait à s'occuper, elle triait le riz, balayait la cour, lavait les draps et tout ce qui avait besoin d'être lavé. Elle possédait ce don. Son aide n'était ni envahissante ni réprobatrice, mais agréable et sans contrainte. Lorsqu'elle séjournait chez eux, toutes les tâches qu'ils reportaient depuis des mois se faisaient alors comme par enchantement. En sa présence, la conversation et les rires ne semblaient jamais devoir prendre fin, et l'on recevait la visite de voisins que l'on ne voyait pas le reste du temps. Elle n'avait pas d'enfants et vivait seule depuis des années. Elle adorait que ses neveux et nièces viennent séjourner chez elle quelques semaines tous les ans. Hassanali connaissait son mari de cette époque-là. C'était un homme courtaud, replet, sympathique, qui mourut subitement d'une hémorragie interne dont nul ne sut expliquer le pourquoi. Tante Mariam disait d'Hassanali qu'il le lui rappelait, et même de son vivant elle menaçait son mari de le laisser un jour tomber pour convoler avec Hassanali. Du temps où leur père était encore de ce monde, tante Mariam lui faisait les yeux doux et parlait presque chaque jour de devenir sa seconde épouse. Leur mère disait d'elle que c'était une dévergondée, mais tante Mariam considérait que puisque les hommes avaient droit à quatre épouses, elle voulait, pour sa part, quatre maris séduisants. Lorsqu'elle se lasserait de l'un, elle pourrait ainsi le remplacer par un autre, bien qu'en réalité elle restât veuve toute sa vie après la mort de son mari. Elle emmenait maintenant avec elle les garçons de l'oncle Hamadi quand ils séjournaient dans sa maison, ou bien encore des cousins éloignés qui étaient les enfants d'une nièce à elle qu'Hassanali ne connaissait pas. Cette nièce, qui divorçait, semble-t-il, avec une grande facilité, avait une nombreuse progéniture qu'elle distribuait aux proches pour qu'ils s'en occupent à sa place. Tante Mariam disait vouloir que chacun se connaisse au sein de la famille, ce dont tout le monde se fichait, sauf elle. Si la mère de Malika restait toujours trop longtemps, tante Mariam savait de façon mystérieuse quand exactement, pour faire preuve de savoir-vivre, il lui fallait partir.

Il n'y avait pas à la maison de chambre d'amis, et avoir un hôte était un souci quant à l'organisation du coucher et des repas, ainsi que notamment de l'utilisation du cabinet de toilette. Les mets que l'on servait étaient plus élaborés, la conversation plus vive et ponctuée de rires, du moins au début. Hassanali trouvait excitants les projets qu'on échafaudait puis modifiait dans la fièvre. Quand la mère de Malika venait séjourner chez eux, elle partageait la chambre de Rehana, qu'avec ses maladies et ses jérémiades elle poussait dans la cour une bonne partie de la journée. Tantôt c'était la lumière qu'elle ne supportait pas, tantôt la chaleur. Elle craignait la fraîcheur du petit matin, et la nuit ne pouvait dormir à cause d'un bourdonnement qu'elle avait dans les oreilles. Quand elle ne souffrait pas de l'un ou l'autre de ces maux compliqués et subtils, sa conversation était agréable, elle contait alors anecdotes et souvenirs avec un étonnant sens du détail. Parfois Hassanali s'installait tout près dans la cour pour écouter la conversation des femmes assises ou allongées sur une natte dans le noir, réfrénant le désir de les interrompre pour demander des précisions. Elles savaient qu'il était là et chuchotaient entre elles quand elles abordaient des sujets trop scabreux pour ses oreilles d'homme. Qu'importe, il captait leurs sourires dans l'obscurité.

C'était encore plus compliqué quand tante Mariam débarquait avec ses neveux. Parfois Hassanali ignorait où il allait dormir jusqu'au moment où il posait la tête sur l'oreiller. Comment expliquer ces choses-là à leur *mzungu* ? Il serait plus simple de lui laisser tout simplement leur chambre. Malika dormirait avec Rehana et lui s'installerait dans le vestibule. Puis quand leur hôte aurait repris conscience, ils lui demanderaient ce qu'il souhaitait qu'ils fassent.

2

Frederick

Frederick Turner était en route pour le domaine lorsqu'il apprit la nouvelle. Il faisait le trajet tous les mardis matin, dans la mesure où ses occupations le lui permettaient. Ses occupations, c'était le courrier, les rapports et les relevés d'information, autant de tâches dans l'ensemble assommantes et paisibles, toutes susceptibles d'être remises à plus tard, de sorte qu'en fait, depuis son affectation dans cette ville, Frederick n'avait pas une seule fois manqué la visite au domaine. Il partait le matin, passait sur place l'après-midi et la soirée, avant de prendre le chemin du retour très tôt le lendemain. Cela lui permettait de se tenir informé, de ne pas rester enfermé dans son bureau et de juger ainsi des choses par lui-même, mais également d'inciter Burton, l'administrateur, à être sur ses gardes, même s'il n'était pas directement placé sous son autorité. C'est Burton qui était venu le trouver la semaine même de son arrivée en ville, lorsqu'il était passé relever le courrier, et qui l'avait invité à lui rendre visite autant qu'il le voudrait. Ils étaient les seuls Anglais dans la région, il y avait donc, en un sens, comme une obligation, outre le plaisir du voyage. Burton était un homme plutôt aimable et consciencieux, de taille moyenne, le visage rouge et rond, solidement bâti, fruste dans ses manières. Le fermier anglais type, au teint cuit par le soleil. Il connaissait son affaire et était ingénieux pour tout ce qui touchait à sa partie, il y avait même du scientifique en lui dans les projets expérimentaux qu'il mettait en route – les retenues d'eau, les écluses, les pépinières. Il montrait cependant un manque d'enthousiasme, une paresse et une tendance à la marginalité qui faisaient dire à Frederick que, livré trop longtemps à lui-même, il serait source de problèmes. Il avait cet étrange regard fixe parfois, comme un présage de folie. Frederick savait que Burton attendait avec impatience ses visites, pour la compagnie et la conversation, mais aussi pour l'occasion qu'elles lui donnaient de trinquer avec quelqu'un. Il était non seulement le seul Anglais des environs, mais également la seule personne fréquentable, les autres étant les Bohras du Gujarât et les Arabes, et puis bien sûr les sang-mêlé. Il eut été absurde de ne pas entretenir de bonnes relations avec lui.

Il parlait sans cesse du protectorat en Ouganda, des hauts plateaux de l'intérieur et des lacs, et de tous les grands domaines qu'on allait créer sur ces hauteurs, une fois achevée la construction de la voie ferrée. Pour Burton, c'était tout l'intérêt du protectorat. Les hommes politiques et la presse affectionnaient les grandes idées et les actions de prestige, c'est ainsi qu'à leurs yeux comme à ceux de tous les maîtres du monde en pantoufles, le protectorat et le chemin de fer devaient protéger les sources du Nil des mauvais coups des Français. Pour lui et, à l'en croire, nombre d'autres réalistes dans son style, le protectorat devait livrer aux Européens les magnifiques hautes terres qui leur étaient depuis toujours destinées et qu'occupaient pour l'heure des vagabonds restés à l'âge de pierre et des éleveurs assoiffés de sang. Burton tenait ce langage empreint de dureté lorsqu'il voulait montrer que, dans la vie, il ne faisait pas de sentiment – après un verre ou deux le plus souvent. Frederick ne connaissait pas les hauts plateaux, mais il pensait s'y rendre un jour pour voir, juste voir. C'était le travail dont Burton rêvait, gérer un superbe domaine qui s'étendrait à l'infini, comme ceux qu'il avait vus en Afrique du Sud, dans la province orientale du Cap. Frederick doutait que Burton ait l'étoffe pour cela. L'autorité, la maîtrise de soi, sans parler de la détermination et du sang-froid, ne s'acquièrent pas en une génération ou deux, sauf chez les êtres d'exception dotés de dons hors du commun, et Burton, qui passait son temps à jouer du tambour et à danser avec les indigènes, n'avait rien d'un être d'exception.

Le trajet était long avant d'arriver au domaine. Frederick montait à cheval presque tous les après-midi. Il partait soit vers le nord en longeant la plage et ses grands espaces sur des kilomètres jusqu'au fleuve, soit vers le sud en suivant le pourtour de la baie jusqu'à la pointe. Mais le chemin qui menait au domaine traversait des terrains difficiles, et cela le maintenait en forme. Le trajet permettait également à Majnoon, son étalon, de se dépenser. Il en avait besoin, ce démon ! Idris, le valet d'écurie, montait la jument, Sharifa. Ainsi, ses deux chevaux arabes étaient-ils assurés d'une bonne balade bien rude chaque semaine au moins. Il les avait l'un et l'autre, tout comme Idris, emmenés avec lui lorsqu'il avait quitté l'Inde, et il n'avait eu qu'à le regretter. Non que les chevaux lui aient causé des ennuis, ni Idris non plus, en dépit de son air renfrogné. Mais un redoutable parasite transmis par les mouches sévissait dans la région et provoquait chez ces animaux d'abord de la fièvre et des œdèmes, puis la paralysie et la mort. Seuls les ânes s'en sortaient par ici.

Il avait des chevaux magnifiques, et le sort qui les attendait l'emplissait de tristesse, mais il était trop tard à présent. C'était tellement absurde de sa part de ne pas s'être renseigné plus tôt, si totalement déplorable. S'il avait su lorsqu'il était encore en Inde, il aurait pris, bien sûr, ses dispositions, et des plus avantageuses sans le moindre doute. Il avait fait une bonne affaire en acquérant ces deux bêtes. Un propriétaire foncier du Sind avait eu des problèmes avec une cargaison de coton qu'il devait expédier à une société britannique, et Frederick avait apporté son aide. L'homme en retour l'avait conseillé dans l'achat d'un étalon arabe et avait laissé en prime la jument pour presque rien. C'était pour la *memsahib*, lorsqu'elle rentrerait de son séjour au pays, avait-il dit. (Sauf que Christie n'était pas revenue.) Affable et excessivement généreux, selon toute apparence, encore que l'hospitalité et la gratitude orientales puissent être mal interprétées, surtout lorsqu'elles s'adressent à un agent du gouvernement. Il existe, bien sûr, des exemples fameux qui incitent aux soupçons – la fortune de Clive, de Hastings, de Thackeray –, mais ces messieurs avaient volé l'État et vidé les entrepôts, alors que Frederick s'était contenté d'accélérer les procédures. La générosité de ce propriétaire terrien relevait, selon lui, d'une élégance dans la façon de s'acquitter d'une dette que l'Angleterre avait perdue parce que ses dirigeants étaient devenus querelleurs et envieux.

Idris faisait partie du lot, il était trop attaché aux chevaux pour qu'on l'en sépare. Aux dires de son maître, son nom signifiait « loyal », « fidèle ». C'était le nom d'un personnage du Livre saint. Frederick n'avait pas encore eu le temps de se plonger dans le Coran, mais il pouvait en témoigner, l'homme portait bien son nom. Il était noueux, nerveux et peu enclin aux sourires, mais plein d'attention pour les chevaux qu'il considérait comme son propre sang. Frederick nourrit un temps des rêves de reproduction, bien que Sharifa refusât l'hommage de Majnoon en dépit des efforts de l'étalon. Tout, cependant, n'était pas perdu pour les pauvres bêtes. Il avait fait passer une annonce au Club à Mombasa, et reçu une demande d'information de la part d'un certain Mr Cowan qui demeurait à Fort Smith et se trouvait être en vacances sur la côte. Frederick avait invité Mr Cowan à venir voir sur place les chevaux par lui-même. Mombasa n'était guère qu'à deux jours de bateau.

Idris n'était pas favorable à ces visites hebdomadaires au domaine, il disait que les chevaux les supportaient mal, à cause des grenouilles qui les dérangeaient. Il y avait certes beaucoup de grenouilles du fait des bassins destinés à l'irrigation, mais Frederick était persuadé que c'était Idris qui, originaire du Rajputana et donc très pointilleux sur ses fréquentations, n'appréciait pas la compagnie qu'il trouvait là-bas. Il refusait de dormir dans les cantonnements réservés aux hommes qui travaillaient sur l'exploitation, et dont la plupart étaient d'anciens esclaves, il faut bien le dire. Enlevés à leurs maîtres par la ruse quelques années auparavant, ils avaient trouvé à s'employer pour la compagnie, du temps où les terres appartenaient encore à cette dernière. Depuis la proclamation du protectorat, il n'était évidemment plus question d'esclavage. Burton apprenait aux hommes à jouer au cricket et rêvait d'offrir à la ville un tournoi lorsqu'il aurait réussi à former une équipe avec tous les Indiens de l'endroit. Quoi qu'il en soit, Idris refusait de partager le logement avec les autres hommes. Lorsqu'il avait fini de soigner les chevaux, il s'installait sur les marches de la véranda, sous l'œil de son patron, pour lire le Coran à la lumière de la lampe tempête ou somnoler en attendant la fin de la soirée. À quelques centaines de mètres de là, les conversations et les rires montaient du cantonnement, d'où fusait de temps à autre une plaisanterie acerbe, de celles que font les hommes sans femmes. Çà et là, dans une douce lumière dorée, des lampes brûlaient leur mèche imprégnée d'huile de coco. Parfois Burton incitait d'une voix enjôleuse Idris à rejoindre les autres, ou bien faisait semblant de lui offrir un verre, propositions auxquelles le palefrenier répondait poliment par la négative sans un sourire. Frederick compatissait, il trouvait détestable la cruauté de Burton. Lorsqu'il sentait le sommeil le gagner, Idris disparaissait du côté de l'écurie que Frederick avait fait tout spécialement construire en vue de ses visites au domaine et où, à dessein, avait été prévue une banquette sur laquelle le valet déployait ses affaires pour la nuit.

Peu après leur départ ce matin-là, Idris avait pressé le pas pour arriver à sa hauteur. C'est lui qui lui avait parlé de l'homme blessé. Comme ils bifurquaient vers le nord avant d'arriver à hauteur du marché pour éviter les ruelles sinueuses et malodorantes où des boutiques misérables, simples trous dans le mur, attiraient une multitude de chalands, ils étaient passés devant l'antre obscur de Siddiq, le *wakil* bohra. Frederick savait parfaitement qu'il s'agissait du *wakil*, c'était son rôle de le savoir. Il n'y avait guère que deux *wakils* en ville. Mais il savait aussi que les *wakils* indiens étaient des êtres fuyants et avides, qui menaient une existence vile en se gorgeant, telles des tiques, du sang des faibles et des ignorants. Il les avait vus à l'œuvre en Inde, escrocs et prêteurs sur gages sans en avoir le titre. Il était tout disposé à entretenir des rapports officiels avec ce personnage onctueux, mais cela n'impliquait pas de le saluer lorsqu'il était en promenade. Le *wakil* sortit lorsqu'il les aperçut et leur cria quelque chose, mais Frederick fit la sourde oreille. L'homme appela de nouveau, et Idris répondit avant de s'arrêter pour écouter ce qu'il avait à dire. Frederick savait qu'ils s'exprimaient en kutch et, entendant le mot *Angrez*, pensa qu'il était question de lui, quelque plaisanterie puérile sans doute. Mais Idris accéléra alors le pas pour arriver à sa hauteur et lui annoncer dans son anglais rudimentaire qu'un « *Angrez* » était « blessé très beaucoup ».

Siddiq les conduisit lui-même. Il commença par fermer ses bureaux, dont il verrouilla les hautes portes cloutées, puis ajusta son calot brodé d'or et d'un geste important leur fit signe de le suivre. Frederick ricana devant le petit homme contrefait. Lorsqu'il le vit se diriger vers le dédale des ruelles conduisant au marché, il appela de la voix et lui demanda de stopper. Dans ces rues défoncées, encombrées par la foule des passants, fidèle à sa réputation, Majnoon refuserait d'avancer. Frederick descendit de cheval et tendit les rênes à Idris, dont il épia la réaction. Il s'attendait à lire sur ses traits un signe d'alarme ou d'inquiétude en le voyant pénétrer seul dans le quartier indigène, guidé par un Indien dont il ne savait rien, mais Idris ne parut pas troublé. Il mit à son tour pied à terre et, tenant l'étalon par la bride, se dirigea presque aussitôt vers un arbre où trouver de l'ombre. Frederick emboîta le pas au *wakil*, souriant en son for intérieur, un rien désappointé de n'avoir pas perçu plus d'inquiétude chez son valet. Idris était un homme dur, et c'était pour cette raison qu'il l'employait, mais il éprouvait aussi une sorte de tendresse et un besoin de sollicitude à son égard. Le palefrenier, pensait-il, se sentait comme lié par un pacte auquel il avait adhéré en acceptant de le suivre en tant que valet d'écurie. Selon son code d'honneur ancien, Idris estimait qu'en aucun cas il n'occupait le rôle sordide d'un domestique. Frederick surprenait parfois chez lui un regard chargé d'émotion – comment aurait-il pu le qualifier d'autre manière ? –, regard de loyauté, et même de dévotion. Un amour viril. Il pensait que Burton l'avait lui aussi remarqué, et il craignait de l'entendre dire un jour tout haut : « Cet homme-là donnerait sa vie pour vous. » Frederick se demandait ce qu'allait faire Idris quand il aurait vendu les chevaux. Il se rappela qu'il lui fallait se renseigner sur sa famille afin de le charger d'un cadeau pour elle.

Le *wakil* qui montrait le chemin était un homme maigre au teint clair et à la peau fripée. Il avait le dos voûté, ce que Frederick mit sur le compte d'une vie passée à se pencher sur les registres. (*Un vieillard ridé, malin comme un singe*, se répéta-t-il deux ou trois fois, pour imprimer la phrase dans son esprit avant de pouvoir la coucher sur le papier.) Vêtu d'une veste de coton blanc boutonnée jusqu'au cou, de pantalons étroits, de babouches de cuir, l'homme était coiffé d'un calot vert à broderies d'or. Ses mouvements étaient amples et multiples, trop de manières, de courbettes et de sourires forcés au goût de Frederick. Quelque chose chez lui le faisait songer à ces personnages de Dickens qu'on range dans la catégorie des « moyennement sinistres » – onctueux à souhait. Très vite ils s'étaient enfoncés dans les venelles tortueuses du quartier indigène délabré où les toits se touchaient presque au-dessus de sa tête. Frederick était en poste dans cette ville depuis près de quatre mois, mais ce n'était que la troisième fois qu'il s'aventurait dans ces rues à l'odeur pestilentielle. Le sol était à ce point raviné par les pluies et les égouts fangeux, à ce point encombré d'immondices, qu'il lui fallait prêter attention à chaque pas. À peine eurent-ils pénétré dans l'obscurité des ruelles qu'il fut assailli par leur brouhaha, un bruit confus d'où les mots étaient absents, comme s'il venait d'entrer dans un lieu clos où une multitude marmonnait à mi-voix. C'était un dépotoir qui sentait les ordures et l'égout. Il aurait fallu tout nettoyer, tout raser, mais Frederick n'avait pas les subsides pour mener à bien pareille tâche.

Il s'efforçait de respirer le moins possible, bien qu'instinctivement il eut envie de prendre de grandes goulées d'air pour lutter contre l'impression qu'il avait de suffoquer dans ces venelles grouillantes. Les gens le dévisageaient encore et encore, et le précédait le cri de *mzungu*. Ceux qui étaient assis devant leur maison se levaient, surpris et peut-être inquiets. Un vieillard s'approcha et lui baisa la main. Frederick avait l'habitude de ces marques de dévotion. Les anciens lui baisaient parfois la main parce qu'ils le prenaient pour l'homme qui avait libéré les esclaves quelques années plus tôt. Il ne décourageait pas leur déférence. Cela ne faisait de mal à personne et simplifiait parfois les relations. Il voyait des sourires tout autour de lui, sans trop savoir s'ils étaient amicaux ou d'une autre nature, si la foule s'amusait du geste du vieillard ou si elle se moquait. Les marchands dans leurs échoppes minuscules cherchaient à attirer son attention, vantant les mérites de leur infecte marchandise dont la vente les faisait vivre, aussi incroyable que ce fût – un minuscule tas de charbon de bois, deux oranges, quelques œufs, le vendeur dans ses guenilles sales accroupi sur le tout.

Les enfants, surexcités, agitaient les mains dans sa direction, cherchant à se placer sur son chemin aux cris de *mzungu mzungu*, comme s'ils craignaient qu'il ne passe sans les voir. Il entendit d'autres propos, qu'il ne réussit pas à saisir clairement. Et il fit de son mieux pour éviter de les saisir. Qu'ils crient leurs vilains mots, après tout, pour le bien que cela leur fera ! Leurs voix l'irritaient, comme un bourdonnement d'insecte ou le bêlement d'un animal, comme les gémissements des putains décaties des docks de Londres. Le *banian*, devant lui, gesticulait comme un fou, fendant la foule, hurlant son exaspération, alléguant l'urgence, en rajoutant dans l'impatience. Frederick fut tenté de frapper d'un coup de cravache ce dos qui bougeait en tous sens et, la mâchoire serrée, de demander à l'homme de se conduire avec un peu de dignité avant d'achever de les ridiculiser l'un et l'autre. Il continua de progresser du mieux qu'il put en laissant entre eux pas moins de deux pas de distance, confiant dans la force irrésistible qui animait son guide pour dégager la voie. Frederick n'était pas quelqu'un de grand et de fort, mais il était solide et jouissait d'une bonne santé, de sorte que la cohue et le bruit ne le dérangeaient pas, pas vraiment. Le préoccupait davantage le fait de se retrouver dans une situation embarrassante ou ridicule, s'il avait glissé dans la rigole visqueuse, ou si l'avait souffleté un fanatique religieux. Dans ces régions, nul besoin de rappeler à quiconque l'inflexibilité du pouvoir britannique, et, pour qui en doutait, les terribles événements d'Omdurman l'an dernier, dont la nouvelle s'était répandue jusqu'ici, auraient suffi à rafraîchir les mémoires. Mais les foules indigènes pouvaient se révéler affreusement et dangereusement promptes à s'exalter, et la colère et les pensées hostiles que Frederick nourrissait l'aidèrent à surmonter son malaise.

Il se demanda qui était cet homme blessé. Très vraisemblablement quelqu'un de la mission luthérienne installée plus au nord dans le delta et qui était restée après la signature de l'accord de 1886 répartissant les zones d'influence, et le départ des Allemands. Il savait par Burton que quelques années avant sa venue à lui, il y avait eu, près d'ici, un massacre perpétré par les Massaï, au cours duquel avaient péri un missionnaire méthodiste, sa femme et une vingtaine de ses protégés. Un homme courageux, aux dires de tous, qui se rendait partout armé de son seul parapluie, descendant et remontant le fleuve comme s'il ignorait ce qu'étaient un crocodile ou une flèche empoisonnée. Il avait dû forcer le respect des indigènes, qui avaient accepté l'implantation de la mission et même, pour certains, l'avaient rejointe. C'était moins courant qu'on ne l'imagine souvent, les missions qui sauvent les âmes – tout au moins selon sa propre expérience.

Reste qu'il était étonnant que les Massaï aient mené une incursion aussi près de la côte, et choisi pour victimes un humble homme de Dieu et ses ouailles. Ils écumaient les vastes étendues de l'intérieur comme un terrain de jeu où se livrer à leurs sanglantes et primitives occupations. Quel était donc ce vers du *Mont Blanc* de Shelley, qui évoquait les éboulis énormes éparpillés dans la montagne comme si ce paysage foudroyé avait été le terrain de jeu des jeunes dieux originels du séisme et de l'orage ? Les Massaï étaient ces jeunes dieux turbulents des paysages calcinés de l'intérieur du territoire. D'après la croyance populaire, le peuple massaï n'attaque que le bétail, de même que le lion chasse uniquement pour se nourrir, mais Frederick savait que l'un et l'autre ont le goût du sang et de la cruauté, et il priait pour ne jamais devoir se trouver en situation d'avoir à vérifier sa théorie. Peut-être y avait-il bien eu un raid massaï sur la mission luthérienne, mais ce pouvait aussi être le fait d'une autre tribu en quête de butin, les Gallas ou les Somaliens, ou de n'importe quelle bande de désœuvrés livrés à eux-mêmes. Le fleuve les avait conduits tout naturellement ici, comme les fleuves transportent les tribus barbares depuis la nuit des temps.

Frederick avait également reçu de Mombasa la nouvelle du projet d'implantation d'une mission méthodiste, plus près de la ville cette fois, afin qu'on courre moins de risques à repêcher les âmes. Un certain révérend Holiday devait se mettre en route en temps voulu. Mais lorsque le brave révérend serait fin prêt, il arriverait de Mombasa par la mer à coup sûr, plutôt que par les terres. Ce pauvre diable blessé était, quant à lui, très vraisemblablement venu de l'intérieur.

Non, l'image que Frederick avait à l'esprit, tandis qu'il avançait avec précaution parmi les détritus et les maisons croulantes aux portes moisies, était celle d'une troupe dépenaillée de fidèles indigènes debout près d'une civière de fortune, civière confectionnée par leurs soins afin de conduire leur prêtre aimé jusqu'à un endroit sûr. Cela lui fit penser aux deux dévoués Zanzibarites qui, quelques années plus tôt, avaient transporté le corps embaumé du vénérable Dr Livingstone sur les milliers de kilomètres qui séparent les grands lacs de Bagamoyo, sur la côte. Ils lui avaient d'abord ôté le cœur qu'ils avaient enterré là où il était mort, puis ils avaient embaumé le corps. Comment avaient-ils pensé à faire cela ? Où donc deux porteurs indigènes avaient-ils pu trouver l'idée d'un geste aussi noble et aussi symbolique ? Imaginez deux journaliers, deux terrassiers de chez nous, auxquels serait venue pareille idée. Peut-être le bon docteur avait-il laissé des instructions, mais, même dans ce cas, ils auraient pu tout aussi bien jeter sa dépouille dans le premier marigot et se hâter de rentrer chez eux. Quel saint il avait fallu que cet homme soit pour inspirer à ses gens pareille loyauté. Une autre troupe dépenaillée de paresseux et de vauriens le suivait pour sa part, mais l'animait moins la loyauté que la curiosité morbide pour la souffrance et le scandale qui afflige les esprits vides et désœuvrés.

La rue prit fin brusquement, s'ouvrait devant eux un dégagement sableux inondé de lumière. Frederick s'arrêta, surpris, frappé par l'aspect plaisant du lieu. Quelqu'un le bouscula par derrière, et sans se retourner il répondit d'un violent coup de cravache qu'il entendit claquer sur la chair et les os. Il y eut un cri perçant, suivi d'un jappement enfantin puis d'un rire. Frederick ne put s'empêcher de sourire. Tout au bout de la place se dressait une petite mosquée blanchie à la chaux, que longeait une ruelle. Ses deux fenêtres aux volets clos ainsi que sa porte entrebâillée étaient d'un beau bleu Méditerranée, celui de la robe des madones du Titien. Plus près d'eux, sur la droite, un café crasseux devant lequel se trouvaient des bancs et des tables à plateau de marbre. Que faisaient ici des tables à plateau de marbre ? Au-delà du café, c'était une succession de maisons de pierre, certaines hautes de plus d'un étage, d'autres plus modestes mais propres et plutôt bien entretenues. Une ruelle arrivait à la place, Frederick en découvrit ainsi plusieurs. Sur sa gauche, des maisons encore, au rideau de porte gonflé par une brise qui paraissait souffler de la route. Sur l'autre flanc de la mosquée, la route ouvrait au loin sur des terres cultivées. Frederick pouvait la sentir cette brise, de là où il était, et il se demanda où il était. Pourquoi ne lui avait-on jamais parlé de cet endroit charmant dans cette ville délabrée ? Il tenta par la pensée de retrouver l'emplacement sur le plan qu'il avait au bureau. Le *wakil* s'était arrêté lui aussi. À demi tourné vers lui, il indiqua de la main la direction à gauche des maisons, puis il hocha la tête d'un air satisfait.

« *Sir* », dit-il, faisant signe à Frederick de le suivre avec l'air important de qui règle une affaire urgente. La foule qui les avait accompagnés à travers les ruelles les dépassa pour se déployer sur la place, pressant le pas dans la direction indiquée. Frederick, qui marchait derrière le *wakil*, vit à quelque distance une petite échoppe, une *duka*, du genre de celles bourrées de marchandises qu'on rencontre en grand nombre dans les villes de l'Inde. Les marchands indiens les avaient emmenées jusqu'ici avec eux. Toutes n'étaient pas tenues par des Indiens, les commerçants de l'Hadramaout pratiquaient, eux aussi, ce genre de commerce, mais l'idée en revenait aux Indiens. Il se demanda si cela expliquait l'ordre qui régnait sur la place, et si l'on n'était pas dans une enclave indienne. Partout où les Indiens s'installaient, la prospérité s'ensuivait, mais cela dépendait aussi, bien évidemment, de la classe sociale à laquelle ces Indiens appartenaient. À Zanzibar il avait vu ceux de la caste des balayeurs – qui en Inde s'entassent dans les villes où ils vivent dans une dégradante pénurie en mendiant dans les rues – se livrer à leur racket exaspérant à force de plaintes et de cris, et la plupart des marchands qui s'activaient dans les plus misérables des boutiques étaient indiens. Mais l'idée générale était celle-ci : prenez le bon *banian* pour votre quartier et la prospérité suivra.

Deux ou trois clients attendaient devant l'échoppe, et des hommes âgés occupaient un banc à proximité. Frederick se demanda pourquoi tout le monde allait dans cette direction, peut-être pour demander leur chemin. Aucun signe pour le moment de la troupe dépenaillée des fidèles porteurs. Il allongea le pas et, à hauteur de la boutique, rattrapa le *wakil* qui trottait devant. Les vieillards se levèrent, ainsi que le *dukawallah*, qui s'empressa de descendre du haut des marchandises où il était perché. Ainsi se comportaient-ils tous à chaque fois qu'un Européen approchait – emplis d'appréhension et de respect. Frederick savait parfaitement pourquoi. Brusquement, tout le monde sembla parler en même temps et lancer vers lui des regards circonspects. Il vit le *wakil* faire alterner à l'intention du *dukawallah* un ton sévère de commandement et des dodelinements de tête avisés et bienveillants. Après ces échanges d'une intensité peu commune, que Frederick eut du mal à saisir avec exactitude, le *dukawallah* retourna à la boutique, qu'il traversa pour aller ouvrir la porte de sa cour. Le *wakil* en passa le seuil et invita Frederick à l'imiter. L'un des vieillards contenait la foule à l'aide de sa canne, mais tous s'agglutinèrent devant la porte et certains escaladèrent le mur d'enceinte.

Tout cela était tellement inattendu. Frederick comprit, à l'instant d'entrer dans la cour, que le blessé se trouvait là, mais il n'eut pas le temps d'anticiper. Il vit un homme aux cheveux ébouriffés, au visage barbu, étendu sur une natte à l'abri d'un auvent de chaume, le corps couvert des pieds jusqu'aux épaules d'un drap de couleur crème bordé de rouge et de blanc. Il y avait un classicisme antique dans ces couleurs qui étaient celles de la toge romaine. L'homme avait la tête tournée sur le côté et la bouche entrouverte. Il semblait épuisé, comme supplicié, dans une pose si familière qu'elle en était presque un blasphème. À son côté, une femme était assise sur la natte, les jambes repliées, tout entière enveloppée dans son vêtement d'un vert passé. Sur le point de se lever, elle parut indécise, figée par la surprise. Elle détourna la tête en les voyant arriver et tira sur son châle dont elle recouvrit le bas de son visage, mais Frederick avait eu le temps d'apercevoir une jeune personne à la trentaine agréable, sans doute métissée, et dont l'éclat sombre de la peau laissait supposer des origines bajun ou somali. Il devina qu'elle était Mme *Dukawallah*, meilleurs vœux à l'époux. Un instant – même pas –, le temps d'un éclair plutôt, il pensa à Christie en Angleterre, et elle lui manqua. Enfin ce n'était pas vraiment cela, tout juste un pincement au cœur, un seul, puis cela s'apaisa. Il penserait à elle plus longuement plus tard.

Frederick posa un genou à terre près du blessé et plaça la main le long de son cou. Le corps était chaud, le sang battait fort dans l'artère, mais l'homme n'avait pas de fièvre. Il ouvrit les yeux et laissa échapper une longue plainte sourde, qui ressemblait à un bêlement étouffé, au gémissement rauque d'un animal qui agonise. La femme dit quelque chose et, lorsque Frederick leva les yeux vers elle, elle hocha la tête, comme pour le rassurer. Il écarta le drap à la recherche de traces de sang ou d'une blessure. Le corps ne révéla que sa maigreur et la poussière qui le couvrait. Frederick se releva, regarda autour de lui, et fut soudain frappé par l'étrangeté de ce qui se passait, de sa présence en ce lieu, dans la cour de cette maison, debout dans ses bottes cavalières cirées, tapotant impatiemment de la cravache son mollet. Il se trouvait parmi des gens à la peau sombre, qu'il ne connaissait pas et contre qui il éprouvait inexplicablement de la colère, avec un homme malade à ses pieds. Il y avait là quelque chose d'à la fois insolite et familier, comme si un autre en lui observait en spectateur les événements, mais il lui fallait réagir à présent. Il se reprit, chassa de son esprit cette sensation porteuse d'irrésolution et de faiblesse, même si elle partait d'un sentiment on ne peut plus humain. D'un geste il indiqua qu'il avait besoin d'un brancard. « Nous devons sortir cet homme d'ici, déclara-t-il, s'adressant d'abord au *wakil*, avant de se tourner vers le replet *dukawallah* à la triste figure. Le sortir d'ici au plus tôt. *Jaldi, jaldi*. Pressons,

pressons », répéta-t-il, mimant le fait de soulever le corps et de le transporter hors de la cour. Inexplicablement, le *wakil* prit la situation en main et se chargea de tout avec un calme et une autorité qui surprirent Frederick, venant après ses pitreries et la déférence qu'il avait montrée un moment plus tôt. Frederick ne comprenait pas un mot de ce que le *wakil* disait. Mais ce dernier donnait, en tout, l'impression d'un être malhonnête et intéressé. Ce furent la pagaille et le brouhaha habituels, tout le monde s'agitait alentour, mais trois hommes finirent par soulever le pauvre bougre, emportant la natte avec lui. Ils étaient prêts pour le départ. « Où sont ses affaires ? demanda Frederick. Ses effets personnels. Où sont ses effets personnels ? Ce qui lui appartient. » Le *wakil* fit de son mieux, sans réussir pourtant à rien tirer du *dukawallah* ni de son épouse. Il les menaça verbalement, agita devant eux un index plein de sévérité. Alors, Frederick comprit qu'il les soupçonnait de vol, ou, plus vraisemblablement encore, qu'il était en train de s'assurer sa part du butin. Le *wakil* ajouta quelques dures paroles de son cru et de nouveau réprimanda le *dukawallah*, sans obtenir le résultat escompté. Certains des badauds s'en mêlèrent, qui déballèrent des sottises inutiles, et Frederick réfléchit à la meilleure façon d'assurer la sécurité de l'homme avant que tout le monde ne devienne hystérique. Ils reviendraient plus tard chercher ses affaires, dit-il au *wakil*, lorsque le malheureux serait en mesure d'indiquer ce qui lui manquait.

Après que le cortège eut lentement refait à travers les ruelles le trajet en sens inverse, Frederick trouva Idris assis sous l'énorme manguier de la place, entouré d'un public d'enfants qui observaient en silence les chevaux. Le valet d'écurie se leva en voyant arriver la petite troupe, mais il garda ses distances et attendit les instructions. Frederick aimait cela, cette discipline. Il indiqua du bout de sa cravache la direction de la maison. Idris enfourcha alors Sharifa et ouvrit la marche. Sa présence ajoutait encore à la solennité de la procession qui, arrivée à destination, avait pris l'allure d'un pompeux spectacle médiéval. Ils eurent du mal à se débarrasser des uns et des autres, en particulier du *wakil*. Mais Idris et Hamis, le domestique attaché à la maison, réussirent à cantonner tout le monde dans le vestibule au rez-de-chaussée avant de les renvoyer un à un, distribuant des pièces à ceux qui avaient aidé à transporter le malade. Celui-ci reposait à présent dans la chambre d'amis, où il commençait à revenir à lui. Les hommes l'avaient déposé sur le lit, encore tout enveloppé dans la vieille natte de paille, comme Cléopâtre lorsqu'elle fut introduite dans la chambre de César. Frederick dégagea la natte et trouva le blessé dans son drap couleur crème bordé de rouge. Il eut cependant, cette fois, le temps de remarquer le tissage à la main de ce drap épais, neuf sans doute. Il toucha le front de l'homme afin de s'assurer qu'il n'avait pas de fièvre. À ce contact, le blessé ouvrit les paupières et le fixa droit dans les yeux.

« Comment vous sentez-vous, mon vieux ? demanda doucement Frederick.

— Vous connaissez les Seychelles ? »

Frederick sourit à cette question inattendue et à l'inflexion de la voix immanquablement anglaise.

« Je n'ai pas cette chance », répondit-il, soulagé de n'avoir pas affaire à un fanatique luthérien.

« Ici, il faut toujours se tenir sur ses gardes si l'on veut éviter les sales tours, mais vous êtes bien placé pour le savoir », déclara Frederick avant de tirer doucement, longuement sur son cigare. Il expulsa un abondant nuage de fumée dont la vue l'emplit d'allégresse et de satisfaction. « Je dois le dire, je suis ravi de votre retour dans le monde des vivants, mon cher Pearce. Cela tient du miracle de vous voir si tranquillement assis là, quand on pense à l'état dans lequel on vous a trouvé. Il faut me dire si je vous fatigue. Si vous en avez assez. Je meurs d'envie évidemment d'entendre le récit de vos aventures, mais nous avons tout le temps. Vous avez déjà formidablement bien récupéré, il ne faut pas abuser de vos forces. Au moins, n'avez-vous rien attrapé, semble-t-il. Mais ce soleil terrible pendant des jours, il y a de quoi vous ficher de sacrés maux de tête. Enfin, vous n'êtes pas blessé en tout cas. Et je dirais, mon vieux, que vous avez eu drôlement de la chance. Il y a dans l'arrière-pays des bandits démoniaques. Vous aurez réussi je ne sais trop comment à vous montrer, j'imagine, discret dans vos déplacements en solitaire, sinon vous ne seriez pas là. Quand j'ai appris la nouvelle, j'ai pensé qu'il s'agissait de quelqu'un de la mission en amont sur le fleuve, des luthériens. Il y a eu des morts là-bas, vous savez, voilà quelques années. La rumeur d'ailleurs continue de courir selon laquelle des bandes armées d'Abyssins prépareraient de mauvais coups. Ces gens vivent de rapines et réduisent à l'esclavage tous ceux qui croisent leur chemin. Vous avez vraiment eu beaucoup de chance de ne pas tomber entre leurs mains, encore qu'on risque moins en étant européen. N'importe qui d'autre se retrouvera directement sur le marché aux esclaves d'Harar, mais ils savent que nous n'apprécions pas ce genre de chose. »

Frederick tira de nouveau sur son cigare, puis d'une pichenette se débarrassa de la cendre avec désinvolture sur le plancher de la véranda. La brise était tombée avec la nuit, mais elle avait joué son rôle, et l'air était humide et doux. Plus bas, la mer entrait dans la baie par longues vagues courbes.

« Vous connaissez les Seychelles ? reprit Frederick avec un petit rire. Drôle de question. Vous me l'avez posée en revenant à vous, vous vous souvenez ?

— Oui, répondit Pearce avec un sourire las. Et vous m'avez répliqué : “Je n'ai pas cette chance.”

— Hélas, non. Vous avez vu ces vagues ? Pas un écueil dans la baie, ce qui est très rare par ici, à cause du fleuve qui se déverse à quelques kilomètres au nord. Il n'y a plus rien ensuite jusqu'aux Seychelles, qui se trouvent plein est. C'est de là que sont parties ces vagues. On dit l'endroit magnifiquement préservé, malgré la présence des Français et des missionnaires. Comme un paradis des mers du Sud. Et vous, vous connaissez ?

— Non.

— Le *coco de mer*[1], articula en français Frederick, pensif. N'est-ce pas tout à fait répugnant, l'idée qu'un fruit puisse par sa forme évoquer des organes génitaux ? Faisons confiance aux Français pour découvrir des îles où la flore est cochonne. D'ailleurs, ils ne les ont même pas découvertes, à mon avis, c'est sûrement nous qui l'avons fait,

1. En français dans le texte.

mais voyant qu'on y trouvait ce genre de fruit, il a fallu qu'ils s'y installent. »

Frederick remplit de nouveau son verre et lança un regard du côté de Pearce, simple politesse, car il n'était pas question de le laisser boire, même s'il en émettait le souhait. Il était affalé dans sa chaise longue, et, à la lueur rougeoyante de la lampe à pétrole, Frederick ne sut trop s'il dormait.

« Merveilleux, murmura Pearce. La mer.

— Oui, c'est vrai. Et sur près de deux mille kilomètres, rien d'autre jusqu'à vos Seychelles. Une mer si sage cependant. Tel est l'océan Indien pour vous, du moins dans cette partie-ci, un étang paisible comparé au redoutable Atlantique. Il est pourtant passablement rude avant que ne tombent les vents du nord-est en novembre. On m'a dit que le port était alors impraticable. C'était peu avant mon arrivée, mais même encore aujourd'hui le vent peut souffler avec force. Je ne suis en poste ici que depuis quatre mois, et la mer, oui, c'est vraiment le meilleur du pays. Pas grand chose d'autre, en fait. Ce n'est pas que la terre soit mauvaise, mais elle est sablonneuse et peu profonde. La pluie tombe en quantité suffisante, mais on n'arrive pas à faire travailler les gens. Ils se refusent au moindre effort. C'est la faute à l'esclavage, voyez-vous. À l'esclavage et aux maladies qui les minent, mais à l'esclavage surtout. Esclaves, ils ont appris l'oisiveté et la dérobade. Ils ne peuvent plus concevoir de s'impliquer dans le travail, d'assumer des responsabilités, même contre paiement. Ce qui passe pour du travail dans cette ville, ce sont les hommes assis sous un manguier à attendre que les fruits murissent. Regardez ce que la compagnie a fait de ces terres. Les résultats sont impressionnants.

Des cultures nouvelles, l'irrigation, l'assolement, mais il a fallu pour y parvenir radicalement changer les mentalités. Il nous faut ici de grands domaines britanniques, et quelque chose me dit qu'on ne va pas avoir à attendre longtemps. Les propriétaires arabes n'auront bientôt plus d'autre choix que de vendre.

— Oui », acquiesça Pearce.

Frederick sirotait son verre, tirant sur son cigare dans le silence environnant, et quand Pearce émit un petit grognement il prit cela pour un encouragement à poursuivre. « La ville a été plus ou moins à l'abandon pendant un siècle après la construction de Fort Jesus par les Portugais et leur transfert de tout vers Mombasa. C'était montrer bien peu de gratitude de leur part, quand on y pense. Et puis, il y a une quarantaine d'années, le sultan Majid de Zanzibar a eu l'idée lumineuse de redonner vie à la cité en en faisant une colonie de plantation. En théorie, il régnait naturellement en maître sur toute cette côte. C'est ainsi qu'il a envoyé sur place ses Arabes et une troupe de mercenaires baloutches, en même temps qu'un millier d'esclaves. Les récoltes furent excellentes une dizaine d'années durant, alors de nouveaux esclaves ont été envoyés en renfort, et les gens d'ici ont commencé à ratisser les environs pour s'en procurer d'autres. La ville est redevenue prospère, d'immenses fortunes se sont constituées. Les Bohras sont venus faire du commerce, et vous savez ce que je dis toujours : si un marchand indien s'installe quelque part, vous pouvez être sûr qu'il y a de l'argent à gagner dans le coin. La présence des Indiens remonte à longtemps, ils étaient là avant que les Portugais ne viennent planter leur croix. On va jusqu'à dire que le pilote que Vasco de Gama a embarqué ici même pour atteindre Calicut était un matelot indien. Je veux bien le croire – ou plus vraisemblablement que c'était un esclave indien. Car tout passait alors par les esclaves, et même les esclaves possédaient des esclaves.

« C'est dans ces années-là que la compagnie a déposé ses statuts et qu'elle a commencé à se mettre à l'ouvrage. Tout le monde a beau jeu de dire aujourd'hui qu'elle n'avait aucune chance, mais j'imagine qu'alors cela n'avait pas ce caractère d'évidence pour McKinnon et les siens. Sûrement pas, en tout cas, pour le sultan de Zanzibar. Je ne crois pas que le sultan ait été Majid à l'époque, j'en suis même certain. Peut-être était-ce Barghash, ou plus vraisemblablement celui qui lui a succédé, le dément Mahound, ou je ne sais trop bien. En tout cas, quel qu'ait été son nom, le sultan a voulu profiter des méthodes de travail et du savoir-faire des Britanniques, et il a demandé à la compagnie – ou quelqu'un en a fait la demande pour lui – d'envoyer un de ses dirigeants gérer sur place les plantations. Ce fut une grave erreur. La compagnie a dépêché un certain Tinkle-Smith, un nom dans ce genre, qui a immédiatement libéré les esclaves et proposé de remployer tous ceux qui désiraient prendre un travail rémunéré. Il a fixé le prix de la liberté et offert de verser cette somme à chaque esclave qui accepterait de s'engager auprès de la compagnie. Du coup, les esclaves ont déserté toutes les autres plantations, et la plupart se sont enfuis, ils ne voulaient plus travailler du tout. Ils sont partis dans l'intérieur et se sont mis en congé au lieu d'accepter le travail rémunéré que la compagnie leur offrait. À cette époque, même les esclaves savaient, dès la signature de l'accord germano-britannique délimitant les zones d'influence, que la souveraineté territoriale du sultan n'allait pas au-delà d'une quinzaine de kilomètres à l'intérieur du pays. Il leur suffisait donc de parcourir ces quinze kilomètres pour se trouver à l'abri. Résultat, les Arabes se sont appauvris. C'était il y a quelques années à peine, huit ou neuf ans, mais on peut voir un peu partout aujourd'hui les plantations désertées. Les fuyards sont peu à peu en train de revenir, cependant, et nous les installons sur les terres arabes laissées à l'abandon, non loin de la ville en direction du sud. Cela a semé la discorde, mais les Arabes n'ont guère pu que maugréer et déguerpir vers Mombasa. Et puis tout cela a rapidement pris fin, dès la proclamation du Protectorat en 95. Oh, mon Dieu, mais vous dormez », s'interrompit Frederick en entendant Pearce ronfler doucement. Il se servit un autre verre et ralluma son cigare.

Il allait lui accorder quelques minutes avant de le réveiller ; les moustiques le dévoreraient s'il le laissait dormir sur la véranda. Peut-être y était-il habitué, aux moustiques, aux bestioles, aux serpents. Pearce avait sans doute quelque chose à cacher. Personne ne voyage seul ainsi, à moins d'être envoyé en éclaireur pour une expédition, mais l'on a dans ce cas un porteur ou deux qui vous accompagnent. Il se peut aussi qu'il ait été dévalisé, ou abandonné par ses guides. Dans l'un et l'autre cas, cependant, il aurait à cette heure déjà raconté ou laissé échapper des bribes d'information. Frederick était retourné voir le *dukawallah*, accompagné d'Hamis, son domestique, qui traduisait, et il avait questionné l'homme jusqu'à en devenir presque violent, mais le grassouillet *dukawallah* avait obstinément, bien qu'en larmes à la fin, maintenu que Pearce était arrivé sans rien. Pearce avait bien évidemment une explication à donner, mais Frederick le soupçonnait de s'abriter derrière son épuisement. Non qu'il n'ait été épuisé, c'était l'évidence, sans le moindre doute. Il avait dormi toute la journée, et voilà qu'il s'était de nouveau assoupi. Il n'avait réussi à avaler que quelques cuillerées du bouillon préparé par le cuisinier. Peut-être d'ailleurs n'était-il pas vraiment endormi, se dit Frederick, même s'il ronflait doucement à côté de lui. Peut-être avait-il dû quitter l'expédition à cause d'une indélicatesse qu'il avait commise. Il n'était guère, on l'imagine, enclin à en parler dans ce cas. Frederick jeta un coup d'œil vers la silhouette allongée, difficile à cerner à la lueur de la lampe à pétrole. Il y avait chez lui une austérité que n'expliquaient sans doute pas entièrement ses privations récentes, une certaine suffisance aussi, quelque chose qui sentait le labeur et les principes moraux. Frederick se servit un dernier verre et résolut de ne pas se laisser davantage gagner par les soupçons. « Ne t'emballe pas, mon garçon, se murmura-t-il pour lui-même en souriant. Il ne faut pas que le soda dicte sa loi. C'est peut-être un homme qui a vécu une expérience extrême, une quelconque rencontre avec le sublime, et qui n'a pas encore retrouvé ses marques. »

Frederick était assis à son bureau lorsqu'en milieu de matinée il entendit Pearce dans le salon qui jouxtait la pièce. Il avait donné l'ordre de laisser, en début de journée, toutes les portes ouvertes afin que l'air puisse circuler et rafraîchir la maison. L'après-midi, les volets restaient clos en façade, et l'on baissait les stores de la véranda pour empêcher le soleil d'entrer. Frederick veillait à tous ces détails de la vie domestique, scrupuleusement. Il aimait cela, il se répétait même le mot à lui-même, en détachant chaque syllabe, comme pour se moquer. Scrupuleusement. Il savait parfaitement ce qui avait été acheté, consommé, ainsi que la marge à accorder au chapardage. Il remontait lui-même les pendules une fois par semaine et vérifiait que toutes marquaient bien la même heure. Il surveillait régulièrement le poids du lait pour s'assurer que le laitier indien ne le diluait pas trop. Il aimait que les domestiques le sachent : il connaissait exactement les tâches dévolues à chacun, était attentif à leurs ruses et attendait d'eux qu'ils prennent ses préférences en considération. Ainsi avait-il demandé à Hamis de prévoir un couvert de plus au dîner pour le cas où Burton se présenterait, et savait-il qu'Hamis était entré dans la chambre de Pearce à huit heures ce matin avec une tasse de thé, comme il l'avait enjoint de le faire.

Ayant entendu Pearce dans le salon, il écarta le rapport sur les droits de douane de l'année sur lequel il travaillait, et sortit le saluer. Il le trouva adossé à l'un des piliers d'angle de la véranda, dans une flaque de soleil de cette fin de matinée. Pearce portait une chemise et une paire de pantalons qui appartenaient à Frederick et qui n'étaient pas à sa taille. La chemise était trop grande et les pantalons huit à dix centimètres trop courts. Ce qui lui donnait l'allure d'un pilleur d'épaves, d'un dilettante promenant sa culture, ou d'un de ces aventuriers des mers du Sud qui peuplent les romans de R. L. Stevenson, surtout ainsi pieds nus avec sa barbe hirsute. Cette pensée fit sourire Frederick, car elle ne manquait pas de pertinence, il y avait ce quelque chose dans l'attitude de Pearce, qui n'avait rien à voir avec sa mise, comme une décontraction tranquille, une sorte de confiance.

« Vous ne devriez pas rester au soleil, vous savez, fit observer Frederick. Après ce coup de chaleur, ou ce je-ne-sais-trop-quoi dont vous avez souffert.

— Pardon, s'excusa Pearce en changeant de place avec obéissance. Vous ai-je dérangé ? Je vous en prie, n'interrompez pas votre travail.

— Ravi du dérangement, répondit Frederick en l'entraînant vers la fraîcheur de la maison. Je rédige un rapport sur la taxation des marchandises, en comparant les chiffres de cette année avec ceux de l'an dernier. Des statistiques indispensables, mais bien ennuyeuses. Prendrez-vous un café ou un fruit avec moi ? Le café ici est délicieux, Hamis le torréfie et le moud avec amour quotidiennement. Son grain n'est pas très fin, mais il est extrêmement parfumé.

— Ce sera volontiers. C'est l'odeur du café qui m'a fait me lever, dit Pearce.

— Formidable. Hamis va s'occuper de nous sans tarder. Comment vous sentez-vous ? Vous me semblez beaucoup mieux, encore qu'à mon avis, il vous aurait fallu davantage de ce bouillon du cuisinier.

— Je me sens beaucoup mieux, indiqua Pearce en caressant le poil de son menton.

— Nous enverrons Hamis chercher le barbier, voulez-vous ? proposa Frederick pour lui être agréable. À moins que ne préfériez conserver votre barbe ?

— Non, non. Je l'ai laissée pousser pendant le voyage, pour ne pas avoir à me raser tous les jours. Mais oui, je veux bien qu'on envoie chercher le barbier, s'il-vous-plaît. »

Frederick attendit. Le moment était venu pour Pearce de conter ce qui lui était arrivé. Pourtant il n'en fit rien, et

Frederick jubila en secret. Il allait l'y pousser, décida-t-il. Il était prêt à entendre son récit tout entier. « Je n'ai malheureusement pas pu récupérer vos affaires, dit-il. Je suis retourné voir le *dukawallah* et me suis montré très ferme, mais n'ai pas réussi à le fléchir. Vous souvenez-vous de ce que vous aviez sur vous en arrivant ? Nous pouvons encore le contraindre à révéler la vérité. »

Pearce secoua la tête avec lassitude. « Je n'avais rien. Mes guides m'ont tout pris. Ils en ont débattu entre eux, c'est du moins ce que j'ai cru comprendre. J'étais épuisé, je ne dormais plus de tant d'inquiétude. Et puis la dernière nuit, j'ai cédé à un sommeil profond et ils se sont emparés de mon fusil. Je les ai entendus se quereller et me suis réveillé. L'un d'eux, assis près de moi, me pointait le canon sur la tempe. Ils m'ont plaqué au sol, face contre terre, et m'ont retiré mes chaussures, ainsi que ma ceinture. Ils m'ont tout de même laissé une outre d'eau et un sac de fruits secs. Ah, et une tunique et une paire de sandales. Je les ai entendus s'éloigner, et déjà se disputer entre eux. Ils n'étaient pas d'accord sur le sort à me réserver, devaient-ils me tuer, ou me dépouiller sans plus ? L'un d'eux voulait cela, me tuer, pour être sûr, les autres l'en ont dissuadé. Peut-être en étaient-ils encore à débattre du bien fondé de cette décision de me laisser la vie.

— Les salauds, les bandits, s'exclama Frederick. Je vous trouve d'un calme étonnant. J'aurais été en rage. Quand exactement cela s'est-il passé ? Dans quelle direction alliez-vous alors ? »

Pearce eut un haussement d'épaules. « Je me dirigeais par ici. Nous étions en chemin. Après leur départ, j'ai marché vers le sud. J'ai en fait quitté une expédition qui faisait route en direction du sud-ouest et de l'Ouganda. Les trois guides devaient m'accompagner jusqu'à la côte, mais, pour une raison que j'ignore, sans doute ne souhaitaient-ils pas venir par ici ou préféraient-ils être ailleurs. Je ne supportais plus ces tueries.

— Ces tueries ! s'étonna Frederick d'une voix stridente.

— Une expédition de chasse, expliqua Pearce. En grand. Trois *gentlemen* anglais, l'un d'eux accompagné de son domestique personnel, anglais lui aussi, et un chasseur blanc chargé de tout organiser. Le chasseur blanc s'occupait de tout, des chameaux, des guides, des provisions, tel un quartier-maître irascible le plus souvent. »

Pearce marqua un temps, il prit une grande bouffée d'air, rassembla son courage : « Mr Tomlinson. Il se retirait le soir sous sa tente pour rédiger son journal comme un forcené, avec l'idée sans doute d'écrire ses mémoires. Les *gentlemen* se moquaient de lui sans arrêt. Leurs extravagances, leurs récriminations le mettaient en fureur. J'avais fait la connaissance de l'un d'eux à Aden. Son nom est Weatherill. Je ne sais pas si vous le connaissez, il était en Inde. Une grosse fortune. »

Pearce s'interrompit de nouveau, il avait du mal à respirer. Lorsqu'il reprit, ce fut plus lentement, en ménageant ses forces : « Je voyageais en Abyssinie depuis quatre mois et Weatherill a montré un grand intérêt pour tout ce qui touchait au pays. Il voulait savoir si nous comptions attaquer, à présent que Ménélik avait mis les Italiens dehors. C'est un homme d'une grande curiosité en dépit de son côté chasseur et cavalier, un homme d'une étonnante vivacité d'esprit. Il voulait débattre de Rimbaud, savoir si l'on parlait de lui en Abyssinie. C'est ainsi qu'il m'a proposé de me joindre à son safari en Somalie. Je n'ai pas pu résister. Je me sentais en pleine forme à l'issue de mes voyages, vous savez ce que c'est, peut-être ai-je été quelque peu imprudent. Weatherill m'invitait, je n'avais rien à débourser. Cela ne prendrait que trois mois de mon temps. Rien ne m'obligeait à rentrer directement, et je connaissais mal la Somalie. Je n'ai vraiment pas pu résister.

— Qui a lu Rimbaud ? Le lit-on encore aujourd'hui ? On connaît davantage, je crois, le trafiquant d'armes que le poète de nos jours », commenta Frederick. Le récit circonstancié de Pearce le soulageait, il sentit se dissiper ses doutes de la veille au soir. Hamis apporta un gâteau de riz, des fruits et du café, qu'il disposa sur deux petites tables devant eux. Pendant qu'on le servait, Frederick récita :

Une jeune fille et son doulcemer
En apparition un jour je vis ;
C'était une jeune Abyssinienne
Qui sur ce doulcemer à jouer se mit[1].

« Ainsi je vous mettais en garde contre les troupes abyssiniennes quand vous les considérez sans doute comme vos frères de sang. Que faisiez-vous en Abyssinie, si je peux me permettre ? » demanda Frederick une fois Hamis parti.

Pearce se prit d'intérêt pour le gâteau de riz, sur lequel il se pencha pour l'examiner avec soin, puis avec détache-

1. Coleridge, *Kubla Khan.*

ment : « Je voyageais, je travaillais sur un livre. Je suis historien, d'une certaine manière. En amateur, en fait. Linguiste plutôt, j'étudie la linguistique en tout cas. J'ai été en poste en Égypte un an, à la direction de l'éducation. Je m'étais promis de découvrir l'Abyssinie à la fin de ma mission. C'est un pays qui m'a toujours attiré, enfant déjà. Je voulais savoir à quoi il ressemblait, entendre parler sa langue.

— Orientaliste. »

Pearce sourit. « Quand je serai plus calé, peut-être.

— Je vous en prie, continuez », dit Frederick, intrigué par les réticences de Pearce sur l'Abyssinie. Et s'il s'était agi d'un espion de haut vol préparant un rapport pour un responsable du Foreign Office ? Peut-être Weatherill avait-il eu raison d'avoir des soupçons. Il se fichait bien de l'Abyssinie.

« Je peux ? » demanda Pearce avant de se servir une part de gâteau de riz. Il mastiqua longuement, prenant son temps, hochant lentement la tête de l'air de quelqu'un qui apprécie. « Délicieux, quelle finesse. On sent le parfum de la cardamome. Vous n'imaginez pas le raffinement que cela représente pour moi après ces dernières semaines de voyage. »

Frederick servit le café et attendit que Pearce y ait trempé les lèvres à plusieurs reprises. « Je vous en prie, continuez, répéta-t-il, bien calé dans son siège, exagérant son empressement à entendre la suite.

— Nous avons embarqué sur un boutre en décembre afin de gagner Brava. Ce furent de longues journées d'une navigation magnifique, le meilleur du voyage. Les vents de la mousson qui soufflent du nord-est s'étaient bien établis, et nous avons trouvé le courant de Somalie, une fois doublée la Corne de l'Afrique. Nous sommes restés quelques jours à Brava, avant de nous mettre en route pour Dif – un petit groupe d'hommes accompagnés de bêtes de somme, armés comme des conquérants. Le voyage a duré quatre semaines, ponctuées de massacres à travers tout le sud de la Somalie. C'était insupportable, tant de destruction. Nous avons tué tous les jours, parfois jusqu'à quatre à cinq lions dans la même journée, ainsi que léopards, rhinocéros et antilopes. Nous empestions l'odeur du sang et des viscères. Celui de la boucherie et des peaux mises à sécher. Les mouches se posaient sur nous comme sur des charognes. Nous engloutissions de telles quantités de viande carbonisée que l'air était empuanti par notre haleine et nos déchets. Lorsque nous sommes arrivés à Dif j'ai annoncé à Weatherill qu'il m'était impossible de continuer. Il a été furieux, et ses amis avec lui. Ils avaient tous appartenu au même régiment de cavalerie et ils ont dû trouver mes objections bien peu viriles. Weatherill s'est opposé à ce que je rebrousse chemin. C'était trop dangereux, selon lui, et il ne pouvait pas se permettre de perdre des hommes. Désormais les plans avaient changé, nous faisions route vers l'Ouganda afin d'y tirer des éléphants. Mes reproches étaient quotidiens. Weatherill n'était pas très solide, mais il était enclin à me considérer comme beaucoup plus faible que lui. J'ai fini par l'avoir à l'usure. Nous avons continué à tirer et à tuer tout au long du chemin qui mène à Tana. Une fois là-bas, Weatherill a estimé que je pouvais faire demi-tour sans prendre trop de risques, ou du moins que je pouvais rejoindre la côte vers l'est. Il a demandé au chef des porteurs de désigner trois hommes pour me servir de guides.

Le temps d'atteindre la mer, selon leurs calculs, il ne resterait guère que deux mois avant que les vents tournent et soufflent du sud-ouest, ce qui permettrait aux hommes de regagner Brava. Et je pourrais alors aller au diable.

— Effectivement, dit Frederick. Les vents ne devraient pas tarder à changer, je crois. »

Pearce acquiesça de la tête. « Les hommes chargés de m'accompagner n'aimaient pas leur mission. Je ne sais pas exactement pourquoi. Je comprends un peu le somali, un tout petit peu. J'apprenais pendant le voyage, en conversant une à deux heures chaque jour avec l'un de nos guides. Les hommes qui m'accompagnaient faisaient semblant de ne pas me comprendre lorsque je leur parlais, et j'ai tout de suite senti qu'il y avait danger. Mais je n'ai pas songé qu'ils pouvaient me laisser en chemin ou me tuer. C'était parfaitement impensable, à en croire Weatherill. Il connaissait ces hommes, il les avait engagés. Leur sens de l'honneur leur interdirait de m'abandonner. Mais il a dû se passer quelque chose, un péril peut-être a surgi dans la direction que nous avons prise. Et leur réticence à gagner la côte l'a emporté sur leur sens de l'honneur, car quatre jours avant que j'arrive dans votre merveilleuse ville, ils m'ont bel et bien faussé compagnie.

— Les Somaliens sont des bandits impénitents, dit Frederick. Ils ne se sont pas contentés de vous fausser compagnie, mon cher Pearce, ils vous ont dévalisé et livré à une mort certaine en plein milieu du désert. Considérez-vous comme chanceux d'être là.

— Je ne sais pas, commenta Pearce avec un sourire. Si ce sont vraiment des bandits impénitents, j'entends. Il y a des gens qui leur font une confiance absolue. Weatherill est de ceux-là, qui s'est presque engagé sur l'honneur, déclarant je ne sais trop quoi. Ces malheureux jeunes hommes l'ont pourtant bien lâché. Peut-être seront-ils des héros parmi les leurs pour m'avoir abandonné. Et puis ce n'était pas vraiment le désert, vous savez.

— Pearce, mon vieux, ça ne va pas ? demanda Frederick qui s'était à demi levé de son siège en voyant les yeux de Pearce s'emplir de larmes.

— J'ai bien cru qu'ils allaient me tuer. C'est ce que j'ai d'abord cru. Puis, après leur départ, j'ai pensé être assassiné en chemin ou attaqué par une bête sauvage, ou mourir de soif et d'angoisse. Tout pouvait arriver. Et je voulais tellement rester en vie. Mais non, je vais bien. Et je crois, en effet, que j'ai eu de la chance. C'est de la joie que vous voyez sur mes traits.

— Vous n'avez plus rien à craindre à présent, dit Frederick en versant à Pearce une autre tasse de café. Vous devez être incroyablement las.

— C'est vrai. Mais appelez-moi Martin, je vous en prie. Ces gens qui m'ont trouvé, il faut que j'aille les remercier.

— Martin, c'est entendu, dit Frederick en levant sa tasse pour porter un toast. Mais d'abord le barbier, puis le déjeuner, et encore un peu de repos. Il n'y a pas le feu. »

3

Rehana

Rehana noua le fil autour du bouton qu'elle cousait sur la robe, puis le coupa avec les dents. Elle prit un autre bouton dans la boîte de métal qu'elle avait à côté d'elle sur la natte et le plaça face à la boutonnière suivante, tout entière à son travail. Elle piqua l'aiguille dans l'épaisseur du tissu, puis passa le fil dans le pied du bouton. Elle en avait ainsi déjà cousu six, elle en était au septième, il lui en resterait deux autres après celui-ci. Malika était assise, jambes étendues, sur la même natte à l'abri de l'auvent. Elle triait les épinards en fredonnant ce qui semblait à Rehana être une berceuse. Peut-être exprimait-elle par là son désir d'enfant, mais elle donnait l'impression de ne pas savoir chanter autre chose. Du moins Rehana ne l'avait-elle jamais entendu chanter que des berceuses et quelques *qasidas* durant Maulid Nabi, ces *qasidas* que tout le monde connaît.

Rehana non plus n'avait pas la mémoire des mélodies, encore que lorsque les femmes se déchaînaient à l'occasion des mariages, elle entrât en transe avec les autres. Ce n'étaient pas vraiment, dans ces moments-là, ni les paroles ni la mélodie qui comptaient, mais le vacarme qu'on faisait, et les rires, et la danse. Les hommes n'étaient pas admis, bien que quelques jeunes gens aient toujours cherché à regarder furtivement par-dessus un mur ou à travers la fente d'un volet. Quand la danse commençait elle était délibérément provocante. Avec des déhanchements exagérés, buste en avant, les femmes moquaient une lascivité que la coutume leur interdisait. Mais le plaisir venait quand on laissait son corps s'abandonner un peu. Tout se passait dans la bonne humeur, et à ce souvenir un sourire vint à Rehana. Peut-être que certaines femmes prenaient plus de plaisir que d'autres à balancer les hanches, et elle avait quant à elle parfois ensuite l'impression qu'elles avaient été comme des enfants bruyants dont on tolérait la mauvaise conduite, car toutes les audaces étaient permises loin du regard des hommes.

« Ils n'ont même pas rapporté la natte, tu as vu ? Ni le drap », dit Malika, interrompant son fredonnement pour raviver sa propre indignation et celle de Rehana, et revenir une fois de plus sur le sentiment qu'elles avaient d'être maltraitées. Sa lèvre inférieure s'ourla, dessinant une vilaine moue, mais le regard brillait, comme si l'humeur maussade faisait partie d'un jeu. « Et c'était la natte qui servait aux repas. Ils sont arrivés ; ils l'ont emballée et sont partis avec. Et en plus ils ont pris la *shuka* ! Tu vas chercher un drap dans la maison pour couvrir le bonhomme et lui éviter la honte… et qu'est-ce que font ces gens ? Ils arrivent sans saluer, sans même un mot de courtoisie. Sans un *salamalekum* ou un *hodi*. Ils débarquent, ils s'emparent de leur homme et ils s'en vont, avec la natte et avec tout le reste, sans un regard ni à droite ni à gauche. Sans le moindre petit mot de politesse. Cet Indien horrible, tu l'as vu ce *banian*, qui aboyait comme un cabot devant son maître… et l'autre là, gonflé comme un furoncle, la tête cramoisie, tout dégoulinant de sueur, avec ses bottes crottées sur la natte. Tu les as vues ces bottes ? Elles te brisent les os du premier coup, surtout avec les cuisses qu'il a, de vraies cuisses d'âne… Ses semelles étaient sûrement ferrées et empoisonnées. Ce sont des tueurs, ces gens. Il avait l'air cruel, non ?… quand il est revenu après et qu'il a menacé Hassanali, avec les ordures qu'il a débitées. Et ce fouet qu'il avait à la main, et cette rage sur la face, et ce cou gonflé et tout rouge. *Wallahi*, tu ne crois pas ? »

Rehana songea : « Mon père aussi était un *banian* », mais elle ne dit mot. Elle émit un son étouffé en guise d'acquiescement, pensant que Malika jouait en fin de compte un rôle en mettant tant d'indignation dans sa voix pour dire que les femmes ne pouvaient rien à l'évidence contre les mauvais traitements. Mais c'était vrai, l'Européen du gouvernement les avait terrorisés lorsqu'il était revenu et qu'il avait agité avec impatience son fouet devant Hassanali, et grondé contre lui en faisant d'eux tous des délinquants. Mais sans parler de cette deuxième fois, il l'avait terrorisée dès sa première apparition lorsqu'il leur était tombé dessus comme s'il les avait pris en flagrant délit. Hassanali s'était précipité pour ouvrir la porte de la cour, incapable dans son affolement de dire autre chose que *mzungu wa serikali amefika*. L'Européen du gouvernement est là. Mais même alors, quand elle s'était levée totalement paniquée, Rehana avait eu le sentiment de résister. Quelle raison auraient-ils d'avoir peur ? Ils peuvent bien reprendre leur cadavre. Elle n'avait jusqu'alors jamais vu ces gens-là, personne comme ce rougeaud qui dans sa colère s'en était pris à eux. Le malade, quant à lui, ne lui avait pas paru de façon frappante être un *mzungu*, il était plutôt une complication et semait le trouble en apportant la preuve de l'incapacité d'Hassanali devant la vie. L'homme aux bottes et au fouet était le méchant des récits, celui qui détruit les nations. Quand le Bohra les avait agressés verbalement, qu'il les avait accusés d'avoir volé le *mzungu* malade, tout le monde alors s'était mis à pousser des cris et avait voulu expliquer ce qui s'était vraiment passé et comment Hassanali avait fait appel à Mamake Zaituni, la guérisseuse, et à Yahya, alias Brisejambe, et personne n'avait rien trouvé à redire à cela. Ne vous en prenez pas à l'homme bon quand il ne fait qu'essayer d'aider un pauvre fils d'Adam comme lui, avaient-ils crié, ne lui faites pas de mal à tort. Prenez votre *mzungu* et sortez d'ici, *fidhuli we.*

Ils étaient revenus dans l'après-midi, Hassanali n'était pas encore levé de sa courte sieste. L'Européen était cette fois accompagné de son domestique. Celui-ci avait tambouriné à la porté et hurlé des ordres comme s'il annonçait l'arrivée d'un sultan. Ils étaient venus les accuser d'avoir dépouillé ce mort vivant vêtu de guenilles. Tout ce qu'ils auraient pu lui dérober, c'était son âme, et qui veut avoir à faire à l'âme d'un *mzungu* ? Mais l'homme du gouvernement était encore plus remonté contre eux qu'il ne l'avait été le matin même, au point qu'elle l'avait cru prêt à frapper Hassanali. Il était allé jusqu'à lever son fouet au-dessus de lui et à le menacer comme il l'aurait fait d'un enfant. Le domestique implorait Hassanali, *Mpe, mpe chochote. Humjui mambo yake mzungu huyu.* Donne-lui, donne-lui quelque chose.

Tu ne sais pas de quoi il est capable. Hassanali pensait qu'il réclamait une somme d'argent, et il avait demandé combien. Nous n'avons pas grand-chose. Le domestique avait dit, non, non, rends-lui tout ce qui appartient à l'homme. Alors Rehana était allée jusqu'au coin réservé à la lessive, où l'on avait entreposé ses hardes en attendant de les laver le lendemain, elle les avait rassemblées en un ballot qu'elle avait tendu à l'homme au visage cramoisi. Le domestique avait fait un pas en avant pour intercepter le paquet de vêtements. C'est tout ce qu'il y a, avait-elle déclaré. Puis avec colère elle les avait conduits jusqu'à la porte, allez-vous en. Partez d'ici.

« Pauvre Hassanali, dit Malika, sans arriver à réprimer un sourire déloyal. J'ai cru que ses jambes n'allaient plus le porter. On l'entendait claquer des dents lorsqu'il est rentré dans la maison. Et quand cet homme horrible a commencé à le menacer de prison, j'ai failli fondre en larmes. Mais Hassanali est resté là, tremblant, répétant humblement ce qu'il avait déjà dit. Même l'Anglais savait que c'était la vérité. Et puis tu es sortie et tu lui as demandé de partir... » Malika plaça alors la paume de sa main contre sa bouche et se mit à pousser des youyous de joie avant d'applaudir. « Pourquoi chercherions-nous à voler un frère ? Que possédait-il que nous désirerions avoir ? Avons-nous l'air si misérables ? Le malheureux était arrivé ici en haillons, apparemment mourant, et nous nous sommes occupés de lui par bonté. Puis vient l'homme du gouvernement qui nous accuse de lui avoir dérobé ses affaires. Qu'y avait-il à dérober ? »

Il y avait un carnet, de petit format, de ceux qu'on glisse dans la poche. Il était pour moitié écrit, avec encore beaucoup de pages blanches. Rehana l'avait découvert parmi ses hardes lorsqu'elle était assise près de lui et qu'elle le nourrissait de miel et d'eau. Elle avait glissé le carnet dans la poche de sa robe et, dans l'agitation du départ, n'avait pas trouvé un moment pour le rendre, bien qu'elle ait senti son poids dans sa robe tandis que les hommes s'affairaient. Plus tard dans l'après-midi, elle s'était enfermée chez elle sous prétexte de se reposer après le choc et l'affront causés par cette longue matinée, et elle avait sorti le carnet. Le matin, il avait cogné contre ses cuisses à chaque fois qu'elle se déplaçait, mais elle l'avait laissé au fond de sa poche. Elle ne savait pas très bien pourquoi elle n'en avait parlé à personne, peut-être voulait-elle d'abord savoir ce qu'il contenait avant que quelqu'un s'en empare. Peut-être avait-elle honte ou craignait-elle de paraître sournoise, dissimulée en volant un carnet sans valeur à un homme mourant. Il était recouvert d'un cuir souple taché de sueur, l'usure l'avait raidi. Elle l'ouvrit délicatement et découvrit que ses pages étaient presque entièrement couvertes d'une écriture européenne, serrée, raturée par endroits. Il y avait ici et là des dessins de boîtes, et de ce qu'elle devinait être des maisons et des arbres. Bien que sachant lire, elle était incapable de déchiffrer ce qui était écrit. Il s'agissait à coup sûr de notes que son propriétaire avait consignées là, et non pas de prières ou de dévotions que l'on aurait recopiées. Ces notes, pensa-t-elle, étaient le travail de plusieurs mois, il les avait rédigées au cours de ses voyages et des épreuves qu'il avait traversées. Elle a approché les pages de son visage et humé l'odeur du cuir et de la poussière qui s'en dégageait, et l'odeur de cet homme que le soleil avait brûlé.

« Et même après, ils n'ont pas rapporté la natte, reprit Malika avec une nouvelle moue d'indignation exagérée. Pas plus que la *shuka*. Comme si l'Européen pouvait avoir besoin de notre natte quand il a des tapis parfumés sous les pieds. C'est un voleur, c'est tout. »

Rehana sourit de la sortie de Malika, ce qui fit sourire Malika aussi. Rehana se disait souvent qu'ils avaient eu de la chance de la rencontrer. Hassanali avait beaucoup de chance, sans aucun doute, mais elle aussi, qui était condamnée à vivre avec son frère et l'épouse de celui-ci le restant de sa vie. Jusqu'à ce qu'elle soit sûre. À moins qu'elle ne décide de se remarier. Elle aurait pu tomber sur bien pis que Malika. Et tous autant qu'ils étaient. Elle était si jeune, si aimante, si enjouée ; elle ne montrait pas la moindre impatience dans son existence d'épouse cloîtrée. Et pourtant. Malika ne faisait pas preuve d'un grand empressement à s'acquitter des tâches ménagères, et il semblait à Rehana qu'elle était toujours prête à tout transformer en jeu. C'était irritant parfois, puéril, mais tôt ou tard elle arrivait à la faire sourire et à se la rallier.

« Ce n'est pas un voleur, rectifia Rehana. C'est un conquérant.

— C'était aussi une bonne natte. La natte qui servait aux repas.

— Ah, Malika, cesse de revenir sur cette natte, l'interrompit sèchement Rehana, grimaçant pour couper le fil entre ses dents. Passe à autre chose, petite. La nouvelle natte est mieux, elle a de jolies couleurs. Et le *mzungu* du gouvernement avait marché sur l'autre avec ses bottes, et elle avait servi à emporter l'homme malade, il aurait fallu, de toute façon, la changer.

— Il n'était pas malade, simplement fatigué, et puis c'était notre natte, s'obstina Malika tandis qu'elle se levait, armée de son panier de feuilles d'épinards. Ils auraient dû la rapporter. Et ils auraient dû rapporter ta *shuka* toute neuve.

— Faut-il envoyer Hassanali les réclamer au *mzungu* ? demanda Rehana.

— Tu l'imagines un peu ? » dit Malika avec gaieté, faisant trembler ses genoux pour mieux mimer la terreur d'Hassanali. Elle riait encore en se dirigeant vers la jarre pour laver les épinards, balançant paresseusement les hanches en marchant, sans s'en rendre compte ou indifférente à l'effet produit. Cela fit sourire Rehana. « Fais la belle, oui, tant que tu le peux », dit-elle dans un murmure.

Sa première pensée avait été pour lui, son mari, il était revenu malgré tout et Hassanali l'avait trouvé et ramené à la maison. Non qu'il y ait eu la moindre ressemblance, ni rien, l'idée l'avait traversée trop vite pour qu'il soit question de cela. Hassanali avait ramené à la maison un voyageur épuisé et tout de suite elle avait cru que c'était lui. Elle avait ressenti de la peur et de la colère, en même temps qu'un début d'allégresse. Repensant à ce moment, elle se souvenait à présent avoir aussi songé à lui, à ce à quoi il ressemblait, à son sourire, à la sensation que lui procurait le duvet de sa peau, tout se bousculait dans sa tête. Et puis elle avait compris que ce n'était pas lui, et avait reculé, avec un sentiment de soulagement et de dégoût. Le dégoût d'elle-même, pour n'avoir pas su n'éprouver que colère et humiliation en songeant à lui, pour n'avoir pas été capable de contrôler le désir que son corps avait de lui, pour le soulagement que lui avait causé l'idée de son retour. Elle avait alors vu

Hassanali planté là devant elle, embarrassé comme toujours par ce qu'il avait fait, par ce qu'il avait ramené chez eux, et elle n'avait pu contenir son irritation. Ce n'était pas de sa faute, mais ça l'était aussi. C'était lui qui avait amené Azad à la maison. Rehana attaqua le dernier bouton, et ne fit rien pour résister au flot de regrets qui l'envahit à son souvenir.

Il avait dit à Hassanali venir de la même ville que leur père, et connaître la famille. C'est ce qu'Hassanali lui avait rapporté en rentrant ce soir-là, une fois la boutique fermée. Il avait dit avoir peut-être même entendu parler de leur père lorsqu'il était encore en Inde, de ce jeune homme qui était parti pour la côte africaine et n'était jamais revenu. Beaucoup partaient ainsi, mais la plupart revenaient ensuite pour se mettre en quête d'une épouse. Il s'appelait Azad. Il était arrivé à Mombasa avec le dernier *mausim* sur un navire en provenance de Calicut. Leur capitaine avait réalisé des bénéfices substantiels sur les marchandises qu'il transportait, des marchandises pour la plupart commandées et payées en Inde. Nouveau dans le commerce du *mausim*, il se montrait néanmoins prudent pour son premier voyage. Il apportait aussi des tissus, des colifichets et du sucre de palme, pour les vendre aux marchands d'ici qui escomptaient les écouler à l'intérieur du continent, mais il avait du mal à constituer sa cargaison de retour et ne disposait pas d'une marge suffisante dans ses profits pour pouvoir prendre le moindre risque. Les capitaines de navire concluaient le plus souvent des accords avec leurs fournisseurs, leur réputation et leurs relations garantissant ces accords. C'est ainsi que le capitaine avait demandé à Azad de rester sur place afin de lui servir d'agent jusqu'à ce qu'il revienne l'année suivante, et de lui constituer sa cargaison de retour. Il y avait entre eux des liens de parenté qu'Hassanali avait été incapable d'exposer avec clarté, pour n'avoir pas écouté sans doute avec assez d'attention. Dans tous les cas, telle était la profession d'Azad, organiser avec les marchands le transport de leurs produits au nom de son capitaine et parent. Ce point était important, le lien de parenté, qui exigeait l'honnêteté dans les transactions et donnait à sa parole la valeur de celle de son frère, le capitaine. Non qu'Azad ait été très au fait des usages en matière d'achats, mais il avait l'aval du capitaine et faisait, pour sa part, du mieux qu'il pouvait. C'est ce qu'il avait indiqué, et qu'avait rapporté Hassanali, tout sourire, ravi de pouvoir exprimer tout le bien qu'il pensait du jeune homme.

Azad était en ville pour conclure l'achat d'un certain tonnage de *simsim*, car comme chacun sait, l'on avait ici l'un des meilleurs *simsim*. Le caoutchouc en provenance des nouvelles plantations des Européens n'était évidemment pas accessible à des gens comme eux. Il partait directement par les bateaux du gouvernement vers Ulaya où il servait à leur propre consommation. Mais le *simsim* était bien là, ainsi que du tabac, des cuirs et de la gomme aromatique, marchandises toutes d'excellente qualité. En ville, il avait entendu parler de leur père. Pour être honnête, il avait entendu parler de lui déjà lorsqu'il était à Mombasa, parce qu'évidemment il avait vécu là, et que des marchands du Gujarât avec lesquels il traitait avaient prononcé son nom. C'est ainsi qu'il avait entendu parler de leur père avant même d'arriver en ville, et quand quelqu'un avait évoqué ici la présence d'Hassanali, il avait eu l'idée de venir présenter ses respects.

Hassanali rapporta tout cela avec une fièvre qui surprit Rehana. Elle ne pensait pas que l'Inde eût tant d'importance pour lui, ou, en tout cas, elle le découvrit avec surprise. Leur père, qui s'appelait Zakariya, avait toujours déclaré être un musulman parmi les musulmans, et que cela lui suffisait. Le lieu où il était né, l'endroit d'où il venait, ce n'était ni ici ni ailleurs, tous habitaient la maison de Dieu, *dar-al-Islam*, qui s'étendait aux montagnes et aux forêts, aux déserts et aux océans, et tout y était pareil dans une même soumission à Dieu. Il avait un don pour les langues, leur père, il parlait couramment le kiswahili, l'arabe et le gujarati. Son kiswahili était presque parfait. Non seulement il se faisait comprendre avec facilité, mais cette langue il la sentait, il y cheminait avec une aisance et une assurance qui relevaient de l'évidence. Comme pour la marche, c'était un acquis qu'il avait si bien intégré qu'il lui venait naturellement. Durant les premiers temps qu'il passa à Mombasa, lorsqu'il travaillait dans les entrepôts sur les quais (il était venu par le *mausim*, lui aussi), il s'était fait des amis avec lesquels il sillonnait la ville en tous sens comme s'il n'avait jamais connu qu'elle. Les gens disaient que si on l'écoutait parler les yeux fermés, on le prenait pour un natif de Mombasa, un vrai *Mvita*. Il récitait même par cœur les poèmes de défi aux sultans de Zanzibar, qui avaient toujours cherché à étendre leur pouvoir jusqu'aux plus petits villages et hameaux côtiers. Tout le monde aimait chez lui le fait qu'il se soit adapté avec autant de facilité et d'enthousiasme à ceux parmi lesquels il vivait, qu'il se soit montré aux mariages comme aux funérailles avec les jeunes gens de son âge, qu'il ait fait des courses pour ses aînés et accepté, comme s'il était l'un des leurs, les remontrances de ceux qui mettaient leur nez partout. Peut-être y avait-il des marchands du Gujarât qui le prenaient pour un renégat, mais ces gens-là admiraient le talent et certains soupçonnaient une méthode sous ces dehors spontanés. Mijotait-il quelque chose ? Ceux qui l'aimaient le menaçaient toujours de lui trouver une femme afin qu'il n'ait jamais envie de les quitter, mais ce ne fut pas nécessaire puisqu'il en trouva une par lui-même, leur mère Zubeyda.

Rehana connaissait l'histoire de leur idylle par cœur, car l'un et l'autre évoquaient cette époque depuis qu'ils étaient jeunes parents. Ils firent de leur rencontre et de leur mariage une sorte de mythe, dont personne n'osait ni ne voulait discuter avec eux, pas même tante Mariam, qui n'hésitait pas en général à se moquer de ces sottises. Plus tard, après la mort si inattendue de leur Ba, quand Rehana passa beaucoup de temps avec sa mère au cours des trois années qui lui restaient à vivre, elle avait eu plus de détails sur la façon dont ils s'étaient rencontrés et en étaient arrivés à s'aimer. Comment, par exemple, il l'avait aperçue dans la rue et avait été séduit – elle ne l'avait pas remarqué, car, craignant pour leur réputation, les jeunes femmes n'osaient pas regarder les hommes quand elles sortaient. Comment il était passé devant sa maison un soir, en espérant l'apercevoir, comment il l'avait entendu chanter chez elle, sans qu'elle le sache, comment sa voix avait fait naître en lui de tels sentiments qu'il avait compris qu'il était amoureux. Comment cet amour secret en était venu à l'obséder au point qu'il n'en restât pas longtemps secret, et que tout le monde sût et s'amusât de le voir passer devant la maison pour la dixième fois de la journée. Comment elle se saisit de l'occasion pour le regarder et, parce qu'elle avait aimé ce qu'elle avait vu de lui, lui laissa voir finalement qu'elle le regardait. Comment un jour elle lui avait souri dans la rue, et comment peu de temps après il avait fait passer un message par l'imam de la mosquée Shimoni disant qu'il désirait la rencontrer. Comment la mère de Zubeyda s'inquiétait, car le jeune homme travaillait sur les docks et qu'elle ne savait rien de sa famille, mais son père avait trouvé que c'était un garçon poli, et tout le monde l'appréciait, bien qu'il fût indien (le père de Zubeyda aimait la courtoisie qu'il considérait comme une vertu morale). Comment enfin elle lui avait dit le trouver à son goût et bien vouloir de lui, et ce fut fait. Comment il s'était montré timide dans les débuts, comment il chantait pour elle dans un murmure, comment il la faisait rire.

Pour Rehana, tout ne se passa pas toujours si bien de leur vivant, mais tels étaient les souvenirs que leur mère voulait garder de lui. Les dernières années, il était devenu irritable et exigeait d'être obéi en toute chose, ce qui rendait les autres anxieux et craintifs en sa présence. Son ouïe se mit à décliner, et les douleurs qu'il avait parfois dans l'oreille altéraient son humeur. Mais leur mère l'adorait, et tous l'adoraient. Il suffisait d'un sourire ou d'une taquinerie de sa part pour qu'ils fondent devant lui. Il suffisait qu'il parle d'un certain ton de voix et chacun alors savait qu'allait venir une chanson ou un bon mot. Sa mort sans histoire – il était parti paisiblement dans la nuit – fut un cataclysme. La maison changea, elle devint plus vaste, plus vide. L'air même que l'on respirait parut s'être lui aussi vidé de sa substance. Manquaient à Rehana ses bruits, sa voix, la masse de son corps, sa présence, mais par la suite elle comprit que plus que tout encore lui manquaient ses récits. Certains étaient connus, c'étaient les récits que d'autres racontaient, peuplés d'animaux doués de parole et de belles magiciennes, sauf qu'il les contait en leur ajoutant des variantes de son cru, debout pour mieux mettre en scène ce qu'ils avaient de dramatique et insister sur les plaisanteries. *Hapo zamani za kale*. Il y a de cela bien longtemps. Elle aimait l'entendre prononcer ces mots, elle aimait sa façon de raconter l'histoire du *Cheval magique*, surtout lorsque le jeune prince et la jeune princesse s'élèvent au-dessus de la ville sur leur cheval d'ébène pour s'en aller vers le royaume du père, au Yémen, dans la province de Sanaa. Certains de ces récits, elle en était convaincue, étaient de sa propre invention, mais il donnait toujours l'impression qu'ils venaient d'un même fonds. Lorsqu'elle était enfant, il lui avait ainsi conté l'histoire de Zubeyda, l'épouse d'Harun Rashid, qui chantait à merveille et que sa générosité avait rendue célèbre. Elle avait construit des mosquées, et des routes, et des citernes pour recueillir l'eau, une bénédiction dans un pays où règne la sécheresse. « Voilà pourquoi j'ai épousé ta mère, avait-il dit à Rehana quand elle était jeune, et parce qu'elle était jeune elle l'avait cru. Je savais qu'elle s'appelait Zubeyda, elle était très jolie, et lorsque je l'ai entendue chanter j'ai pensé que c'était la Zubeyda de la légende qui était de retour. » Puis une nuit, celui qui emplit les tombes était doucement venu le chercher, les laissant tous inconsolables et démunis face à ce silence qui était si nouveau pour eux.

Non, il n'avait jamais paru ni troublé, ni intéressé par son « indianité », tant il était absorbé par la vie au quotidien de la famille et des voisins, et par ses affaires. Ils avaient quitté Mombasa pour cette ville du nord à l'époque où Rehana puis Hassanali étaient nés, et c'est ainsi que, aussi longtemps que remonte son souvenir de lui, cette échoppe et cette ville ont constitué son existence. Jamais il ne les a quittées pour se rendre ailleurs. Il en avait assez des voyages, disait-il. Nul ne devrait avoir à voyager plus de quelques centaines de *miles* au cours d'une vie, à moins d'être mu par la malveillance ou l'appât du gain, et il avait eu son comptant de *miles*. Il aimait avoir ses enfants dans la boutique, ou à une distance d'où il pouvait les regarder jouer. Et chaque fois que c'était possible, s'il n'y avait pas de femmes en visite à la maison ou une foule qui attendait devant le magasin, il s'arrangeait pour prendre son repas avec Zubeyda et les enfants. Plus tard, Rehana comprit ce qu'il y avait là d'insolite, qu'un père ait souhaité être avec sa femme et avec ses enfants plutôt que de s'asseoir à l'ombre à palabrer avec les hommes. Ce qui ne l'empêchait pas d'aimer cela aussi. Il avait installé ce banc devant son échoppe où les gens s'asseyaient à demeure, meublant leurs journées de conversations, de disputes et d'interminables récits, riant et se provoquant les uns les autres comme des enfants. Leur père aimait ces bavardages et les voix qui montaient d'un ton et les moqueries volubiles. Ils aimaient tous cela, les hommes. On le sentait à la violence joueuse qu'ils mettaient dans leurs paroles de dérision et de mépris, à la joie que provoquaient les taquineries. Mais Rehana trouvait les hommes intimidants, et leurs regards insistants, et elle remarqua que sa mère tournait toujours à gauche en sortant de la cour sans jamais regarder en direction du banc.

Par deux fois, il y a longtemps lorsqu'elle était enfant, Rehana était allée à Mombasa avec leur mère et Hassanali. Leur père était resté pour s'occuper de la boutique et faire la conversation aux hommes qui venaient s'asseoir avec lui tous les jours. Elle était allée rendre visite à ses grands-parents et à tante Mariam, et à oncle Hamadi et, même si lointain, le souvenir de ces voyages était aussi vivace et lumineux que le soleil de ce matin. Elle se souvenait de la traversée sur le *dhow*, du mouvement de la houle, de la fraîcheur vivifiante des embruns tandis qu'elle s'accrochait au bastingage, de sa mère silencieuse, nerveuse à côté d'elle. Elle se souvenait du trajet à pied du port de Baghani jusqu'à la maison de ses grands-parents, à travers les rues étroites et sombres d'où montaient les relents de cuisine, l'odeur de la sueur et les parfums, et qui bruissaient de voix, et de rires, et de vie. C'étaient les rues qu'empruntaient les femmes, les rues de derrière, à l'écart des artères principales et des magasins, les rues sur lesquelles les portes restaient ouvertes et où tous ceux qui les croisaient reconnaissaient leur mère et la saluaient. En chemin, ces deux fois et à d'autres occasions sans doute aussi, elle était si heureuse d'être de retour dans sa ville qu'elle parlait à en oublier les caniveaux engorgés de déchets, qu'encrassait une couche verdâtre, et l'état de délabrement des habitations. Elle expliquait à Rehana à qui en revenait la faute si telle ou telle maison devant laquelle ils passaient était en ruine aujourd'hui, ou bien comment ses anciens propriétaires l'avaient perdue au profit des nouveaux. Elle expliquait que le fils d'untel avait grandi sous ce toit. Elle lui parlait de ses amies d'enfance qui avaient habité cette maison-ci, et celle-là, et qui, une fois mariées, étaient parties vivre à Lamu, à Unguja, ou même à Ngazidja.

Mais leur père ne les accompagnait pas, jamais il ne retourna dans la ville dont jusqu'à ses derniers jours il parla avec plaisir et jubilation, et qui nourrissait tant de ses souvenirs. Mombasa était un peu ma ville, disait-il souvent. Plus tard, Rehana se demanda si un événement ne s'était pas produit pour qu'il ait refusé d'y retourner – une dispute, un déshonneur. Ou bien était-ce que les notables indiens de Mombasa avaient désapprouvé son mariage avec une Mswahili ? Rehana était elle-même beaucoup plus âgée lorsqu'elle s'interrogea à ce sujet – et la désapprobation, elle connaissait. Il y avait très peu d'Indiens du temps où elle était enfant, c'étaient pour la plupart d'anciens soldats baloutches que l'on avait envoyés là pour surveiller les esclaves des plantations. Et cela, jusqu'à ce que le sultan fou de Zanzibar, Khalifa, ait fait venir pour gérer ces mêmes plantations un Anglais qui les avait tous libérés. Il y avait aussi quelques commerçants bohra, dont elle savait qu'ils travaillaient parfois comme agents pour le compte de marchands établis en Inde et à Zanzibar, ce métier que leur visiteur, Azad, avait dit exercer. Elle se souvenait des airs de mépris que prenaient ces Indiens lorsqu'ils passaient devant la boutique de son père. Sans doute parce qu'il s'était plaint des remarques qu'ils faisaient sur leur mère. Rehana n'avait jamais personnellement entendu aucune de ces remarques, mais elle imaginait qu'elles avaient trait au fait qu'elle n'était pas indienne, et elle avait entendu son père s'emporter à propos du nom de *chotara* dont on affublait ses enfants. Elle ignorait ce que cela signifiait, mais elle savait qu'il s'agissait de quelque chose de laid. Elle le voyait au regard mauvais que les Indiens posaient sur elle. Plus tard, elle apprit que le mot voulait dire bâtard, l'enfant illicite qu'un Indien avait eu avec une Africaine.

« Je ne veux rien savoir de ces mastiqueurs de noix de bétel qui prennent des airs supérieurs, de ces buveurs de lait fermenté, avait dit leur père. Regardez-les, ils ont la bouche cramoisie, toute tordue par leurs vilaines pensées, ils raillent et raillent en permanence. J'étais las de ces gens en Inde, toujours meilleurs que les autres, toujours purs, toujours dans leur bon droit. Regardez où ils vivent, dans des pièces minuscules derrière les entrepôts, comme des miséreux. Vous avez vu comment ils marchent dans la rue en se branlant à travers le pantalon ? Ils n'amènent pas leur famille ici parce qu'ils craignent qu'on les mange tout crus. Que croyez-vous qu'ils se font entre eux ? Des enculeurs de chèvres, des dégonflés, voilà ce qu'ils sont tous. D'ailleurs ils n'intéressent personne. Et pourquoi je ne dirais pas ces mots devant les enfants ? Les enfants doivent savoir qu'ils sont des enculeurs de chèvres, des langues de vipères et des moins que rien. »

Non, il ne fut jamais trop préoccupé par le fait d'être indien, et les dernières années il parlait le gujarati quand nécessaire, en exagérant le ton, en prenant sa voix taquine, sa voix d'acteur. C'est ainsi que l'avait surprise le fait qu'Hassanali ait été si soucieux de ces liens avec l'Inde qu'Azad permettait de nouer. Peut-être que leur père avait eu avec lui certaines conversations, seul à seul, et qu'avoir perdu ce lien l'angoissait, ou bien peut-être que durant toutes ces années Hassanali avait ressenti pour l'Inde un désir que leur père leur avait refusé, mais cela n'en restait pas moins une surprise pour elle, une sottise aussi. Son frère était ainsi, soucieux des choses les plus étranges, et parfois extrêmement naïf. Elle avait seize ans à la mort de leur père, Hassanali en avait quinze, et le lendemain des funérailles il avait rouvert la boutique et il l'avait tenue pour leur bien à tous, avec courage et abnégation. Depuis tout petit, il aimait à compter et peser, à ranger, à balayer, il traînait souvent du côté de la boutique à écouter les récits oiseux des vieillards qui passaient leurs journées sur le banc. Quand les affaires étaient calmes et que leur père sortait bavarder avec eux, Hassanali se perchait sur la caisse avec l'air de victoire de celui qui n'attendait que cela. De retour ensuite à la maison, il s'asseyait en silence et écoutait leur mère se plaindre de sa santé, ou bien il se mêlait à la conversation des femmes, le regard vide, comme rongé de l'intérieur. Pourquoi n'allait-il pas courir les rues avec les garçons de son âge ? Puis, quand il croisait son regard, qu'elle sentait brûlant d'impatience et d'irritation, il détournait les yeux avec un doux sourire de culpabilité.

Le lendemain des funérailles, donc, il ouvrit la boutique, le lendemain même, et il n'autorisa que rarement quelqu'un à l'aider. Leur père ne permettait pas à leur mère ou à Rehana de travailler avec lui. Les gens ne vous montreront pas de respect, prétendait-il. À présent, Hassanali refusait obstinément leur aide lui aussi. Il se débrouillait, disait-il. Il n'avait pas besoin de repos. « Tu n'es pas obligé d'être là toute la journée, lui opposait Rehana. Ce n'est pas de ta faute, ce qui est arrivé. C'est la volonté de Dieu, *alhamdulillah*. Ferme l'après-midi, quand tout est plus tranquille. Repose-toi. Va voir tes amis. Tu n'es pas forcé de faire comme lui, et puis, même lui savait prendre du bon temps. » Mais Hassanali ne fermait le magasin que lorsqu'il lui fallait renouveler son stock ou à l'heure des prières le vendredi, et il se contentait de sourire avec son air de culpabilité quand sa sœur ou sa mère le sermonnait. Pour le reste, il passait ses journées derrière son comptoir et ses soirées dans la réserve à déplacer, peser, emballer, les yeux brillants d'une tragique agitation. Aussi, avec le temps, avait-elle eu du mal à contrôler l'agacement qu'il lui inspirait, bien qu'elle sût qu'assurément il méritait mieux. Il était ridicule, et il avait des peurs qu'elle ne comprendrait jamais. C'est ainsi qu'elle jugea son enthousiasme pour cet Azad qui connaissait leur famille en Inde. Une absurdité de plus, une obligation qu'il se créait, sans que personne ne lui ait rien demandé. Pourquoi cet intérêt pour l'Inde, quand leur père, qui était le seul d'entre eux à être indien, ne voulait plus rien savoir de ce pays, et quand les seuls Indiens qu'ils connaissaient les traitaient avec mépris ?

Azad revint le lendemain. Hassanali raconta qu'il était arrivé tout sourire, qu'il avait dit le bonheur que lui avait causé leur rencontre de la veille, l'émotion qu'il avait ressentie à avoir retrouvé le fils d'un homme dont on pensait avoir perdu la trace. Aussi Hassanali l'invita-t-il à déjeuner après les prières du vendredi. Il l'amena chez eux. Le vendredi, Hassanali fermait boutique à midi et se rendait à la mosquée Juma pour la prière. Après quoi il rentrait directement à la maison pour déjeuner et ne retournait pas travailler avant 4 heures l'après-midi. C'était sa seule demi-journée de repos dans la semaine. Rehana cherchait toujours à donner un air de fête à ce repas du vendredi, qu'ils prenaient ensemble comme tous les autres repas, même en la présence d'invités. Le vendredi, tous les vendredis, Rehana cuisinait un pilaf de poulet, assaisonné de cardamome et de gingembre, et parsemé de raisins secs. Elle le servait avec une assiette de rougets frits ou de *changu* et d'une salade de radis blancs et d'oignons kachumbar, d'une sauce au piment frais et de divers achards. Ceci accompagné de fruits que l'on consommait avant, pendant ou après le repas. Ce vendredi-là, elle balaya la cour, arrosa les plantes en pot, puis commença à hacher les légumes et à mettre en route le repas en milieu de matinée. Elle servirait les hommes et les laisserait. Jamais ils ne recevaient aucun homme chez eux, si ce n'est un parent ou quelque ami de leur mère défunte, et elle savait qu'Hassanali aurait été gêné si elle avait pris place à table avec un homme qui leur était un parfait étranger.

Lorsqu'ils arrivèrent, Rehana portait son plus beau châle, qui lui couvrait la tête et le cou. Elle se tenait, pour accueillir leur hôte, à la porte de l'arrière-cour. Il lui serra brièvement la main en souriant de plaisir, et balança la tête de droite à gauche pour dire à quel point il était heureux. Elle les servit et se retira, se plaisant ensuite à écouter de loin la voix d'Azad si pleine d'entrain. Il vint à la boutique tous les jours de la semaine qui suivit, comme le rapporta Hassanali, puis il revint pour déjeuner le vendredi d'après. Mais cette fois il demanda que Rehana se joigne à eux, ayant appris que c'était ainsi qu'ils faisaient chez eux. Il avait un beau visage émacié. Il était presque grand, et bien bâti. Plus grand qu'elle, qui était fluette, d'une demi-largeur de main. Sa barbe était taillée avec soin, c'était un bel homme à l'aspect propre et net, et Rehana comprit à sa manière d'être qu'il se savait séduisant. Rien de très marqué, juste un lent sourire de contentement lorsqu'il sentit qu'il avait plu. Et il lui plut, il ne pouvait pas ne pas l'avoir remarqué. Quand il parlait, elle se surprenait parfois à l'écouter en silence, le sourire aux lèvres, en contemplant intensément la mobilité de ses traits.

Il s'adressait à eux dans un kiswahili rudimentaire dont ils s'efforcèrent d'abord de ne pas se moquer, mais Azad prit le parti d'en rire, s'exprimant par gestes et répétant avec un zèle appuyé les mots qu'ils lui corrigeaient ou lui soufflaient. Parfois Rehana reconnaissait sans aucun doute possible sa voix légère parmi toutes celles qui traversaient la cour en provenance de la boutique. Il s'y rendait apparemment souvent, et Hassanali parlait de lui tous les jours, lançant régulièrement un regard entendu dans la direction de Rehana. Pendant des semaines il vint ainsi très souvent le vendredi déjeuner avec eux, il s'asseyait ensuite en compagnie d'Hassanali à l'ombre dans la cour jusqu'à l'heure de la réouverture du magasin. Hassanali n'avait jamais eu d'ami comme lui avec lequel il pouvait rester à rire à pleins poumons des heures durant. Rehana ne pouvait s'empêcher de penser à lui, et, quand elle l'entendait sans parvenir à le voir, elle ressentait dans la poitrine une douleur qui ne pouvait être, pensait-elle, que du désir. Puis un vendredi, à quelque trois mois de son arrivée parmi eux, le repas terminé, après que Rehana eut débarrassé la table et laissé les hommes à leur conversation, lorsqu'ils eurent fini de bavarder et qu'Azad s'en fut allé, Hassanali apparut à la porte de sa chambre où elle se reposait et lui fit signe de venir. Azad l'avait demandée en mariage, annonça-t-il sans pouvoir contenir un franc sourire, ni parvenir à cacher son plaisir et à anticiper celui de sa sœur. Elle sentit le sang lui monter au visage, et elle pensa d'abord que tout cela était fou. Comment une chose tant désirée pouvait-elle lui arriver ? « Mais regardez-la », dit Hassanali en riant, et il s'avança pour la prendre dans ses bras. Alors, parce que c'était ce qu'elle désirait le plus, elle se sentit faire marche arrière et, se dégageant de l'étreinte de son frère lui dit : « Attends, attends, réfléchissons. »

Elle remarqua l'agacement d'Hassanali. Il resta aimable, accommodant, toujours souriant, mais son sourire trahit un léger désarroi. Elle avait déjà refusé plusieurs demandes en mariage. « Oui, bien sûr, il te faut prendre le temps de réfléchir, lui dit-il. Mais… je pensais que… Est-ce qu'il ne te plaît pas ? »

Elle hocha la tête avec humilité, timidement elle le reconnaissait. « Si, répondit-elle, et elle sentit la chaleur lui monter au visage une nouvelle fois. Je suis heureuse de sa demande… »

Hassanali rayonnait de plaisir, il tendit les bras dans sa direction. « Attends, attends, dit-elle en reculant jusqu'au seuil de la chambre. Ce n'est pas par suffisance… ni par vanité que j'hésite. Je me réjouis de sa demande. C'est un homme bon, gai, poli et… séduisant. Mais nous ne savons pas grand-chose de lui et des siens. Nous ne savons pas…

— Je sais que j'ai déjà pour lui les sentiments d'un frère, reprit Hassanali avec obstination, et son euphorie marqua le pas. Je sais qu'il est un ami enjoué et attentionné depuis le premier jour. Et je crois connaître assez bien la vie pour être persuadé que c'est un homme fiable et… sincère. J'ai honte de ta méfiance alors qu'il nous a témoigné tellement d'amitié. A-t-il jamais été discourtois à ton égard ? Non, il s'est toujours montré correct et digne, même si tout le monde a remarqué l'admiration que tu lui inspirais.

— C'est vrai, dit Rehana, sans parvenir à réprimer un sourire.

— Bon, alors. Seul un aveugle n'a pu voir que tu aimais le regarder, dit Hassanali, triomphant à présent, convaincu par la force de ses propres sentiments et le sourire qui passa fugitivement sur le visage de Rehana.

— Oui, mais nous ne savons rien de ses… obligations.

— Quelles obligations ? Pourquoi ne pas accepter, puis nous pourrons lui poser les questions que tu veux ? Je ne voudrais pas l'offenser. Je suis convaincu que c'est un homme de bien, et je ne crois pas que tu pourras trouver personne de mieux.

— Sa famille, lui opposa Rehana qui commençait à perdre patience. Est-ce qu'il a déjà… une famille à lui ? Est-il marié ? Doit-il rentrer dans son pays, ou a-t-il l'intention de vivre ici ? Ce n'est pas rien ce qu'il demande.

— Marié, je n'y avais pas pensé », dit Hassanali, qui comprenait enfin. Les trois demandes en mariage que Rehana avait déclinées avaient toutes été le fait d'homme déjà mariés et qui cherchaient une seconde et, pour l'un d'eux, une troisième épouse. Mais il s'agissait d'hommes plus âgés, qui avaient eu des enfants de lits précédents, et désiraient raviver, revigorer les plaisirs du mariage avec une nouvelle épouse plus jeune. Azad n'était guère plus vieux qu'eux deux, et il semblait si insouciant et si gai qu'il était difficile de l'imaginer marié.

« Si tu ne veux pas lui poser toi-même ces questions, nous pouvons envoyer un mot à tante Mariam. Ainsi quelqu'un les posera à ta place, puisque tu crains de les voir compliquer ta relation d'amitié.

— Non, objecta aussitôt Hassanali. Elle va le tourmenter et le faire fuir. Et puis cela prendra des jours pour lui envoyer le message, et des jours avant qu'elle ne se déplace jusqu'ici. Ce ne serait pas bien de le faire attendre aussi longtemps. Non, je vais l'interroger. Je vais lui parler. Mais puis-je lui dire que tu es heureuse de sa demande, aussi heureuse que je le suis ?

— Dis-lui que j'en suis heureuse, oui », acquiesça-t-elle avec prudence, plus très certaine déjà de l'insistance avec laquelle Hassanali le presserait de répondre à ses questions.

Il la laissa pour aller ouvrir la boutique. Elle retourna dans sa chambre, dont elle ferma la porte, puis elle s'allongea sur le lit avec l'impression de suffoquer. Elle était prise de terreur, comme si on lui demandait d'accepter quelque chose qui pourrait avoir des conséquences incalculables, en même temps qu'elle souriait au souvenir d'Azad. La parcourut un léger frisson à l'idée du contact, celui de son bras, de son épaule, puis elle ferma les yeux et sentit son souffle sur son corps. Elle resta longtemps ainsi les yeux fermés, perdue dans l'inventaire de ses étreintes.

Elle comprenait pourquoi Hassanali était si impatient, si désireux qu'elle accepte la proposition. Elle avait vingt-deux ans, un âge déjà avancé pour une femme qui n'était pas mariée. Elle savait qu'il s'inquiétait pour elle et pour son propre honneur, car le célibat la rendait plus vulnérable à l'inacceptable. Aux yeux d'Hassanali, comme aux yeux de tous, il aurait échoué à la protéger si elle succombait à quoi que ce soit d'inconvenant, tous deux seraient alors déshonorés. Il y avait des hommes qui faisaient ainsi profession de séduire, et leurs victimes étaient en général des veuves ou des femmes qui n'avaient pas trouvé d'époux et auprès desquelles la surveillance des familles s'était relâchée. La situation n'était certes pas encore à ce point désespérée, mais Rehana trouvait Hassanali inquiet. Il lui avait dit quelque chose d'assez dur lorsqu'elle avait refusé la seconde demande en mariage. À la première il s'était amusé de son refus, l'idée même qu'Abdalla Magoti épouse sa sœur était ridicule, d'abord parce qu'il n'arrivait pas à l'imaginer mariée, pensa-t-elle. Et puis il y avait du ridicule chez Abdalla Magoti. Ce nom lui venait de ses genoux cagneux et de ses jambes arquées, qui lui donnaient une démarche comique caractéristique. Il avait déjà une femme et trois enfants, et tous vivaient dans l'arrière-salle d'un minuscule café situé au fond d'une ruelle. C'était peu de temps après la mort de leur mère, et peut-être Abdalla Magoti pensa-t-il que, se sentant fragilisée, elle allait accepter la protection qu'il lui offrait. Hassanali avait lui-même été pris de fou rire en l'entendant faire sa déclaration, et il sourit avec bienveillance lorsqu'elle exprima son refus.

Le second refus l'amusa moins, ce qui fit rire cette fois Rehana à cause des airs outrés qu'il prit. C'était au cours de l'un des longs séjours de tante Mariam chez eux. À chaque fois qu'elle venait les voir, elle rendait visite aux nombreuses personnes qu'elle connaissait en ville, elle était invitée aux mariages, veillait les morts et recevait pour sa part plus de visites en quelques jours que Rehana tout au long de l'année. Naturellement, Rehana était tenue de l'accompagner. Il eut été bizarre et peu sociable de sa part de s'en dispenser, tante Mariam d'ailleurs ne l'aurait pas permis. Elles se rendirent un jour dans la maison d'un notable originaire d'Oman, propriétaire terrien dans la région, ainsi qu'à Takaungu. Tante Mariam avait un faible pour ces relations avec les gens huppés, et elle était aussi à l'aise dans les grandes demeures de ce milieu qui n'était pas le sien que dans sa maisonnette sans lumière (mais qui possédait une cour spacieuse dans laquelle elle faisait pousser rosiers et jasmin) où elle avait vécue toute sa vie de femme mariée, de veuve, et celle de tante dévouée. Rehana était toujours surprise du nombre de personnes que comptaient ces vastes maisonnées, les épouses, les parents, les domestiques. Certains étaient des esclaves, ou des enfants d'esclaves qui avec le temps se considéraient comme faisant partie de la famille.

Elles se trouvaient en compagnie d'une des épouses de la maison, entourée de ses domestiques ainsi que de parentes, dans une pièce du premier étage donnant sur une véranda. Une douce brise soufflait de la baie, si bien que malgré la chaleur qui chatoyait en ce milieu d'après-midi, la pièce était aussi fraîche que l'ombre d'un arbre à l'heure où le soleil se couche. Une voix masculine se fit entendre de loin pour annoncer son arrivée. L'une des femmes prévint qu'il y avait de la visite mais elle n'eut pas le temps d'empêcher l'homme d'entrer dans la pièce. Toutes se hâtèrent de se couvrir la tête, toutes à l'exception de Rehana, qui ne fut pas assez rapide, et qui n'était de toute façon pas aussi pointilleuse sur le port du voile que l'étaient ces femmes ibadites qui se couvraient jusque devant leurs propres frères, c'est du moins ce qu'elle avait entendu dire. L'homme qui apparut était trapu, il avait le teint mat et approchait la quarantaine. Il s'arrêta dans l'encadrement de la porte, gêné. Ses yeux se posèrent un instant sur Rehana et il se retira en présentant ses excuses. L'épouse qui les avait reçues leur rendit visite quelques jours plus tard et les invita à revenir la voir, l'on se revit ensuite encore une autre fois avant que le sujet ne soit abordé ouvertement. L'homme, qui s'appelait Daud Suleiman, avait demandé Rehana en mariage après l'avoir vue cette unique fois. La demande fut transmise par tante Mariam, qui posa toutes les questions et fournit toutes les informations à Rehana et à Hassanali. C'était un parent de l'épouse du notable à laquelle elles avaient rendu visite, et tante Mariam se perdit tant et tant dans les détails de la complexe relation de parenté que Rehana cessa d'écouter. Elle avait déjà sa réponse. Sachant à présent de quoi il retournait, elle se souvint d'avoir trouvé quelque chose d'abject dans le regard de cet homme d'expérience, qui la jaugeait. Le mot « abject » était-il trop fort ? Il l'avait, en tout cas, fait tressaillir et se détourner, et même si elle n'avait pas alors analysé sa réaction, elle comprenait à présent ce qu'elle avait lu dans ce regard et qui l'avait glacée. L'homme gérait pour un propriétaire terrien une ferme près de Mambrui et, oui, il était marié et avait quatre jeunes enfants, mais le logement à la ferme était spacieux et il y aurait de la place pour tous. Il y avait aussi les avantages de vivre à la campagne, les fruits et les légumes fraîchement cueillis, les œufs du jour. La protection du propriétaire apportait aussi la garantie que l'on ne manquerait jamais de rien.

Tante Mariam approuva en silence le refus de Rehana, puis elle lui demanda de lui fournir des arguments pour pouvoir répondre à l'épouse du notable. « Faut-il vraiment que je donne des explications ? Est-ce que je ne peux pas simplement dire non ? » Il était, pensa-t-elle, impossible d'avouer ce que ce regard lui avait fait craindre – qu'il ne cherche à la contraindre, à l'écraser. C'était, selon toute apparence, un homme respectable et sûr de lui, qui savait qu'il avait des devoirs dont il était soucieux de s'acquitter, et qui lui demanderait de faire de même de son côté. Ce n'était pas qu'elle savait – comment aurait-elle pu savoir d'après un si bref regard ? –, mais elle le sentait, elle sentait qu'il voudrait lui dicter sa loi, la diriger, de la façon dont son père l'avait fait et dont Hassanali croyait devoir le faire. Elle ne voulait être la seconde épouse de personne. Jamais son père n'avait parlé de prendre une seconde épouse. Pour quoi faire ?

« Je ne souhaite pas vivre à la campagne, finit-elle par répondre, incapable de trouver meilleure explication.

— Pour qui donc te prends-tu ? Pour une princesse ? » lança Hassanali d'un ton hargneux qui ne lui ressemblait pas, mais il ne parvint pas à contrôler sa colère devant ce qu'il prenait pour un caprice. Il se leva et se dirigea droit vers la porte de la cour. Après quelques pas il fit demi-tour. « Est-ce vraiment si bien pour toi de vivre ici ? Tu vas dire non à cet homme, qui t'a vue et à qui tu as plu, et qui peut subvenir à tes besoins, et plus jamais personne ne te demandera après cela. Ils penseront que tu es trop fière.

— S'il te plaît, petit, un ton plus bas, intervint sèchement tante Mariam.

— Il n'y a pas de quoi crier, de toute façon. C'est ma vie, ajouta Rehana.

— Oui, c'est ta vie, et ce sera toujours ta vie, mais continue ainsi et cela finira mal, reprit plus bas Hassanali dans un murmure de rage. Personne ne te demandera plus jamais en mariage parce qu'on te trouvera vaniteuse, et il n'y a vraiment pas de quoi l'être. Et puis un de ces hommes malveillants te séduira et tu apporteras le déshonneur à la famille. » C'est ce qu'il avait dit, avant de sortir comme un ouragan. Rehana resta le regard fixe et tante Mariam demanda tout bas à Dieu de pardonner à son neveu cette funeste pensée.

Ce qui survint quelques mois plus tard donna raison à Hassanali. Un messager se présenta envoyé par Ali Abdalla, un négociant que tout le monde appelait Msuwaki, on ne sait trop pourquoi. Ce messager était porteur d'une demande en mariage concernant Rehana. Lorsque Hassanali lui fit part du message, elle comprit qu'il se sentait à la fois triste et justifié dans sa sombre prédiction. Peut-être avait-il honte pour elle. À leurs yeux, Ali Abdalla était un vieillard, il avait soixante ans, une barbe blanche, et faisait commerce de tout ce qui se présentait, il avait deux épouses et de grands enfants quelque part en Arabie. Un parfum de scandale était attaché à son nom. Rehana en ignorait les détails et ne voulait pas les connaître, ce n'étaient pas ses affaires. Les gens inventaient toujours des ragots à partir de rien. Sans doute avait-il formulé sa demande en raison du désir sexuel qu'il avait d'une femme, lui qui était trop vieux pour s'autoriser l'indignité de monnayer des rapports avec celles qui font le trottoir. Elle comprit cela. Les Arabes d'un certain âge feignaient l'apitoiement lorsqu'ils concluaient pareilles unions, ils choisissaient des veuves ou des divorcées qui n'avaient plus beaucoup de moyens, et même parfois de belles jeunes femmes dont la famille était couverte de dettes. La contrepartie financière était alors le plus souvent négligeable, les familles voulant avant tout caser celle qui les encombrait et lui donner une respectabilité. Tout se faisait au nom de la compassion et de la bienveillance, loin de la luxure et de la cupidité. Voilà pourquoi Hassanali avait honte pour elle, et peut-être honte d'elle – qu'elle ait pu faire l'objet d'une telle proposition, comme si elle avait été sur la paille.

« Je vais répondre que non, qu'en penses-tu ? Merci, mais non », dit Hassanali, le nez dans sa tasse de café. Ils étaient assis sur la natte dans la cour mal éclairée après un dîner froid composé des restes du déjeuner. Rehana se sentait abattue, contrariée, et elle pensa qu'il en allait de même pour Hassanali. Elle ne comprenait pas pourquoi elle éprouvait ce sentiment de solitude et d'inutilité, de faute, pourquoi Hassanali avait l'air tellement découragé, comme s'ils avaient tous deux échoué, comme s'ils avaient raté leur vie. Elle aurait dû cuisiner quelque chose, ne serait-ce que des haricots ou des épinards. Elle prit la résolution de ne plus jamais servir pareil repas, de ne plus jamais laisser le riz et les légumes froids peser sur eux de toute leur médiocrité.

C'est ainsi que lorsque Azad arriva dans leur existence en milieu d'année, ce fut comme un cadeau inespéré, une bénédiction. Hassanali aurait été heureux de l'avoir pour ami, il était fier de l'admiration qu'Azad portait à Rehana, mais avait du mal à croire qu'il voudrait l'épouser. Il fut si enthousiaste lorsque le jeune homme fit sa demande qu'il dut se retenir de l'embrasser et de l'accueillir aussitôt au sein de la famille. Azad était jeune, sympathique, ouvert, plein d'audace. Il avait parcouru des centaines de milles marins et débarqué en terre inconnue, ce qui était courageux. Puis il était resté pour travailler comme négociant sans même vraiment parler la langue du pays, ce qui était encore plus courageux. Il était épanoui, heureux, il leur avait témoigné une affection infinie, sans exiger la moindre contrepartie. Hassanali les avait observés, lui et Rehana, avec une joie narquoise et incrédule, notant, plein d'un espoir prudent, l'intérêt qu'ils avaient l'un pour l'autre. En réalité, c'était plus qu'il ne pouvait espérer, et il l'avait dit à Rehana lorsqu'elle lui avait demandé d'attendre, et de réfléchir, et de faire appel à tante Mariam afin qu'elle vienne poser les bonnes questions. « Jamais tu ne trouveras quelqu'un de mieux », avait-il insisté, et elle savait qu'il avait raison. Quand Hassanali lui rapporta qu'il avait interrogé Azad, et que celui-ci avait répondu ne pas être marié et n'avoir d'autre désir que de vivre heureux auprès de Rehana, elle sourit et donna son accord, puis écrivit à sa tante. Ils se marièrent le lendemain de son arrivée.

Peut-être était-ce plus qu'elle ne méritait. Pendant des mois elle s'était perdue en lui, comme s'il avait pris possession d'elle, comme s'il l'avait transformée. Elle se sentait belle et forte, elle souriait en son for intérieur en pensant à lui, elle se montrait tolérante face à toutes ces choses qui lui avaient auparavant parues exaspérantes et mesquines. Jour après jour, elle se réjouissait de ce corps à côté du sien, des étreintes de cet homme, de son rire. Il voyageait pour ses affaires, mais sans que cela fût insupportable au début, et à chacun de ses retours elle avait l'impression d'être encore plus sienne. C'était tellement inattendu, ce sentiment d'intimité, cette proximité, comme s'il avait fait partie d'elle, comme s'il avait été sa chair. Quand le *mausim* finalement revint, et que débarqua le capitaine avec lequel il travaillait, Azad se trouva très occupé, il se déplaçait beaucoup pour superviser l'acheminement de toutes les marchandises qu'il avait négociées. Ils ne le virent que rarement dans les dernières semaines.

Il avait indiqué qu'il allait devoir repartir avec le bateau, afin de s'assurer qu'une fois les marchandises vendues il percevrait sa part des bénéfices. *Business is business*, il faut veiller au grain si l'on veut être sûr de bien toucher son dû, et ne pas se laisser escroquer. Le capitaine certes était un parent, et il ferait en sorte qu'il soit effectivement payé, mais l'argent corrompt les âmes les plus pures, et le capitaine lui-même, qui n'était en aucun cas une âme des plus pures, pourrait être tenté. Aussitôt ses affaires réglées, il serait de retour, et alors Rehana serait grosse de leur premier enfant, espérait-il. Elle avait du mal à l'accepter, elle le supplia, mais il l'apaisa. C'est ainsi que vivent les gens comme nous : les voyages, le commerce, pour se faire une place au soleil. Je vais partir et revenir, et avec un peu de chance je ramènerai certains des présents que Dieu garde en réserve pour nous. Hassanali demanda à sa sœur de ne pas s'obstiner sottement, et de cesser de mener la vie dure à Azad. Il en allait ainsi pour tellement de gens d'ici, elle le savait. Quand les vents du *mausim* tournèrent cette année-là, il alla s'embarquer à Mombasa, puis plus rien, rien depuis cinq ans et sans doute à jamais.

Ils avaient pensé qu'il enverrait un mot dès qu'il le pourrait, mais il ne le fit pas, et Rehana se mit à craindre que le bateau ait fait naufrage. Leur père Zakariya leur raconta que c'était ainsi que son propre père avait disparu, il avait péri pendant le retour du voyage du *mausim*, son bateau ayant sombré dans la tempête en pleine mer d'Oman. Il avait fallu des semaines avant que sa mère n'apprenne la nouvelle, et ce n'est que lorsque les marchands eurent conclu au naufrage qu'elle dut se résoudre à sa mort. Il s'appelait lui aussi Hassanali et, quand Zakariya fut en âge d'entreprendre le voyage, il s'embarqua à son tour avec le *mausim*, peut-être à la recherche de son père. Par chance il trouva en chemin son petit Hassanali, et n'entreprit donc pas le voyage de retour, échappant ainsi à la noyade. Aussi, la première pensée – terrible – qui traversa Rehana fut-elle que le navire avait sombré avant d'arriver en Inde. Hassanali chercha à glaner des informations auprès des uns et des autres, et l'on interrogea marchands et marins. Non, le navire était bien arrivé à bon port, ils allaient donc voir revenir le jeune homme avec le prochain *mausim*. Mais il ne revint pas, et au bout de quelque temps Hassanali n'osa plus aller aux nouvelles. Azad les avait abandonnés, il l'avait abandonnée, il était retourné à sa vie en Inde, se moquant de l'amour de Rehana, de son désir, se gaussant de leur crédulité. Mais elle n'était pas convaincue qu'il ne lui soit rien arrivé. Il pourrait bien réapparaître un jour, et alors il leur raconterait les épreuves qu'il avait traversées et qui l'avaient retenu au loin. Telle était la situation, bien qu'elle ait su au fond d'elle-même, dès les premiers mois, qu'il ne reviendrait pas. Des années durant, elle a ressassé le fait qu'il l'ait quittée, et il ne lui restait que l'amertume aujourd'hui. Elle se laissait rarement aller à penser à l'ivresse des premiers temps. Elle avait le sentiment de s'être fait duper et, le souvenir qu'elle avait de lui virant à la rancœur, elle éprouva le besoin de blâmer Hassanali, qui avait fait fi de sa prudence, bien que jamais elle ne le lui avouât et que se taire lui pesât. Sa vie en fut bouleversée, ressentiment, découragement, elle se levait tard, souffrait de son absence. Elle souffrait de son absence en permanence, même si elle haïssait tout de lui – son existence, son nom, sa voix. Elle s'occupait de la maison comme elle l'avait toujours fait, mais sans goût à présent et avec intolérance, une part d'elle-même s'était figée, alourdie, aigrie.

Tante Mariam leur rendait visite à intervalles réguliers comme elle le faisait avant l'arrivée d'Azad. Elle s'était tenue à l'écart pendant les quelque sept mois qui avaient suivi le mariage de Rehana, afin de lui laisser l'espace et le temps d'être heureuse, disait-elle, mais une fois Azad parti avec le *mausim*, elle revint les voir, pour tenir compagnie à Rehana et, pensa-t-elle, être à portée de main en cas de grossesse. Mais il n'y eut pas de grossesse, et, l'absence d'Azad se prolongeant, tante Mariam cessa de poser des questions embarrassantes et tint à Rehana, lorsqu'elle désespérait, des propos rassurants. Pour finir, ce fut elle qui prit la décision. Après presque deux ans au cours desquels elle effectua de nombreux allers et retours, Rehana et Hassanali étant toujours plongés dans la tristesse, elle resta. Elle resta de *Mfungo Mosi* à *Mfungo Mosi*, une année entière. Elle passa avec eux *Muharram*, *Maulid Nabi*, *Miraj*, *Ramadhan*, *Sikukuu Ndogo* et *Sikukuu Kubwa*. Elle chantait même une chanson satirique sur l'invitée qui s'incruste et s'incruste jusqu'à ce que l'on soit contraint de la mettre dehors, les incitant ainsi à protester que sa présence ne les dérangeait pas.

Comme toujours lorsqu'elle était chez eux – et les années passant, rien ne semblait changer –, elle continua de s'activer. Il y eut bien sûr les visites qu'on recevait, et celles qu'on faisait. Ils vidèrent les matelas de leur kapok, qu'ils mirent à sécher au soleil afin de le débarrasser des punaises et des odeurs avant d'en bourrer un nouveau calicot. Elle fit réparer les fenêtres qui donnaient sur la cour et passer les murs à la chaux. Hassanali se plaignait des dépenses que cela occasionnait, mais avec le sourire. La cour prit un aspect propre et neuf qui donnait aux plantes des formes plus harmonieuses et rehaussait leur luxuriance. Tante Mariam se lança dans la fabrication et la friture des samosas et des bajas qu'on lui commandait pour des réceptions, en réservant une partie pour la boutique d'Hassanali. Les pêcheurs se présentaient à la porte de la cour avec leurs chapelets de poissons à vendre, et elle en discutait le prix comme si elle devait se fournir pour un banquet, alors qu'une poignée leur suffisait pour accompagner leur riz, leur cassave ou leurs bananes. Cela n'empêchait pas les pêcheurs de revenir le lendemain et de vociférer devant la porte, proposant à l'occasion un poisson qu'on n'avait pas demandé, pour le simple plaisir de marchander avec tante Mariam.

Rehana ne pouvait rester au lit pendant ce temps-là, elle ne le souhaitait même pas. Tante Mariam s'installa dans sa chambre et l'obligea à se lever en même temps qu'elle, lui redonnant en douceur l'envie de s'activer. Elle demanda à Rehana de lui lire chaque jour quelques pages du Coran, car ses yeux la trahissaient à présent, et jamais elle n'avait vraiment réussi à aborder les grandes sourates, et Rehana lisait si bien. À l'âge de dix ans, Rehana était capable de lire le Coran du début à la fin, et elle en connaissait des passages par cœur. (Bien qu'elle ait dû quitter l'école peu de temps après, car elle commença à perdre le sang, ce qui devenait dangereux.) Tante Mariam persuada Rehana de lui confectionner des robes, comme elle le faisait pour son propre usage, et elle fit un tel éloge des résultats obtenus que d'autres personnes souhaitèrent s'en faire confectionner aussi. Enfin, elle sut convaincre Hassanali qu'il était temps pour lui de songer à prendre femme. Elle ne l'exprima pas, ni peut-être même ne le pensa, mais une femme pour Hassanali serait une compagnie pour Rehana, ce qui les sortirait l'un et l'autre du désarroi dans lequel ils étaient plongés. Elle savait exactement qui, dit-elle à Hassanali, pour le jour où il serait prêt, bien qu'il valût mieux ne pas trop tarder à se décider. « Je t'épouserais bien, quant à moi, plaisantait-elle, si je n'avais pas toutes ces demandes de riches célibataires à examiner. »

C'est ainsi qu'arriva Malika, qui apporta le bonheur à Hassanali, et qui changea leur vie. Rehana apprit à penser à Azad comme à une erreur qu'elle avait commise, et contre laquelle elle était impuissante. Elle pourrait essayer de faire annuler le mariage, mais à quoi bon ? Le temps jouait contre elle. Il y avait dix ans que leur mère était morte, elle avait vingt-neuf ans aujourd'hui. Vieille. Malika se tenait devant elle et s'apprêtait, ayant lavé les épinards, à préparer à présent le poisson en fredonnant sa berceuse ou l'on ne sait quelle chanson. Elle songeait sans doute à ce qu'elle et Hassanali se feraient l'un à l'autre lorsqu'il rentrerait prendre du repos. Depuis que Malika était là, il fermait la boutique deux heures durant après le déjeuner, afin de se reposer. Cela faisait sourire Rehana, même si elle les enviait aussi. Elle se leva de son siège et examina la robe qu'elle venait de terminer et qu'elle tenait à bout de bras, la tournant d'un côté puis de l'autre pour vérifier que tout était bien. Elle éprouva une certaine satisfaction à la pensée de la femme qui lui avait commandé cette robe et qui allait venir la chercher dans l'après-midi. Elle allait être contente, se dit-elle. Elle plia la robe et se rassit, et ce faisant, elle sentit cogner contre sa cuisse le carnet qu'elle avait pris au blessé. Elle n'arrivait pas à croire qu'elle ait pu un instant songer qu'il s'agissait d'Azad, l'homme qui lui avait appris le désir autant que la haine, appris à se haïr elle-même plus encore qu'elle ne le haïssait. Il n'était pas de retour, Dieu merci, car que ferait-elle s'il revenait ? Et qu'allait-elle faire du carnet du *mzungu* ? Elle n'était même pas capable de déchiffrer ce qui était écrit sans doute dans sa langue à lui. Il était impossible de le jeter, car l'homme qui ramassait leurs ordures pour les brûler les fouillait toujours dans l'espoir de trouver quelque chose à revendre. S'il tombait sur le carnet, il l'apporterait à l'Européen du gouvernement et les dénoncerait comme voleurs, anticipant une récompense. Elle pourrait l'enterrer, mais s'il venait à être découvert, cela passerait pour de la sorcellerie, ou la lubie hostile d'un esprit dérangé. Elle allait devoir le garder sur elle comme un fardeau, le cacher jusqu'au moment où on le trouverait, ou jusqu'à sa mort, et les gens s'amuseraient alors de ce dérisoire chapardage de vieille fille.

4

Pearce

Ils s'installèrent sur la véranda après un dîner de ragoût de chèvre et de riz. Burton, le régisseur de Bondeni, était venu voir le malade et faire connaissance avec lui. C'était un homme massif aux cheveux noirs en broussaille, à la moustache taillée net. Le soin porté à cette moustache lui donnait un air affecté, pensa Martin. Dans ses vêtements trop amples, il paraissait soufflé, et peut-être souffrant, pas pis en tout cas que lorsqu'il était arrivé en treillis. Depuis que le soleil s'était couché, ils avaient bu sans discontinuer, gin-fizz pour Burton, Scotch pour Frederick et Martin. Il avait pu les accompagner quelque temps, bien que sans la soif ni le plaisir qui étaient les leurs, mais il n'avait pas voulu jouer les rabat-joie ou se montrer inamical. Une fois embarqués dans leurs chamailleries sur les questions touchant à l'Empire, les voix montant au fur et à mesure que la conversation s'échauffait, Frederick ne pensa plus à remplir le verre de Martin, qu'il abandonna à lui-même, ne revenant vers lui que de temps à autre pour prendre parti en sa faveur sur tel ou tel sujet.

Burton ne voulait pas d'alliés, convaincu que l'avenir des possessions britanniques en Afrique passait par le déclin progressif et la disparition des populations locales, qui seraient remplacées par les colons venus d'Europe. C'était une évolution inévitable, inéluctable, il en était persuadé, tant qu'ils resteraient aux commandes en tous cas et que n'interféreraient pas des fonctionnaires fouineurs, du genre de ceux du moins qui font de l'ingérence obstructive et jacassent à longueur de temps sur le devoir qu'il y a à aider les indigènes.

Martin trouva quelque chose d'artificiel à cet échange entre deux colons anglais débattant avec sérieux de questions d'intérêt général. La voix de Burton se fit même plus claire, plus forte, plus précise, et prit un ton d'autorité. C'était sans doute pour lui, mais peut-être aussi pour eux, afin de se donner le sentiment de leur importance, de leur présence au monde. Oubliés la solitude, les domestiques, la maladie et l'angoisse tenace de vivre où ils vivaient, de faire ce qu'ils faisaient. Il y avait le monde à sauver. Telle était la conversation des hommes après un verre ou deux, qui évacuait les petites misères de l'existence au quotidien pour aborder les questions essentielles.

« Ce continent a le potentiel d'une autre Amérique, déclara Burton avec une emphase têtue, comme s'il s'attendait à ce que ses paroles soient accueillies avec scepticisme. Mais rien n'en sortira tant qu'il y aura les Africains. Regardez ce qui s'est passé ici. Les nègres ont été corrompus par les Arabes, par leur religion, par leur… leur parfum de courtoisie. Les Arabes eux-mêmes ne valent pas grand-chose. Ce sont pour la plupart des fanfarons, qui ne sont pas capables de travailler une journée si leur vie n'est pas menacée, ou s'il n'y a pas quelque butin, quelque pillage à espérer. Avant notre arrivée, cet endroit était livré aux pirates. Quand les vents le permettaient, les Arabes razziaient toute la côte, ils enlevaient et rançonnaient à leur gré, capturaient des esclaves. Puis, quand les vents tournaient, ils repartaient vers leurs cavernes jouer avec leur butin. Plus vite on les aura appauvris et chassés, et mieux cela vaudra.

— Peut-être », dit Frederick, cédant sur les Arabes, mais cherchant l'affrontement. Martin en avait suffisamment entendu pour comprendre que Burton était celui qui disait les horreurs, tandis que Frederick le poussait délibérément à ces excès de langage. « Il vous faut bien admettre qu'ils ont mis un peu d'ordre par ici. Il vous faut bien l'admettre. »

Burton prit son temps, faisant bruire son gin dans le verre avec contentement. Lorsqu'il reprit, ce fut d'une voix douce, en résistant aux provocations de Frederick. « Malgré le semblant d'ordre que représente le sultan de Zanzibar, le pays sans notre présence redeviendrait bien vite un repaire de brigands. Quant au sauvage de l'intérieur, c'est encore une autre affaire. Il est condamné, pour ce qu'il en reste du moins. Il ne peut que dépérir, mourir de faim et disparaître au contact de la civilisation. Inutile de me déballer vos sornettes sur la morale et la responsabilité. C'est inévitable, c'est scientifique. Il n'y a aucune cruauté à ce dénouement, il s'est produit partout, encore et encore, exactement de la même façon.

— Je vous trouve quelque peu négligent pour ce qui est de vos devoirs au service de l'Empire, reprit Frederick d'une voix pompeuse qui entendait montrer qu'il n'était pas sérieux dans son accusation. À la vérité, je vous trouve négligent sur le plan humain. J'ai une réelle responsabilité vis-à-vis des indigènes, le devoir de les surveiller, de les guider pour les amener progressivement à l'obéissance et au travail méthodique.

— C'est bien ce que je disais, ingérence obstructive. Plus on en fait pour eux, ajouta Burton, dont la voix montait de nouveau, plus ils exigent de nous, sans contrepartie aucune. À terme, ce qu'ils veulent c'est être entretenus par nous sans renoncer à se comporter en barbares. Ils vont nous haïr, mais continuer d'attendre de nous l'obligation de les aider. Ce sera comme un droit pour eux. Et vous n'obtiendrez guère de leur part de travail méthodique, pas s'ils sont livrés à eux-mêmes.

— Voilà pourquoi je dis qu'il faut les guider, renchérit Frederick. C'est *là* notre responsabilité.

— Les contraindre, vous voulez dire. On ne parvient pas à les faire travailler sans user de la force ou bien de manœuvres, on ne peut pas leur faire comprendre qu'il y a une valeur morale dans le travail et la réussite. C'est évident pour nous. Eux ne le comprennent pas. Voilà pourquoi ils continuent de se vêtir de peaux de bêtes et de vivre dans des cases faites de branchages et de bouse de zébus. Ils s'en satisfont parfaitement, et ils tueront pour défendre ce mode de vie. Vous pouvez invoquer le devoir autant que vous voudrez, mais vous n'aurez pas la prospérité ni l'ordre en Afrique sans l'établissement d'une colonie européenne. Nous ferons alors de ce pays une autre Amérique.

— Cela n'aura pas lieu sans un massacre, répondit Frederick, le regard furieux, avant d'avaler une grande gorgée de Scotch. Encore qu'à vous entendre, il ne semble pas que cela soit une chose si terrible.

— Non, votre position manque de courage intellectuel », suggéra aimablement Burton. Martin comprit qu'il avait réussi à ne pas se laisser piéger par les provocations de Frederick et que c'était à lui de le provoquer à présent. « C'est déjà un massacre. Et cela pour les faire obéir. De fait, il n'y a qu'à les laisser se dépatouiller seuls, sans intervenir, et ils disparaîtront d'eux-mêmes. »

Martin les écoutait en silence revenir interminablement sur tout ce qui les séparait des nègres, c'est-à-dire d'à peu près tous ceux qu'ils avaient aujourd'hui soumis par la contrainte à leur domination. Ce n'était pas uniquement le fait des Britanniques. Il avait entendu ces conversations chez d'autres Européens, des Français et des Hollandais, et même des Polonais et des Suédois, qui n'avaient pourtant pas d'indigènes sur lesquels régner ou à condamner à une mort imminente. Il ne supportait pas ce type de propos. Cela le rendait malade. Aussi craignait-il d'avoir été percé à jour. Il se demandait si Burton avait perçu le dégoût que provoquaient chez lui ses paroles, et s'il n'en rajoutait pas justement pour l'irriter, à moins que ce n'ait été le gin.

« Alors, Pearce ? Ou plutôt Martin, eh bien, mon vieux ? interrogea Frederick à moitié ivre et un rien agacé, peut-être parce que Pearce ne prenait pas parti contre les égarements et la vulgarité de Burton. Que pensez-vous de tout cela ? Nous sommes en 1899, comment voyez-vous le siècle à venir ? Ferons-nous mieux que nos prédécesseurs qui se sont montrés inflexibles ? Cet endroit sera-t-il débarrassé de ses indigènes et deviendra-t-il une nouvelle Amérique, ou bien verrons-nous ces ballots se transformer en sujets civilisés, durs à la peine ? Allons, donnez-nous votre opinion, mon bon monsieur.

— Je crois qu'avec le temps nous jugerons moins héroïques les actions que nous avons menées dans des endroits comme celui-ci, répondit Martin. Et nous aurons du mal à nous trouver nous-mêmes sympathiques. Je crois qu'avec le temps nous aurons honte de certains des actes que nous avons commis.

— Un *wallah* hostile à l'Empire, commenta Frederick avec délice. Eh bien, Burton, que dites-vous de cela ?

— Quant à ces sauvages que nous avons tellement voulu faire évoluer, poursuivit Martin, sachant parfaitement qu'il ferait mieux de se taire, nous nous devons de les aider en raison de la façon dont nous avons fait irruption dans leur mode de vie. »

Burton se détourna avec un ricanement désenchanté. « Nous ne leur devons rien, si ce n'est de la patience, s'exclama-t-il, en attendant que leur heure vienne. Cette patience qu'on montre devant un animal à l'agonie. Nous n'avons rien fait pour qu'ils vivent et meurent comme des bêtes. Nous leur devons uniquement de les laisser patiemment en finir avec leur existence misérable.

— Burton, vous parlez parfois comme une brute, dit Frederick avec une grimace de déplaisir. Vous avez raison, Martin, je n'en doute pas, notamment sur la question de ces sombres prophéties dont Burton est friand. Je n'attends pas du siècle à venir qu'il s'annonce meilleur que celui dont nous sortons tant bien que mal. On ne peut pas attendre grand chose d'un siècle qui se clôt en réduisant au silence de la façon dont il l'a fait un esprit comme Oscar Wilde.

— Oscar Wilde ! s'exclama Pearce en riant. Oh, nous avons fait bien pis.

— Je vais vous dire, si je pensais que Burton devait avoir raison dans ses prédictions, dit Frederick en butant légèrement sur les mots, je ferais mes bagages et je repartirais demain, et au diable l'Empire ! Burton reprend dans ses propos les divagations de ces insensés avec lesquels il a passé tant de temps en Afrique du Sud. Des Anglais cupides et des Hollandais fanatiques qui ont brouillé son esprit scientifique perspicace avec leurs théories sur les races en voie de disparition. Ce n'est *pas* l'idée qui sous-tend l'Empire. Jamais on n'a entendu pareilles choses en Inde.

— L'Inde n'est pas l'Afrique, intervint Burton. Et même en Inde, l'Empire a montré que les pratiques propres à ce pays étaient dépassées. Elles n'ont plus de raison d'être. Le mieux pour les Indiens est encore de nous laisser agir, et de nous imiter pour autant qu'ils le peuvent. Mais même cela est mieux que ce que nous avons ici. L'Inde est une civilisation ancienne qui a joué son rôle salutaire. Ici il n'y a que des bêtes et de la sauvagerie.

— Vous divaguez, dit Frederick en remplissant les verres. Si vous considérez vraiment ces gens comme des bêtes, pourquoi leur apprenez-vous à jouer au cricket ?

— Pour m'amuser. Et certainement pas parce je pense qu'il y a parmi eux un *Ranjitsinhji* », répondit Burton en souriant de sa difficulté à prononcer le mot.

Martin se leva tard le matin suivant, épuisé par l'alcool qu'il avait absorbé. La tasse de thé qu'on lui avait apportée en début de matinée avait refroidi à côté de son lit, et Hamis avait roulé la moustiquaire sans le réveiller. Il trouva

Frederick à son bureau, vêtu d'une chemise blanche et d'un large short kaki, chaussettes aux genoux, chaussures marron impeccablement cirées. Il poursuivait la rédaction de son rapport sur les rentrées des taxes douanières de l'année précédente. Burton était parti pour le domaine aux premières lueurs du jour. « Sur son âne, indiqua Frederick, qui sourit en s'enfonçant dans son siège. On voit de tout dans les colonies, non ? Il sera chez lui dans la matinée, arpentera les terres, donnera un coup de main aux indigènes comme s'il était l'un des leurs, dans la boue des fossés jusqu'aux cuisses. S'il est d'humeur dans la soirée, il ira s'asseoir parmi ses hommes pour chanter avec eux et, demain après-midi, il les poussera peut-être à une partie de cricket. Puis dans quelques jours il sera de retour ici sur ma véranda, et il déclarera qu'ils sont tous en train de disparaître au contact de la civilisation, et qu'il n'y a qu'à attendre qu'ils crèvent comme des animaux. Il adore jouer les durs, donner l'image du technicien à esprit pratique, sans état d'âme, et qui ne rêve que d'efficacité. Il y a pourtant de la réflexion chez lui, il est très sérieux dans son travail. Comment vous sentez-vous ? Vous avez l'air… mal fichu. Encore épuisé, j'imagine. Très chaud ce matin.

— Je n'ai pas, je crois, votre résistance à tous les deux lorsqu'il s'agit de boire. Vous êtes là, rasé de frais, épanoui, souriant, heureux, qui accomplissez votre devoir à la barre de l'Empire, et moi je me sens comme vidé. Hamis m'a apporté mon thé et a roulé la moustiquaire sans même me réveiller », dit Martin.

Frederick rit. « Oh, c'est simplement que vous êtes encore exténué, j'en suis sûr. Nous allons reconstituer vos forces en un rien de temps. En fait, je crois que je supporte moins bien l'alcool qu'avant. Avec la chaleur, ça mine. Oui, Hamis peut être très discret dans l'exercice de ses fonctions. Que pensez-vous de cette idée que les Noirs ont un instinct pour ces choses ? Je ne sais plus qui disait que le Noir est parfaitement adapté à ces métiers au service de la personne. Serait-ce le Dr Johnson ? Non, c'est Melville. Cette histoire de révolte des esclaves. Il a une prose à tailler à la serpe, à mon goût, mais qui convient peut-être à son sujet. Essayez donc pourtant de forcer un de ces guerriers Massaï à s'occuper de votre personne. Vous manquerez d'un ou deux articles essentiels avant peu de temps, s'il faut en croire ce qu'on raconte. Je pensais ce matin à votre marche harassante dans la brousse et aux terribles épreuves que vous avez endurées. Non, non, mon cher Pearce, inutile de les minimiser, encore que je ferais la même chose si j'avais eu la force et le courage de survivre à de telles épreuves. Je pensais à ces égorgeurs, à ces assassins qui vous ont servi de guides et qui étaient censés vous protéger, à leur scandaleuse trahison. Qui peut sonder l'esprit de ces gens ? Je me souviens que vous avez parlé de ces régions hostiles que vous avez traversées seul, et je sais que j'ai alors, à ce moment-là, pensé au poème de Browning, "Le chevalier Roland s'en vint à la tour noire", à ce chemin terrible vers la tour. Je n'aime pas Browning, et vous ? J'ai beaucoup de mal avec lui, tous ces enjambements me restent en travers de la gorge. Et ce matin j'ai pensé non, pas Browning du tout. Pas "Le chevalier Roland", mais Swinburne. Swinburne, exactement. Vous aimez la poésie, Martin ? J'ai repensé à une chose que vous avez dite hier soir à propos du siècle à venir. J'ai cherché dans Swinburne ce matin et j'ai trouvé ces vers. Vous les jugerez peut-être quelque peu improbables, et sans rapport aucun avec vos propos, mais j'y ai perçu comme un écho. J'espère que vous ne m'en voudrez pas, je les ai cochés pour vous les lire :

Seul le vent ici flotte et se délecte
En une ronde où la vie semble aride comme la mort.

Le poème ne parle pas du paysage, je sais – il traite de la mort de l'amour, et tout et tout, ce bon vieux Swinburne –, mais c'était pour cette image d'un lieu désolé, devenu désert cruel et calciné, et qui ne l'a sans doute pas toujours été. Je me demandais si vous n'aviez pas raison, et si, en dépit de tous nos efforts, ce qui a rongé le cœur de ce continent n'achèvera pas de le ronger dans son entier, de sorte qu'il ne restera plus rien ici après nous. »

Frederick fixa longuement Martin d'un œil rond et fiévreux. Martin le fixa en retour, mais silencieux, incapable de trouver quelque chose à répondre. Il voyait Frederick ému par ses propres paroles, par ses propres pensées, il sentait qu'il lui fallait dire quelque chose, mais il était comme frappé de stupeur par cet orgueil qu'il lisait sur ses traits, *et il ne restera plus rien ici après nous*. Frederick sourit. « Vous avez raison, nous n'y pouvons pas grand chose, alors autant faire au mieux et en tirer le meilleur parti. Il me semble sentir l'odeur du café. Eh bien, Martin, quels sont vos plans pour la journée ? Je vous prête Swinburne ? L'estimez-vous être un grand poète ? C'est un incorrigible mélancolique, un ronchon de première, mais mon Dieu, il sait écrire.

Aimeriez-vous, confortablement installé, vous complaire un brin dans la pénitence et le remords ?

— Je pensais descendre jusqu'à la mer et marcher sur la grève, dit Martin en jetant un regard par-dessus son épaule en direction de la véranda. Frederick se leva de son bureau et tous deux traversèrent la pièce pour aller contempler la baie.

— Le soleil tape trop fort pour sortir marcher, me semble-t-il, dit Frederick. Et il y a beaucoup d'agitation en bas, des gens ont dormi sur la plage. Regardez-moi un peu cette plage, cette saleté qu'il y a. Je vais faire placer des écriteaux quand ils auront quitté les lieux. Défense de Déposer des Ordures. Ou Qu'on Leur Coupe la Tête. Trop tard pour cette fois. Les vents de la mousson sont en train de tourner, et les bateaux arrivent de Mombasa et d'au-delà pour embarquer leur chargement. Quand on regarde au loin, la baie est belle, n'est-ce pas ? Mais la navigation y est dangereuse, surtout quand débute la mousson. La houle peut drosser un navire à la côte en un rien de temps. Et il paraît que c'est encore plus violent quand se lèvent les vents du nord-est. Ils venaient de cesser quand je suis arrivé. Il faut voir les épaves sur la plage pour le croire. Les vents s'engouffrent droit dans la baie et la mer monte jusqu'à la route, et tous les bateaux qui se laissent surprendre échouent sur la grève, dans le meilleur des cas. Ici, seuls s'en sortent les *dhows* des Bajuns et autres embarcations locales. Pour le reste, il leur faut s'amarrer le long de la pointe. C'est du sud-ouest que les vents ont à présent commencé de souffler, et la pointe fait un peu barrière à la houle. Les *dhows* arrivent sans encombre à se glisser dans le creux de la baie. Vous les voyez ? Ils embarquent là leur chargement et mettent le cap sur Mombasa et Lamu où ils vont attendre des vents favorables. L'année a été bonne, m'a-t-on dit, et c'est ici en bas que l'on perçoit les droits de douanes. Sauf pour les scélérats qui font de la contrebande la nuit, ces misérables. Vous voyez ce hangar, là-bas ? On y pèse tout ce qui est chargé sur les bateaux, pour s'assurer que Sa Majesté britannique prélève bien la part qui lui revient en contrepartie de sa présence rassurante ici parmi eux. C'est plus tranquille l'après-midi. Nous pourrons aller y faire un tour plus tard, quand le soleil sera moins accablant.

— Volontiers. Ce sera très bien cet après-midi », acquiesça Martin, qui sentait que Frederick ne voulait pas qu'il se mêle à la foule, tout en étant trop bien élevé pour le lui interdire franchement. Un agent du gouvernement pouvait-il lui interdire de sortir faire quelques pas ? Frederick le Tyran, au sens antique et bienveillant du terme, celui qui sait et qui exige d'être obéi, même s'il cache son caprice sous les euphémismes et la modestie. Et puis, la désapprobation d'un hôte si loin de la patrie constituait une manière d'interdiction, surtout quand l'invité était arrivé en si mauvais état. Il n'aurait pas été élégant de ne pas obtempérer. Encore que ce que Frederick pensait qu'il allait lui arriver dans cette foule de gens affairés, Martin l'ignorait. Peut-être craignait-il qu'il ne soit insulté lorsqu'il se frayerait un chemin au milieu des ordures et des cendres de cuisine éparpillées sur le sol. Ou peut-être était-ce qu'il voulait l'accompagner, lui montrer son territoire en personne.

« Ah, voilà le café. Ensuite une bonne dose de Swinburne pour vous pendant que je termine ce satané rapport, puis le déjeuner, annonça Frederick. J'aime le déjeuner. »

Ils sortirent en fin d'après-midi, Frederick compact et blond dans son short flottant, le poil doré et fourni couvrant comme une fourrure la partie visible de ses jambes, une pipe calée entre les dents sous l'épaisse moustache couleur bronze. C'était pour Martin l'image publique du fonctionnaire colonial en promenade, faite d'autorité et de décontraction. Martin lui-même était rasé de près et s'était fait couper les cheveux, mais il portait un pantalon d'emprunt trop court pour lui. L'agitation du matin et du début d'après-midi avait cessé, et les gens qu'ils croisaient, ou bien flânaient, ou bien étaient assis à l'ombre des maisons, et de jeunes garçons nageaient et couraient sur la plage. « Ce n'est qu'une toute petite ville délabrée, commenta Frederick, le sourcil froncé, feignant d'ignorer les remarques lancées par une bande de jeunes gens installés sous un arbre, mais retournant leur salut aux hommes âgés d'un petit geste bien à lui. Une ville riche d'histoire pourtant. Parfois fantaisiste, je dois dire, comme celle qui voudrait que les Égyptiens et les Grecs de l'Antiquité y aient accosté à la recherche de l'ivoire. Il y a un récit qu'on entend souvent, c'est celui du prince persan qui, fuyant son pays, établit ici un royaume qui fonda la *civilisation* métisse swahili. » Frederick grimaça un sourire dont on ne savait s'il était féroce ou bienveillant. Peut-être avait-il simplement grimacé au mot de *civilisation*, qu'il jugeait inapproprié dans le contexte. « Le Perse est sans doute arrivé sur son tapis volant. Il y a du vrai dans cette histoire, j'en suis sûr, mais on l'habille d'un exotisme sot destiné à séduire les fainéants. J'ai le sentiment que les hommes qui ont construit ces villes anciennes étaient ceux que Burton appelaient des pirates hier soir, et que ce n'étaient pas des princes en fuite, quoi qu'il en soit. Ce que l'on sait en revanche de façon certaine, c'est que lorsque les Portugais ont abordé ces côtes, la ville était déjà prospère et rivalisait avec Mombasa. Il y avait le commerce avec la Chine, dit-on, encore que j'aie des doutes à ce sujet. Si les Chinois sont venus jusqu'ici au XVIe siècle, pour quelle raison en sont-ils repartis ? C'est un long périple qu'ont entrepris ces hommes, pourquoi n'être pas resté et n'avoir pas pris la conduite des affaires ici ?

— Peut-être parce qu'ils n'ont rien trouvé ici de mieux que ce qu'ils avaient chez eux, suggéra Martin. »

Frederick posa sur lui un regard souriant et acquiesça. « Bien vu, mon vieux. De toute façon, le temps que les Portugais en aient fini avec la ville, celle-ci n'était déjà plus qu'un comptoir côtier sur le déclin. Vous savez ce qu'il est advenu, les razzias, le pillage, le fanatisme. Puis la cité a presque disparu sous les assauts des Oromos et des peuplades de l'intérieur, qui ont campé et déféqué sur ses ruines pendant des siècles, jusqu'à ce que le sultan de Zanzibar décide de lui redonner vie. La terre est pauvre mais elle produit suffisamment, et nous introduisons en permanence de nouvelles cultures. Il y a de l'avenir, je crois. »

Ils passèrent sur le front de mer, et Martin hésita devant la mosquée. Un groupe de vieillards étaient assis sur le *baraza*, tous barbus, certains blanchis par les ans, d'autres enturbannés. La porte de la cour d'un vert délavé était ouverte, et Martin aperçut deux autres portes qui flanquaient la mosquée elle-même. Il fit un pas en arrière et en découvrit une troisième, constatant avec bonheur que l'architecture traditionnelle pouvait se loger jusque dans un lieu aussi modeste qu'une mosquée tellement loin de ses origines. L'un des hommes prononça quelques mots, le sourire de Martin s'épanouit et il lui répondit. Il y eut un mouvement dans le groupe, des sourires, des regards qui se croisent, joyeux et surpris, tandis que l'échange se prolongeait. Martin esquissa un salut de la main, et ils reprirent leur chemin.

« Mon cher Pearce, je suis extrêmement impressionné, déclara Frederick. Qu'ont-ils dit ?

— Oh, le premier que c'était la bonne heure pour une promenade, et je l'ai invité à se joindre à nous. À quoi il a répondu qu'il avait déjà pris de l'exercice. Simples propos plaisants. J'aimerais beaucoup voir l'intérieur de la mosquée à une autre occasion, indiqua Martin en posant les yeux sur le short que portait Frederick.

— Comment se fait-il que vous parliez la langue ? Ne seriez-vous pas, par hasard, un… agent, un représentant du gouvernement ? »

Martin rit. « Un espion, vous voulez dire ? Cet homme parlait arabe, et je viens de passer un peu plus d'un an en Égypte, comme conseiller à l'éducation. À faire de l'ingérence, plutôt. De l'ingérence au département des antiquités, quand ils m'y autorisaient, j'y ai étudié les édifices et les cartes. Je crois avoir beaucoup plus appris que les malheureux qui étaient obligés d'écouter mes conseils.

— Mais oui, bien sûr, c'est stupide de ma part, reconnut Frederick, s'écartant légèrement pour prendre du recul et poser sur Martin un regard franchement admiratif. Je m'essaie, quant à moi, à l'hindi, surtout quand je n'ai pas à comprendre ce que mon interlocuteur me dit. Je n'en reste pas moins impressionné. Je devrais vous réquisitionner et vous garder ici. Burton parle un peu le swahili, mais je ne pense pas qu'il serait capable de disserter dans cette langue sur le destin des possessions britanniques en Afrique. C'est plutôt du porte-moi ceci, dégage-moi cela, ou n'essaie pas de recommencer. Cela sonne mal quand on l'entend baragouiner. La façon remarquable dont il réussit à gérer ce domaine est un mystère. À propos, Burton a insisté pour que vous lui rendiez visite dès que vous vous sentirez d'attaque.

— Oui, répondit Martin d'une voix sourde.

— Oh, il n'est pas méchant. Il s'échauffe après quelques verres, et s'emballe sur le destin de l'homme blanc, mais il n'est pas méchant. Il est caustique par provocation. Il fait partie de ces aventuriers qui vivent de combines, vous savez, ah, ah, ah.

— Je ne comprends pas ce que vous voulez dire, dit Martin.

— Eh bien, de ces types qui, chez Stevenson par exemple, abandonnent le navire pour aller prendre du bon temps avec les femmes indigènes. Et je pense à Melville encore. Mais Stevenson regorge de ces hommes qui vivent d'expédients. Je vois Burton un peu comme ces gens, là-haut sur le domaine. Oh mon Dieu, il ne faut pas que je dise du mal de ce pauvre garçon, ne faites pas attention, je raconte des bêtises. »

Ils suivirent la courbe de la baie, laissant les abords de la ville à leur gauche. Bientôt, une végétation noueuse et dense les obligea à s'éloigner de quelques mètres de la côte, et ce détour leur fit découvrir les restes de constructions de pierre qui se dressaient entre la mer et eux. « Vous avez là, indiqua Frederick, la tombe et la mosquée du chérif. Je ne peux pas vous en dire beaucoup plus. C'est vous le spécialiste. Je dirais XVIe siècle, après le départ des Portugais. »

La mosquée comportait trois voûtes sur son mur latéral. Martin esquissa de nouveau un sourire et faillit parler à Frederick des Perses sur leur tapis volant, mais il s'abstint. Le mortier des murs avait en partie disparu et il ne restait plus rien du toit, le mur du fond était effondré, celui du *mihrab* pourtant tenait encore debout, et le *mihrab* lui-même paraissait en très bon état. Il était entouré d'un carré, à l'intérieur duquel se dressait l'arc en pointe de la *qibla*. Au-dessus du *mihrab*, une tablette taillée dans une pierre différente, peut-être du marbre, portait une inscription. Le soleil de la fin d'après-midi se réfléchissait sur le corail nu du sol et dorait de ses rayons l'enceinte de la *qibla*. Martin passa sous l'unique voûte du second mur latéral, et découvrit d'abord des tombes et d'autres constructions à demi effondrées, puis au-delà, partiellement dans l'ombre d'un énorme mimosa, la tombe du chérif et sa colonne. Comparée aux autres tombes alentour, celle-ci était à l'évidence entretenue. La colonne, impeccablement passée à la chaux, s'élevait sur plusieurs mètres et dépassait les branches basses du mimosa. Elle se dressait à la tête du rectangle que dessinait la tombe, elle-même ouverte en sa partie supérieure. Chaque angle formait un petit dôme, surmonté d'un pommeau de cuivre ou de bronze. Le bâtiment à proprement parler n'était pas aussi bien entretenu que la colonne, ses réparations n'avaient pas été passées au blanc de chaux et une partie du mortier était noircie par la mousse. Martin remarqua un plat de porcelaine fiché dans le mur au pied de la colonne, qui portait une inscription en caractères arabes, trop ornés pour qu'il puisse les déchiffrer au premier coup d'œil. Il repensa à son carnet, qu'il aurait bien aimé avoir avec lui afin d'y dessiner ce qu'il avait sous les yeux. Il l'avait gardé sur lui tout le temps de son séjour en Abyssinie et en Somalie, et même après que ses guides l'eurent abandonné, il avait dû le perdre dans la ruée vers le salut.

« La tombe du chérif Hamidi, indiqua Frederick, en agitant sa pipe en direction de l'édifice. Les gens viennent ici apporter des offrandes. Jetez un coup d'œil à l'intérieur. »

Il encouragea Martin d'un hochement de tête, pensant que cela lui ferait plaisir. Les murs étaient trop hauts pour qu'il puisse apercevoir quelque chose. Frederick plaça ses mains en coupe pour lui faire la courte échelle, et Martin se hissa sur le mur latéral, où il s'assit. Des herbes folles poussaient sur la tombe où étaient posés plusieurs paquets enveloppés dans des linges. Il y en avait des bleus, des rouges, des blanc crème, et d'autres encore qui devaient être là depuis longtemps, décolorés, informes. Certains étaient attachés avec de la ficelle. Il y avait un bateau miniature, d'une dizaine de centimètres de long, avec un petit mât, et des outriggers. À l'intérieur du bateau, une poche ronde autour de laquelle était entortillée une lanière de feuille de bananier séchée. À l'autre bout du quadrilatère, côté colonne, une pièce sculptée dans un bois sombre était disposée dans le sens supposé du corps du défunt. Martin changea de position sur le mur et se pencha en avant pour mieux voir. Il ressentit alors un violent élancement le long de la fesse gauche, sans doute avait-il heurté un morceau de maçonnerie saillant. La pièce de bois sculptée portait des motifs d'arcs et de lignes, mais n'avait pas de forme reconnaissable.

Martin sauta en bas du mur et sentit ses genoux se dérober sous lui en touchant le sol. Il était encore tellement faible. Frederick le fixait, retenant un sourire, dans l'attente de l'étonnement qu'il allait exprimer. « Vous pensiez trouver là d'horribles lambeaux de chair, n'est-ce pas ? Des rongeurs éviscérés, des corbeaux crucifiés. Mais non, juste ces petits riens que les gens déposent comme une prière pour aller mieux, pour avoir des fils, pour demander protection en mer, ces choses-là. J'ai eu envie de dérober un de ces paquets, au nom de la science bien sûr, pour voir ce qu'il contenait. Mais quand je suis venu ici la première fois, c'était avec Idris, mon domestique, et cette idée l'a complètement affolé, comme si j'allais interférer dans le cours du destin. Que pensez-vous qu'ils contiennent ? »

Martin haussa les épaules, dubitatif. « Des dévotions rédigées sur du parchemin. Un morceau de quartz. Un rosaire.

— De la pacotille quoi, résuma Frederick. Des objets sans valeur, c'est sûr, et inoffensifs, je suppose. *Mumbo jumbo*, dirait-on chez nous. Savez-vous que ces deux mots désignaient de petits bouts de tissus accrochés aux branches des arbres ? Mungo Park rapporta l'expression de ses voyages en Afrique de l'Est. Mungo Park. Quel nom bizarre. Mungo, on dirait le nom d'un de nos amis indigènes, non ? Mungo jumbo. Un drôle de zigoto, ce vieux Mungo. »

Martin se demanda comment Frederick se serait défini lui-même. Se considérait-il comme un colon idéaliste, un lettré féru de poésie, un presque débauché, peut-être un homme d'esprit à l'humour subtil ? « Il me semble avoir vu une blague à tabac à l'intérieur d'un bateau miniature », déclara Martin en faisant demi-tour pour repartir. Il se dit qu'il allait revenir plus tard pour essayer de déchiffrer ce qui était écrit sur le plat de porcelaine fiché dans le mur.

« Peut-être le chérif était-il amateur de tabac à priser, suggéra Frederick dans un sourire qui découvrit toutes ses dents. Un chérif a-t-il le droit de priser ? Il était apparemment un rien poète, notre chérif, ce qui pour moi est une très bonne chose. Ce sont sans doute des dévotions destinées à être psalmodiées, mais il vous faudrait étudier cela de plus près, Pearce.

— Oui, acquiesça Martin.

— C'est étonnant, n'est-ce pas, que ces gens aient vécu pendant des siècles sans avoir recours à l'écriture, fit observer Frederick en se penchant pour enlever la bardane accrochée à ses chaussettes. Tout s'est transmis oralement. Il leur a fallu attendre que monseigneur Steere arrive à Zanzibar dans les années 1870 pour que quelqu'un songe à produire une grammaire. Je pense ne pas me tromper en disant que cela vaut pour toute l'Afrique. C'est stupéfiant qu'aucune langue africaine n'ait été écrite avant l'arrivée des missionnaires. Et je crois bien que dans nombre de ces langues, le seul ouvrage existant est la traduction du Nouveau Testament. Incroyable, non ? Ils n'ont même pas encore inventé la roue. Cela donne une idée du chemin qui leur reste à parcourir. »

Ils n'étaient pas encore rentrés que la douleur dans la hanche et le dos de Martin était devenue presque intolérable. Son visage était couvert de sueur, et il traînait légèrement la jambe. Frederick mit quelque temps avant de remarquer la détresse croissante de son compagnon, il ne s'en aperçut qu'à peu de distance de la maison. Il passa alors un bras autour de lui et l'aida à faire le reste du chemin en boitillant. Ils pensaient que Martin avait été piqué par un insecte, Hamis parla de *kenge*, et, au geste qu'il fit de l'index et du pouce pour évoquer l'idée de pinces, ils en déduisirent qu'il s'agissait d'un scorpion. Le pourtour de la piqûre était en train de passer du clair au sombre et commençait à enfler. Martin était allongé sur le côté droit tandis qu'Hamis nettoyait posément la blessure à l'eau froide à l'aide d'un linge, sans se laisser troubler par les questions pressantes que posait Frederick. Est-ce dangereux ? Existe-t-il un antidote ? Pearce, mon vieux, vous cumulez décidément les ennuis, les uns après les autres. Le cuisinier arriva avec un bol contenant une bouillie verdâtre qu'il avait préparée pendant qu'Hamis nettoyait la plaie, et il l'appliqua comme un cataplasme. Cela sentait très fort la menthe. Après quoi, il cala Martin entre les coussins pour éviter une chute, et Hamis déchira un morceau de tissu propre avec lequel il épongea la sueur au front du blessé, qui, soulagé par ces soins, poussa un soupir d'aise et ferma les yeux.

À la grande surprise de Frederick, Martin était sur pied à l'heure du dîner. Il parla d'un nouveau miracle : un jour ou deux pour se remettre d'un coup de chaleur, et quelques heures à peine pour surmonter une piqûre de scorpion. « Mais peut-être n'était-ce tout simplement pas une piqûre de scorpion, objecta Martin en s'asseyant sous la véranda après le dîner. Dans tous les cas, les piqûres de scorpion ne sont pas aussi graves qu'on le dit, et la compresse froide du cuisinier a été un excellent remède. Ce devait être, je pense, un mille-pattes. Quoi qu'il en soit, je vais m'arranger pour remercier d'une manière ou d'une autre vos domestiques…

— Ce ne sera pas nécessaire, je leur ai donné quelque monnaie de votre part, dit Frederick en levant la main, paume en avant pour décourager toute protestation. Vous ne pouvez pas faire grand chose pour le moment, privé que vous êtes de vos biens personnels. J'ai expliqué à Hamis où nous nous trouvions quand vous avez été piqué, ou plutôt où vous étiez assis. Il a été choqué. C'est apparemment très mal vu que de s'asseoir sur la tombe du chérif. Et pire, pour ce qui vous concerne, mon cher Martin, on dit que celui qui est piqué par un insecte, assis où vous l'étiez, sera dans l'incapacité de quitter les lieux. J'espère vivement pour vous que ces dires ne sont que boniments sans conséquence. À propos, il y a d'autres ruines à quelques kilomètres au sud qu'il nous faut aller visiter quand vous irez mieux. En les voyant, vous vous poserez de nouvelles questions, j'en suis certain, sur la civilisation. Comment le peuple à l'origine de ces constructions a-t-il pu devenir ce qu'il est aujourd'hui ? C'était la question que je me posais en Inde et je ne doute pas que vous vous l'êtes aussi posée en Égypte, ainsi qu'au cours de vos autres voyages. Comment ces foules brouillonnes et infantiles peuvent-elle descendre des bâtisseurs de monuments aussi magnifiques ? Il semble que quand l'inspiration vous quitte, elle vous quitte totalement.

— Peut-être faut-il prendre ces paroles pour nous, dit Martin à voix basse, refusant de se laisser embarquer dans les déclarations et les raccourcis de Frederick.

— Ozymandias, prononça ce dernier en hochant la tête. L'orgueil de l'Empire, c'est à lui que vous pensez, n'est-ce pas ? Ce qui paraît grand et puissant aujourd'hui sera poussière et ruines demain. Mais Ozymandias était un despote oriental, mon cher Martin, et donc fort éloigné de nos bons vieux esprits rationnels. Ne pensez-vous pas que c'est ce que Shelley voulait dire ? Que dans les époques de grandeur, il nous faut rester fidèle à nos traditions de liberté et ne pas nous laisser tenter par un orgueil despotique. Encore que, lorsqu'il a écrit ce poème, il n'ait pas eu la moindre idée de la grandeur à venir. »

Après un long silence, Frederick récita le poème en entier sous la brise nocturne qui fraîchissait. Il avait profité de cette pause pour se le remettre en mémoire, et il en déclama les derniers vers avec une emphase prophétique :

Alentour du délabrement
De cette ruine colossale, à l'infini et nus,
S'étendent les sables solitaires et étales.

Puis il soupira. « Je ne crois pas, vous savez. Je ne vois guère notre petit édifice à terre. Je crois que tel sera l'ordre des choses encore longtemps. Alors, mon bon monsieur, ne venez pas nous jouer les prophètes du malheur. »

Martin sourit. « À propos, dit-il, fatigué à présent de façon bien compréhensible, j'aimerais aller demain voir le marchand qui m'a recueilli chez lui, pour le remercier lui et sa famille de leur bonté. »

Frederick eut l'air peu convaincu, mais n'en acquiesça pas moins de la tête. « Je ne crois pas trop à leur bonté. Ils devaient espérer quelque récompense.

— Je leur en donnerais bien une si je le pouvais, même si je préfère penser qu'il s'agissait de bonté, dit Martin.

— Il y a beaucoup à dire sur la bonté », fit aimablement observer Frederick. Il enleva ses lunettes et gratta distraitement une piqûre d'insecte à son poignet. « C'est bien de vous montrer généreux. Vous pouvez évidemment aller leur rendre visite si vous le désirez. Et je vous avancerai ce que vous voudrez, si vous souhaitez leur laisser quelque chose, encore que je ne pense pas que cela soit nécessaire. Nous sommes arrivés très vite après qu'ils vous ont trouvé, juste avant qu'un de leurs sorciers n'intervienne, en fait. Vous savez ce qui passe pour de la médecine ici ? On blablate et on cautérise. Ils appliquent des cataplasmes n'importe comment et brûlent les plaies au fer rouge.

— J'irais volontiers seul, déclara Martin d'un ton irrité. J'ai demandé à Hamis ce matin de m'indiquer le chemin, cela ne paraît pas très compliqué. » Le domestique de Frederick avait donné l'information de sa façon laconique. Tu prends l'allée en face du grand arbre près de la tombe du chérif, tu suis la rue jusqu'à un espace ouvert, et là à gauche c'est la boutique, à droite le café, et de l'autre côté la mosquée. Cela paraissait simple, mais Frederick ne voulut rien entendre. « Mon cher Martin, mon bon ami, vous avez déjà frôlé la catastrophe, vous me semblez plutôt enclin aux accidents et aux mésaventures. Peut-être un peu de prudence serait-elle bienvenue, du moins jusqu'à ce que vous ayez retrouvé vos forces. Il est hors de question que vous parcouriez seul le dédale de ces rues crasseuses. Nous irons ensemble demain matin. »

Martin eût préféré s'y rendre par lui-même, déambuler sans hâte dans les ruelles jusqu'à ce qu'il trouve la boutique, le café et la mosquée. « Je ne voudrais pas d'une démarche solennelle, dit-il doucement, trop las pour discuter.

— Il n'y aura rien de solennel, protesta gaiement Frederick. Juste merci les gars, vous avez fait du bon travail, continuez. Puis retour à la maison pour déjeuner. » Il sourit, plein d'indulgence et de bonne volonté, proposa un autre verre à Martin, qui refusa, et s'en resservit un. « En ce qui concerne vos affaires au sens large… si je puis me permettre, cher ami. J'attends la poste, qui devrait maintenant arriver d'un jour à l'autre de Mombasa, et je me demandais si vous auriez du courrier à expédier, des démarches à effectuer. Vous êtes ici le bienvenu aussi longtemps que vous le souhaiterez pour vous reposer, bavarder de Swinburne et de l'Empire autant qu'il vous plaira. Je goûte fort votre compagnie et suis ravi de m'être fait un nouvel ami, si j'ose me permettre. » Il leva son verre pour trinquer, jovialement éméché.

« Merci, dit Martin, qui sentit les yeux lui picoter à cause de l'ingratitude qu'il avait montrée par son impatience un moment plus tôt. Vous avez été très attentionné. Je vais écrire au consul à Aden. Il connaît mes instructions en ce qui concerne les bagages et les effets personnels que j'ai laissés là-bas, il pourra également me faire transférer des fonds à Mombasa. Si je peux m'imposer chez vous jusqu'à leur arrivée…

— Je vous en prie. J'apprécie de vous avoir ici. Mais pour l'heure, vous m'avez l'air fin prêt pour une bonne nuit, déclara Frederick, puis il se frappa l'oreille gauche avec humeur, et renversa un peu de son whisky. Maudites bêtes. Ces foutus moustiques s'en donnent à cœur joie ce soir.

C'est à cause de ces va-nu-pieds qui dorment sur la plage, à coup sûr. Ils ont dû amener ces bestioles avec eux. Leurs voix m'exaspèrent, ils braillent, ils hurlent, quel tapage. » Il ralluma sa pipe à la mèche du briquet qu'il gardait près de la lampe à pétrole et glissa dans son siège en poussant un soupir.

Le bateau du courrier arriva finalement de Mombasa au matin. L'agent des messageries était un Mombasais courtois, à l'allure nette, vêtu comme les fonctionnaires, chemise blanche et pantalon kaki, qui resta debout, les mains derrière le dos pendant que Frederick, le sourcil froncé, réfléchissait à ce qu'il allait faire. Il dut finalement s'excuser de ne pouvoir accompagner Martin, car il lui fallait achever certaines tâches administratives, afin que l'envoyé, qui avait exprimé le souhait de repartir au plus vite à cause du changement de vents, puisse prendre le large tôt le lendemain. L'homme remercia et s'en alla, refusant d'un sourire le repas et l'hébergement qui lui étaient offerts. Martin avait rédigé, avant le petit-déjeuner, la lettre adressée au consul à Aden, et n'était plus guère accaparé que par Swinburne, mais il n'allait pas être livré à lui-même comme il avait commencé de l'espérer. Frederick envoya chercher le *wakil* qui l'avait accompagné la première fois à la boutique.

« J'ai eu de nouveau à faire au bonhomme, dit Frederick avec un rictus mauvais. Et je me demandais s'il ne pourrait pas être utile. Il s'est présenté tous les jours au bureau du rez-de-chaussée, pour s'informer de votre santé et offrir ses services. Il est resté là planté, à se tordre les mains et à se tortiller, mais avec une lueur fourbe dans les yeux sous ses airs de déférence. J'ai aimé l'habileté avec laquelle il a expédié tout le monde quand nous sommes venus vous chercher à la boutique. Ce n'était que de l'esbroufe, bien sûr, car ce parasite n'a aucun pouvoir, mais je commence à penser que je pourrais utiliser son bluff au profit du gouvernement. Il possède quelques rudiments d'anglais, a un minimum d'instruction et comprend comment les choses fonctionnent. Il s'est cru malin, mais je crois l'être plus encore que lui. N'allez pas penser que je me vante en disant cela, je connais simplement par expérience les limites des indigènes. J'imagine, néanmoins, que l'onctueux gentleman se révélera précieux de temps à autre. »

C'est ainsi que Frederick envoya chercher le *wakil* et qu'il lui demanda comme une faveur faite au gouvernement d'accompagner Mr Pearce chez le *dukawallah* qui l'avait recueilli quelques jours plus tôt. La matinée était déjà bien avancée lorsqu'ils partirent. Le *wakil* n'avait pas eu le moindre contact avec Martin, nulle suite n'avait été donnée à ses demandes de nouvelles, et il n'était pas sûr de la nature exacte de cette visite à Hassanali, aussi se contenta-t-il de saluer et de se mettre en route. Martin comprit qu'il était disposé à s'adapter à tout ce qui pourrait lui être demandé. C'était une matinée radieuse et chaude. Le *wakil* avait apporté une ombrelle qu'il ouvrit et maintint au-dessus de la tête de Martin comme un baldaquin.

« *La la, ma'esh* », dit celui-ci en s'écartant d'un pas.

Le *wakil* lui lança un regard de surprise et, sans aucun doute, changea d'attitude à son égard. Il répondit en arabe, et ce fut au tour de Martin d'être surpris. Donc, il connaissait quelques mots d'arabe, parlait un anglais épouvantable et savait un peu de swahili. On ne fait pas d'affaires ici sans l'arabe. « Mais comment se fait-il que vous maîtrisiez cette langue ? » demanda le *wakil*. Martin expliqua qu'il avait vécu en Égypte. « Ah, répondit l'autre, l'Angleterre est partout. »

Le *wakil* avait raison, c'était une matinée très chaude sans un souffle d'air, mais, comme Martin refusait l'ombrelle, par politesse il ne se protégea pas non plus. Ils trouvèrent un peu de fraîcheur en s'enfonçant dans les ruelles, et Martin s'arrêta un instant pour laisser ses yeux s'accoutumer au changement de lumière. Il marchait lentement derrière le *wakil* qui avait commencé par avancer à grands pas avant de s'apercevoir que Martin flânait. Il y avait dans ces rues une odeur étrange et familière, celle du temps qui passe et de la misère : l'égout à ciel ouvert, le flot noirâtre des rejets, les maisons délabrées, imbriquées les unes dans les autres, imprégnées depuis des décennies par l'haleine et la sueur des hommes. Une odeur qui faisait penser à la chair qui guérit, à la boue qui sèche, une odeur qui pouvait virer à la pourriture et à la maladie, bouillonnement d'où s'échappent des gaz délétères. Le paludisme était dans l'air. Et les gens vivaient au milieu de cet air-là, vivaient et commerçaient, allaitaient leurs jeunes enfants, leur chantaient des berceuses pour les endormir. Aussi Martin prit-il une inspiration profonde, bien résolu à s'y faire. Les enfants lui souriaient timidement en l'appelant *mzungu*, et il leur retourna leurs sourires. Les vieillards l'inspectaient de haut en bas sans mot dire, contemplant ses sandales, ses vêtements flottants, ses cheveux ras, sans pouvoir s'empêcher de prendre un air narquois. *Mzungu hafifu*, lança l'un d'eux.

Drôle d'Européen. Tout le monde rit, et Martin aussi, ce qui les fit rire encore plus, car ils pensaient qu'il n'avait pas compris qu'ils riaient de lui. D'autres huées suivirent, des insultes aussi, qui firent glousser et pouffer tout le monde : *kelb, sheitan, majnoon, punda*. Chien, démon, fou, âne. La plupart de ces mots empruntés à l'arabe.

« *Anafahamu* », cria le *wakil* en agitant son ombrelle vers le plus proche des joyeux lurons. Il comprend tout. Il y eut d'autres rires, et les gens sortirent sur le pas de leur porte pour voir le *mzungu* qui comprenait tout. Ce furent de nouveau des cris et des rires, mais ces facéties les dépassaient tous deux à présent, estima Martin. Assurément, il ne pouvait guère saisir qu'un mot par-ci par-là. L'hilarité générale semblait rester bon enfant, aussi haussa-t-il les épaulés dans le but de montrer sa perplexité, avant d'ébaucher un salut de la main, comme l'idiot du village qui prétend ne pas se vexer afin de désarmer ceux qui le tourmentent. Il y en eut un ou deux pour lui retourner son salut, puis soudain les enfants s'en prirent au *wakil. Kumbaro*, se mirent-ils à crier. Martin ne connaissait pas le mot, mais il vit le *wakil* s'accrocher ferme à son ombrelle et lancer dans leur direction un regard furibond. *Kumbaro, kumbaro, anakumba uharo*, scandaient-ils en dansant, évitant de se mettre à portée de l'ombrelle du *wakil*. Une femme sortit de chez elle, attrapa un des gamins et lui administra une grande claque sur la joue. Tu n'as donc pas de manières ! lança-t-elle en lui appliquant une deuxième claque sur la même joue. Le garçonnet fondit en pleurs et partit le cœur gros, bronchant et dérapant sur le sol inégal, aveuglé par les larmes. La femme courut derrière lui en l'appelant par son nom, elle en était toute retournée.

Ils arrivèrent sur la place et Martin jeta un coup d'œil en direction du *wakil*, afin de savoir s'il partageait son soulagement. C'était comme s'ils étaient entrés dans une grande maison qu'ils auraient contemplée dans l'intimité de sa vie domestique. Si bien qu'il mit un moment avant de prendre la mesure de l'espace et de l'ordonnancement du lieu, des dimensions pertinentes et justes de la mosquée dans un angle, avec ses portes bleues, ouvertes à présent que la matinée avançait, puis des champs au-delà, du café et de ses tables à plateau de marbre, des maisons proprettes aux rideaux de porte gonflés par la brise. Il émit alors, trahissant son plaisir, un petit son nasal de reconnaissance et d'approbation. Telle est notre idée de la beauté, songea-t-il, cet agencement, cet équilibre, et il sentit les yeux lui picoter au souvenir du pays natal, même si rien de ce qu'il voyait ici ne ressemblait à l'Angleterre.

Le *wakil* pointa vers la gauche son ombrelle à tout faire, puis il secoua lentement la tête et sourit. Avant même qu'ils n'aient atteint la boutique, Martin comprit que leur arrivée était en train de susciter une certaine émotion. L'un des hommes assis sur le banc se leva pour lancer un appel en direction de l'épicier, et quelques-uns des enfants qui les avaient suivis à travers les ruelles se mirent à courir en quête d'une bonne place pour assister au spectacle. Tous les autres hommes qui occupaient le banc s'étaient eux aussi levés. Ils serrèrent la main du *wakil* puis celle de Martin, qui ne put se soustraire à ces salutations, comme s'il avait été l'invité d'honneur à un mariage. Il se dirigea vers la boutique, ses corbeilles et ses cageots débordant de marchandises, ses cascades de riz et de haricots, ses rhizomes de gingembre, ses blocs de sel, ses gousses de tamarin, et, quand ses yeux se furent habitués à l'obscurité, il aperçut celui qui se tenait devant lui au milieu de tout cela, les épaules rentrées, se préparant au pire. Martin lui adressa un signe de la main, et l'autre lui retourna son salut. La foule s'était massée en demi-cercle autour de lui, faisant fi des coups d'ombrelle du *wakil*. Martin se pencha par-dessus les marchandises pour serrer la main de l'épicier, qu'il vit se réjouir avant de lui tendre la main à son tour. Il descendit de son estrade, ouvrit la porte latérale de la boutique et sortit sur la place. La foule, moins compacte, avait commencé de se disperser et la tension était en train de retomber. Martin comprit qu'ils s'étaient tous attendus qu'il formule avec morgue des exigences, comme peut-être l'avait fait Frederick lors de sa première visite. Le marchand lui serra de nouveau la main et sourit avec une sorte de pudeur, soulagé. Mais Martin voyait bien qu'il gardait, malgré tout, un regard inquiet à cause des badauds qui stationnaient trop près de sa marchandise pour qu'il puisse la surveiller, alors il se tourna vers la foule des curieux et fit signe à tous de s'égailler, il le leur demandait comme une faveur, *s'il-vous-plaît. Anafahamu*, expliqua le *wakil*, agitant son ombrelle dans leur direction à la manière d'une baguette magique qui pouvait les faire disparaître tous. L'on s'y reprit à plusieurs fois, et la foule finit par accepter de reculer comme à regret, mais elle refusa de s'en aller. Les trois vieillards retournèrent à leur banc, et le marchand put enfin regarder Martin avec un sourire moins crispé.

« Je suis venu vous remercier pour votre gentillesse. Je m'appelle Martin. »

Le marchand hocha la tête pour montrer qu'il avait compris et donna son nom : Hassanali. Et Martin hocha la tête à son tour. Le *wakil* approuva l'échange d'un mouvement de tête, lui aussi. Peut-être n'était-ce pas ce à quoi il s'était attendu, mais Martin supposa qu'en homme d'expérience il savait ne rien laisser au hasard et tirer avantage de toutes les situations. *Mashaallah, mashaallah*, disaient les vieillards, étonnés de l'entendre parler arabe. Martin adorait la façon dont sa connaissance hésitante de la langue lui avait toujours acquis des amis au cours de ses voyages, comme en ce moment même ici. Il n'était pas compliqué de comprendre pourquoi. Après quelques minutes de ces politesses, Martin se retrouva assis sur le banc avec les hommes âgés qui lui avaient fait place à leurs côtés, eux qui d'ordinaire prenaient probablement davantage leurs aises sur ce même banc, et il se laissa soumettre à un interrogatoire. Le banc se trouvait à l'ombre et une brise soufflait en provenance de la mosquée, mais Martin était en nage. Le *wakil* agita furieusement son ombrelle en direction des badauds, qu'il éloignait un peu plus à chacun de ses mouvements. Martin vit qu'Hassanali n'avait guère envie de les abandonner pour aller s'occuper de ses clients, et que le *wakil* restait à proximité, appuyé sur son ombrelle face au banc, gardant un œil sur ce qui se passait, sans aucune intention de renoncer à ses responsabilités le concernant. L'homme sûr de lui au visage taillé à la serpe et à la barbe grise mal rasée présidait la séance. Il effleura de la main la cuisse de Martin et lui indiqua s'appeler Hamza bin Massud, et ses compagnons Ali Kipara et Jumaane.

Ainsi, dit Hamza, s'exprimant en arabe avec lenteur afin que tout le monde puisse comprendre, *Mashaalah*, vous nous avez étonné, oh cheikh *mzungu*. J'ai voyagé de Lindi à Kismaayo et jusqu'à Aden, mais jamais je n'ai rencontré de *mzungu* qui parlait l'arabe ou le kiswahili. Si vous aviez parlé quand nous vous avons trouvé il y a quelques jours, alors que vous étiez comme un cadavre, et si vous aviez parlé en arabe, si vous aviez parlé en cette heure de tous les dangers, je crois que nous vous aurions pris pour un valet du Grand Satan. Racontez-nous, Martin, comment tout est arrivé et ce qui vous a amené ici, vêtu de haillons et si près de la mort. Dites-nous. »

Cela aurait pu être l'amorce d'un nouvel épisode des *Mille et Une Nuits*, une invitation à conter. Et c'est ainsi que Martin le prit, s'en tenant à un bref récit, même s'il savait que son auditoire avait tout son temps et rêvait d'avoir plus de détails. Il voyageait avec une expédition de chasse dans l'intérieur du pays, mais ses compagnons avaient voulu s'enfoncer davantage vers l'ouest, et il avait décidé, quant à lui, de descendre vers la côte.

Tout seul ?

Non, non, mais en chemin il avait été séparé de ses guides et il avait dû continuer seul jusqu'ici.

Qui étaient ces guides ? Ils l'avaient sans doute dépouillé avant de l'abandonner. Étaient-ce des sauvages ?

Des Somaliens.

Un Somalien ne se perd jamais. Ils ont dû vous voler. Vous avez beaucoup de chance d'être parmi nous, Martin. Dieu vous a protégé, *alhamdulillah*, il faut Le remercier. Et votre santé ? L'avez-vous recouvrée ? Vos frères et vos enfants seront soulagés de l'apprendre.

C'était le marchand qu'il était venu remercier, il était

à présent retourné à son comptoir et lançait des regards inquiets en direction du petit groupe. Il vit Hassanali appeler quelqu'un, puis aperçut la silhouette d'une femme dans l'obscurité du couloir, au fond de la boutique. Il se demanda s'il s'agissait de la femme dont Frederick avait dit qu'elle le nourrissait d'on ne sait quelle saleté lorsqu'ils s'étaient portés à son secours. Un peu plus tard, alors que Martin écoutait poliment le récit d'autres voyageurs qui s'étaient égarés et avaient retrouvé leur chemin, il distingua de nouveau la silhouette dans l'ombre, il vit Hassanali se lever, aller vers la femme et revenir avec un gobelet de porcelaine, qu'il donna au *wakil*, qui le donna à Martin. C'était une citronnade, il en sentait la fraîcheur. Il n'y avait qu'un seul gobelet, aussi Martin hésita-t-il, mais le *wakil* l'encouragea d'un geste zélé. Buvez, buvez. Martin le proposa aux hommes qui étaient assis sur le banc, tous refusèrent sans un mot, mais avec d'aimables mimiques de remerciement. Et Martin engloutit la citronnade, sans cacher le plaisir qu'elle lui procurait. C'est alors que le *muezzin* lança son premier appel à la prière de la mi-journée, et les vieillards comme la plupart des badauds qui traînaient encore dans les parages se mirent en route pour la mosquée ou leur maison. Hassanali descendit de son perchoir et invita Martin à se joindre à eux pour le déjeuner. Rien qui ne sorte de l'ordinaire, juste leur repas quotidien, le *wakil* aussi pouvait rester s'il le souhaitait. Martin protesta qu'il avait suffisamment dérangé Hassanali et les siens, qu'il était simplement venu les remercier de leur gentillesse et non pas s'imposer de nouveau, qu'il leur était déjà beaucoup trop redevable. Pas besoin le repas, intervint le *wakil* en anglais. Cet homme demande bonne politesse. Non, sir, déjeuner avec l'administrateur colonial.

Mais Martin voulait rester, il avait protesté pour la forme, pour laisser au marchand la liberté de ne pas insister. Y aurait-il assez ? Il imaginait que des instructions avaient été données quelque temps plus tôt quand la femme s'était montrée la première fois. Il voulait rester à cause du récit que Frederick avait fait de son sauvetage d'entre leurs mains, des soupçons qu'il avait portés sur eux alors que Martin savait qu'il n'y avait rien à lui voler, du mépris avec lequel il imaginait que Frederick les avait traités. La manière dont il avait rapporté être retourné leur faire la leçon l'embarrassait terriblement. Frederick avait brandi sa cravache et menacé le marchand en lançant : « Si tu me mens, sale chien, je te frapperai à t'en arracher la peau du dos. » Sur la véranda, Frederick avait lui-même raconté les faits, prenant une voix de stentor et faisant d'horribles grimaces dignes du Grand-Guignol, debout pour être plus crédible, la main droite levée sans lâcher son cigare, le verre dans la main gauche. L'évocation de la scène était sûrement exagérée, mais Martin savait que les terribles menaces, elles, ne l'étaient pas. Il voulait rester, et faire quelque chose qui ne lui était pas facile, s'asseoir avec eux dans leur modeste maison, partager leur modeste repas, trouver tant bien que mal un sujet de conversation. Non pas serrer des mains et laisser quelques pièces et *merci les amis*, il voulait leur montrer qu'il n'éprouvait que gratitude à leur égard, qu'il n'avait à leur encontre ni soupçon, ni mépris. Ainsi, il renvoya finalement le *wakil*, qu'il chargea d'un message pour Frederick, disant qu'Hassanali le marchand le raccompagnerait dans l'après-midi.

Hassanali ferma la boutique avec un soin particulier, mais peut-être prenait-il son temps à cause de la chaleur accablante, puis il introduisit son hôte chez eux en le faisant passer par derrière. Il signala leur arrivée à haute voix et poussa la porte. Ils débouchèrent dans la cour, où ils ne trouvèrent personne. Le blanc et le vert dominaient. Les murs étaient passés à la chaux, les fenêtres peintes en vert, des plantes en pot poussaient avec exubérance – rosiers et touffes de lavande, ainsi que des buissons aux feuilles d'un vert tendre qui ressemblaient à des géraniums et dont le parfum, il le savait, embaumait l'air la nuit venue. À droite, un auvent de chaume reposait sur des piliers entre lesquels, au sol, une natte était déployée aux motifs entrelacés, bleus, verts, roses. Martin fut surpris de trouver le repas déjà prêt, un grand linge de couleur crème le protégeait des mouches et de la poussière. Comment avait-on pu préparer si vite un déjeuner comptant un couvert de plus ? Hassanali lui montra la salle d'eau au fond de la cour, qui, au grand soulagement de Martin, était obscure mais propre. Il se demandait ce qu'on avait bien pu trouver à cuisiner en à peu près une heure de temps, depuis que l'invitation avait été lancée, mais en la circonstance c'était l'intention qui comptait, plus que les mets que l'on offrait. Il lui semblait avoir humé l'odeur d'un riz au poisson, et il y aurait très certainement des fruits. Jamais il n'avait vu autant de variétés de fruits que dans cette ville.

Hassanali l'invita à s'asseoir sur la natte et apprécia de le voir commencer par retirer ses sandales. Il passa à son tour par la salle d'eau tandis que Martin s'installait, conscient d'être observé de l'intérieur de la maison par la femme qui se tenait sans doute derrière une fenêtre dans la pénombre. À son retour, la moustache poivre et sel scintillante d'humidité, Hassanali entra dans la maison pour en ressortir suivi de deux femmes. Ses deux épouses, pensa immédiatement Martin. Hassanali le désigna d'un geste et prononça son nom, l'air réjoui. La plus jeune des deux femmes sourit, mais pas l'autre, qui posa sur lui de beaux yeux noirs brillants. C'est ce qu'il vit en premier, ces yeux.

« J'espère que vous ne vous offenserez pas si nous prenons le repas en commun, lui dit-elle en arabe, d'un ton égal, sans animosité. Nous prenons toujours nos repas en commun.

— C'est vraiment très aimable à vous, merci », répondit Martin.

Ils s'installèrent sur la natte, Martin bataillant avec ses genoux, ses chevilles et ses pieds, qui faisaient manifestement saillie de tous côtés quand ses hôtes semblaient parfaitement à l'aise avec leurs articulations. On retira le linge qui couvrait le repas, et Martin découvrit un grand plat de riz, ainsi que toutes sortes d'accompagnements servis séparément : épinards, poissons frits, légumes cuits à l'étouffée, pommes de terre au romarin, pain pita parsemé de graines de sésame. Hassanali versa l'eau d'un broc de cuivre pour que Martin se rince les mains, puis il fit de même à l'intention des deux femmes. Ils mangèrent tous avec les doigts directement dans le grand plat, piochant copieusement parmi les accompagnements selon leurs envies.

« C'est délicieux », dit Martin, aussitôt avalée la première bouchée. Personne ne répondit et il se tut à son tour, se concentrant sur le repas pour essayer de faire le moins de saletés possible. Il était distrait par la proximité des mains des femmes et aurait aimé pouvoir lever les yeux sur la plus âgée des deux.

Au bout d'un moment, Hassanali interrompit sa rapide et efficace absorption de nourriture pour laisser place à la conversation. Son arabe était hésitant, et il dut à plusieurs reprises faire appel au savoir de sa sœur Rehana (ah !), qui avait un don pour les langues, comme leur père. Quand Hassanali appela Rehana à l'aide, Martin à son tour posa sur elle un long regard. Elle avait retiré le châle qui couvrait sa tête et le portait sur les épaules comme une étole afin de ne pas le tacher au cours du repas. Parfois Rehana devait prendre le relais de la conversation quelques instants durant lorsque Hassanali bafouillait, alors Martin portait toute son attention sur elle avec comme de l'incrédulité devant la beauté inquiète de son regard et la délicate mobilité de ses traits. Elle ne souriait pas beaucoup, ne baissait pas les yeux ni ne les détournait quand il la contemplait tandis qu'elle parlait, aussi ne baissa-t-il pas les siens non plus. Il sentit grandir une tension entre eux et, se faisant violence, il finit tout de même par détourner le regard afin de ne pas l'offenser. Il sut que tous avaient vu la façon dont il avait posé les yeux sur elle, et il sentit le rouge lui monter aux joues pour avoir été si discourtois. Qu'allaient-ils penser de lui ? Être venu chez ces gens et y dévisager les femmes.

« Est-ce vous qui me donniez à manger quand ils sont arrivés », lui demanda-t-il, pour revenir au véritable motif de sa visite. Oh mon Dieu, mais va-t-en donc si tu n'es pas capable de te conduire correctement. Elle acquiesça de la tête. Il poursuivit : « Je suis venu vous remercier tous de votre bonté, et vous présenter mes excuses pour les soupçons qui ont pesé sur vous. Vous vous êtes montrés généreux, et je vous suis redevable à jamais de votre gentillesse…

— Pas du tout, c'est nous qui vous présentons nos excuses, l'interrompit Hassanali. Nous ne sommes pas allés prendre de vos nouvelles par crainte d'offenser votre frère du gouvernement, mais ne pas le faire était une offense encore plus grande à Dieu et à la bonté qu'Il nous demande d'avoir envers notre prochain. Nous ne savions pas non plus comment entrer en contact avec vous. Nous nous sommes donc tenus à l'écart par peur du *mzungu* et de ses colères, alors qu'en réalité nous voulions vraiment savoir si vous vous remettiez, si vous vous portiez mieux. »

Il en fut ainsi pendant de longues minutes radieuses d'une courtoisie empreinte de douceur et de générosité. Mais durant tout ce temps, Martin resta conscient de la présence de Rehana à son côté, et se tournait vers elle à chaque fois que l'occasion lui en était offerte. Elle écoutait les enthousiastes effusions d'Hassanali avec un sourire d'ironie quelque peu incrédule. Comment en savoir plus sur cette femme ? Qu'espérait-il d'elle ? Était-elle mariée ? Était-ce une bonne chose ? Comment pourrait-il la revoir ? Oserait-il ? Cesse ces idioties, c'est ridicule. Qu'est-ce qui lui arrivait ? S'il avait pu simplement au moins la voir, la contempler, regarder son visage s'animer et ses yeux briller, prendre plaisir à sa présence. Quand l'heure fut venue de prendre congé, il dit : « J'espère vous revoir sans tarder », mais de la façon dont il le dit, il les englobait tous, alors qu'il aurait voulu en fait le lui dire à elle.

Pause

J'ignore comment c'est arrivé. L'invraisemblance de l'événement me dépasse. Pourtant je sais que c'est bien arrivé, que Martin et Rehana sont devenus amants. L'imagination me fait défaut et cela me chagrine. J'avais pensé que sans entrer dans le détail de leur liaison j'aurais pu atteindre à sa vérité, car l'imagination est une forme de vérité. Je n'en fais pas un solipsisme romantique, n'est vrai que ce que je peux imaginer. L'idée est que même ayant une connaissance très incomplète de ce qui s'est passé, il est possible de concevoir ce qui a pu être, la façon dont c'est arrivé et dont cela a continué, mais je m'aperçois que dans le cas de Martin et de Rehana je ne parviens pas à établir l'enchaînement des faits qui paraît le plus plausible.

Ou peut-être que je ne veux pas l'imaginer, comme j'ai compris que ce fut le cas pour les événements qui avaient précédé, parce que je refusais de m'immiscer dans une histoire que l'on n'aurait pu composer qu'à partir de petits riens sans fiabilité. Peut-être ne l'ai-je pas voulu par peur de n'être pas capable de résister au cliché du miracle qu'on ne peut qu'évoquer dans une rencontre comme celle-là. Je ne veux pas me surprendre à dire qu'ils sont tombés amoureux au premier regard et que le reste a suivi, qu'ils ont lu chacun dans les yeux de l'autre, dans l'âme de l'autre, renonçant à tout ce que la situation leur commandait d'autre. Ces choses-là peuvent-elles être vraies ? Ces choses-là se produisent-elles ? Et en admettant qu'elles se produisent, comment les couche-t-on sur le papier ? Le caractère prévisible d'un commentaire aussi banal me met mal à l'aise car je ne puis y croire. Telle est notre époque. Nous pensons savoir que le miracle est mensonge et lui cherchons toujours une explication cachée ou refoulée. Nous préférons comme motivation la cupidité et la luxure plutôt que l'amour. Nous sommes plus rassurés par l'évocation sournoisement moqueuse de nos petites misères, de nos odeurs et de nos excrétions que par la modestie, la discrétion, ou un vibrant désir d'affection en nous. On ne nous laisse même plus avoir une âme, et le jardin secret qui est le nôtre n'est que lieu de tourmente sans fin, plaie à vif, lancinante blessure.

Pourtant, que j'arrive ou n'arrive pas à l'imaginer, je sais que Rehana Zakariya et Martin Pearce sont devenus amants. Je ne peux donc que tenter de rendre compte de la façon dont leur histoire a commencé. Martin est retourné chez Frederick, la tête près d'éclater de tant de chaleur et de lumière. Son esprit revenait sans cesse au doux visage de Rehana, à ses traits mobiles, à la profondeur compliquée de ses yeux noirs. Il a serré la main d'Hassanali, qui avait insisté pour le raccompagner jusqu'à la porte de la Résidence, et l'a remercié pour son hospitalité et sa gentillesse. Il ne lui avait finalement pas donné la somme d'argent qu'il avait empruntée à Frederick, car il avait senti que ce geste pourrait l'offenser, ou du moins provoquer une gêne, et dans l'un et l'autre cas diminuer la générosité qu'ils avaient montrée en l'accueillant chez eux. Il aurait eu le sentiment de se conduire de façon mesquine, étriquée, comme s'il pensait avoir trouvé avec l'argent un rapport proportionnel à la bonté. Il s'est pourtant demandé si le moment n'était pas venu de le faire à présent, entre hommes conscients de la regrettable valeur de cet élément en ce monde imparfait. Ce n'était pas récompenser leur générosité, c'était un geste généreux en soi, une amabilité qu'il leur retournait. Mais quelque chose qui ne trompait pas dans le comportement d'Hassanali l'en a dissuadé, quelque chose de sensible et fragile.

« Merci d'être venu nous voir. Vous serez toujours le bienvenu. Notre maison est la vôtre », a dit Hassanali avant de disparaître dans l'éblouissante lumière.

C'est ainsi que cela avait commencé. Il ne pouvait pas en rester là. Il ne pouvait pas se dire qu'Hassanali et ses voisins avaient fait leur devoir en s'occupant de lui comme le requéraient leur coutume et la compassion. Il ne pouvait pas dire à ces gens qu'en reconnaissance du secours qu'ils lui avaient porté, il s'efforcerait de montrer la même bonté à l'égard de toute personne dans le besoin, et qu'ainsi la chaîne de la solidarité humaine gagnerait un minuscule maillon de plus. Il ne pouvait pas se dire non plus qu'il avait fait, pour sa part, plus que l'on attendait de lui comme représentant d'un peuple souverain. Il était allé les remercier des soins attentifs qu'ils lui avaient prodigués et leur présenter ses regrets pour les insultes et les soupçons inutiles et grossiers dont ils avaient été victimes. On aurait pu en rester là, et Hassanali et ses voisins seraient retournés à leurs subtilités d'un autre âge, et Martin aurait poursuivi sa convalescence en attendant le bateau qui l'aurait ramené chez lui. (S'il avait été un prince d'un autre âge, il aurait envoyé un sac empli de pièces d'or et de joyaux une fois de retour sain et sauf parmi ses sujets, et il serait devenu une légende sous ces latitudes.)

Simplement il ne parvenait pas à oublier cette femme. Peut-être qu'il s'était dit, « je ne peux pas résister, je ne peux pas arrêter ». Lorsqu'il pensait à elle, son désir (il en était très vite arrivé là) s'exacerbait chaque fois davantage. Il y eut des moments où, au cours des jours et des nuits qui suivirent, quand il fermait les yeux pour la revoir en pensée, il la sentait toute proche, il sentait son regard posé sur lui et son souffle effleurer son visage dans un tremblement léger. Dans tous les cas, il n'avait pas suffisamment remercié, et c'était se montrer bien vaniteux que de croire qu'une unique visite allait l'acquitter de sa dette à leur égard. Hassanali avait insisté. « Notre maison est la vôtre. » Ils jugeraient peu courtois et prétentieux venant de lui qu'il ne retourne *pas* les voir.

Dans les jours qui suivirent sa première visite, il se rendit une nouvelle fois à la boutique et s'assit avec les vieillards qui furent flattés que le *mzungu* vienne bavarder avec eux, et ils appelèrent le cafetier pour qu'il lui serve quelque chose. Ils n'avaient pas l'habitude de tant de naturel, d'une politesse aussi inattendue de la part d'un *mzungu*. Ils n'avaient pas l'habitude des Européens. Ceux qui avaient vécu dans cette ville ou y avaient séjourné ces dernières années n'avaient pas le temps pour ces futilités, ils vaquaient à leurs affaires avec importance et sérieux, ne supportaient pas les retards, montraient une détermination qui les impressionnait. Ceux que certains d'entre eux avaient vus à Mombasa se comportaient pareillement, ils étaient réfléchis et décidés, toujours vigilants, facilement irritables. Celui-ci, en revanche, prenait son temps, il aimait à écouter et à parler de choses et d'autres, conversant dans cet arabe qui surprenait.

Peut-être Martin avait-il eu la bonne idée de faire porter par Hamis un présent de poissons et de bananes un jour ou deux avant de retourner chez Hassanali, se présentant ainsi en intime de la famille, ou tout au moins en obligé, ce qui rendait possible une autre invitation. Dans sa boutique, Hassanali lançait des regards jaloux du haut de son perchoir, cherchant à écouter l'irréductible papotage des vieillards, puis il invita *son mzungu* à venir de nouveau déjeuner chez lui, afin de montrer à ces bavards de qui Martin était vraiment l'ami. C'est ainsi que Martin revit Rehana et qu'il eut l'occasion de se rapprocher d'elle. Mais Hassanali l'avait-il effectivement invité une nouvelle fois ? La première invitation avait été spontanée, un geste généreux qu'imposait l'hospitalité, une deuxième était plus compliquée, elle relevait du calcul, trahissait un dessein. Et même s'il y avait bien eu une deuxième invitation, parce que l'élan de générosité était resté intact chez Hassanali, comment Martin avait-il abordé Rehana ? Comment avait-il trouvé le moyen de lui dire ce qui avait conduit à cette inimaginable, issue ?

Il lui écrivit une lettre où il déclarait sa passion et demandait un entretien. Il l'avait écrite en arabe, laborieusement, car cette langue qui lui était si étrangère, s'il la parlait en répétant ce qu'il entendait, il n'en avait pas l'expérience de l'écrit. Une lettre d'amour en arabe – comme dans toute autre langue d'ailleurs – requiert la maîtrise de conventions et de métaphores qui ne relevaient guère sans doute du champ de compétence de Martin. Mais il avait passé beaucoup de temps en Égypte et probablement lu *Les Égyptiens modernes* d'Edward Lane, ainsi que sa traduction des *Mille et Une Nuits*, deux ouvrages dans lesquels nombre de passages pouvaient le guider en matière d'amour. Ce pays n'était cependant pas l'Égypte, ni la terre rêvée d'Haroun al-Rashid, pas plus qu'il n'était ici question de princesses fabuleuses venues de Perse ou de Chine, et la prose fleurie de Lane n'était pas forcément dans la note non plus. Martin écrivit néanmoins une lettre en arabe et, malgré la difficulté, sut exposer ses intentions et ses desseins. Pour le tuteur d'une femme, l'interception d'une correspondance fournit la preuve patente d'avances déplacées, aussi le risque d'être découvert dit-il la force du désir qui s'exprime. En outre, écrire fut de tout temps une manière de courtiser là où les rencontres informelles ne sont pas aisées, en particulier bien sûr, chez les gens riches et cultivés, mais également parmi les moins fortunés. C'était une démarche dont le sens ne pouvait échapper, sans même qu'on ait à déchiffrer un seul mot de la lettre. Peut-être Martin Pearce s'était-il répété encore et encore, je ne peux pas résister, je ne peux pas arrêter. Oh mon Dieu, pourquoi ne m'enseignes-tu pas la sagesse ?

Dans tous les cas, la liaison s'imposa à Rehana, qui n'avait de son côté cessé de penser à l'Anglais. Elle lui répondit avec prudence, sans cependant le décourager, attendant une deuxième, peut-être une troisième lettre avant d'accepter un rendez-vous.

Hamis servait de messager, bien entendu. Martin le choyait, s'adressait à lui avec amabilité, le complimentait poliment sur les soins qu'il prodiguait à sa personne, rémunérant généreusement (avec l'argent de Frederick) les diverses courses qu'il avait à lui demander. Il savait combien les gens de peu sont sensibles à ces gestes ordinaires, quelle valeur ils accordent à tout ce qui peut ressembler à la générosité, à l'humilité. Ainsi après avoir déjeuné pour la deuxième fois dans la maison d'Hassanali, Martin envoya en remerciement du thé et des fruits à la famille et, en remettant ce présent, Hamis glissa dans la main de Rehana un minuscule billet plié serré. Si Hamis avait eu quelque objection à être ainsi le messager de l'amour – comme c'est le cas pour certains hommes, bien qu'étant d'humble condition, parce qu'ils estiment dégradante cette mission –, peut-être le cuisinier s'en serait-il chargé. De fait, les cuisiniers sont des messagers parfaits, car leur travail est celui des femmes. Ils fréquentent les lieux de la maison où les hommes qui ont les moyens d'employer des cuisiniers ne pensent pas toujours à se rendre, et où des billets soigneusement pliés peuvent être transmis en toute sécurité. Et parce que leur travail n'est pas celui des hommes, ils donnent l'*impression* d'être moins menaçants pour la vertu des femmes. Peut-être est-ce la raison pour laquelle certains dans ce métier sont si furieusement agressifs et si mal embouchés.

Ou alors le *wakil* ! Non, le *wakil* n'aurait pas porté de billet. Il était trop respectable pour cela, et ni Martin Pearce ni Rehana n'étaient assez importants pour qu'il courre ce risque-là. Se faire prendre aurait été préjudiciable à quelqu'un dont la profession repose sur une réputation de décence et d'intégrité, même si tout le monde sait que les hommes de loi n'ont ni l'une ni l'autre. Il n'aurait d'ailleurs pas disposé de cet accès à la maison et aux femmes qu'a un domestique, et il n'aurait pas pu porter les lettres à Rehana. Il fallait que ce fût Hamis ou le cuisinier.

Comment un Anglais, si visible en ce lieu, avait-il su ruser pour parvenir ainsi à ses fins ? Les gens qu'il fréquentait étaient certainement curieux de la façon dont il conduisait ses affaires. Ils avaient dû avoir un œil sur lui. Et commenté sans doute ces choses sans importance qu'il faisait, et qu'ils trouvaient étranges et inhabituelles. Comment aurait-il pu accomplir quelque chose d'*aussi peu* habituel sans que le monde entier en ait été informé ? Peut-être que le monde entier était informé et que Martin s'en fichait. Frederick savait, parce que Martin lui avait parlé après sa deuxième visite. Il se souvenait de cette belle femme qui l'avait chassé de la maison, et hocha prudemment la tête au récit enthousiaste de Martin. Il se retint de lui demander s'il n'avait pas perdu l'esprit, il lui dit cependant espérer qu'il savait ce qu'il faisait. Martin expliqua qu'il avait voulu le mettre au courant de l'affaire afin qu'il n'y ait pas d'ambigüité. Peut-être cela n'irait-il pas plus loin, mais il avait fait porter un billet, et il voulait que Frederick le sache pour le cas où cela aurait mal tourné.

« Tant que la Résidence et ce bureau restent en dehors de tout cela, déclara Frederick. Faites attention, mon vieux. On prend ici ces choses très au sérieux. Mais bon, on prend partout ces choses au sérieux. Laissez-moi vous narrer une histoire qui s'est passée en Inde. Un collègue s'était trouvé dans une situation semblable à la vôtre, séduit par une beauté indigène, il eut une histoire avec elle. Il se trouva bientôt tellement empêtré dans cette affaire qu'il fallut prendre une décision pour le soustraire à la colère de la famille. Le secrétaire divisionnaire n'apprécia pas du tout, le bonhomme fut déplacé, sans compter que les ragots et le ridicule le précédèrent dans son nouveau poste. Ne pas s'apitoyer sur le sort des beautés d'ici. En plus de la coquette somme qu'elle obtint pour les siens, elle ne tarda pas à faire les yeux doux à un *sahib* planteur de thé avant de partir s'installer dans les collines avec lui.

— Oui », dit Martin.

Frederick avait-il osé faire ainsi la leçon à Pearce ? Avait-il dépassé les limites que se fixe un gentleman, même s'il n'appartient pas à l'aristocratie et est issu des classes moyennes ? Dans tous les cas, ce soir-là (peut-être) Frederick parla pour la première fois de sa femme Christabel, Christie, qui était rentrée en Angleterre et avait ensuite refusé de retourner en Inde. Les voix indiennes lui portaient sur les nerfs. Il lui expliqua que les voix indiennes portaient sur les nerfs de tout le monde, mais elle ne voulut rien entendre. Elle ajouta que ces voix la rendaient malade. Ces voix stridentes, geignardes, lui vrillaient le crâne. Elle pensait que l'Empire était une mauvaise chose, qui les rendait cupides et cruels envers ces populations misérables et tellement ignorantes. « C'est une poétesse, dit Frederick, et quelque chose en elle se révolte contre cette brutalité qui a détérioré les rapports humains et fait de nous, selon ses propres termes, des imposteurs et des tyrans. L'Empire fait ressortir ce qu'il y a de pire en nous, notait-elle. Elle ne reviendrait pas sur sa décision ». Il avait dit cela en secouant la tête de façon laconique. Puis après un temps, il ajouta : « Je ne sais pas si elle n'a pas raison pour ce qui est des imposteurs et des tyrans. »

Mais même s'il était possible de nouer de tels liens, qu'est-ce qui avait pu rendre Martin assez imprudent pour vouloir entamer une liaison avec une femme comme Rehana ?

Ce n'étaient pas des gens en vue, ni des mondains, Rehana, Hassanali et Malika, ni de ces aristocrates oisifs qui dissimulent leurs écarts derrière de hauts murs ou l'écran de jardins luxuriants. Ils occupaient une arrière-boutique, vivaient dans la promiscuité sous le regard scrutateur de leurs voisins, obéissant à un code d'honneur rigoureux sur la question des femmes et de la sexualité. Les femmes ne sortaient que pour se rendre visite entre elles, ou aller au marché quand c'était nécessaire, ou bien accomplir certains rites sociaux : assister à un mariage ou aux lectures du Coran qui suivent les funérailles, soutenir et féliciter une voisine à l'occasion d'une naissance, quémander un prêt en cas de besoin. Ce n'étaient pas des gens qui avaient l'expérience des amours clandestines, ils n'avaient d'ailleurs pas le moindre intérêt pour elles, mais dans ce domaine ils étaient impitoyables face à tout manquement, que punissaient le ridicule, la honte, et pis.

L'on était en 1899, et non pas à l'époque de Pocahontas, princesse indienne d'Amérique, où une intrigue avec une sauvage pouvait être présentée comme une simple passade. L'Empire se montrait rigide en matière de propriété sexuelle. Il incarnait la respectabilité britannique et, s'il comblait un certain goût de l'aventure, il ne permettait plus les fredaines avec des femmes de mauvaise vie, du moins pour les fonctionnaires, et en tout cas officiellement. Il fallait tenir compte des épouses et des mères, ainsi que des missionnaires, et de l'opinion publique, et du sens de la dignité, et des répercussions de tout cela sur les valeurs boursières. Martin Pearce n'était pas un jeune marin naïf fraîchement sorti de sa cambrousse, ni un fanfaron enhardi par l'orgueil de l'Empire et qu'aurait subjugué l'étrangeté des lieux, ou envoûté la beauté d'une perle exotique ou d'une amazone tout en muscles. Qu'est-ce qui pouvait pousser un Anglais de son milieu – l'université, les colonies, c'était un lettré – à engager une affaire de ce genre avec la sœur d'un boutiquier d'une petite ville côtière d'Afrique orientale ?

Peut-être n'était-ce pas du tout lui qui avait pris l'initiative. Peut-être était-ce elle qui avait donné suite à leur première rencontre. Rehana n'avait pu s'empêcher de sourire quand Hassanali était venu lui dire qu'il avait de nouveau invité Martin à déjeuner. Elle avait souri de le voir tellement content de lui. *Mwengereza wetu kaja kututizama*, avait indiqué Hassanali, en lui retournant son sourire. Notre Anglais est venu nous rendre visite. Tandis que Malika retirait en toute hâte le linge de l'étendage, puis balayait la cour et lavait à grande eau les cabinets, Rehana rinça des lentilles et de la salade afin d'étoffer le menu et de rendre le déjeuner digne d'un invité. Il s'était montré si agréable et amical, et tellement à l'aise, il les avait traités comme des bienfaiteurs dont il était l'obligé, l'avait contemplée avec une déroutante spontanéité. Elle ne s'était pas attendue à cela. Après cette seconde visite, et les aimables présents qu'il leur avait fait porter, garder son carnet n'eût pas été correct. Deux jours après la visite de Martin, Rehana était sortie de chez elle, le cœur battant, pour se rendre où résidait le *mzungu* du gouvernement. Son cœur battait la chamade à cause du *mzungu* du gouvernement et des accusations qu'il avait portées, mais il battait aussi parce qu'elle craignait une gêne, une rebuffade, ou une attitude offensante de la part de celui qu'elle était venue voir. Elle avait d'abord songé à demander à Hassanali de l'accompagner, puis pensé qu'elle s'acquitterait mieux seule de sa tâche. Elle en avait été convaincue par la simplicité des manières de Pearce, elle s'était dit qu'il n'allait pas faire d'histoire pour le carnet, qu'il le récupérerait sans rien dire et garderait cela pour lui. Elle voulait aussi sentir sur elle une fois encore l'impudique désir de son regard.

Lorsqu'elle arriva devant l'édifice du gouvernement, elle trouva le bureau fermé et la porte d'entrée verrouillée de l'intérieur. Elle suivit le mur qui formait un coude, jusqu'à la porte du jardin, qui était juste tirée. Elle entra et appela pour s'annoncer. C'était un lieu ombragé, avec un jeune palmier en son centre et de la verdure tout au long du mur. La rue au dehors vibrait de chaleur, mais la cour était fraîche et parfumée, même en ce début d'après-midi. Face à la maison, recouvert d'un treillage sur lequel grimpait une plante fleurie, était le bâtiment qui logeait les domestiques et abritait les cuisines. Personne ne se montra. Elle appela de nouveau et se dit qu'elle allait repartir si on ne lui répondait pas. Mais au bout d'un moment, le visage surpris de Martin apparut à une fenêtre à l'étage.

Peut-être s'était-elle convaincue qu'elle n'avait rien à perdre, elle dont l'avenir se limitait à une cour écrasée de soleil qui faisait suite à la boutique, et où elle cousait des robes pour des femmes qui la payaient une misère, ou qui se contentaient de lui offrir leur affection en la berçant de promesses. Ce n'était pas, il est vrai, une situation tellement insupportable pour qui n'a connu qu'une arrière-boutique dans cette ville et qui a l'habitude de ces vies de femmes semblables à la sienne. Peut-être était-elle d'ailleurs beaucoup plus insouciante, ou courageuse, ou volontaire que je ne l'imagine. L'abandon d'Azad l'avait rendue rétive, moins réceptive à ce que les autres pensaient devoir être son bien, plus indifférente à leur opinion aussi. Les hommes partaient et les femmes restaient seules, puis elles mouraient au bout d'une existence tout entière passée à quémander et à se restreindre. Aussi lorsqu'elle lui tendit le carnet et qu'il s'en saisit avant de sourire largement, puis qu'il avança la main pour l'inviter à entrer, prit-elle sa main et le suivit-elle dans la maison.

Que pensait Burton de tout cela ? Qu'avait-il à dire à propos de Pearce ? Un dur à cuire tel que lui peut-il éprouver de la sympathie à l'égard d'un de ses semblables ? Il aurait vu dans cette affaire un divertissement sans complication, l'assouvissement d'un désir sexuel peut-être, et Martin aurait baissé dans son estime pour son manque de retenue et de discrétion, et pour tout ce bruit autour d'une histoire aussi banale. Au début du moins. Par la suite, il aurait raillé l'aveuglement d'une telle passion, sans le moindre doute. L'homme est allé trop loin, aurait-il dit. Il est vraiment allé trop loin cette fois. L'affaire avait-elle provoqué une querelle entre Rehana et Hassanali ? Probablement. Il lui avait reproché d'avoir perdu le sens des convenances et des limites à ne pas franchir. Il avait dû s'emporter contre elle pour l'avoir mis dans une situation pareille. Il avait dû penser qu'elle n'avait plus toute sa raison.

Ce que je sais par mon frère Amin, c'est que cela est bien arrivé, que Rehana Zakariya et Martin Pearce sont devenus amants, que Martin Pearce est parti pour Mombasa, et que, quelque temps plus tard, sous le prétexte de rendre visite à des parents, Rehana l'a rejoint dans cette ville. Elle a vécu avec lui dans un appartement qu'il louait au milieu de la verdure dans le quartier où se trouve aujourd'hui l'hôpital, et qui était celui des Européens à l'époque. Martin et Rehana ont vécu ensemble ouvertement pendant un temps, jusqu'à ce qu'il retourne dans son pays. Car il y a eu un moment où Pearce a recouvré ses esprits et est rentré chez lui.

Mon frère Amin connaissait l'histoire à cause des conséquences qu'elle avait eues pour lui, mais il n'était pas parvenu à m'en dire davantage pour diverses raisons, la première étant que j'étais parti à l'époque où il aurait pu le faire. Plutôt que de m'écrire, il avait choisi de se taire, de nombreuses années durant. Il y a des choses que l'on ne peut pas dire dans une lettre, qui exigent le secret, réclament la présence. Et puis, voilà quelques mois, dans un courrier, il a évoqué Jamila pour la première fois depuis mon départ. J'avais souvent pensé à Jamila et à Amin, à ce qui s'était passé entre eux, à ce qui restait de tout cela. À certains égards, son silence m'a fait comprendre des choses que je n'aurais pas imaginées venant de lui, il m'a fait réfléchir à la ténacité et à l'angoisse. Quand je lui ai écrit au sujet de Grace, il m'a répondu que la nouvelle l'emplissait de tristesse et qu'elle lui avait fait repenser à Jamila. C'était la première fois qu'il faisait allusion à elle dans une de ses lettres, la première fois depuis tout ce temps que j'avais quitté la maison, et ce retour soudain de Jamila dans notre vie m'a donné envie de raconter leur histoire, à Jamila et à Amin. Peut-être était-ce un moyen de ne pas penser à Grace. Je ne sais pas. J'avais du temps sur les bras. Personne à qui donner du réconfort ou quémander de l'affection, je voulais penser à Amin, me le rendre plus proche, me remémorer ces choses qui n'existaient plus pour moi.

À l'époque, je trouvais du tragique à la vie d'Amin, j'y sentais une détresse profonde, alors que les moments de tristesse de ma propre existence étaient la conséquence de mes maladresses et de ma timidité. Dans tous les cas, le désir d'écrire leur histoire ne m'a pas quitté, et après en avoir écarté l'idée un temps, j'ai décidé de m'y atteler. Mais quand j'ai commencé à réfléchir à ces événements et à cette existence qui avait été la sienne, j'ai compris qu'il me fallait raconter comment tout avait dû commencer. Il était impossible de me mettre à l'ouvrage sans dire la façon dont Rehana et Martin s'étaient rencontrés, et je n'avais pour ce faire que des bribes d'information, les commérages et la calomnie. Je décidai d'ouvrir mon récit sur la première apparition de l'Anglais. Mais j'en étais arrivé au moment critique et me trouvais soudain en difficulté devant ce que je peinais à imaginer tout à fait.

Il y a, vous le voyez, un *je* dans cette histoire, mais je n'en suis pas le sujet. C'est une histoire sur nous tous, Farida et Amin, nos parents, Jamila. Elle dit que chaque histoire en contient beaucoup d'autres, et qu'elles ne nous appartiennent pas mais se confondent avec les aléas de notre époque, qu'elles s'emparent de nous et nous lient à jamais.

Partie II

5

Amin et Rashid

En face de chez eux, de l'autre côté de la rue, se dressait une grande bâtisse qui menaçait de tomber en ruine. Le crépi extérieur disparaissait par endroits, laissant à nu les blocs de corail et la terre qui leur servait de ciment. Les volets de bois de certaines fenêtres tenaient par miracle, et des rideaux en lambeaux flottaient dans l'air brûlant comme une invitation à l'intimité. Parfois, des filets de pêche pendaient en façade. Les hommes de la famille étaient pêcheurs, et il leur arrivait de rapporter chez eux leurs filets qu'ils mettaient ainsi aux fenêtres sans qu'on sache trop pourquoi. Tous ceux qui, nombreux, habitaient cet endroit entraient et sortaient sans paraître remarquer le mauvais état du bâtiment, et les poules qui perchaient dans tous les coins de l'escalier ne semblaient pas s'en soucier davantage. Pour Rashid, cette maison sentait la décrépitude. Ses sens anticipaient déjà les nuages de poussière que soulèverait l'effondrement de ses étages. Elle sentait aussi les déchets de poisson, la fiente de volaille et l'haleine des hommes, comme à l'intérieur de quelque chose de vivant. Il n'y avait pas d'électricité, et, après quelques pas dans l'obscurité, on avait l'impression d'un lieu vaste comme une grotte. Quand arrivaient les fortes pluies du *mausim*, Rashid s'attendait que la bâtisse soit emportée par les eaux, mais non. Elle restait debout, année après année, au bord de l'écroulement, têtue comme l'histoire.

Leur maison à eux était élégante et claire, parce que leur mère l'aimait ainsi. Son premier geste quand elle rentrait était d'ouvrir toutes grandes les fenêtres pour faire circuler l'air, sans se préoccuper des souhaits des uns et des autres, et elle posait sans discontinuer des questions qui mettaient tout le monde à cran. *Faut-il que je m'occupe de tout dans cette maison ?* Elle aimait cela aussi, ce rien de confusion, de pagaille autour d'elle, du moins un temps.

Ils étaient trois : Rashid, Amin et Farida. Rashid était de deux ans le cadet de son frère Amin, qui avait lui-même deux ans de moins que Farida, leur sœur aînée. Deux ans, un mois et douze jours. Amin aimait à énumérer, à compter et à scander ces jours pour mettre Rashid en colère, du temps où ce genre de chose avait encore le pouvoir d'agacer et de diminuer. Deux ans, un mois et douze jours, et il en serait toujours ainsi, quoi qu'on fasse, quoi qu'on dise, à jamais. Il y eut une époque où Amin pouvait répéter cela à l'infini, sans se lasser, sans montrer la moindre pitié, encore et encore, et allez savoir pourquoi, cela blessait Rashid, au point qu'à la fin il se jetait à terre et sanglotait. Alors Amin se taisait et regardait son frère tout secoué de sanglots, terrifié par l'abîme d'angoisse où il le voyait plongé. Comment cette souffrance pouvait-elle venir de ses taquineries ? Comment de tels sanglots pouvaient-ils même sortir du petit corps de Rashid ? Il le caressait doucement pour le calmer, s'asseyait à côté de lui et l'apaisait, fasciné par ce drame sublime.

Amin avait d'autres moyens encore de tourmenter son jeune frère, mais qui ne furent bientôt connus que d'eux seuls, l'intervention de leurs parents ou de Farida les obligeant à garder ces tortures secrètes. Ce n'étaient pas vraiment des tortures – ni blessures ni contusions, pas d'humiliations, juste des mots et des rires moqueurs, avec parfois des bourrades ou des vols au grand jour (de billes ou de bonbons), et un désir irrépressible qui n'était pas négociable d'être le premier. Rashid comprit très tôt que ces tourments, il ne pourrait les éviter, ils étaient le prix à payer pour l'amour de son frère, nécessaires au rituel de leur intimité. Il ne suffisait pas toujours que Rashid se montre docile et obéissant presque en tout. Parfois Amin souhaitait parader, étaler sa toute-puissance, être obéi sans restriction, même si avoir simplement le dessus le satisfaisait le plus souvent. Ce rapport de brutalité fut à son comble durant leurs plus jeunes années. En grandissant, Rashid devenant moins malléable, Amin dut se poser, montrer plus de finesse et dissimuler sa domination, dissiper habilement les moments de révolte. Certaines personnes rendirent plus difficile à Amin le renoncement compliqué à cette ascendance qu'il avait sur son frère, en se comportant avec eux comme s'ils étaient à l'opposé l'un de l'autre. Pendant un temps, Farida eut tendance à faire l'inverse, feignant de les confondre parfois. Les autres dans leur ensemble, des parents proches et moins proches jusqu'aux voisins les plus éloignés et aux connaissances les plus vagues, ceux-là les traitaient simplement comme deux êtres différents.

Mais dans une petite ville, il n'y a pas de voisins vraiment éloignés ni de connaissances vraiment vagues, tout le monde se connaît. Dans tous les cas, personne n'était disposé à renoncer au droit que chacun a de cancaner et de s'occuper des affaires des autres, de se scandaliser des manquements de celui-ci et des négligences de celui-là, ou d'attendre encore d'un troisième qu'il attire le malheur sur les siens, croyez-moi. Certains n'étaient pour les deux frères que des visages familiers croisés dans la rue, des visages sans nom, sans histoires auxquelles les rattacher, mais qui n'hésitaient pas à donner leur avis ou à distinguer entre l'un et l'autre. Ils étaient différents, certes, dans ces petits riens qui en disent long sur ce qui fait de nous des êtres à part entière, uniques quand bien même on suit le troupeau, mais le comportement à leur égard était à l'emporte-pièce. Amin était l'aîné et Rachid le cadet. Farida ne comptait pas dans l'équation puisqu'elle était une fille, et donc perçue différemment, avec un autre calendrier de transformations et d'espérances. Pour les frères, cela se résuma ainsi dans un premier temps : il y avait l'aîné et puis le cadet. Mais à partir de là se forgea un ensemble imperceptible de prérogatives et d'interdictions qu'il fut difficile de changer lorsqu'ils grandirent.

À la maison Amin était toujours Amin, mais Rashid devait répondre à des diminutifs divers. Très jeune, ce fut Shishi ou Didi, ou même Rara, surnoms tous inconsidérément inspirés des difficultés qu'il avait lui-même à prononcer son nom. Très tôt il apprit à s'exposer aux outrages, à prêter le flanc à la moquerie. Il devint ensuite Kishindo, ce qui veut dire tapage, car on le trouvait bruyant et agité.

Kishindo kishafika. Pour certains, ces surnoms sont un signe d'affection, et ceux qui n'en ont jamais eu envient même ceux qui en ont, car ils pensent qu'on ne les aime pas, ou pas suffisamment. Mais Rashid lui s'en irritait, il y sentait davantage la moquerie que l'affection, et haïssait le rire général que déclenchaient ses protestations. Surtout il haïssait le fait de ne pouvoir s'affranchir de tout cela et rire avec les autres lui aussi. Il lui fallait lutter pour ne pas s'enfuir en pleurs de la maison quand commençaient les moqueries. Plus tard, il fut Mtaliana, l'Italien, surnom qui lui resta le plus longtemps.

Voici comment il acquit ce surnom-là. Son oncle Habib, le frère de son père, travaillait au bureau des consignations dans le bâtiment des douanes sur le front de mer. Amin et Rashid se postaient parfois devant l'entrée principale, juste pour le voir assis à son comptoir, avec la grande pendule accrochée au mur derrière lui et les ventilateurs qui vrombissaient au plafond. C'était en rentrant de l'école coranique, quand ils faisaient le détour par Forodhani et le bord de mer. Ou bien pendant les vacances scolaires, quand les enfants et les jeunes gens sont livrés à eux-mêmes et explorent la ville dans tous ses recoins. Lorsque l'entrée n'était pas encombrée par les marchands et les scribes, ils franchissaient la grande porte et restaient dans le hall au sol carrelé, minuscules entre les piliers, sous l'immense verrière qui éclairait la salle d'une lumière d'aquarium. S'il n'était pas trop occupé et qu'il les apercevait, oncle Habib leur faisait signe d'approcher et se penchait par-dessus le comptoir pour leur serrer la main. Ils rayonnaient alors de plaisir, tout gonflés d'importance.

Ils avaient plusieurs oncles, mais celui-ci était le plus prestigieux car il avait combattu avec les forces britanniques en Abyssinie. À la maison, ils avaient une photographie encadrée de lui en uniforme, le bord du chapeau ramené en arrière à la manière des colons européens, avec la mentonnière qui lui mordait les joues. C'est lui qui donna à Rashid l'édition de poche d'un guide de conversation en italien.

Oncle Habib le tenait d'un agent de la compagnie automobile qui se lançait dans le commerce des vespas. C'était l'époque où ces petits riens servaient à gagner la bienveillance des agents subalternes, l'époque où ces présents se faisaient ouvertement sous la verrière verte de la salle aux piliers du bâtiment des douanes, face aux énormes portes cloutées qui donnaient sur la promenade du bord de mer. (Le bâtiment des douanes est toujours là, je crois, même s'il est aujourd'hui sans doute devenu un café pour touristes et s'appelle *Le Perroquet Bleu* ou *Le Marlin Bleu*, ou je ne sais quoi de bleu.) À l'époque, l'agent de la société Kapadia Motors pouvait faire cadeau d'un guide de conversation en italien, d'une affiche représentant Venise et ses canaux ou des cyprès au flanc d'une colline toscane, et hâter ainsi ses démarches auprès du fonctionnaire des douanes. S'il y avait un aspect furtif dans ces échanges, c'est parce que ces babioles étaient précieuses. Elles témoignaient d'un monde lointain, toujours plus propre et plus radieux que celui sombre et familier du quotidien. Ce monde lointain n'était pas forcément européen. Le cadeau pouvait être un calendrier japonais, avec ses maisons de papier délicatement illuminées et ses buissons éclatants d'azalées nains. Ou bien du raisin du Liban, enveloppé dans du papier de soie et présenté dans une boîte estampillée d'un cèdre, ou des dattes d'Irak dans un emballage représentant une oasis. Rien d'indien, qui faisait partie de l'odorant quotidien. L'Europe était cependant ce qu'il y avait de mieux. Le monde européen était distant, intimidant de façon compliquée, et ces souvenirs comme des morceaux de son grand corps tentaculaire, que l'on manipulait et consommait avec avidité. L'agent ne voulait pas que le déleste de ces précieuses babioles le premier venu à l'œil brillant d'envie, et qui ne ferait rien pour lui.

À notre époque plus vorace, de tels présents seraient blessants. Ils ne feraient qu'accentuer l'irritation et les retards. Le fonctionnaire se souviendrait d'un travail urgent qui l'appelait ailleurs, et, quand enfin il serait disponible, peut-être ferait-il des difficultés. Il pourrait, à la réflexion, entreprendre une recherche méticuleuse concernant l'expédition, observer à la lettre les procédures administratives, qui sait même songer à des poursuites pour infraction à un règlement jusqu'alors inconnu. Cela ne veut pas dire que le présent requis devait être considérable au point d'être déposé sur un compte numéroté en Suisse, pas dans le cas d'un agent des douanes, encore que cela dépendait du lieu où l'on se trouvait et de ce que l'on avait à expédier. Non, il n'avait pas besoin du tout d'être considérable, et l'on n'attendait bien souvent qu'un geste élégant, un signe de gratitude, un petit rien nécessaire à l'estime de soi et aux à-côtés que le maigre salaire du fonctionnaire ne lui permettait pas. Car, bien évidemment, la famille élargie avait des exigences sans fin, et même les cigarettes étaient chères.

Qu'est-ce qui a à ce point changé pour que notre époque soit devenue si indocile, ce qui n'était pas le cas auparavant ? Qu'y avait-il de si différent alors pour qu'oncle Habib ait accepté un manuel de conversation et une affiche avec tellement de plaisir et accéléré de bonne grâce les affaires de Kapadia Motors, lui qui aujourd'hui se montrerait cupide et sans doute mesquin ? Les Britanniques étaient partis, voilà. Du temps de leur présence, ils menaient tout à la baguette, *like a school for monkeys*, comme on dit dans leur langue. Ceci n'est pas autorisé, cela est interdit. C'est mal, mal, allez, en prison. Arriérés, corrompus, infantiles, nous seuls, les Britanniques, sommes honnêtes, intelligents et efficaces. Les plus honnêtes, les plus justes, les plus efficaces dirigeants depuis l'aube des temps. Et puis ils sont partis, ils sont retournés à leurs propres corruptions ingérables et les singes ont pris la relève. L'insignifiante cupidité du fonctionnaire des douanes n'est rien, comparée à la flagrante association de malfaiteurs que dirigent le Président et ses ministres, évidemment, mais le ton est donné et tout le monde en profite.

Dans tous les cas, en ces temps plus mesurés, oncle Habib avait accepté le manuel de conversation en italien et serré la main de l'agent de Kapadia Motors sur les marches du bâtiment des douanes, au vu et au su de tous les passants qui déambulaient sur le front de mer. Puis dans l'après-midi il avait offert le livre à son neveu de neuf ans, Rashid. Il avait gardé pour lui l'affiche représentant des cyprès au flanc d'une colline toscane.

Rashid n'était pas sûr de savoir de quoi il s'agissait exactement, mais quelque chose l'attirait dans ce livre. Peut-être était-ce l'idée d'une boîte à formules, capable de vous sortir d'affaire en toutes circonstances. Ou bien de contempler de l'italien écrit, ou encore, ces sons qu'il imaginait à partir des mots figurant sur la page, car qui pouvait lui dire comment les prononcer ? Il ne connaissait personne qui parlait l'italien ou l'avait entendu parler, à l'exception d'oncle Habib lui-même, qui avait dû entendre plusieurs Italiens demander grâce. Mais peut-être était-ce à la fois le livre et le prestige d'oncle Habib, qui s'était battu comme soldat contre les Italiens, qui exerçaient ce pouvoir de séduction. Personne ne pouvait interroger oncle Habib sur la guerre. Si quelqu'un s'y risquait, il fronçait les sourcils, ou riait, ou feignait d'ignorer la question, ainsi Rashid ne put tester sur lui la prononciation.

Rashid s'exerçait et apprenait toutes sortes d'expressions et, quand il le pouvait, répondait en italien aux questions qu'on lui posait, ou en ce qu'il pensait être de l'italien. C'était un numéro qui plaisait beaucoup. Cela commença d'abord à la maison, où son charabia mettait tout le monde en joie. Puis, quand cela se sut, on le bombarda de questions dans la rue pour simplement l'entendre pérorer. Il devint assommant en famille lorsqu'il refusa de répondre autrement qu'en italien, mais il continuait de faire rire bien qu'exaspérant tout le monde. Un jour Farida vola le manuel et le cacha quelque part (sous son matelas, comme on le découvrit), parce que, disait-elle, elle n'en pouvait plus de ce baragouin, mais Rashid en fit toute une histoire, il refusa de parler, de manger, de regarder sa mère dans les yeux en dépit des pires menaces, si bien qu'il fallut lui rendre le manuel. Alors le torrent d'italien reprit, avec cette fois un triomphe mauvais à chaque fois que Farida se trouvait à proximité en même temps que quelqu'un d'autre pouvait le protéger de ses pincements et de ses claques. Quand il était d'humeur, son père lui prenait parfois le livre des mains pour voir s'il reconnaissait les mots et si Rashid les prononçait vraiment, ou s'il se contentait d'émettre des sons. Il annonça à la famille qu'effectivement il parlait l'italien. C'est ainsi que Rashid devint Mtaliana. Mais même ce nom-là, qu'il avait provoqué par son exhibitionnisme, et qui l'amusa si longtemps, il en vint à le détester une fois adolescent, car les enfants le criaient dans la rue à son passage.

Il n'y avait d'ailleurs pas que les surnoms et les taquineries. Il y avait, de la part de tous, cette façon de lui faire sentir combien il était faible et irresponsable. Toutes les recommandations, c'était à Amin qu'on les faisait. Lorsqu'il était question d'argent, pour se rendre au marché ou porter une somme à quelqu'un, c'est Amin qui en était chargé. Parfois c'était même de l'argent pour Rashid que l'on donnait à Amin : voilà pour ton frère, pour acheter ses sandales, aller au cinéma, payer quelque chose à l'école. Veille sur ce rêveur.

Pour aggraver encore son cas, et peut-être justifier les réserves qui s'exprimaient à son sujet, la toute première fois que de l'argent lui fut confié, Rashid le perdit. Il n'avait que huit ans à l'époque, mais tout de même, il aurait pu mieux faire. Il aurait dû comprendre qu'il jouait sa réputation, que l'histoire d'une vie est une suite de ces moments-là, et que chaque acte compte. Voilà comment c'était arrivé. Son maître d'école lui avait remis un mot pour sa mère. Il ne pensa pas, non, que cela pouvait être pour quelque chose de mal qu'il aurait fait à l'école. Ce n'est pas ainsi que cela se passait. D'abord, la plupart des parents ne savaient pas lire, c'était donc le coupable qui devait lui-même se dénoncer. Et les enfants savaient quelle attitude adopter en la circonstance. Par ailleurs, le maître était parfaitement capable de faire savoir à un enfant ce qu'il pensait de lui, et sans mâcher ses mots. De fait, les maîtres aimaient tout particulièrement, semble-t-il, cet aspect de leur tâche. Rashid ne pensait pas non plus qu'il y ait quoi que ce soit de suspect dans ce mot d'un homme à sa mère. Il était trop jeune pour cela, et, de toute façon, le maître, on le savait, écrivait à certains parents pour leur demander de lui prêter de l'argent de temps en temps. C'était en général vers la fin du mois, il remboursait ensuite très rapidement et se servait des élèves pour porter ses messages. De plus, les enfants avaient une peur bleue de l'enseignant, qui jamais n'avait un sourire à leur intention, et qui éclatait parfois d'un rire glacial ou s'emportait contre eux de façon imprévisible, gesticulant, exaspéré, frappant au passage des nuques avec ses mains osseuses. Il ne leur venait donc jamais à l'esprit de se poser des questions quant à ses intentions, jamais. Ils courbaient l'échine et obéissaient, car telle était la volonté du maître d'école.

Outre les prêts qu'il sollicitait auprès des parents, le maître usait d'autres moyens pour étoffer ses revenus. Tous les matins, il commençait la classe en demandant aux élèves de réciter ensemble une table de multiplication – délicieuse pratique restée inchangée depuis l'école élémentaire des Anglais. Quelle que soit la langue dans laquelle on récitait, l'effet moral était assuré. Les enfants se tenaient debout derrière leur pupitre, les bras le long du corps, attendant que le maître annonce la table du jour dont il disait les premiers mots, par exemple *Tatu mara moja*, trois fois un. Il faisait alors face à la classe, souriant de plaisir à entendre la tension dans leurs voix enfantines, fermant brièvement les yeux puis se balançant doucement au rythme de cette sonore *qasida*. Si un enfant se trompait, il repérait immanquablement le coupable qu'il fixait d'un regard annonçant la punition. *Tatu mara moja tatu*, *Tatu mara mbili sita*, *Tatu mara tatu tisa*, et ainsi de suite. Parfois, lorsqu'il n'était pas satisfait ou s'il n'avait pas eu son comptant de petites voix crispées, il réclamait une autre table. Puis il passait à la collecte de l'argent.

Il faisait l'appel des noms, et les enfants devaient les uns après les autres aller au bureau du maître déposer sur un plateau une pièce de cinq cents. L'élève était alors inscrit présent sur le registre. Le maître n'indiqua jamais à quoi cet argent servait, mais il n'était pas besoin d'être un petit prodige pour comprendre que la précieuse monnaie finissait dans sa poche. Il savait que les parents donnaient le plus souvent à leurs enfants quelques cents lorsqu'ils partaient à l'école, pour s'acheter un jus de fruit à la récréation ou un petit cornet de noix et avoir ainsi du plaisir à aller en classe. Il les délestait de ces quelques cents avant qu'il n'en soit fait mauvais usage. Si un enfant n'avait pas d'argent, il devait emprunter à un camarade plus riche. Il y en avait toujours un qui craignait trop le maître pour ne pas piocher dans ses économies. Le garçon le plus costaud de la classe gérait un trafic à lui, chaque semaine il forçait un élève à lui acheter un objet dont il n'avait pas l'usage en réclamant cinq cents par jour, qu'il remettait ensuite au maître en bonne et due forme au moment de l'appel comme contribution personnelle au bonheur de l'enseignant.

Cinq cents ce n'est rien aujourd'hui, c'est même moins que rien. La pièce n'existe plus. À l'époque, au début des années 1950, on achetait une belle mangue pour cette somme-là, et pour dix cents une miche de pain ou une assiette d'épinards, une cassave toute chaude ou un plat de *potato na urojo* chez Adnan, et jusqu'à un petit morceau de viande grillée. Cinq cents, c'était quelque chose à l'époque pour un enfant de huit ans. Une petite mangue aujourd'hui coûte vingt shillings. On aurait eu quatre cents mangues alors pour ce prix-là, et le marchand vous en aurait sans doute mis une douzaine de plus en cadeau parce que vous étiez un bon client. Qu'importe. Le temps pour le maître d'achever sa collecte auprès de la quarantaine d'élèves que comptait la classe, il avait recueilli l'argent de son dîner. D'ordinaire, aussitôt après, il confiait quelques piécettes à un enfant en lui demandant d'aller au café d'à côté lui chercher un verre de lait, ainsi pouvait-il commencer sa journée de travail en soignant sa santé. Ses collègues enseignants connaissaient ces pratiques quotidiennes, les parents aussi les connaissaient, mais personne ne disait mot. C'était un maître d'école, une figure respectée. On lui autorisait des excentricités, et l'évocation de ses lubies, de son tempérament particulier, prenait les proportions d'un mythe qui, avec le temps, pouvait paraître moins oppressif. Tous les maîtres d'école étaient ainsi connus pour l'une ou l'autre de leurs bizarreries. Bizarreries qui pouvaient s'apparenter à des cruautés infligées aux enfants, à des insultes, des intimidations et des violences, rien qui n'ait prêté à rire lorsqu'on y regarde de près, mais cela faisait rire tout le monde, ou tout au moins sourire, et, assez curieusement, ces excès en devenaient bénins. Il en était toujours allé ainsi. Pour les parents, s'opposer à un maître d'école, c'était se montrer ingrats à son égard, c'était l'humilier, et entreprendre une telle démarche pour quelques cents était impensable.

Dans tous les cas, Rashid fut chargé par le maître d'école de remettre un mot à sa mère, qui le lendemain lui confia une enveloppe contenant une somme d'argent destinée à l'enseignant. Quelques jours plus tard le maître le rappela, une fois la classe terminée, et lui remit deux billets de banque pliés, à rendre à sa mère avec toute sa gratitude. Car en dépit du comportement qu'il avait avec les élèves, l'homme était courtois. À le voir dans la rue, c'était une personne souriante et bien élevée, comme on dit. On n'imaginait pas la terreur qu'il faisait régner dans sa classe.

C'était un vendredi après-midi, l'école finissait une demiheure plus tôt pour permettre aux enfants de se rendre aux prières. Rashid se hâta de rentrer chez lui, jeta sans réfléchir son short d'écolier sur le tas de linge sale que sa mère devait laver. Puis il enfila ses vêtements pour la mosquée et partit rejoindre ses camarades sous le figuier banian du front de mer jusqu'à l'heure des prières à Juma'a. Il ne repensa à l'argent que le lundi matin quand, en s'habillant, il sentit dans la poche de son short une masse de papier durci. Il n'avait pas parlé du message à Amin. Il voulait s'acquitter seul de sa mission, sans avoir à écouter les conseils de son frère. Lui en eût-il parlé, peut-être Amin se serait souvenu de l'existence des billets, et Rashid n'aurait pas eu à se présenter en pleurs et tout penaud devant sa mère, avec dans la main la boulette de papier séché, pour lui demander pardon de pitoyable façon. « Qu'est-ce que je t'avais dit ? s'emporta-t-elle. Cet enfant oubliera sa tête un jour. » Les mères sont toutes les mêmes de ce point de vue-là. Elles vous débitent les mêmes clichés, assènent les mêmes mots blessants à leurs enfants les plus jeunes. Après quoi, l'on en revint aux bonnes vieilles habitudes : Amin, assure-toi que Rashid a bien fait ses devoirs, qu'il est allé chez le coiffeur, qu'il rentrera directement à la maison après l'école, etc.

Il y avait pour Rashid quelques avantages à cet état par ailleurs déplaisant. S'il fallait s'en prendre à quelqu'un, pour quelque sottise faite dans la rue, pour s'être attardé à un carrefour dangereux au milieu des voitures à bras ou des cyclistes filant à toute allure, s'être battu à coups de fruits pourris ou disputé trop bruyamment, c'était à Amin que s'en prenait l'autorité chargée de la correction, qui allait jusqu'à lui reprocher de s'être mal occupé de son jeune frère. À la maison, Amin portait la responsabilité de toutes leurs inconduites, et Rashid s'arrangeait alors pour rester à l'écart du danger, grimaçant et prenant un air désolé pour son frère en mauvaise posture, geignant d'une petite voix nasillarde si quelqu'un regardait de son côté. Ces scènes se terminaient de trois façons. La première : Amin recevait calmement la réprimande, les yeux baissés, honteux et contrit, et tout finissait bien, avec en conclusion une supplique angoissée des parents pour que cela n'arrive plus jamais. Une pièce était même parfois glissée pour faire oublier la dureté des mots qu'on avait prononcés. La deuxième : Amin ne pouvait se retenir de répliquer par des grimaces aux singeries de son frère, le parent concerné était alors exaspéré par la légèreté de son attitude quand il aurait dû être au supplice, et le tout s'achevait par des coups et des claques et des paroles acérées. La troisième : si Farida se trouvait dans les parages, elle dénonçait immédiatement Rashid, le parent se tournait alors sévèrement vers lui pour surprendre ses mimiques railleuses. C'est ainsi que les coups et les claques atterrissaient sur lui, tandis qu'il criait et hurlait sans la moindre retenue. Mais d'une manière générale, s'il y avait en perspective des épreuves ou des privations, c'est à Amin qu'il était demandé de se porter volontaire. S'il y avait une course à faire, c'était presque à coup sûr Amin qui s'en chargeait. S'il ne restait qu'une part d'un mets savoureux, l'on attendait de lui qu'il se sacrifie et la laisse à son cadet. Ces principes ne s'appliquaient pas à Farida, qui, en tant que fille, était soumise à d'autres règles et dans tous les cas savait se faire respecter.

Les remontrances et les corrections ne durèrent que le, temps de leur jeunesse, bien sûr, mais les habitudes restaient vivaces. Tout le monde faisait d'Amin presque un adulte, et attendait de lui calme et responsabilité. L'on traitait en revanche Rashid un peu comme un enfant impulsif et rêveur. Les frères le savaient, ils savaient ce que les autres pensaient d'eux, comment on les appréhendait, et ils en tiraient profit assez agréablement. Ils n'en parlaient jamais ouvertement, mais élaboraient des stratégies qui tenaient compte de la façon dont on les percevait et se réjouissaient quand ils arrivaient à leurs fins. Il était important pour eux d'être frères. Ils partageaient tout. Ils avaient l'habitude l'un de l'autre. Ainsi s'étaient-ils retrouvés catalogués, contre leur gré au début, plus volontiers par la suite, dans ces rôles d'aîné responsable et de cadet fougueux, mais avec le temps il devint évident qu'il y avait là du vrai. Coïncidence heureuse et pertinente, adéquation des événements. Cela, comme la relation aux autres, joua dans leur cas plus profondément qu'il n'est courant dans l'idéal d'éducation des enfants. Amin, qu'on savait digne de confiance ; Rashid, le rêveur.

Au fur et à mesure que tous trois grandissaient, l'opinion que leurs parents avaient d'eux se renforçait. Ils voyaient dans l'ensemble Amin et Rashid comme on les a décrits plus haut, traçant leur chemin dans la vie avec les atouts qui étaient les leurs. Farida, de son côté, représentait un vrai souci, en particulier pour leur mère. Elle était facile à vivre (paresseuse) et toujours souriante (idiote). Sans autre ambition apparemment que de s'amuser avec ses amies ou de rendre visite aux voisins dans leur vieille maison qui tombait en ruine. La mettre à ses devoirs du soir était un calvaire que sa mère s'était donné pour tâche d'endurer. Elle usait de menaces et, quand cela restait sans effet, de cajoleries, et, si les résultats n'étaient qu'en partie concluants, elle s'asseyait avec elle et faisait plus ou moins le travail à sa place. « Ce monde n'est pas tendre pour les femmes qui ne se prennent pas en mains », disait-elle à sa fille, qui la regardait d'un air tragique car elle savait que c'était ce qu'on attendait d'elle quand sa mère lui parlait du sort difficile réservé à son sexe. Lorsqu'on lui rendait sa liberté, elle était tout sourire et prête à faire le tour des voisins ou à aller s'asseoir bavarder avec qui le voulait bien. Elle adorait papoter et, quand elle n'avait personne à qui parler, elle s'adressait à un polochon ou à un parapluie ou à une chaise vide. Elle était même heureuse d'aider aux travaux ménagers, et parfois réussissait à converser avec les objets qu'elle nettoyait ou lavait. Cela seulement lorsqu'elle était seule, ou qu'elle croyait l'être. Sa mère lâcha du lest avec le temps. Elle avait dû, pour sa part, travailler dur pour devenir enseignante, et elle avait du mal à cacher sa déception de voir le manque d'intérêt de sa fille pour les études.

Arriva le temps où Farida finit l'école, ou plutôt où l'école en finit avec elle. Elle avait treize ans. Elle échoua à l'examen d'entrée au collège de jeunes filles, seul établissement d'enseignement public de la ville, et de toute l'île, et du pays tout entier, qui compte plusieurs îles et une population d'un demi-million d'habitants. Chaque année, des centaines, des milliers de jeunes filles se présentaient à l'examen, et seules trente étaient reçues. C'était, pour la plupart d'entre elles, le premier et le dernier examen de leur scolarité. Le nom des élèves reçues était lu sur les ondes de la radio nationale, afin que la nouvelle se répande aussi vite que possible dans tous les recoins de ce minuscule pays, mais c'était aussi pour marquer l'importance de leur réussite. L'on s'asseyait dans un silence tendu autour du poste de radio, et le speaker égrenait les noms de la voix solennelle avec laquelle on annonce la mort d'un personnage éminent. Farida fut parmi les milliers de celles dont le nom ne fut pas prononcé.

Bien que ne s'étant jamais spécialement bagarrée pour figurer parmi les rares élues, elle éprouva un violent sentiment d'injustice et de colère à avoir été recalée. Elle éclata en sanglots et se blottit dans les bras de sa mère. On l'avait exclue, disait-elle, on lui avait refusé toute chance de faire quelque chose de sa vie. Elle n'avait plus d'avenir à présent, plus aucun avenir. Il y avait bien une école privée gérée par des religieuses qui dépendait de l'évêché, mais elle était réservée aux chrétiens. Aucun parent sain d'esprit n'y aurait envoyé ses enfants, surtout des filles, pour qu'on les rende corrompues, avilies et mécréantes. Et puis il y avait l'école Aga Khan, pour les enfants ismaéliens. Les non-ismaéliens devaient acquitter des frais de scolarité et posséder un bon niveau. Celui de Farida n'était pas suffisant pour qu'elle soit admise. Il n'y avait donc plus rien pour elle.

Sa mère envisagea de quitter l'enseignement et de rester à la maison pour se consacrer à sa fille et prendre en main ses études, mais tout le monde lui fit observer que ce serait finalement un sacrifice absurde. Son époux le lui déconseilla, de même que ses sœurs, son frère, et jusqu'à Farida.

Leur père Feisal dit à leur mère : « Tu as travaillé dur, ta récompense aujourd'hui est de te rendre utile aux autres, de faire ce qui te vaut le respect. Les gens comme toi constituent un exemple, ils s'opposent à la brutalité des mœurs qu'il nous faut apprendre à changer. Tout le monde peut contempler ce que tu as réalisé et s'exclamer *Alhamdulillah*, et la vie n'est peut-être pas tout à fait mauvaise si une femme peut s'instruire et exercer une profession qui lui était interdite, si elle peut trouver une satisfaction personnelle tout en servant la collectivité. Comment peux-tu même songer à tout laisser tomber ? Nous allons trouver une solution. »

La sœur de leur mère, Halima, proposa : « Qu'elle vienne chez moi jusqu'à ce que vous ayez pris une décision. J'ai besoin d'aide. Il n'y a pas de raison que tu abandonnes ton travail, après nous avoir embêtés tous comme tu l'as fait pour y arriver. *Lo Mwana*, pas de panique. Elle n'est pas pire que des milliers d'autres.

— C'est ce qu'on disait de moi quand j'avais son âge, indiqua leur mère. Et si je les avais tous écoutés je serais restée à la maison à faire la cuisine et à m'occuper des enfants toute ma vie durant.

— Comme je le fais, dit Halima, qui fit claquer ses doigts en émettant un petit rire, pour montrer que ne la touchaient pas ces propos méprisants. Mais tu aurais alors eu le temps de profiter de tes enfants et de prendre plaisir à cuisiner pour ton mari, tu aurais même eu tout loisir d'aller faire des visites, au lieu de courir comme tous ces gens pris de folie.

— Je m'occupe de mes enfants, répliqua leur mère, toujours piquée au vif par cette accusation qui l'agaçait. Et je m'occupe de mon mari. Demande-leur s'ils ont des raisons de se plaindre. Demande-leur.

— Pas besoin de le leur demander, dit Halima dans un soupir, se sachant arrivée dans l'impasse habituelle. Mais non, bien sûr, ils n'ont aucune raison de se plaindre. Pourquoi en auraient-ils ? Ne fais pas tant d'histoires, c'est tout ce que je dis. Envoie-la-moi jusqu'à ce que vous ayez décidé ce que vous allez faire. »

C'est ainsi que Farida fut envoyée chez la sœur aînée de sa mère, Bi Halima. Bi Halima avait une grande famille, mais elle refusait de prendre une domestique, pour des raisons qu'elle n'avait pas à expliquer. Elle n'aimait pas avoir quelqu'un dans les pattes, disait-elle. Elle lavait le linge, nettoyait les braseros, balayait la maison, préparait la cuisine, s'occupait du repassage, et tout cela toute seule. Elle faisait chaque jour ses courses à la boutique du coin, et son mari Ali rapportait du marché en rentrant du travail tout ce dont ils avaient besoin. À quoi aurait servi une domestique ? Farida viendrait l'aider le matin et apprendrait à s'occuper d'un intérieur, ce que toute femme doit savoir faire. Ses parents furent affolés qu'on en revienne à ces méthodes d'antan, mais il n'y avait pas d'école où envoyer leur fille. La laisser seule à la maison toute la matinée était, évidemment, impensable, surtout à cet âge où les jeunes filles ne savent pas combien elles sont belles, et quel désir, quel trouble elles éveillent chez les hommes si elles semblent être à leur portée, elles qui sont tellement sans défense face à quiconque flatte leur vanité. À la mi-journée, Farida rentrerait chez elle aider sa mère à préparer le déjeuner.

Leurs parents avaient été des contestataires dans leur jeunesse. Non pas des extrémistes engagés en politique, de ceux qui défilent dans la rue et font de grands discours, le poing levé, pas ce genre tapageur. Il n'y avait pas de place pour ces choses-là à l'époque. Les Britanniques ne l'auraient pas autorisé. Ils se méfiaient bien trop des manifestations et des harangues publiques ; en permanence sur le qui-vive, ils craignaient ce qu'ils appelaient la sédition. Les Omanais ne l'auraient pas permis, parce qu'ils tremblaient à l'idée du désordre, même s'ils ne prêtaient pas toujours attention aux éclats de voix et aux volées de coups de bâton qui s'échangeaient entre les hommes. Les chefs religieux, eux, l'auraient interdit, parce qu'ils interdisaient toute discorde, tout défi à l'autorité, sauf s'agissant de leurs incessantes querelles internes. Leurs parents étaient des contestataires en ce qu'ils s'étaient tous deux opposés à leurs propres parents, et parce qu'ils avaient fait des études à la nouvelle école normale du gouvernement. Son père avait interdit à leur père de fréquenter l'établissement parce qu'il se méfiait de l'éducation coloniale : « Ils te feront mépriser ton peuple et manger avec une cuillère en métal, et ils feront de toi un singe qui parle du nez », disait-il. Le père de leur père avait usé de menaces et tempêté comme seul un père de cette génération pouvait le faire. « Ils feront de toi un *kafir*, et nous aurons manqué à notre devoir envers Dieu. Autant nous accompagner en personne jusqu'aux portes de l'enfer. Tu n'auras pas ma bénédiction, je te renierai. Cesse immédiatement ces sottises, stupide enfant du péché. »

Leur mère se heurta, elle aussi, à la même interdiction. Ses parents étaient pourtant, à bien des égards, différents de ceux de leur père, la famille était plus nombreuse et plus éparpillée, mais, sur la question des études, ils se rejoignaient. Elle était déjà une jeune femme, lui opposèrent-ils, et l'autoriser à vivre ainsi seule loin de la maison était une invite faite aux prédateurs du monde entier pour attirer le désastre et le déshonneur sur elle et sa famille.

Le défi à l'autorité est un péché chez ceux à qui Dieu demande la soumission, à Lui ainsi qu'à leurs Père et Mère. Mais leurs deux parents avaient défié l'autorité. Ils avaient poursuivi leurs études, ensemble, car ils se connaissaient déjà, s'aimaient déjà. Ils étaient passés par tous les stades – des chamailleries aux cajoleries et aux suppliques – avec leurs parents, qui eux-mêmes agissaient du mieux qu'ils le pouvaient. Ils s'acquirent le soutien d'autres membres de la famille ainsi que de voisins, et peu à peu finirent par l'emporter grâce à leur détermination et à la mobilisation de tant des leurs. Il est difficile d'aller contre la famille et les voisins lorsque tous font bloc sur pareil sujet.

Ils s'opposèrent ensuite à leurs parents en refusant de se marier avant d'avoir l'un et l'autre obtenu leur diplôme et de pouvoir enseigner, alors que tout le monde les soupçonnaient d'être amants. Ils finirent par convaincre leurs parents, qui acceptèrent des fiançailles, et de faire preuve de discrétion. Parfois, quand elle était d'humeur, leur mère leur faisait le récit des batailles qu'ils avaient ainsi tous deux menées contre leurs parents, cela souvent en présence de leur père. Peut-être était-ce pour revivre avec lui le souvenir de leur bonheur qu'elle racontait, pour y faire participer leurs enfants, pour les associer à ce bonheur. Alors, tandis qu'elle évoquait ces souvenirs, il leur arrivait d'échanger des sourires, ou bien leur père fronçait les sourcils et reprochait à leur mère d'en rajouter dans le mélodrame ou l'héroïsme.

« Tu pimentes un peu trop le plat encore une fois, disait-il, lui qui toujours préférait la retenue et la sobriété.

— Je ne pimente rien du tout, répliquait-elle. C'est exactement ainsi que cela s'est passé. Tu vieillis. Tu oublies, c'est tout. »

Pour des parents comme eux, pour qui l'école avait été une quête personnelle, un engagement qui avait supplanté d'autres ambitions restées inexprimées, et la voie vers un monde nouveau et lumineux, l'exclusion de leur fille fut un peu vécue comme une tragédie. N'avoir d'autre choix que d'accepter la proposition de tante Halima de la garder à la maison sous sa protection fut pire encore, comme une trahison de leurs rêves de jeunesse. Aussi lorsque les parents de certaines des jeunes filles qui avaient échoué à l'examen décidèrent de prendre un professeur pour s'occuper de leur scolarité, ils adhérèrent à l'idée avec d'autant plus d'enthousiasme que Farida était ravie de rejoindre le groupe. La professeure, qui donnait des cours particuliers chez elle l'après-midi, enseignait au collège public le matin, celui-là même dont l'entrée avait été refusée à des milliers de jeunes filles comme Farida. Elles ne pouvaient suivre, certes, l'enseignement du collège, mais l'enseignante était la même et les livres les mêmes, se dirent les parents. Farida allait donc le matin chez sa tante, où elle faisait ses devoirs et donnait un coup de main quand on le lui demandait, puis se rendait aux cours l'après-midi. C'était mieux que l'école, disait-elle, car l'ambiance était plus sympathique et le travail plus accessible. Il était évidemment gênant d'aller aux cours à l'heure où la classe est normalement finie, signe que l'on avait échoué et que, sans uniforme, on fréquentait l'enseignement privé où tout le monde était admis du moment qu'on s'acquittait des frais de scolarité. Mais il y avait tant d'autres élèves dans le même cas qu'au bout de quelque temps, Farida se fit à cette expérience de la rébellion et apprécia d'être de celles qui refusaient de croupir dans le coin où on avait voulu les reléguer.

« Je ne veux pas rester à la maison à ne rien faire, annonça-t-elle à tante Halima. C'est ce qu'on attend des femmes. Et moi je veux faire des choses par moi-même. » Cela fit sourire sa tante, cette idée qu'elle restait à la maison à ne rien faire, quand presque toute sa journée, de l'aube jusqu'à minuit, n'était qu'une succession de tâches ménagères, de soucis et de travaux épuisants. C'était bien le discours de Mwana, ces querelles, ces batailles pour arriver à ses fins, comme si le monde entier s'était ligué contre elle.

Les cours durèrent quelques mois, puis la professeure et les élèves renoncèrent, s'adressant des récriminations mutuelles. L'enseignante estimait que les jeunes filles ne prenaient pas leur travail au sérieux et qu'elles n'étaient sans doute pas au niveau. Elle restait parfois atterrée, muette sur son siège, exagérant un peu l'effet par souci pédagogique, quand la classe butait sur les principes élémentaires de l'algèbre ou de la chimie. Les élèves, de leur côté, estimaient que la professeure ne connaissait pas les sujets qu'elle était censée leur enseigner, ses matières à l'école étant les arts ménagers et le kiswahili. Elles lui reprochaient de s'adresser à elles comme si elles ne savaient rien, quand, en réalité, c'était elle qui était dans l'incapacité d'enseigner les matières difficiles. C'était gaspiller de l'argent que de continuer, dirent-elles à leurs parents, qui sans doute pensaient de même, car comment une seule enseignante aurait-elle pu chez elle faire aussi bien que tout une école avec son équipe au complet, sa bibliothèque et ses laboratoires. Peut-être aussi les parents se disaient-ils, sans l'avouer, qu'ils auraient préféré avoir pour leurs enfants ces brillants professeurs européens qui enseignaient aux jeunes filles du collège public, au lieu de celle-ci qui était comme eux, et qui, lorsqu'elle les croisait dans la rue, ne pouvait réprimer des sourires reconnaissants.

C'est ainsi que Farida retourna à sa routine. Elle allait chez sa tante Halima le matin, l'aidait à balayer, à faire la lessive, à hacher les légumes, et allez savoir quoi encore, bavardant et riant avec une satisfaction qui en disait plus long qu'elle ne le croyait. Pendant quelque temps elle continua à emporter ses livres avec elle, comme si elle avait encore des devoirs de classe à effectuer, mais sans y toucher. Elle n'en avait pas le temps. Quand l'heure du déjeuner approchait, elle rentrait à la maison, passait récupérer ce que Bi Aziza, leur voisine dans la grande baraque, avait fait prendre pour eux au marché, et elle commençait à préparer le repas. À l'arrivée de sa mère, tout était déjà en route, ainsi Mwana avait-elle le temps de se servir un verre d'eau fraîche et peut-être de s'accorder une brève pause avant de prendre les choses en mains. Le repas était prêt à l'heure, et pris de façon moins frénétique et désordonnée. Son père était ravi de cette nouvelle organisation, même si elle semblait le troubler parfois. Ses frères pouvaient assouvir leur énorme appétit avant d'être expédiés à l'école coranique, et Mwana appréciait de s'accorder le temps de quelques ablutions avant d'aller se reposer. Tout le monde y trouvait son compte.

Farida s'organisa mieux au fur et à mesure que les mois passaient. Elle emportait le linge de la famille chez tante Halima où elle le lavait, pour le rapporter le lendemain à la maison. Elle faisait des courses pour sa mère, allait de temps en temps acheter au marché un ingrédient que cette dernière avait oublié de commander à Bi Aziza. Elle portait déjà le *buibui* à l'époque, la grande robe noire dont se vêtent toutes les femmes, toutes à l'exception de celles qu'avaient aguerries les modes de l'étranger ou la perversité. Elle se rendait ainsi au marché, si tel était son souhait, ou faisait le tour des boutiques ou rendait visite à des amies, puis elle rentrait préparer le déjeuner. L'après-midi, elle lavait la vaisselle, balayait la maison, faisait son propre repassage (elle laissait le reste à sa mère), avant de se consacrer à sa toilette pour ressortir voir des amies. Elle s'acquittait avec le sourire et une sorte d'excitation de ces tâches sans intérêt. Ce qui inquiétait sa mère.

« Qu'est-ce qui ne va pas chez elle ? Elle ne devrait pas se satisfaire de cette vie, disait-elle à Feisal. Elle a quatorze ans. Comment n'a-t-elle pas d'autres ambitions ? Toutes ces corvées devraient lui peser. Nous ne l'avons pas élevée ainsi.

— Elle a l'air heureuse », répondait prudemment Feisal, craignant d'aggraver une inquiétude qu'il ne voyait pas le moyen d'apaiser. Ils étaient allongés sur leur lit l'après-midi, l'heure la plus paisible pour eux, la meilleure de toute leur vie de couple marié. Personne à cette heure-là ne venait en visite, et les enfants étaient soit à l'école coranique, soit suffisamment grands pour savoir qu'il fallait les laisser tranquilles.

« Crois-tu qu'elle fréquente quelqu'un ? demanda-t-elle.

— Nuru, pourquoi dis-tu cela ? Il ne faut même pas y songer ». Il était le seul à l'appeler par son vrai nom.

« On ne peut pas la laisser devenir ainsi une domestique, dit Nuru. Ce n'est pas comme si nous ne pouvions pas faire autrement. J'arrivais parfaitement à tout gérer avant. Il faut que je trouve un moyen de mettre fin à cela.

— On ne va pas le lui interdire, ce serait bizarre, alors qu'elle a le sentiment d'aider, dit-il. Cela la rend heureuse, apparemment. Tous ces gâteaux et ces pâtisseries qu'elle apprend à préparer. Elle est très douée. Peut-être a-t-elle un don particulier.

— C'est Halima, c'est elle qui lui a appris toutes ces choses, affirma-t-elle avant de se tourner vers son mari et de poser un long regard sur lui. J'espère que tu n'es pas en train de me dire qu'elle devrait se contenter de cette vie-là, à cuire des samosas et des pâtisseries.

— Non, bien sûr. »

Bien sûr que non.

Il y eut une dernière tentative pour faire poursuivre des études à Farida. À la fin de l'année scolaire en décembre, leur mère l'emmena avec elle voir des parents à Mombasa. L'aînée de ses sœurs, Saïda, s'était mariée là-bas. Et la mère de leur mère était originaire de cette ville, aussi y avait-il également d'innombrables cousins. Leur mère avait écrit à sa sœur pour lui demander de se renseigner sur les écoles pour Farida, qui fut ravie de cette idée. Elle avait très envie d'aller chez sa tante Saïda et de poursuivre sa scolarité à Mombasa. Le voyage permettrait de savoir quels résultats avaient donné les recherches de Saïda, de voir si Mombasa plaisait à Farida, et donc de décider, en même temps que de trouver un arrangement financier qu'il était délicat de discuter par courrier, car personne dans la famille n'était riche. Au bout de trois semaines, leur mère revint seule, elle avait laissé sa fille sur place pour qu'elle y redouble la dernière année de l'école primaire à l'âge de quinze ans, avant de faire une dernière tentative pour entrer dans le secondaire, cette fois au Kenya.

Pendant que Farida était à Mombasa, Amin passa avec succès l'examen auquel sa sœur avait échoué deux ans auparavant. Les garçons avaient deux écoles où aller, ce qui n'empêchait pas qu'il soit pour eux tout aussi difficile d'y entrer. Dans tous les cas, le nom d'Amin fut le second sur la liste, et donc même si n'avaient été choisis que dix élèves, il aurait figuré parmi eux. Farida rentra à la maison peu de temps après la réussite de son frère. Mombasa n'avait pas davantage donné de résultats pour elle. Ce mois de janvier-là, après une année qu'elle avait appréciée à plus d'un titre et dont le souvenir lui resterait à jamais, elle rentrait sur un échec. Elle n'avait pas été prise au Kenya non plus, et le coût d'une école privée à Mombasa dépassait les moyens de ses parents. Elle avait fait de son mieux, disait-elle, mais elle était trop bête.

Elle reprit les choses où elle les avait laissées, aidant le matin sa tante Halima pour la lessive, le ménage et la préparation du déjeuner. Elle proposa de veiller à ce qu'Amin fasse bien ses devoirs, à présent qu'il était dans le secondaire et que le travail scolaire était devenu si dur, mais elle ne fit en fait que le distraire par son bavardage et ses rires. Elle établit un emploi du temps pour les révisions de Rashid, qui préparait le même examen redouté, car elle expliquait la tragédie qui l'avait touchée par son propre manque d'organisation. Rashid colla consciencieusement l'emploi du temps dans son cahier d'exercices et ne le consulta jamais. Il préférait jouer aux cartes et au football avec ses amis plutôt que d'obéir aux ordres de sa sœur. Elle nota dans un carnet tous les accrocs de son frère à la discipline et le menaça d'en référer aux autorités, ce qui eut un certain effet. L'heure venue, il réussit à son tour l'examen de fin d'année. Mais tous ces travaux et toutes ces corvées n'empêchaient pas Farida de sourire à la vie comme avant, avec cependant comme un air amusé, un léger tremblement à la commissure des lèvres qui faisaient penser qu'elle était détentrice d'un agréable secret. Peut-être était-ce simplement qu'elle avait grandi. Son année passée à Mombasa lui avait donné un éclat nouveau, et l'on ne pouvait pas désormais ne pas voir le regard que posaient sur elle les garçons et les jeunes gens, mais elle souriait à tous avec une telle insouciance décomplexée et répondait avec tant d'assurance rieuse à ceux qui lui adressaient la parole que nul n'osa plus l'approcher. Elle était une femme à présent, qui avait passé le stade du flirt et des amourettes.

Son frère Amin, pendant ce temps, était en train de devenir sans effort tout ce qu'on avait rêvé qu'il soit. Il était courtois, fiable, honnête, gentil. C'est un bon garçon, disait parfois sa mère avec un rien d'émotion dans la voix. Il était plus silencieux que dans l'enfance et avait tendance inexplicablement à fixer du regard sans un mot, mais c'était à peine un défaut en comparaison de ses qualités. Ses silences et la difficulté croissante qu'on avait à comprendre parfois ce qu'il disait le faisaient paraître plus profond, plus sage. Il avait très bien réussi au collège dès le départ, même lorsqu'il s'était agi d'adopter de nouvelles méthodes de travail, et dans des matières qui leur étaient étrangères à tous et sur lesquelles beaucoup de ses camarades commencèrent par peiner. Il comprenait tout de suite ce qu'on lui demandait et répondait de façon pertinente. Il ne s'irritait pas des règles imposées par ce nouvel apprentissage ni ne cherchait à échapper aux tâches qui lui étaient assignées. Ses professeurs se réjouissaient de sa minutie, qui n'était jamais pointilleuse. En dépit de ce zèle et de cette supériorité, il était un élève détendu et discret. Les professeurs savaient que, sans être un rebelle, il faisait partie des meneurs. Ils trouvaient dans l'assentiment qu'il leur apportait un soutien à leur autorité, car il était un exemple pour tous. Amin n'était pas seul à être ainsi exceptionnel, d'autres l'étaient aussi. On leur avait appris la modestie. Ils savaient à quel point ils avaient de la chance de se trouver où ils étaient, que l'on n'arrivait pas où ils étaient arrivés par la résistance et la rébellion. C'était un garçon solide et sain, sans pour autant en imposer, avec un charme juvénile et un sourire dévastateur. Tous étaient fiers de lui, ses parents les premiers, bien sûr, qui considéraient sa réussite avec soulagement et reconnaissance. Qui sait comment tournent les enfants ? Combien d'entre eux se gavent de l'amour qui leur est donné pour devenir ensuite d'incurables propres-à-rien, d'incorrigibles démons, gâchant chaque seconde de l'existence de leurs parents ?

Rashid aussi était fier de lui. Il aimait son frère, même s'il n'avait jamais ne fut-ce que songé à lui avouer ces choses-là, et peut-être ne se les était-il pas avouées à lui-même avant longtemps. Il était son cadet de deux ans et endurait d'une humeur égale les comparaisons avec lui. Il avait le sentiment de partager ses mérites, participait intimement aux efforts qu'Amin déployait pour les obtenir, et donc n'y trouvait rien de remarquable. Quand un professeur lui faisait observer qu'il n'était pas, dans telle ou telle matière, aussi bon que son frère, il souffrait certes d'être déprécié, mais il ne cherchait pas à rivaliser avec lui. Dans tous les cas ce n'était pas comme si, à côté, Rashid avait été nul. Lui aussi réussissait au collège, bien que différemment. Au départ, tout le monde ne fut pas convaincu qu'il était fait pour les études, contrairement à Amin. Pour certains de ses professeurs, il avait des opinions beaucoup trop arrêtées et tendance à vouloir trop en faire, lui manquait le sens des réalités et il se montrait parfois irresponsable. Il n'était pas aussi méthodique et se laissait plus facilement distraire. Certains pensaient qu'il s'épuiserait dans des effets de manche qui finalement ne le mèneraient pas à grand-chose. Il était intelligent, à en croire ses professeurs, mais avait une multitude de petits défauts. En classe il était bruyant, un vrai moulin à paroles, et il avait du mal à se concentrer. Il manifestait de l'enthousiasme pour les activités sportives sans être doué pour quelqu'une, à la différence de son frère aîné qui réussissait dans tous les sports auxquels il s'adonnait. Il adorait les débats, pour lesquels il s'enflammait, ce qui aurait pu être un point positif mais ne l'était pas en fait. Pas dans le cadre de l'école en tout cas, où un minimum de logique et de stratégie s'impose, de même que le respect des convenances, le sens du décorum, la perspicacité, un peu de ruse aussi et le goût du théâtre, sinon pourquoi débattrait-on ? Dans ces joutes, Rashid se jetait à corps perdu, avec indignation et mépris, insupportable, horripilant pour tout le monde quand il ne provoquait pas l'hilarité, jouant la comédie à l'intention des râleurs et des mal lunés.

Il y avait aussi cette passion chez lui pour tout ce qui était italien. À vrai dire, hormis le manuel de conversation et quelques reproductions et affiches ayant la même origine, certains articles avec photos de Giacomo Agostini sur sa Vespa découpés dans des magazines et une bande dessinée sur la vie de Garibaldi que sa sœur lui avait rapportée de Mombasa, cette passion ne reposait pas sur grand-chose, pas sur des connaissances quelque peu solides en tous cas. Pourtant, s'agissant de style, de beauté ou de poésie, durant notamment ses années d'adolescence, ses héros étaient tous italiens. Shakespeare, c'est bien, c'est grand, c'est phénoménal en fait, mais sans comparaison aucune avec Dante. Pourquoi n'est-il pas possible d'étudier Dante ? Silvana Mangano est à mes yeux la plus belle actrice de cinéma. Et l'équipe italienne de football vaut presque celle du Brésil. À l'école primaire, ses instituteurs prenaient ses déclarations en italien pour un signe de vivacité d'esprit, l'incontournable exhibitionnisme d'un garçon brillant. Dans tous les cas, la plupart des gens à l'époque considéraient les Italiens comme assez comiques, compte tenu des récits qui relataient leurs pitreries pendant la guerre en Abyssinie ; c'est ainsi que l'engouement de Rashid pour l'Italie fut également considéré comme un entêtement comique en soi. Devenu adolescent, il eut comme professeurs au collège public des Britanniques, dont certains voyaient dans cette tocade une affectation et une absurdité. Le professeur d'histoire était, de façon irraisonnée, exaspéré par la passion de Rashid pour les Italiens. Il le regardait toujours avant de citer quelque savant ou quelque personnage politique de la Rome antique, l'un de vos ancêtres a dit ceci, a dit cela. Le professeur de littérature déclamait à son intention des vers en Italien, arborant un sourire glacial pour informer le jeune élève ignare que Dante c'était *cela.* Il l'enjoignit de consulter la traduction qui se trouvait à la bibliothèque du collège, et qui était selon lui la plus accessible à un débutant avant de poursuivre ses excentricités sans intérêt. Peut-être fallait-il apprendre à marcher avant d'essayer de courir, lui conseilla sagement cet enseignant.

Il se trouve que Rashid avait aussi une vraie passion pour la poésie. Il en lisait à la bibliothèque du collège et achetait des anthologies en piteux état chez des bouquinistes. Lorsqu'il était plus jeune, il avait adoré chanter les *qasidas*, il en connaissait plusieurs qu'il était capable de réciter par cœur. Les gens aimaient à dire tout haut des passages du Coran ou des vers ainsi tirés d'une *qasida*. Ceux qui en avaient le talent glissaient habilement ces citations dans la conversation la plus banale, sans manquer de faire impression en même temps que de charmer. Parfois, quand quelqu'un commençait à dire de beaux vers, il était rejoint par d'autres. L'on récitait à plusieurs voix, heureux de se mettre en valeur et de se faire plaisir. Mais à son âge, et dans l'établissement qu'il fréquentait, l'on ne chantait plus les *qasidas*. La poésie, c'était Shakespeare, Keats, Byron, Longfellow, Kipling, c'est donc dans cette poésie-là qu'il plongea avec zèle et délice. Voilà ce qu'étaient les études. Ce n'était pas savoir ce que tout le monde savait, et il ne lui vint jamais à l'esprit de se plaindre d'y avoir perdu quoi que ce soit. Il avait même son propre exemplaire de Dante à la maison, bien qu'il n'ait pas trouvé le temps de le terminer.

Il alla jusqu'à écrire lui-même, à une époque, des poèmes en anglais, principalement pour amuser ses amis, des poèmes comiques, excessifs, dans le style d'*Hypérion* ou du *Pèlerinage de Childe Harold*. C'étaient des textes interminables qui se voulaient faussement subtils. Il en avait appris quelques passages par cœur, qu'il déclamait avec force gestes au retour de l'école. L'un des amis en avisa le professeur de littérature, qu'irritaient déjà les poses de Rashid à propos de Dante, et que cette nouvelle information exaspéra encore davantage, mais n'était-ce pas le but recherché ? Il exigea que lui soit montrée l'*œuvre* en question. Rashid lui remit à regret son cahier, avec la peur d'être dénigré. Il ne trouvait pas cela drôle du tout, car même si ces poèmes il les avait écrits sur un ton léger, il y était tendrement attaché.

« Cette poésie est totalement immature, déclara plus tard le professeur devant la classe, comme s'ils avaient tous impatiemment attendu son jugement. Quand ce n'est pas le mysticisme fastidieux d'un *Mille et Une Nuits* au rabais, c'est bavard et sans queue ni tête, du blabla à la manière d'un Byron sauce satirique. Confus et incompréhensible, comme le plus souvent lorsque les Africains cherchent à faire du style en anglais. Déjà, vouloir écrire ainsi témoigne d'une outrecuidance, d'une estime de soi sans commune mesure avec la réalité. Remontez vos chaussettes, jeune homme. Vous me ferez pour aujourd'hui une analyse du personnage du capitaine dans *L'Odyssée de l'African Queen*, et je veux quelque chose de clair et d'ordonné, et pas de ces discours fumeux. » *L'Odyssée de l'African Queen* de C. S. Forester, le célèbre auteur du *Capitaine Hornblower*, était l'œuvre d'envergure que leur professeur jugeait adaptée à leurs capacités. Rashid fut trop déstabilisé par le mépris du professeur pour songer à répliquer. C'est à cette époque que le nom de Mtaliana commença à lui peser.

Ainsi les enseignants étaient-ils divisés sur l'opinion qu'ils avaient de Rashid, ce qui n'était pas le cas pour Amin. Ses parents étaient fiers de lui aussi, mais pas de façon aussi sereine qu'avec son frère. Sa mère, en particulier, s'inquiétait à son sujet. Parfois, quand il s'asseyait dans la cuisine avec elle tandis qu'elle préparait le repas et qu'il bavardait comme si jamais il n'allait s'arrêter, elle le regardait entre deux fous rires et se demandait s'il irait toujours bien. Pas comme ça, pas la maladie, pas l'instabilité, Dieu nous en préserve, mais s'il aurait toujours la force de continuer. Ses engouements étaient tellement obsessionnels, son esprit parfois tellement irrespectueux, son assurance si désinvolte qu'elle se demandait s'il serait capable de faire face à la désillusion. Avec les années, elle perçut chez lui un entêtement qui grandissait, une volonté de désobéir et de négliger ce qu'il n'aimait pas. Il était plus petit qu'Amin, petit pour son âge, et toujours prêt à s'enflammer. Bouillant. Elle pensait se reconnaître un peu en lui.

C'était la fin des années 1950, une époque où le monde fut plus tragi-comique que jamais, et où l'Afrique presque tout entière se trouvait gouvernée par les Européens d'une manière ou d'une autre : directement, indirectement, par l'usage de la force brute ou d'une diplomatie musclée, si tant est que ces deux termes ne soient pas trop contradictoires. Une carte britannique de l'Afrique dans ces années-là présentait quatre couleurs : un rouge tirant sur le rose pour les territoires sous la domination des Britanniques, le vert foncé pour les Français, le violet pour les Portugais et le brun pour les Belges. À ces couleurs correspondait une vision du monde, et chacune de ces nations avait ses couleurs à elle sur ses cartes à elle. C'était une manière de comprendre l'époque et, pour beaucoup de ceux qui se penchaient sur les cartes, une manière de rêver à des voyages auxquels seule l'imagination pouvait donner corps. On ne lit pas les cartes aujourd'hui de la même façon. Le monde est devenu autrement complexe, plein de peuples et de noms qui brouillent sa clarté. Dans tous les cas, rien n'est plus à présent laissé à l'imagination, car l'image est partout.

Sur les cartes britanniques, le rouge était un rappel de la bannière anglaise, il représentait la volonté de sacrifice au nom du devoir et tout le sang versé au nom de l'Empire. Même l'Afrique du Sud était alors encore en rouge rosé, dominion au même titre que le Canada, l'Australie et la Nouvelle-Zélande, des lieux que les Européens avaient investis en parcourant la moitié du monde pour trouver un peu de paix et de prospérité. Le vert sombre était une plaisanterie aux dépens des Français, qui évoquait les pâturages élyséens quand l'essentiel du territoire sur lequel ils régnaient était soit désertique ou semi-désertique, soit couvert par la forêt équatoriale, autant d'étendues inutilement gagnées par les armes et un orgueil démesuré. Le violet était réservé à l'inquiète estime de soi des Portugais et à leur passion pour la monarchie, la religion et les symboles de la domination, quand durant l'essentiel des siècles de leur occupation coloniale ils avaient dévasté ces terres avec la pire brutalité, détruisant et incendiant, déplaçant des millions d'hommes et de femmes vers les plantations du Brésil pour y servir d'esclaves. Le brun, enfin, était la couleur de l'impassible et cynique efficacité des Belges, qui prirent part aux festivités plus tard mais dont le cadeau qu'ils laissèrent aux peuples sous leur joug se révéla être sans comparaison aucune avec celui des autres grandes puissances de cette époque étriquée. Leur legs au Congo et au Rwanda laisserait encore pour longtemps souillés les rivières et les lacs. Les Espagnols aussi avaient leurs territoires, en jaune sur les cartes britanniques comme un rappel de la couleur de leur drapeau et de leur obsession de l'or à piller. Plus tard dans cette décennie, les couleurs allaient pâlir et passer au rose, au vert pâle, au mauve et au beige. Peut-être était-ce le signe d'un renoncement à l'autorité coloniale, une évolution vers l'autonomie, la situation est en main, tout passe tout lasse.

La carte des années 1950 montrait aussi les exceptions à la domination européenne. L'Égypte était indépendante et en proie à l'agitation depuis 1922, mais sans autre choix que d'accueillir sur son territoire l'armée de terre, l'aviation et la marine britanniques. Le Libéria, qui ne fut jamais officiellement une colonie, avait été créé pour devenir la terre où les esclaves africains affranchis pouvaient *revenir* des États-Unis d'Amérique afin d'y construire une Nouvelle Jérusalem, et quel beau travail ils avaient fait là. L'Éthiopie avait tenu bon à deux reprises face à des Italiens enclins à la pagaille. Au XIXe siècle, quand toutes les armées d'Europe qui le souhaitaient étaient autorisées à s'emparer d'un bout d'Afrique et à assassiner par milliers ses habitants, l'armée de l'empereur Ménélik battit les Italiens à Adoua. Il est clair que c'est une farce qui a conduit à cette défaite inutile, même si certaines autorités en accordent le crédit à Rimbaud, qui fut trafiquant d'armes pour le compte de l'empereur. Plus tard, les armées de Mussolini furent expulsées par les francs-tireurs, les Britanniques et les forces coloniales africaines, dont l'oncle Habib faisait partie. Puis il y avait le Soudan, une dictature militaire indépendante depuis 1952 ; et la Libye, royaume théocratique sous protection britannique depuis 1951. C'étaient des situations à part, à propos desquelles une telle carte n'avait rien à dire. Pour le reste, tout était aux mains de la mission civilisatrice, depuis Le Cap jusqu'à Tanger, en passant par toute l'Afrique de l'Est, où se sont déroulés les événements qui nous occupent ici.

Ce coup d'œil jeté sur une carte des années 1950 vise à rappeler combien le monde d'alors était différent. Personne n'a un instant imaginé la panique à venir, ni le fait que quelques années plus tard la plupart des gouvernements européens allaient lever le camp et retourner précipitamment d'où ils étaient venus, abandonnant à la ténuité du papier tout un ensemble de traités et d'accords qu'ils ne se sentaient pas la moindre obligation d'honorer. De sorte que la perception que des jeunes gens comme Amin et Rashid avaient d'eux-mêmes et de leur avenir ne s'était pas encore libérée des attentes d'un peuple colonisé, eux qui vivaient dans une petite ville, entre la fin d'une époque et le début d'une autre (même s'ils n'étaient pas conscients de cela). Dans les dernières années de sa scolarité, Amin était bien décidé à fréquenter l'école normale qui avait été celle de ses parents, et personne ne lui contesta ce choix, ni n'essaya de l'en écarter, ni ne lui suggéra d'envisager d'autres voies, à cause de l'Indépendance qui devait survenir sept à huit ans plus tard. Nul ne savait que l'indépendance était si proche, et bien peu avaient même réfléchi aux opportunités qui s'en dégageraient. Dans tous les cas, il n'y avait pas de raison pour Amin de ne pas aspirer à l'existence utile et gratifiante que ses parents avaient menée, utile pour la communauté, gratifiante pour eux-mêmes et pour les leurs. Sauf que tout allait effectivement changer en Afrique, dans une pagaille monstre, et que personne n'avait apparemment été capable d'imaginer cela, du moins personne dans l'entourage d'Amin. Pas même son père, qui écoutait les nouvelles à la radio tous les jours, et qui jamais n'avait fait allusion à cette indépendance qui était en route.

Son père était un enseignant connu et respecté en ville, même si tous les enseignants étaient respectés, comme on le sait. Dans la rue, les gens lui donnaient du *Maalim Feisal*, en indiquant sa profession devant son nom. Ils faisaient un détour pour venir le saluer et lui souhaiter une bonne santé. Chaque fois qu'il entrait dans une administration, qu'il se rendait sur les docks ou à l'hôpital, partout où il allait alimenter l'insatiable machine étatique, il croisait un ancien élève qui n'était que trop heureux de lui apporter son aide. Amin était transporté lorsqu'il entendait louer son père pour son intelligence et sa bonté, et les gens raconter leurs histoires préférées à son sujet. Tu te souviens de cette époque, *Maalim* ? Amin savait que partout où il irait et quoiqu'il fît, jamais il n'acquerrait l'importance et l'estime dont jouissait son père dans sa communauté. Bien que sa mère aussi ait été enseignante jusqu'à la dernière année où il fréquenta l'école, ses anciennes élèves n'avaient pas investi l'administration de la même façon car elles étaient des femmes.

C'était merveille que de les voir ensemble, sa mère et son père. Il était grand et mince, et elle large et de plus en plus large avec les années. Peut-être n'était-il pas si grand comparé aux géants bien proportionnés que l'on voit en d'autres lieux. Ils habitaient un petit endroit peuplé de gens petits, et il était grand pour cet endroit-là. Son visage émacié était rendu plus ascétique par une barbe grisonnante qu'il taillait en pointe. Les manches de chemise toujours bien boutonnées, il paraissait en tout parfaitement net et mesuré. Une apparence qui ne pouvait être constante dans la durée, mais telle était l'impression qu'il donnait. Il marchait légèrement voûté et fronçait souvent quelque peu les sourcils, mais il s'exprimait toujours d'une voix douce et le sourire n'était jamais très loin sur ses traits. Certains l'appelaient *Msafi*, qui veut dire propre, un mot surtout dont les sonorités rappelaient celles de son nom. Ailleurs, peut-être l'aurait-on qualifié de tatillon.

Elle, en revanche, était petite et boulotte, du genre ébouriffé et pressé, avec des mèches de cheveux rebelles échappées des pinces qui étaient censées les dompter. Ses attitudes semblaient souvent exagérées, ses indignations appuyées, ses yeux trop arrondis par la surprise. Elle bouillonnait de projets, avec toujours des affaires à régler, mais elle avait également un don d'écoute. Quand elle était à la maison, toute conversation, toute observation passait par elle, tout convergeait vers elle et repartait d'elle. Elle savait parfaitement quand interrompre ce qu'elle était en train de faire pour porter à l'un ou à l'autre toute son attention. Tout le monde l'appelait *Mwana*, parce qu'elle était la benjamine de la famille. *Mwana* veut dire enfant. Son vrai nom était Nuru, qui signifie lumière, mais seul Feisal à présent l'appelait ainsi.

À l'âge de dix-neuf ans, Amin entra comme prévu à l'école normale, qui ne datait guère que d'une génération, afin de se former au métier d'enseignant. L'un de ses camarades d'école avait été envoyé étudier la médecine en Angleterre par des parents qui en avaient les moyens financiers, d'autres étaient allés poursuivre leurs études en Inde, en Égypte ou ailleurs encore. Plusieurs étaient partis se chercher un avenir dans le réseau que formaient la famille et les proches le long de la côte et dans l'intérieur du pays. Il en était toujours ainsi. Les gens partaient là où une opportunité se présentait. Amin ne cherchait pas les opportunités. Il ne voulait pas partir. Il avait pris sa décision et n'avait qu'une envie : enseigner toute sa vie durant. Peut-être était-ce une manière de voir les choses qui ne se conçoit que dans des lieux du bout du monde, peut-être aussi que le monde est plus agité aujourd'hui qu'il ne l'était alors.

Farida avait, elle aussi, décidé de son avenir. Deux mois après son retour de Mombasa, elle se plaça en apprentissage à Vuga chez une couturière, Mrs Rodrigues, une femme originaire de Goa qui se disait créatrice de mode parce qu'elle avait parmi ses clientes des épouses de fonctionnaires coloniaux. Elles ne lui demandaient que des retouches, des ourlets à refaire et des tailles à lâcher, mais pareille clientèle l'autorisait, croyait-elle, à inscrire sur sa plaque : Fournisseur de Sa Majesté la Reine. L'essentiel de son travail consistait dans la confection de vêtements pour tous, même si le prestige lui venait des Européennes. Farida travaillait chez Mrs Rodrigues le matin et l'après-midi, et emportait à la maison de l'ouvrage à terminer le soir. Elle ne reçut aucune compensation financière pendant les six premiers mois, puis un salaire de misère ensuite. Mrs Rodrigues, qui était une personne calme, souriante, à la voix douce, mais dure et inflexible dans ses opinions, disait à Farida qu'elle devrait vraiment lui être reconnaissante du savoir-faire de haut niveau qu'elle lui enseignait, et de la qualité de la clientèle au contact de laquelle elle la mettait. La jeune fille ne devait en conséquence s'attendre à aucune rémunération tant qu'elle ne serait pas une vraie professionnelle. C'était par gentillesse qu'elle lui donnait un peu d'argent. Ne lui offrait-elle pas gratuitement tous les matins du thé et une tranche de cake ? Farida, qui envisageait de se mettre à son compte quand elle aurait acquis le métier, se dit qu'elle n'avait pas le choix et qu'il fallait s'accommoder de ces mesquineries.

Sa mère, Mwana, adorait coudre et possédait sa propre machine, ce qui n'était pas courant pour l'époque et le lieu. Aussi aidait-elle sa fille dans les travaux difficiles qu'elle rapportait à finir le soir – pose de dentelles et de rubans, fabrication de boutonnières, etc. –, penchée sur la flaque de lumière que diffusait le bras bombé de la machine. C'était pour elle un divertissement et un plaisir, disait-elle à sa fille. Parfois elles veillaient jusque tard dans la nuit parce que Farida avait promis l'ouvrage à sa patronne pour le lendemain et qu'elle ne supportait pas l'idée d'être réprimandée pour n'avoir pas su terminer à temps. Sa mère se plaignait souvent de la fatigue de ses yeux.

Elle resta chez Mrs Rodigues trois ans. Chaque fois qu'elle parlait de partir pour s'établir à son compte, Mrs Rodrigues l'en dissuadait en lui offrant une augmentation de salaire et en mettant en avant les risques du métier pour l'effrayer. Farida se laissait convaincre et restait, mais au bout de trois ans elle en savait suffisamment pour démarrer son affaire. Elle travailla d'abord pour des amies, qui lui apportaient une photo découpée dans un magazine pour qu'elle en copie le modèle. Farida s'appliquait, travaillait les weekends et le soir. Cela prenait du temps de coudre une robe, les amies passaient, pleurnichaient, bavardaient, et nul ne s'en plaignait. Si la robe ne ressemblait pas exactement à la photo du magazine, le résultat n'en était pas moins réussi, car Farida était douée pour la coupe et la couture, et, en étudiant attentivement un modèle, elle était capable de le reproduire sans trop s'en éloigner en fin de compte.

Toute l'organisation de la maison se trouva chamboulée quand Farida commença à travailler à domicile. Le matin, elle n'apparaissait pas avant que tout le monde soit parti, mais, quand chacun rentrait à l'heure du déjeuner, c'était pour la trouver en pleine action. Un à un, ils allaient la voir à la cuisine, la mère pour demander où les choses en étaient et se mêler de tout, le père pour apporter les fruits qu'il était toujours chargé d'acheter en rentrant de son travail, et les frères pour renifler avec convoitise ce qui se mijotait, et encombrer. Après le repas, chacun s'empressait d'apporter de l'aide. Puis Feisal et Mwana se retiraient pour leur sieste quotidienne, et Amin et Rashid partaient se livrer à leurs accaparantes activités d'adolescents : le sport, les devoirs à faire, la rue, les jeux de cartes. Et Farida entamait sa journée de couture.

C'est à cette époque, alors que Farida commençait à se constituer une clientèle, qu'Amin préparait avec confiance son examen d'entrée au collège public, que Rashid suivait dans son sillage bien qu'avec moins d'assurance et que Maalim Feisal refusait sa première nomination à un poste de directeur d'école, que Mwana eut un grave malaise au travail et qu'il lui fut conseillé de renoncer à poursuivre une activité professionnelle à l'âge de trente-neuf ans. On diagnostiqua un glaucome avec suspicion d'hypertension. Elle fut affolée à l'idée du fardeau qu'elle allait devenir pour tout le monde et se mettait subitement à pleurer en silence lorsqu'elle était en société. « Je vais devenir aveugle et vous allez devoir vous occuper de mon corps inutile, disait-elle. *O yallah, alhamdulillah.* »

Ils s'asseyaient près d'elle et la réconfortaient, et ils pleuraient aussi car ils ne doutaient pas qu'elle allait devenir aveugle. Le médecin n'avait parlé que d'une éventualité, mais cet affreux pronostic prit l'allure d'une malédiction pour Mwana et sa famille. Ainsi leur mère resta-t-elle à la maison et une autre existence commença pour elle. Elle devint irritable, elle se sentait comme un navire encalminé, n'ayant plus à jongler avec toutes sortes d'activités, mais au bout de quelque temps elle s'apaisa un peu et lentement changea son mode de vie. Il y eut les visites chez les médecins, un voyage à Mombasa pour consulter un spécialiste, une opération pour réduire la tension dans son œil. Il y eut les lunettes à porter pour mieux voir, les régimes à suivre, les médicaments à absorber, les exercices à exécuter, et la vie redevint plaisamment chaotique, même si l'entrain n'était plus vraiment là.

Quand Rachid eut achevé sa dernière année de scolarité, il fanfaronnait encore devant ses amis et son frère, comme devant ses parents. Il était devenu plus têtu et plus difficile avec les années, il aimait à se considérer un brin dissident. Durant cette dernière année d'école, il ne cessa de parler de quitter le pays. Cette idée avait fait son chemin en lui sans crier gare, elle finit par devenir une évidence lorsqu'il ne parvint plus à contenir son irritation et son mépris de tant de choses autour de lui. C'était ce qu'il avait appris et les livres qu'il avait lus qui lui avaient donné cette certitude que le monde était plus vaste et la vie plus riche que ce qui l'entourait. Il étouffait ici, disait-il : l'obséquiosité des rapports sociaux, la religiosité qui relevait d'un autre siècle, les mensonges sur l'histoire. Il usait de mots forts et n'avait que dix-sept ans. Il ira loin, disaient ses amis, si tout cela n'est pas que du vent. Amin écoutait et souriait, tour à tour taquinant et approuvant son frère. Sa mère était comme toujours inquiète à son sujet, à en oublier ses propres problèmes, mais elle non plus ne pouvait pas ne pas rester insensible à ses colères. Que va-t-il arriver à ce jeune fou ? Son père le prit à part un jour, pour le mettre en garde sans le décourager, ne sois pas si rêveur, réfléchis concrètement, que veux-tu faire ? À la fin, la famille et les amis se rallièrent à ses grands discours, ils prêtèrent l'oreille au récit peu flatteur qu'il faisait de leur existence et le pressèrent d'œuvrer à réaliser son rêve du vaste monde.

Ce sont ses professeurs, qui, finalement, lui proposèrent des solutions. Ils s'émerveillaient du chemin parcouru par l'élève bavard normalement doué, aujourd'hui devenu ce garçon confiant et sûr de lui, auteur de textes sérieux et aboutis (rédigés dans le style d'un collégien brillant). Ils mirent à leur crédit cette transformation. Il était aussi réfléchi sur Macaulay que sur Shakespeare ou l'islam, en même temps que précocement spirituel sur ces sujets. L'esprit porte à l'arrogance, mais il n'y avait chez lui qu'une bonne humeur souriante, et le temps arrangerait les choses.

De la graine d'Oxbridge. Ses professeurs étaient des Britanniques, du moins ceux qui avaient le plus de poids, et peut-être avaient-ils si bien enseigné leur monde à Rashid qu'ils ne pouvaient à présent qu'être impressionnés par ce qu'ils avaient produit. Ils l'aidèrent à se présenter aux universités britanniques, le préparèrent aux examens en vue de l'obtention d'une bourse, lui imposèrent un rythme qui rappelait celui de leurs lointaines années d'études. Comme s'ils fomentaient une conspiration avec lui. Plus ils le faisaient travailler dur pour acquérir la connaissance du monde qui était le leur, plus Rashid avait le désir de réussir. C'était plus subtil qu'il n'y paraissait, il n'y avait pas que le désir de réussir et de plaire, mais quelque chose de plus séduisant, car plus il pénétrait la complexité de ce monde, plus il lui semblait qu'il devenait sien. Les professeurs d'histoire et de littérature qui l'avaient pris en main ; lui donnaient à étudier des textes que jamais ils n'avaient soumis aux autres étudiants : Carlyle, J. S. Mill, Darwin, T. S. Eliot. Tous les samedis, il devait rester après la classe pour suivre un cours supplémentaire avec l'un ou l'autre de ces professeurs, qui souvent l'éclairait sur des passages qu'il avait lus sans bien les comprendre. Parfois il y avait un contrôle surprise, au cours duquel il devait à son tour exposer ce qu'il avait assimilé.

C'est ainsi que tandis que Farida se lançait enfin dans le métier de couturière, et qu'Amin entrait à l'école normale à l'âge de dix-neuf ans pour préparer une carrière de professeur dans le secondaire, Rashid franchissait les dernières difficiles étapes qui précèdent le départ.

6

Amin et Jamila

Un après-midi où Amin rentrait de l'école normale, il trouva Farida en compagnie d'une cliente. Rien de surprenant à cela. C'était l'heure où les femmes se rendent visite entre elles et mènent leurs activités ordinaires de femmes, qui est d'entretenir le tissu de la vie. On se donne des nouvelles, on échange amabilités et courtoisies, félicitations et condoléances, ainsi que les derniers potins, acerbes ou bienveillants. On discute des fiançailles pour les années à venir des enfants nouveau-nés. On s'apitoie sur les corps souffrants. On débat des faveurs et des prêts, et l'on énumère en les déplorant les défauts des maris et des fils, et du monde auquel ils président. C'était aussi l'heure propice pour parler d'un modèle de robe, mettre en balance les qualités du satin et de la soie, de l'empiècement haut et d'une taille bien prise, et donc l'heure où Farida s'activait avec ses clientes.

Il savait qu'elle s'appelait Jamila, il l'avait déjà vue mais jamais d'aussi près, et jamais il ne lui avait parlé. Il l'avait toujours trouvée belle. D'aussi près, il pouvait observer la finesse des traits, la délicatesse d'un visage mobile en permanence. Ses yeux avaient la couleur de l'ambre sombre. Ils avaient la lumière et le mouvement, la vie en quelque sorte, et le désir d'être divertis. Le corps était parfait. Sur ses genoux était ouvert l'un des catalogues de Farida, et une pièce de tissu s'étalait sur la natte où elles étaient assises, ce qui lui fit penser qu'elle était venue se faire prendre les mesures pour une robe. Elle lui sourit – un salut poli, mais il y avait dans ce salut quelque chose d'alangui et un air entendu qui donnaient à la jeune femme la séduction de qui a voyagé et connaît bien le monde. Il se tenait debout devant elle, figé d'admiration, puis il vit s'épanouir son sourire et ses yeux s'embraser l'espace d'une seconde. Farida souriait elle aussi.

« Mon jeune frère, indiqua-t-elle.

— Amin ? demanda Jamila d'une voix plus grave qu'il ne l'attendait d'une personne aussi mince et aussi délicatement belle. Votre mère vous cherchait tout à l'heure. »

Amin posa sa sacoche de livres et s'assit sur la première chaise. Si sa mère avait été là, elle l'aurait fait sortir dare-dare. Elle n'aimait pas voir que ce soit Rashid ou Amin s'attarder dans la pièce où venaient en visite les femmes. Ils étaient censés présenter leurs respects et, si elles les connaissaient depuis qu'ils étaient tout petits, écouter en souriant leurs affectueuses plaisanteries, avant de disparaître. Ils étaient trop grands à présent pour rester en leur présence, ils ne faisaient qu'empêcher la conversation et se bâtir une mauvaise réputation. Elle était spécialement vigilante avec les clientes de Farida car il s'agissait en général de *jeunes* femmes, non qu'elle ait pensé que des choses terribles allaient se produire, mais elle ne voulait pas de commérages. Elle ne voulait pas qu'on accuse ses fils de manquer de respect envers l'une des filles à marier de leurs voisins. Sa mère n'étant pas là, il s'assit donc et dévisagea Jamila. Farida manifesta son impatience en émettant un petit bruit, ce qui le fit se retourner. Elle avait les sourcils levés, qui l'interrogeaient et le mettaient en garde.

« Qu'y a-t-il ? » demanda-t-elle. Amin lui sourit et se leva pour partir, mais resta. « Qu'est-ce qui va pas ?

— Rien, rien, répondit-il.

— Il parle, s'étonna Jamila, taquine, d'une voix plus chaude à présent.

— *Karibu*, dit Amin en se tournant vers elle. Bienvenue.

— Vous êtes étudiant ? s'enquit-elle en posant les yeux sur sa sacoche. Où ça ?

— À l'école normale. » Et sur le seuil, il s'arrêta.

« Maman te cherche », le pressa Farida en lui lançant des regards faussement furieux dans le dos de Jamila. Il leur fit un petit signe d'adieu et passa la porte.

« Elle m'a posé des questions sur toi », lui dit Farida, une fois leurs parents couchés. Elle travaillait souvent tard à sa couture dans la pièce qui donnait sur la rue, en écoutant la radio, qu'elle mettait tout bas. Amin venait parfois s'asseoir un moment avec elle, pour laisser Rashid réviser plus longtemps dans la chambre que les deux frères partageaient. Rashid ne pouvait pas faire ses devoirs si Amin était là, même tranquillement allongé à lire sur son lit, même endormi. Et s'il n'arrivait pas à faire ses devoirs, alors menaçaient la crise, le doute de soi et les bouderies. Dans tous les cas, Amin aimait à veiller tard et à lire près de Farida en faisant un brin de conversation, tandis qu'à la radio passait la musique demandée par les auditeurs d'ici et d'ailleurs. Le travail qu'on lui réclamait à l'école normale ne lui prenait pas un temps énorme, ses lectures étaient pour l'essentiel celles de son choix, et ne l'inquiétait pas le fait de devoir ensuite en parler intelligemment. Aussi cela ne le dérangeait-il pas de lever de temps en temps le nez de sa page pour écouter Farida, car il reprenait ensuite sa lecture avec le même plaisir lorsqu'elle s'était tue. Il aimait sa compagnie paisible, son babillage n'était pas gênant. Elle parlait, il écoutait, et parfois il parlait à son tour et c'était elle qui écoutait. Puis il retournait à son livre ou à ses notes, et elle à ses corsages et à ses boutons. Il se réjouissait d'avoir avec elle un rapport si facile. Elle parlait des gens la plupart du temps, de ce qu'ils avaient fait, de ce qu'elle pensait qu'ils allaient faire. Leur père appelait cela des commérages quand Farida et leur mère commençaient à bavarder, mais pour Amin ce n'était pas bien différent de ce que faisaient les hommes quand ils échangeaient entre eux, sauf que les hommes étaient beaucoup plus méchants. Peut-être que les femmes l'étaient aussi, quand elles se retrouvaient entre elles.

« Celle qui est venue aujourd'hui, reprit Farida. Elle m'a posé des questions sur toi.

— Quelles questions ?

— Ton âge, tes études, savoir quand tu aurais terminé, enfin tu vois, répondit-elle avec un sourire entendu. Elle a dit t'avoir déjà vu, mais sans savoir qui tu étais. Tu connais son nom ?

— Jamila. Je l'ai déjà vue moi aussi, dit Amin. Continue. Parle-moi d'elle. Qu'a-t-elle dit ? »

Farida eut un large sourire. Il la voyait se régaler, il savait qu'elle adorait les confidences que l'on fait à mi-voix et les secrets qui vous tourmentent. Elle en avait un à elle qu'elle lui avait confié, en le faisant jurer de n'en rien révéler. Il crut d'abord qu'elle lui avait parlé pour partager avec quelqu'un les tensions et les peurs de cet amour caché, mais il avait ensuite compris qu'elle était heureuse et fière d'être amoureuse. Elle avait fait la connaissance de l'élu de son cœur au cours de l'année qu'elle avait passée à Mombasa. Après la classe, elle rentrait à la maison avec les plus âgées de ses camarades, et sans qu'on sache trop comment des garçons d'un collège voisin croisaient régulièrement leur chemin. Ils ne s'arrêtaient même pas. Ils marchaient tous ensemble un moment, riant, se taquinant, se faisant les yeux doux. Puis entre elles, les filles choisirent celui avec lequel elles voulaient sortir et, par l'intermédiaire des sœurs et des cousines, elles le firent savoir aux garçons. Farida choisit le sien, un grand jeune homme mince et sérieux, Abbas, qu'elle indiqua à ses propres cousines qui en parlèrent à sa sœur à lui, et il commença à lui écrire. Il n'y eut pas de rendez-vous, pas de baisers, pas de sorties au cinéma ni quoi que ce soit de ce genre. Rien de furtif, pas de cancans. C'était l'amour tel qu'il devait être, avec ces rencontres quotidiennes dans la rue, au cours desquelles des mains pouvaient s'effleurer et des billets inquiets passer secrètement de sœur à cousine pour arriver jusqu'à Farida.

Lorsqu'il lui fallut retourner à Zanzibar après avoir échoué à son examen d'entrée, ce fut une tragédie. Avoir échoué était triste. Cela lui donnait l'impression d'être un cancre quand elle voyait des imbéciles réussir simplement parce qu'elles arrivaient mieux qu'elle à venir à bout de longues divisions, et parce que leurs parents pouvaient leur payer des cours particuliers. C'était donc déjà dur, mais la vraie tragédie fut de quitter Abbas, qui lui avait confié dans une de ses lettres qu'elle était présente à chaque instant dans son cœur qui souffrait (et il l'était aussi dans le sien, lui avait-elle avoué). Les cousines estimèrent que la séparation était un malheur si grand que les deux tourtereaux méritaient un rendez-vous galant, rien de trop osé, peut-être rester quelques minutes seuls à marcher sur la plage. Elles entamèrent des négociations avec les sœurs d'Abbas, mais tante Saïda découvrit le pot aux roses et empêcha la rencontre. De fait, elle ne découvrit rien de très précis, mais devina que quelque chose d'anormal se tramait et elle posa une interdiction absolue sous peine de la pire punition. Personne ne voulut lui faire de la peine ni causer d'histoires aux amoureux. Ainsi ne purent-ils même pas marcher main dans la main sur la plage, ni rien faire de ce dont rêvent ceux qui s'aiment. Amin était sceptique sur ce point, il pensa que Farida voulait épargner l'honneur de son frère et protéger Abbas de ses foudres. Marcher main dans la main était une offense qui imposait le mariage dans certains milieux.

Dans tous les cas, Farida rentra à Zanzibar, *dubu* sans son amoureux, et les premières semaines, elle eut le cœur brisé – elle pressa son poing sur sa poitrine pour montrer à Amin où cela faisait mal –, le cœur brisé d'avoir laissé Abbas, ainsi que ses cousines à Mombasa. C'était comme d'être amputée d'une partie de soi. Avait-il déjà ressenti cela, lui ? De fait, il n'avait pas encore connu de vrai chagrin d'amour. Les images et les odeurs de Mombasa revenaient en rêve à Farida et, quand elle s'éveillait dans son lit à la maison, elle ne parvenait pas à retenir ses larmes.

Sans attendre, elle retourna passer ses matinées chez tante Halima, pour l'aider à l'entretien de la maison comme elle le faisait avant son départ, et sa tante un jour la fit s'asseoir et lui raconter tout. Elle ne supportait plus ces regards fixes et ces soupirs soudains. Sa peine était telle que Farida pleura pendant toute l'heure que dura sa confession, geignant autant qu'elle parlait, contrainte à se répéter afin que tante Halima puisse comprendre ce qu'elle disait. Tante Halima commença par s'affoler, puis, lorsqu'elle vit tous ses efforts pour consoler sa nièce échouer, devant l'immensité de sa détresse, elle finit par proposer qu'Abbas lui écrive chez eux, à leur adresse. Son époux Ali devait, bien entendu, être mis au courant, car c'était lui qui allait chercher le courrier, mais l'on pouvait compter sur sa discrétion. Amin se réjouit en pensant à la tête qu'avait dû faire oncle Ali lorsqu'on lui avait demandé de participer à la conspiration. Il adorait les facéties et les situations délibérément ambiguës. Quand quelqu'un racontait une histoire qui tournait à la méprise, surtout si elle avait été manigancée avec cynisme, oncle Ali était toujours le premier à la voir venir et à s'en délecter. Les gens lui réservaient ces histoires-là et s'amusaient de le voir jubiler. Il avait dû se réjouir d'une correspondance secrète dans laquelle il voyait, en fait, une bonne blague.

C'est ainsi qu'il en allait depuis. Abbas continuait d'écrire à Farida, et Farida lui répondait, et quatre ans après ils étaient plus amoureux que jamais. Dans toutes ses lettres, il lui disait qu'il se mourait de désir pour elle. Farida avait, pour la première fois, livré son secret à Amin lorsqu'il avait quitté l'école, l'initiant ainsi aux intrigues, aux passions clandestines et aux lois compliquées qui régissent le monde des adultes.

« Pourquoi est-ce que c'est un secret ? demanda Amin, qui n'y comprenait rien. Tu as vingt et quelques années et lui sans doute quelques-unes de plus. Pourquoi ne pas avouer à Ma et à Ba que vous vous aimez et que vous souhaitez vous marier ?

— Ne fais pas l'enfant, répliqua Farida, ouvrant toute grande la bouche de façon exagérée en signe d'épouvante devant pareille folie. Parce qu'on ne peut pas, pas encore. Tu comprendras plus tard. Je ne peux rien te dire pour le moment.

— Pourquoi ?

— Parce que tu es mon frère », déclara-t-elle, sidérée par sa naïveté.

Cela n'avança guère Amin, qui dut se contenter de ces confidences chuchotées, terriblement excitantes, mais qui ne menaient pour l'heure qu'à d'autres secrets. Et il dut se contenter de prendre part à l'occasion aux tourments que causaient les malentendus et les doutes. Ces malentendus et ces doutes venaient, comme il se doit, de ce que les deux amoureux s'écrivaient, et de l'interprétation qui était faite des lettres et surtout des poèmes où s'exprimaient, l'on pouvait en croire Farida, leurs sentiments profonds et leurs incertitudes. Telle phrase devait-elle être prise sur le mode plaisant, ou laissait-elle percer l'irritation ? Le poème qu'elle lui avait écrit parvenait-il à traduire le fond de sa pensée ? Son poème à lui disait-il *vraiment* ce qu'il semblait dire, ou tout bonnement l'opposé ? « Tu sais ce qu'il en est des poèmes, dit Farida. Un poème peut te remplir de joie un jour, puis à le lire un autre jour te plonger au plus profond de l'abîme. Je lui ai dit que je ne voulais plus de poèmes, mais il n'y arrive pas, ni moi non plus.

— N'arrive pas à quoi ?

— À ne plus en écrire.

— Ah, parce qu'il les écrit. Je croyais qu'il les recopiait de quelque part.

— D'où ? demanda-t-elle, lui jetant un rapide regard suspicieux.

— Il y en a plein les livres, tu sais.

— Non, il les rédige lui-même, affirma-t-elle après un moment de réflexion. Et moi aussi.

— Tu écris toi aussi des poèmes ? s'étonna Amin. Je ne te crois pas. Fais voir.

— Non, répliqua-t-elle avec vivacité. Ils ne sont pas pour toi. D'ailleurs je ne vois pas pourquoi tu es si surpris que j'écrive des poèmes. Tu me crois donc idiote ? »

Pas idiote, non, mais il n'avait pas imaginé que Farida pouvait s'intéresser à quelque chose en particulier, et sûrement pas écrire de la poésie. Il la voyait toujours rire et papoter amicalement avec d'autres femmes, et il pensait qu'elle ne faisait, ni ne désirait rien de plus. Et voilà qu'elle avait un soupirant à Mombasa à qui elle écrivait des lettres d'amour et avec lequel elle échangeait des poèmes. C'était donc à cela qu'elle employait tout le temps qu'elle était seule, et c'était le sens des sourires qui ponctuaient chacun des mots qu'elle prononçait. Songeant à tante Halima et à oncle Ali en postiers clandestins, il sourit lui aussi, mais il pensa aux mots cinglants qui, bien que prononcés à voix basse, siffleraient dans un climat tendu lorsque sa mère apprendrait tout. Il regarda Farida différemment après cela, il vit en elle quelqu'un capable de mener une intrigue amoureuse de cette importance, quelqu'un qui écrivait des poèmes qu'elle refusait de montrer à d'autres qu'à Abbas, qui avait une vie qu'elle gardait pour elle. La première fois qu'il vit tante Halima après sa conversation avec Farida, il ne put retenir un sourire réjoui. Tante Halima le regarda longuement d'un air suspicieux et fronça les sourcils en lui interdisant de prononcer ne serait-ce qu'un mot sur ce qui le faisait sourire ainsi.

Malgré la surprise plutôt malvenue qu'il avait montrée à propos des poèmes, Farida continua de lui faire de précieuses confidences, exhibant une enveloppe à l'occasion ou lui parlant de son amoureux d'un air distrait (elle s'arrangeait pour le faire croire). Abbas poursuivait une formation d'ingénieur dans la Marine à Mombasa et avait presque terminé son premier cycle d'études. Le directeur de l'établissement l'avait félicité pour son travail et inscrit à un stage de perfectionnement en Angleterre lorsqu'une place se libérerait. Le directeur est un *mzungu*, lui dit-elle, sans douter qu'Amin comprendrait que cela donnait à ses avis encore plus de poids. Les félicitations d'un *mzungu* étaient frappées au même coin de vérité que ses machines ingénieuses et l'immensité de ses compétences. Amin était aussi le seul à savoir qu'Abbas projetait de venir lui rendre visite l'an prochain lorsqu'il aurait terminé son stage préliminaire. Il avait de la famille qui habitait la ville, un peu à l'extérieur, il ne se souvenait pas exactement de comment s'appelait l'endroit. Abbas projetait de s'installer chez eux au moins un mois. Sa mère serait du voyage. Et ce serait la première fois que Farida le reverrait après quatre ans et plus. Elle avait pourtant curieusement l'impression que tout datait d'hier.

« Il vient faire sa demande ? » l'interrogea Amin. C'étaient d'ordinaire les mères ou les tantes qui intervenaient auprès des autres mères et tantes à cette occasion. « C'est la raison de la venue de sa mère ? Tu ferais bien d'en parler à Ma, tu sais. »

Elle le fit aussitôt taire, et il se demanda si l'heure n'était pas passée pour lui, à ce stade du récit, d'obtenir plus d'information sur l'affaire, qui restait bien sûr secrète. À moins qu'elle ne lui ait interdit d'anticiper l'avenir par crainte que cela ne lui porte malheur. Elle afficha un sourire épanoui pour qu'il se contente de ce qu'il savait.

« Vous allez vivre à Mombasa ? s'enquit Amin, et Farida l'arrêta une nouvelle fois, élargissant son sourire. Tu l'accompagneras en Angleterre quand il ira faire son stage ? Pourquoi est-ce que je ne peux pas voir les poèmes ?

— Parce qu'ils appartiennent à quelqu'un d'autre », répondit-elle, mais il le voyait, elle aimait qu'il lui pose toutes ces questions.

Aussi quand elle lui raconta que Jamila l'avait interrogée à son sujet, elle baissa la voix comme pour parler de son propre amour secret. Voici ce qu'elle révéla à Amin concernant Jamila. « Tu connais cette grande maison à Kiponda, dit-elle. Quand on longe le vieux cimetière à droite, là où pousse l'énorme baobab. Tu laisses à ta gauche l'atelier de cycles, après quoi, juste en face de l'école indienne, la rue tourne à gauche pour aller au hammam. Tu vois ces ruelles, et cette grande maison après le tournant… C'est là qu'elle habite. C'est leur maison, leur maison de famille, cette grande maison. Elle vit au rez-de-chaussée, et la famille aux étages supérieurs, sa mère, son père et ses deux frères aînés avec leur propre famille. Elle vit en bas toute seule. Je ne pourrais pas, moi, pas dans une grande maison comme celle-là. Tu vois laquelle ? Tu vois de quelle maison il s'agit ? Ça doit être sombre à l'intérieur, comme une tombe ou une grotte. Comme chez Bi Aziza. Bien que la maison de Jamila ne soit pas la ruine hantée par les fantômes qui était celle de nos voisins. Tu imagines une femme vivre là, au rez-de-chaussée, toute seule ? C'est chercher les ennuis.

J'aurais bien trop peur… et du *shetani* et du qu'en-dira-t-on. Quand Jamila s'est mariée, la famille les a installés, elle et son mari, dans ces pièces du bas. C'était sans doute autrefois des commerces avec leur entrée indépendante. Les gens jasent à son sujet, tu sais. Ils jasent énormément.

— Que disent-ils ? demanda Amin, en ressentant de la tristesse pour Jamila.

— C'est-à-dire qu'elle a tenu à avoir sa propre entrée, et les gens ont dit qu'elle aimait le secret, qu'elle était arrogante, et pis encore. Pourquoi ne pas faire comme tout le monde ? Pourquoi vouloir vivre seule ? Qu'est-ce qu'elle a à cacher ? Il a fallu abattre un mur et repercer une fenêtre. Son mari avait de l'argent, elle l'a rencontré au cours de ses voyages, à Nairobi ou Dar-es-Salaam, je ne sais pas trop. Peut-être a-t-il investi dans des travaux pour qu'ils puissent être tranquilles chez eux. Il était dans les affaires. Je ne sais pas lesquelles. Dans les affaires en tout cas. Au bout d'un an ou deux, il l'a quittée, puis il a divorcé et il est retourné d'où il était venu. Cela te surprend, non ? Pourquoi ?

— Elle donne l'impression de ne pas s'en laisser conter. De connaître la vie, commenta Amin.

— Et elle épouse un rigolo, acheva Farida pour lui, avec un hochement de tête. Au fond, peut-être qu'elle ne connaît pas si bien la vie que ça. Il a profité d'elle quelque temps et puis il l'a quittée, comme ces vieux cochons qui prennent une nouvelle femme tous les ans puis en divorcent quelques mois plus tard. Cela surprend que Jamila se soit laissée piéger ainsi. Sa famille a les moyens, je ne vois pas pourquoi elle est allée s'embarrasser de cet homme.

— Peut-être qu'elle l'aimait, laissa tomber Amin d'un

ton qu'il voulut sarcastique, mais Farida le regarda d'un air béat, comme s'il avait dit quelque chose de charmant.

— Quoi qu'il en soit, tout le monde s'attendait à ce que Jamila retourne vivre à l'étage avec sa famille une fois son mari parti, quelqu'un a même demandé si l'appartement était à louer, mais elle a refusé de déménager. Alors les gens ont commencé à dire qu'elle devait avoir une idée derrière la tête, à vouloir vivre seule avec sa propre entrée. Après quoi elle s'est mise à voyager. On a parlé de voyages d'affaires, mais je ne sais pas, j'ignore quelles affaires elle fait. Je sais qu'elle a des parents à Mombasa et même plus loin sur la côte. Je m'étonne que tu n'aies rien entendu à son sujet. Les gens parlent beaucoup.

— Les gens ! Ils disent des choses si terribles sur tout le monde qu'il m'arrive de ne pas écouter, déclara Amin.

— C'est donc que tu as entendu certaines rumeurs, s'exclama Farida d'un air de triomphe. Alors qu'est-ce que tu sais, dis ? »

Amin hésita. « Je l'ai vue passer, et j'ai entendu prononcer son nom et des gens dire qui elle était. Mais je ne me souviens pas de quoi que ce soit de méchant à son sujet, si c'est ce dont tu veux parler. Simplement que sa grand-mère était la femme d'un Européen, enfin, sa maîtresse. »

Farida hocha pompeusement la tête. « En effet. À Mombasa. Je ne crois pas qu'elle soit encore en vie. Non, ce n'est pas possible. Mais de son vivant, personne n'allait lui rendre visite, et elle n'allait jamais nulle part. Nous sommes passés un jour devant la maison qui avait été la sienne. La mère de Jamila, Bi Asmah, est née de cette union. Tu verrais la peau qu'elle a. Tellement claire, laiteuse, même avec l'âge. Elle est venue se marier ici, pour échapper sans doute aux ragots à Mombasa. Je crois que ce sont des parents qui l'ont élevée, mais tout le monde a dû, j'imagine, lui parler de la vie scandaleuse de sa mère. Les ragots peuvent faire des dégâts.

— Pourtant cela ne la concerne pas, ce qu'a fait sa grand-mère, fit observer Amin. C'est pure méchanceté, et sans intérêt. Je ne sais pas pourquoi les gens font cela. Il y a tant de choses gentilles à dire. Quand revient-elle ? Qu'a-t-elle demandé d'autre à mon sujet ? »

Il y a tant de choses gentilles à dire. C'était tellement Amin, cela, que Farida sourit à l'entendre. Quand ses amis racontaient des histoires où il était question de cruauté ou de manque d'égard, de mesquinerie ou d'indifférence, ou quelque autre forme de méchanceté, après un temps de réflexion, c'était cette phrase qui lui venait. Ses amis se moquaient de lui à ce sujet. Ceux qui étaient moins ses amis percevaient dans ces paroles les propos aimables de qui affecte des airs bienveillants, le désir de paraître vertueux. Ses vrais amis, eux, ne voyaient aucun cynisme en lui, et lorsqu'ils se moquaient ce n'était pas toujours sans aménité et pas toujours en sa présence, mais ils ne se moquaient pas moins, prenant sa façon de réagir pour une forme de naïveté. Ils s'efforçaient d'aller pêcher les pires récits de brutalité au quotidien pour l'entendre prononcer ces paroles attristées. Et l'entendant les prononcer, ils gloussaient convulsivement pour ne pas éclater de rire. Ou bien, s'ils étaient des amis suffisamment proches, alors ils riaient ouvertement et ils le taquinaient sur son invraisemblable bonté. Tu es trop bon pour le monde où nous vivons, disaient-ils.

La nuit qui avait suivi le récit de l'histoire de Jamila, il avait rêvé d'elle. Il était sûr qu'il s'agissait bien d'elle, encore qu'au début il n'ait eu de ce rêve que le souvenir d'une présence dans l'obscurité. Tout d'abord silencieuse, et pourtant il la savait là. Il la sentait là. Il y avait dans l'air comme une vibration. Puis d'une voix à peine audible elle se mit à chantonner. Le son peu à peu s'éleva, flotta dans l'air puis s'évanouit. Mais il la sentait toujours là, sa voix vibrait contre sa peau. Sa silhouette se fit plus compacte comme la nuit qui s'épaissit. Dans son chant il perçut les accents d'un chagrin primitif, ceux de la solitude et de la peur de souffrir. Plus tard il la vit dans une pièce faiblement éclairée, un sous-sol peut-être ou une grotte, elle était allongée sur le dos toute habillée à même une natte. Une bête hirsute était installée sur son ventre avec un air coupable, qui restait immobile, figée par la peur. Le désespoir de la bête était si patent qu'Amin s'éveilla, craignant d'avoir crié, mais Rashid respirait tranquillement à quelques pas de lui. Sans doute en train de rêver d'Oxbridge, se dit-il.

Le lendemain, il passa à vélo devant sa maison. Deux à trois fois par semaine après les cours il allait nager avec ses amis et, pour aller les retrouver ce jour-là, il prit le chemin qui menait au hammam. La rue était étroite et bien ombragée à cette heure de l'après-midi. La maison se dressait tout au bout, à un carrefour d'où partait une autre rue dans deux directions, une rue qui, elle aussi, allait devoir tournicoter pour éviter d'autres maisons et ainsi de suite. Telle était la vieille ville – des ruelles étroites aux silences bruissants. Si vous rouliez à bicyclette en descendant ces rues, vous aviez constamment le pouce sur le timbre et les mains sur les freins. La couleur crème de la façade était quelque peu délavée par les intempéries. Aux étages, les fenêtres peintes d'un vert cendré étaient surmontées d'un petit vitrail cintré. Certaines de celles du premier étaient closes, d'autres avaient leurs persiennes entrebâillées pour permettre à l'air de circuler. Au second, les fenêtres étaient grandes ouvertes, de même que les deux imposants battants sculptés de la porte d'entrée, qui laissaient largement entrevoir une cour pavée. La maison n'avait rien pour lui d'une ruine. Il la trouvait spacieuse, aérée, de bon goût. Il remarqua une autre porte, plus petite, plus banale, sur le côté, qui ressemblait à l'entrée d'un bureau ou d'un magasin. Au rez-de-chaussée, une seule fenêtre donnait sur la rue et elle était fermée mais elle avait ses persiennes relevées. Amin fit longuement, mystérieusement sonner son timbre en passant. Non, cela n'avait vraiment pas l'air d'une ruine.

Leurs rendez-vous de baignade étaient impromptus. Celui qui avait envie d'aller nager passait voir si les autres voulaient l'accompagner. Parfois ils se retrouvaient à cinq ou six, parfois ils n'étaient que deux. Jamais ils n'allaient se baigner seuls, surtout à cette époque de l'année où le *mausim* commençait d'agiter la mer. Certains baigneurs évitaient cette saison, mais il faisait si chaud et il y avait tant de poussière qu'Amin préférait encore être chahuté par les vagues, même si nager était alors épuisant. Il ne trouva aucun de ses amis et renonça après la troisième tentative. Il longea tranquillement les terrains de sport, prit l'avenue de casuarinas qui était toujours fraîche, quelle que soit l'heure de la journée, et pédala en direction de la plage voisine du terrain de golf. Personne là non plus.

Amin fit demi-tour par la route de l'hôpital, laissant derrière lui les jardins Victoria, puis il tourna à gauche après le tribunal pour accéder à une autre plage plus petite et située à l'écart où ils se retrouvaient souvent. Derrière le tribunal, une pelouse dégringolait jusqu'au rivage avec, de part et d'autre, deux grandes demeures aux jardins clos qui surplombaient l'océan. Il avait entendu dire que des étages supérieurs l'on pouvait apercevoir par-delà le bras de mer la côte africaine, sans cependant très bien savoir d'où lui venait l'information. Dans un passé lointain, les deux maisons avaient appartenu à des marchands et à la noblesse omanaise. Elles étaient bâties dans le style qu'ils affectionnaient, avec leurs créneaux et leurs terrasses, avec leurs hauts murs dépourvus d'ouvertures pour décourager les curieux. À l'époque où Amin fréquentait les lieux, toutes les maisons du bord de mer étaient occupées par des fonctionnaires coloniaux britanniques : ici le président du tribunal, là le médecin ou le procureur. Mais il n'y avait personne en vue. Près de lui, un jeune palmier balançait de façon improbable sa frondaison dans tous les sens. Serpent sinueux, il se contorsionnait sous le vent avec un charme provocant, soulevant sa chevelure folle comme s'il nourrissait de claires arrière-pensées. Amin s'assit parmi les coques qui jonchaient le sol sous un énorme casuarina, d'où il contempla l'océan déchaîné. Il aimait le sourd grondement de la mer à cette distance du rivage.

Il songea alors qu'il ne savait rien des fonctionnaires britanniques qui vivaient dans ces maisons. Parfois certains sortaient sur leur terrasse qui avait vue sur la plage et ils les regardaient nager, les saluaient même d'un geste de la main, mais parfois aussi ils donnaient l'impression de souhaiter qu'ils s'en aillent. Ni lui ni ses amis ni qui que ce soit qu'il connaissait n'avait la moindre idée de qui étaient ces gens qui habitaient ces immenses demeures, sauf qu'ils étaient les maîtres du pays et s'arrangeaient en toutes circonstances pour ne pas se mêler au reste de la population. Il y avait évidemment des personnes qui savaient qui ils étaient et ce qu'ils faisaient : leurs domestiques, ou le personnel des bureaux d'où ils dirigeaient tout. Amin, pour sa part, croisait rarement un Européen dans la rue, sauf peut-être l'un ou l'autre de ses professeurs ou bien, immédiatement reconnaissables, les touristes d'un jour dont le bateau faisait escale sur le chemin de l'Europe. Ils devaient pourtant être nombreux à se cacher derrière les murs de ces maisons où ils vivaient en paix. Amin se demanda comment ils percevaient ces gens qu'ils gouvernaient. Il songea que les siens devaient tout simplement leur faire l'impression d'un peuple de râleurs et d'agités, dont les vociférations et les indignations n'étaient jamais que plaintes d'assujettis.

Il s'aperçut qu'une porte du jardin qui se trouvait derrière lui était maintenant ouverte, et que se tenait sur le seuil un homme qui pouvait être le jardinier. Il portait de longs shorts marron et une chemise blanche déguenillée. Il avait les pieds nus. Amin aperçut le jardin ombragé dans l'entrebâillement de la porte. Les mains sur les hanches, le jardinier regarda Amin quelques minutes durant, comme pour lui demander le pourquoi de sa présence ici. Amin le salua de la main et détourna les yeux, puis il s'étira dans l'herbe, en refusant de se laisser intimider. Ils faisaient cela parfois, que ce soit le jardinier du palais de justice ou ceux des autres maisons. Ils les regardaient ainsi avec insistance quand ils se baignaient sur cette plage, comme s'ils venaient violer l'intimité de leur maître. Mais la présence du jardinier dans son dos lui gâchait le sentiment de tranquillité qu'il avait d'abord éprouvé sous les casuarinas. Leurs coques sur lesquelles il était allongé se firent plus douloureuses, c'est ainsi qu'il reprit sa bicyclette et décampa. Sur le chemin du retour, il passa de nouveau devant la maison de Jamila. Une fillette cette fois sortait par l'imposante porte sculptée, dont l'un des battants était maintenant fermé. Il envoya un petit coup de sonnette joyeux, et elle sourit.

Il avait ce soir-là un travail de statistiques à effectuer à la maison avec Rashid qui commençait à être inquiet pour son examen et l'obtention de sa bourse. Amin passait la plupart de ses soirées à refaire avec lui les mêmes exercices de révision. Il lui tenait ainsi compagnie, testait ses connaissances, l'écoutait formuler ses angoisses. Les épreuves avaient lieu dans six semaines et Amin avait déjà indiqué à Rashid qu'il ne tiendrait pas le coup s'il ne parvenait pas à se calmer d'ici là.

« Tu es drôle, toi, répliqua Rashid. Cela ne sert à rien de me dire de ne pas m'inquiéter. Certains d'entre nous doivent se battre sur tellement de fronts. Je ne comprends rien aux statistiques. Que je trouve démoniaques et inutiles. Pour toi c'est facile, elles ont même peut-être à tes yeux une utilité. Comment pourrais-je me calmer quand je sais que je vais échouer ?

— Tes professeurs t'adorent. Tu ne vas pas échouer.

— Que veux-tu dire ? demanda Rashid, l'air à la fois ravi et inquiet. Qu'ils vont s'arranger avec les résultats ? J'aimerais bien. Ou es-tu en train de me faire savoir que je suis un nullard ?

— Tout le monde le sait que tu es un nullard », le provoqua Amin. Les statistiques durent un moment passer au second plan pour laisser les deux frères régler une affaire autrement urgente : sauter sur les lits et se pousser l'un l'autre contre les murs. Ils firent un tel raffut que leur mère vint cogner à leur porte pour leur demander s'ils n'étaient pas devenus fous.

« Non, Ma, répondit Rashid d'une voix plaintive. C'est Amin qui est encore en train de m'embêter.

— Arrêtez, tous les deux, lança-t-elle d'une voix forte. Ouvrez-moi cette porte, ouvrez immédiatement. » Elle se tenait devant eux, furieuse, et ce fut une fois de plus Amin qui fit les frais de sa colère. Il refusa ensuite de coopérer lorsqu'elle fut partie, mais Rashid savait qu'ils se remettraient au travail dès le lendemain.

Le lendemain était un vendredi et ils allèrent en bande assister à un match de football l'après-midi. Puis il y eut une longue balade à vélo dans la campagne le dimanche, jusqu'à Bububu, suivie d'un pique-nique et d'une baignade. Enfin ce fut le retour des cours le lundi, avec la routine des bus qu'on attend l'après-midi, des devoirs à faire le soir, des amis, des révisions. Les pluies arrivèrent, avec un ciel bas pendant des jours, avant que ne se déversent des trombes d'une eau claire comme du cristal qui rafraîchirent tout le monde. D'abord ce fut comme une renaissance de chaque chose, les arbres se balançaient plus fièrement qu'avant, les toits des maisons étincelaient malgré la rouille, les routes scintillaient, mais, la pluie continuant jour après jour, les gouttières s'engorgèrent du fait des déchets que l'eau transportait avec elle, les égouts débordèrent et des flaques et des mares se formèrent un peu partout. Les toits fuyaient, l'eau s'infiltrait dans la chaux des murs, délitant la structure des maisons, qui parfois brusquement s'effondraient dans la nuit. La ruine en face de chez eux perdit une partie de son mortier et un ou deux volets, révélant un peu plus encore son ossature, mais sans donner d'autres signes de capitulation. Il était impossible d'échapper à la gadoue, à la saleté des rues, il fallait s'y frayer un chemin du mieux que l'on pouvait. Les sandales de cuir éclaboussaient de boue les vêtements, et le cuir s'abîmait rapidement. Avant quelques jours, des hordes de moustiques allaient débarquer, et les fièvres feraient leur apparition. Les enfants qui jouaient dans les rigoles attrapaient des chiques et des infections aux pieds. Après la classe, il n'y avait rien d'autre à faire que de s'asseoir à l'abri pour jouer aux cartes ou bavarder. Quand les pluies arrivaient, c'était un soulagement, car l'oppressant soleil jour après jour prenait l'allure d'un persécuteur. Un mois de ciel noir et de pluies torrentielles mettait tout le monde en joie à chaque fois que le soleil perçait.

Un après-midi pendant cette saison, plusieurs jours, plusieurs semaines peut-être après la première rencontre, Amin trouva en rentrant Jamila à la maison. Elle était, comme la fois d'avant, installée sur la natte, un catalogue de vente par correspondance (pour la mode) ouvert sur les genoux. Comme la fois d'avant, une pièce de tissu satiné s'étalait sur la natte entre elle et Farida. Sa mère, assise sous la fenêtre pour capter la lumière, écrivait une lettre. Il fut étonné d'éprouver, à la vue de Jamila, un sentiment de soulagement comme s'il avait craint de ne jamais la revoir. Il avait souvent songé à elle depuis cette première fois, mais en refoulant des pensées qu'il jugeait coupables, nourries de rêves déplacés. Elle lui tendit la main, l'air ravi, il s'avança pour la lui serrer, mais c'est à peine s'il l'effleura. Puis il prit place sur une chaise à proximité, il avait le sourire, et une douleur dans la poitrine. Elle était si belle que cela faisait mal de la regarder. Il se l'était souvent représentée. Allongé dans le noir, il imaginait ses traits – des traits pourtant bien ternes et figés comparés à ceux qu'il avait devant lui. Elle avait un teint éblouissant, un visage délicatement mobile, des yeux qui souriaient avec une tranquille simplicité.

« Comment allez-vous ? demanda-t-elle de sa voix grave et d'un ton léger, pour alimenter la conversation. Ils vous gardent bien tard au cours ?

— On a classe l'après-midi, répondit-il, notant un imperceptible aigu dans sa voix à lui, qui trahissait l'excitation.

— Farida a si bien réussi ma robe l'autre fois que je suis venue lui en commander une autre. »

Il voulut lui demander si c'était celle qu'elle portait, mais il craignit de se montrer trop hardi. « C'est une très bonne couturière, préféra-t-il remarquer, et il entendit de façon certaine sa voix trembler.

— Qu'est-ce que tu as ? demanda sa mère dans son dos. Tu as attrapé froid ? Tu n'auras pas été surpris par la pluie, dis-moi ? En tout cas, tu n'as rien à faire ici. Va ranger tes livres et apporte ses lunettes à ton père. Il est au café. Il les a oubliées, et je suis sûre qu'il croit les avoir perdues. Va vite, disparais. Ah, et pourrais-tu m'acheter un timbre de trente cents ? Je suis en train d'écrire à tante Saïda et j'aimerais que tu me postes cette lettre tout à l'heure. »

Amin lança un regard en direction de Jamila, qui avait un air amusé, presque réjoui de la façon dont sa mère était en train de le mettre dehors. Ainsi sont les mères, disaient ses yeux, il leur faut toujours vous envoyer quelque part. Il s'avança et déposa un baiser sur la main de sa mère pour la saluer, comme il le faisait chaque soir en rentrant à la maison depuis qu'il avait commencé l'école à l'âge de sept ans. Et comme chaque fois, elle déposa, elle aussi, sur la main de son fils un baiser. L'effort d'écrire avait fait pleurer ses yeux et les rendait lumineux. « Va, répéta-t-elle. Va porter ses lunettes à ton père. Elles sont à côté du lit.

— J'ai adoré étudier, déclara soudain Jamila.

— Tu étais douée. » Amin vit sa mère s'adoucir un instant. « Tout le monde le disait. Je ne t'ai jamais eue comme élève, mais tous ceux qui t'ont eue dans leur classe le disaient.

— Quelle école fréquentais-tu ? » interrogea Amin, qui savourait la présence de Jamila, son visage, sa voix, son sourire. C'était une sensation nouvelle pour lui que ce plaisir sensuel intense qu'il prenait à la regarder, à l'écouter.

« Forodhani, d'abord, puis Saint-Joseph. Après Saint-Joseph, j'ai suivi une formation à l'école de commerce à Mombasa, où j'ai appris la sténo et la dactylo. J'ai travaillé deux ans là-bas, nous sommes ensuite revenus ici monter une affaire de services aux entreprises.

— C'était quoi ? »

Jamila haussa les épaules. « Oh, de toute façon cela n'a pas marché », lui répondit-elle dans un sourire. Il avait entendu le *nous* et pensa à son divorce, elle ne paraissait pas en être affectée. On demandait toujours où l'on avait fait ses études, songea Amin, et qui on avait connu. C'était une manière parfois de se trouver des liens.

« Amin, range tes livres et va porter ses lunettes à ton père, s'impatienta sa mère. Et n'oublie pas le timbre. Vois si Rashid a besoin de quelque chose, ou emmène-le avec toi. Il n'a pas bougé d'ici depuis qu'il est rentré de ses cours. Il va se rendre malade à étudier autant. » L'irritation qu'elle montrait, sa façon de les houspiller, c'était aussi un peu pour se faire valoir. Voyez comme mes fils m'obéissent gentiment, même quand je suis capricieuse. Voyez comme ils travaillent dur.

Cette nuit-là, il rêva de Jamila une nouvelle fois, il rêva de la bête tapie sur ses genoux. Il était cette bête, pensa-t-il en se réveillant. Il était cette bête depuis le tout début, mais il avait refusé de le voir et repoussé l'affreuse créature obsessionnelle toute frémissante de sentiments et de désirs qu'il valait mieux faire disparaître et renier. Mais pourquoi au fond la renier ? Ce n'était qu'un fantasme, un jeu très agréable au cours duquel il imaginait ses traits, la rêvait serrée contre lui, dormant avec lui. Il voyait ses yeux sourire et briller pour lui. Elle s'en serait amusée si elle avait su, et tous les autres auraient été horrifiés. Pour elle, et pour tous, il n'était sans doute qu'un grand enfant gauche et maladroit, qui ignorait tout de la vie. Elle était femme, elle avait voyagé, avait connu l'amour, car il était persuadé que c'était par amour qu'elle avait épousé l'homme avec lequel elle était revenue de Mombasa. C'était une femme qui se savait belle, et elle rirait, incrédule, si elle découvrait quelles rencontres il imaginait avec elle. Mais finalement, était-il besoin qu'elle sache qu'il partageait sa couche dans le noir, qu'il la caressait et lui parlait ?

Il passait souvent à vélo devant chez elle l'après-midi, tous les deux jours peut-être, quelquefois tous les jours. Les imposantes portes sculptées étaient en permanence ouvertes la journée, et il voyait de temps à autre des enfants jouer dans la cour. La petite porte sur le côté restait toujours fermée. Un après-midi, il vit Jamila sortir des bureaux de l'hôtel de ville et il se demanda si elle y travaillait. Elle marchait à quelque distance devant lui, il la suivait sans chercher à la rattraper. Dans la rue elle portait le *buibui*, comme il convenait aux femmes, mais avait le visage découvert.

Elle passa un jour devant lui en entrant au cinéma tandis qu'il attendait sur le trottoir d'entrer à son tour avec un groupe d'amis. Elle était accompagnée de deux autres femmes et d'une fillette habillée comme pour une sortie. Il reconnut la fillette : c'était celle qu'il avait vue devant la maison cette première fois, quand sur sa bicyclette il avait donné un coup de sonnette joyeux. Jamila lui sourit avec décontraction en prononçant son nom. Il lui répondit d'un signe de la main. L'une des deux autres femmes se retourna et lui sourit à son tour. Ses amis le taquinèrent, ils lui donnèrent des noms de séducteurs de cinéma pour s'être attiré ces sourires, et il entra dans leur jeu, redressant les épaules et plastronnant un peu, mais il savait comme eux que ces sourires n'étaient rien d'autre qu'amicaux. Ou en tout cas, qu'aucun d'entre eux ne saurait en tirer quoi que ce soit. Elles étaient de vraies femmes, et il fallait de vrais hommes pour savoir ce qu'il y avait à faire afin que des sourires mènent quelque part.

Les examens arrivèrent bientôt, chassant de leur esprit toute autre pensée. Il était incroyable de voir à quel point les examens les renvoyaient à l'enfance et aux bandes de copains. Rashid était soudain si convaincu de ses chances qu'Amin se mit à craindre qu'il ne fasse preuve d'une trop grande confiance en lui. Amin devait, lui aussi, passer des épreuves à la fin de cette première année, mais rien à voir avec l'importance qu'on accordait à celles de Rashid. C'était comme si personne n'avait jamais sollicité de bourse auparavant. Avec les examens, l'année scolaire s'achevait et les jeunes gens se mirent à arpenter les rues à plusieurs du matin au soir, ou bien ils partaient à vélo dans la campagne, ou dormaient jusqu'à la mi-journée avant de se livrer à toutes leurs fantaisies. Voilà ce que les vacances signifiaient pour la plupart d'entre eux : paresser et déambuler dans les rues sans but précis. Il y avait bien quelques infortunés dont la famille possédait un commerce et réclamait leurs services, mais même ceux-là parvenaient à s'échapper sans être trop sévèrement punis, notamment une fois passées les épreuves, quand les parents se sentaient obligés de dorloter leur rejeton en raison de l'effort fourni.

C'était aussi l'époque du *mausim*, et une foule de marins et de marchands se pressaient dans les rues et les lieux publics, surveillés de plus près que les années précédentes, du moins au regard de l'histoire récente, par un bataillon de gardes du Coldstream. Autrefois, le *mausim* marquait une période d'indiscipline et de turbulences au cours de laquelle le sang coulait en ville en raison de la présence de ces aventuriers impénitents qui arrivaient avec les vents. Alors les parents enfermaient leurs enfants chez eux de peur qu'ils ne soient enlevés. Nul ne savait que ce *mausim* allait être leur dernier. Les gardes étaient présents cette année-là parce qu'en plus de tous les événements de ce mois mouvementé, était menée partout dans le pays une campagne politique visant à inciter au vote lors du prochain scrutin, le dernier avant l'indépendance, qui devait se tenir au début de l'année. Amin apercevait parfois Jamila dans les rassemblements auxquels il assistait, ainsi que dans les cours d'alphabétisation. Elle militait pour que les femmes s'inscrivent sur les listes électorales. Et cette inscription passait par l'alphabétisation. Jamila faisait partie de ceux qui organisaient des cours au sein de la section principale du parti et enseignaient aux femmes à écrire leur nom et leur date de naissance, ce qui suffisait pour que la demande soit recevable. Rashid se porta volontaire pour aider aux cours de la section locale, et leur mère y envoya également Amin.

Il y avait eu, six mois plus tôt, des élections ratées en raison des émeutes et de l'impasse à laquelle on avait abouti. Les divergences politiques entre les partis ne permettaient plus la réconciliation, comme cela arrive dans les petites communautés où le passé et les conflits personnels ne s'apaisent jamais, ou du moins ont rarement l'occasion d'être reconsidérés à la lumière d'événements préoccupants. Et il ne s'était guère produit d'événements suffisamment préoccupants pour faire réfléchir à deux fois les gens sur la question de leur fidélité. Pas encore. Les émeutes furent un choc pour la jeune génération, sans l'être peut-être autant pour les plus âgés qui avaient connu les combats de rue et même quelques assassinats au tout début du siècle. Ces nouvelles émeutes allaient, elles aussi, être mises en perspective après les événements les plus récents, mais, compte tenu de l'innocence de l'époque, elles prenaient l'allure d'une affreuse faute de goût, comme une famille dont les membres s'insultent en public. Il nous restait encore beaucoup à apprendre sur le mal que nous étions capables de nous faire les uns les autres et sur la facilité avec laquelle on continuerait, une fois qu'on aurait commencé. De nouvelles élections étaient donc prévues, et l'on savait désormais que l'indépendance interviendrait à la fin de l'année. La débandade s'était déjà amorcée ailleurs : en Afrique de l'Ouest et au Soudan français, qui avaient soudain donné naissance à une douzaine de nations africaines nouvelles. Les Britanniques avaient lancé le Ghana et le Nigeria sur le long chemin de leur brillant avenir, et notre propre voisin le Tanganyika se retrouvait brusquement et plus modestement engagé sur la même voie. Le trafic entre les aéroports africains et Lancaster House à Londres, où se tenaient toutes les réunions constitutionnelles (quelle plaisanterie !), avait dû être dense et ininterrompu.

Le Ramadan arriva sur ces entrefaites, de sorte que ce fut une succession d'événements tout au long des mois de cette année-là. Le scrutin à venir changeait la donne, les gens déjà anticipaient la suite. Les ministres du gouvernement provisoire se déplaçaient en Austin noires avec leurs plaques minéralogiques caractéristiques et le drapeau du sultan flottant sur le capot. Cela donnait plus de réalité à l'avènement de l'indépendance, ce drapeau sur le capot.

Par un interminable après-midi de faim au milieu du ramadan, écoles et facultés étant fermées pendant cette période, Amin lisait allongé sur le sofa du salon, tandis que Farida, debout à sa table de travail, repassait une robe qu'elle venait de terminer. Tout le monde se faisait confectionner des habits neufs pour la fête de l'aïd qui marquait la fin du jeûne, aussi était-ce l'époque de l'année pendant laquelle Farida travaillait le plus. Leurs parents passaient ces heures de l'après-midi à dormir chacun de leur côté pour oublier la faim, leur mère dans la chambre de Farida, leur père dans la sienne propre. Maris et femmes se séparaient pour la sieste par précaution car, jusque chez les couples mariés devant la loi, le seul désir rompait le jeûne. De même pour toutes les mauvaises pensées, si bien qu'Amin se demandait si ses propres efforts pour surmonter sa faim avaient quelque poids dans le livre de comptes du Tout-puissant. L'une de ses découvertes en grandissant avait été que le jeûne n'empêchait pas l'émoi sexuel, qu'il avait même très probablement l'effet inverse.

On frappa un coup à la porte d'entrée, qui restait fermée ces après-midi-là car elle donnait directement accès à la pièce de devant et certains voisins ne résistaient pas à une porte ouverte. C'était Jamila venue commander des robes pour sa nièce. Amin se leva pour lui serrer la main avant de s'asseoir sur une chaise à proximité, et il l'écouta expliquer qu'elle désirait faire une surprise à la fillette à l'occasion de l'aïd en espérant que Farida pourrait se servir du modèle d'une de ses robes pour les mesures. Elle indiqua ce qu'elle souhaitait et Farida en prit note avec un sérieux et une sobre efficacité qui impressionnaient toujours Amin. Le visage de Farida s'éclairait d'un sourire à peine croisait-on son regard, sauf lorsqu'elle écoutait ses clientes exposer ce qu'elles désiraient. Amin feignait de lire mais levait les yeux de sa page toutes les deux secondes pour contempler le visage, les mains, les lèvres de Jamila, dont chaque mouvement était pour lui comme une apparition. Quand elle eut achevé ses explications, elle se tourna vers lui. Il se dit alors qu'elle avait deviné ses pensées. Elle lui demanda ce qu'il lisait en avançant la main en direction de l'ouvrage. Il se leva pour le lui tendre et se rassit plus près. C'était une édition de poche du *Docteur Jivago*, qu'un ami lui avait rapportée de Dar-es-Salaam où il avait rendu visite à des parents. Elle l'interrogea sur le livre et il parla de l'écriture magnifique de ce récit ensorcelant.

« Je vous l'emprunterai quand vous l'aurez fini », dit-elle en lui rendant l'ouvrage.

Il retourna vers le sofa, après quoi très vite elle prit congé. Elle lança un regard dans sa direction, puis sans un mot lui adressa de la main un signe d'adieu, et curieusement il y eut dans ce geste plus d'intimité que si elle avait parlé. Farida se remit à son repassage, silencieuse elle aussi, mais elle avait à présent un air pensif. Il se dit qu'elle n'était sans doute pas d'accord. Elle a tout compris, songea Amin sans bouger du sofa, observant un silence tendu, faisant semblant de lire, attendant une réflexion moqueuse de sa sœur. Mais Farida continua de se taire. Puis elle lui demanda d'allumer la radio afin de réveiller leurs parents. Leur mère aimait à préparer elle-même les repas du ramadan, tout en ayant la gentillesse de laisser Farida l'aider dans cette tâche. Le son de la radio allait à coup sûr tirer leur père du lit et le chasser de la maison. La voix des cheikhs dans leurs sermons du ramadan lui tapaient sur les nerfs. Il les trouvait tyranniques, trop pieux pour être honnêtes, et, dès la fin du *tajwid*, qui marquait le début des programmes radio de l'après-midi, il prenait le large. Il allait retrouver ses amis jusqu'à l'heure où la sirène annonçait le coucher du soleil et où ils partageaient leur premier café de la journée avant de se rendre à la mosquée.

Le jeûne, c'est le jour. Le soir on se nourrit bien, puis, avec les amis ou en famille, on bavarde jusqu'au petit jour, ou bien on se promène sur le front de mer jusque tard dans la nuit, on va à la dernière séance de cinéma, on dispute d'interminables parties de cartes. Certains arpentent la ville en vue d'autres jeux qu'ils préfèrent tenir secrets. Tout le monde se couche tard, même les enfants, qui jouent sous les réverbères jusqu'à des heures indues. Ce soir-là Amin vit Jamila passer en compagnie de sa famille sur la promenade du bord de mer. Lorsqu'ils se croisèrent, elle lui adressa un sourire éclatant sans prononcer une parole. Il continua jusqu'au bout de la promenade, loin des lumières. La lune déclinante – cela lui revint plus tard – était suspendue au-dessus de la mer comme un monde clair et lointain. Le lendemain, incapable de fixer ses pensées sur autre chose que Jamila si ce n'est sur sa faim, il erra dans les rues sans but précis, mais pour s'apercevoir bientôt qu'il se dirigeait du côté de chez elle. Pour la première fois, il la vit sortir par la petite porte au moment où il passait. Elle s'arrêta sur le seuil et le regarda d'un air étonné, avant de lancer : « Amin, comment allez-vous ? » Il répondit et pressa le pas, car il songea qu'elle allait finir par le trouver envahissant.

Le soir, il n'alla pas marcher sur le front de mer, mais il ne put s'en empêcher le lendemain. Quand il la vit avec sa famille, il se tint à distance et l'observa de loin, captant l'éclatante blancheur des sourires, la sublime banalité des gestes, tandis qu'ils parlaient et riaient. Enfin, il se décida à croiser leur chemin, mais il fit semblant de ne pas les voir et il passa sans un regard. Il n'y avait plus les cours pour le distraire à présent, plus de fastidieux voyages en autobus, plus de faciles devoirs du soir, juste la faim et la chaleur de la journée, avec de sombres pressentiments, et une terreur qui le gagnait régulièrement sans qu'il parvienne à la dompter. Il ne pouvait concevoir de lui parler, n'imaginant que trop le rire horrifié qu'elle lui opposerait s'il décidait de se lancer. Il ne cessait, pourtant, de se répéter ce qu'il lui dirait et par moments se persuadait qu'elle désirait qu'il se déclare. Cela l'effrayait de se découvrir aussi obsessionnel. Parfois il éprouvait de la colère et se sentait capable de faire du mal, il ne comprenait pas pourquoi.

Il allait s'efforcer d'éviter Jamila. C'était ce qu'il avait décidé. Ce soir-là au coucher du soleil il revêtit un *kanzu* et se rendit à la mosquée. Plus tard, après avoir rompu le jeûne, il s'assit sur le seuil de la maison et resta à bavarder avec les voisins. Le lendemain il descendit vers la mer, vers la plage qui jouxte l'endroit où les pêcheurs remontent leurs bateaux, loin de la promenade. C'étaient ces gens avec lesquels il avait grandi, parmi eux se trouvaient les occupants de la grande maison en ruine en face de chez eux. Amin se sentait bien en leur compagnie, même s'il n'avait pas comme eux des cals aux mains à force de remonter les lignes et les filets de pêche, ni le visage buriné par le soleil et les embruns. C'étaient des hommes remplis d'aplomb, des desperados qui à longueur de journée plaisantaient avec une redoutable férocité avant de mettre à l'eau leurs frêles embarcations quand le soleil se faisait moins cuisant. Il resta un moment avec eux et récolta plus que sa part de moqueries en guise de bienvenue, puis il retourna à la mosquée dans l'après-midi avant de se plonger dans la lecture jusqu'à la tombée de la nuit. C'est ainsi qu'il essaya de l'oublier, en restant dans le voisinage, en se rendant à la mosquée, en lisant, en jouant aux cartes, en bavardant. Cela ne fut pas d'une grande utilité, car il pensait à elle tandis qu'il lisait, et même tandis qu'il échangeait avec d'autres. Du moins se tenait-il loin de sa présence.

Rashid fit une réflexion à propos de son inhabituelle piété, il le taquina devant leurs parents, et il en fut réprimandé. « Tu ferais mieux d'aller toi aussi à la mosquée, petit ingrat », lui dit sa mère. Ou bien encore, « tu te prends déjà pour un *mzungu* ? Tu vis encore ici et te voilà prêt à tout oublier. Tu devrais avoir honte de te moquer, acquitte-toi plutôt de tes obligations ». Son père avait lui aussi deux mots à lui dire. Le sermon, qui pouvait prendre des formes multiples, était en substance celui-ci : « Ramadan est le mois le plus sacré de l'année, celui où l'ange Gabriel a révélé le Coran au prophète. Nous jeûnons pour nous exercer à la retenue et pour revenir à nos devoirs envers Dieu. C'est le temps du repentir, celui où l'on corrige les mauvaises habitudes que l'on a prises au fil des mois. Et l'une de ces mauvaises habitudes chez toi, mon garçon, est de ne pas fréquenter la mosquée, alors tu ferais bien de suivre l'exemple de ton frère et, plutôt que de jouer aux cartes toute la journée, de lire une sourate du Coran tous les après-midi. Va chercher ton *kanzu* et disparais. » Plus tard, une fois couchés, Amin songea à Rashid étendu dans le noir à quelques pas de lui, qui l'écoutait respirer.

Puis Rashid demanda : « Qu'est-ce qu'il y a ?

— Rien, répondit Amin d'un ton dissuasif.

— Toutes ces prières. Tu as fait quelque chose de mal ?

— Je prie pour ta bourse. Je ne crois pas que tu l'auras sinon. Et pour passer le temps, et faire un peu d'exercice, vois-tu, debout, au sol, à genoux, front à terre, bon pour le dos, déclara Amin. Allons, mets ta pauvre cervelle au repos et dors. »

Un soir tard, après plusieurs jours de ce nouveau régime, Farida lui annonça : « Jamila est venue chercher les robes cet après-midi. Elles lui ont beaucoup plu, elle était ravie. C'est bien, car elle me redonnera du travail après l'aïd. Elle a demandé de tes nouvelles. Et dit qu'elle ne t'avait pas vu depuis des jours.

— Qu'est-ce que tu lui as répondu ? » demanda-t-il avec brusquerie.

La surprise se lut sur les traits de Farida, qui parut choquée : « Bon, bon. J'ai dit que tu allais bien. J'aurais dû répondre autre chose ? »

Le lendemain soir il retira son *kanzu* et partit à sa recherche sur le front de mer. La foule déambulait par petits groupes à la clarté de la lune déclinante, certains se tenaient par la main. La lumière des réverbères se reflétait à la surface de l'eau, éclairant la route vide de tout trafic automobile à cette heure. Il n'était pas tard, mais où serait-on allé en voiture à neuf heures du soir ? Les femmes étaient entre elles, les hommes de leur côté, ils se hélaient parfois pour se saluer ou se lancer des plaisanteries grivoises. Ils étaient jeunes pour la plupart. Certaines femmes indiennes étaient accompagnées d'un frère ou d'un beau-frère. Quant aux autres, aucun jeune homme ne se serait montré marchant avec ses sœurs. Les jeunes filles originaires de Goa se promenaient sans personne pour les chaperonner, sûres de leur séduction. Elles étaient chrétiennes et portaient des noms portugais, elles occupaient des postes au gouvernement, comme presque tous les Européens. Nul n'osait les aborder, ni même leur adresser un petit mot enjoué. Amin avançait sans hâte du côté sombre de la route, à distance de la mer. Le palais du sultan était illuminé. En haut de la promenade brillaient dans les arbres du parc des lampes multicolores, et les gouttelettes d'eau qui montaient en vapeur de la fontaine étincelaient dans leur lumière. Il la vit s'écarter de la foule et marcher dans sa direction. Elle était accompagnée des deux femmes qu'il avait déjà croisées avec elle, des parentes sans doute. Il traversa la route côté front de mer. Elle sourit à son approche, et il sentit s'épanouir chez lui un sourire aussi. Il s'arrêta à quelques pas devant elles, et elles s'arrêtèrent aussi. Tous souriaient.

« Amin, où étiez-vous passé ? demanda Jamila, ravie sans le moindre doute. Je ne vous vois plus depuis des jours. Où sont vos amis ? Pourquoi êtes-vous seul ?

— Ils sont là-haut quelque part, mentit-il en montrant le vieux fort. Je partais les rejoindre. »

Les deux compagnes de Jamila, qui devaient avoir à peu près son âge mais donnaient l'impression d'être déjà mères, échangèrent un regard et continuèrent leur promenade. « Vous avez bonne mine », dit-elle. Il sentit son regard parcourir son visage, comme si elle le touchait. « Vous avez fini votre livre ? J'aimerais le lire quand vous l'aurez terminé, n'oubliez pas.

— Je n'oublierai pas », dit-il. Ces mots lui vinrent curieusement avec plus de raideur qu'il ne l'aurait souhaité, comme s'il faisait là une promesse solennelle. Il la regarda, embarrassé, et il comprit qu'elle en était amusée. Il n'y avait chez elle aucune cruauté, mais la complexité de son regard lui causa une légère douleur. Les deux femmes s'étaient arrêtées quelques mètres plus loin et regardaient la mer. L'une d'elles se mit à rire, Amin se retourna pensant qu'elles riaient de lui. Peut-être Jamila leur avait-elle parlé de ses regards appuyés et de ses apparitions en tous lieux. « Ce sont vos sœurs ?

— Mes belles-sœurs », rectifia-t-elle. Elle jeta un coup d'œil dans leur direction avant de se remettre en route. « À plus tard. Et ne vous cachez plus », lança-t-elle en prenant congé d'un petit geste de la main.

Les deux jours suivants, il retourna à son régime voisinage-mosquée-lecture, mais il était heureux au souvenir de cette soirée qu'il se remémorait à tout instant pour mieux la contempler. Puis au troisième jour, alors qu'il se rendait l'après-midi à l'hôpital voir un ami qui avait été admis en urgence pour une appendicectomie, il s'arrêta un moment à la librairie de la cathédrale. Il en connaissait à peu près tous les livres, qui étaient essentiellement des manuels scolaires, mais il adorait feuilleter les nouvelles éditions et lire un paragraphe ou deux des histoires qui lui étaient familières. La librairie était gérée par la Société pour la propagation du savoir chrétien, mais sans prosélytisme, car l'on était ici soucieux de ne pas offenser les clients pour la plupart non chrétiens. Amin en ressortit après quelques minutes et se dirigea sans hâte vers la grand-rue. C'est alors qu'il la vit sur l'autre trottoir. Elle ralentit le pas lorsqu'il lui fit signe et elle attendit qu'il traverse la chaussée.

« Je vais rendre visite à un ami à l'hôpital, expliqua-t-il après l'avoir saluée. Il a été admis en urgence hier pour y être opéré. Au moins sera-t-il, lui, dispensé du jeûne. » Ils restèrent quelques minutes à bavarder de choses et d'autres à l'ombre d'un margousier, mais, une fois qu'il l'eut quittée, il sentit monter en lui une chaleur au souvenir du regard qu'elle avait posé sur lui. Ses yeux immenses absorbaient ses paroles, ils l'étudiaient, se perdaient en lui, sans souci de ce qu'ils révélaient. Il se dit que c'était du désir qu'ils révélaient, pour le peu qu'il savait de ces choses. Il aurait avancé la main pour la toucher s'ils ne s'étaient trouvés dans la grand-rue en plein milieu d'après-midi.

À la suite de quoi, son esprit s'enfiévra et la terreur le saisit. Il ne savait que faire à présent, ni comment. Le lendemain, il partit seul à bicyclette en emportant un livre et roula à travers la campagne. Sur le chemin du retour, près de Sherif Musa, il s'assit sur la plage pour lire, puis tour à tour s'émerveilla et s'inquiéta de ce que précisément il lui fallait faire. Ce soir-là, après avoir rompu le jeûne, tandis qu'ils prenaient le café – Rashid sans s'asseoir, prêt à filer vers le tohu-bohu de sa soirée, leur père remuant les pieds, impatient d'aller retrouver ses amis, leur mère glissant dans son siège pour une petite somme après le travail à la cuisine –, Farida l'appela dans la cour pour qu'il l'aide à débarrasser. Il l'y suivit avec un sentiment d'apaisement. Il y avait du nouveau. Il le sentait.

« Que se passe-t-il ? J'ai à te parler, murmura-t-elle avec de la violence dans la voix. Elle est venue aujourd'hui, elle a demandé de tes nouvelles. Que se passe-t-il ? Tu ne serais pas en train de faire des bêtises, dis-moi ? Plus tard ce soir, je veux que tu me dises tout. »

Il lui confia, ce soir-là, ce qu'il en était pour sa part. La journée avait été humide et chaude, mais un vent fort et frais soufflait à présent de la mer. Il s'était demandé ce que Jamila avait pu dire cet après-midi qui avait mis Farida en colère, mais il avait décidé de ne pas poser de questions, de ne pas non plus hésiter à se livrer. Il dirait ce qu'il éprouvait, il verrait bien ce qui se passerait. Ils s'assirent sur une natte dans la cour, à la clarté d'une lune qui déclinait à présent rapidement à quelques jours de la fin du mois. Ce lui fut un soulagement que de parler, et il le fit sans retenue. Elle l'écouta, ne l'interrompant qu'à de rares occasions. Puis lorsqu'il eut fini de s'épancher, elle lui révéla qu'elle avait deviné, ou du moins craint qu'il n'ait eu des sentiments pour elle. « Il te faut être prudent, dit-elle doucement, d'un ton de bienveillance mais également pour ne pas être entendue du reste de la famille. Tu ignores ce qu'elle veut, tu ignores ce qu'elle a en tête. C'est une femme qui sait ce qui mène le monde. D'après la rumeur, elle verrait quelqu'un, un homme politique. Ce sont les héros du jour, ils seront bientôt aux commandes. Ces gens-là ont besoin d'une femme comme elle pour paraître.

— Comment ça pour paraître ? » demanda Amin, car Farida était restée silencieuse après avoir prononcé ces mots. Elle attentait qu'il la questionne.

« Une belle femme séduisante comme elle, auréolée d'un brin de scandale dans la famille. Voilà ce qu'il leur faut, une femme comme elle, pour le plaisir. Peut-être est-ce ce que toi aussi tu attends d'elle. J'espère que non. Ne m'en veux pas de te dire cela, mais ce pourrait être un jeu auquel tu ne sais pas encore jouer. C'est d'ailleurs peut-être également ce qu'elle cherche, le plaisir. Et elle est plus âgée que toi et elle sait y faire. Tu pourrais bien te perdre avec quelqu'un comme elle.

— Je croyais que tu l'aimais bien », s'étonna Amin avec indulgence, avec tristesse, il n'aimait pas penser à Jamila en ces termes-là. Il fut soulagé que Farida ne rie pas, qu'elle ne se moque pas à coups de mises en garde et de platitudes, mais il n'aimait guère ce qu'elle avait sous-entendu, qu'il ait pu être trop naïf pour les ruses et l'expérience de Jamila.

« Ce n'est pas que je ne l'aime pas, répliqua Farida, sans parvenir à retenir un bref sourire qui rayonna de sa lumière légère dans le noir. Il faut savoir que ces gens-là vivent dans un monde qui n'est pas le nôtre. C'est ce que Ma dirait si elle savait. Ce ne sont pas des gens comme nous, voilà ce qu'elle te dirait. Ils ont une autre idée que nous de ce qu'on attend d'eux et de ce qui est… honorable. Il faut faire attention à ne pas te faire de mal, et à ne pas *leur* faire de mal. » Elle tendit le menton en direction de la maison.

Il se tut. Elle marqua un temps puis soupira et continua. « Quand elle est venue aujourd'hui et qu'elle a demandé de tes nouvelles, elle s'est exposée à l'insulte et au refus. Elle m'invitait à servir d'intermédiaire entre vous. D'abord, elle a voulu simplement savoir comment tu allais, mais ensuite elle a demandé si tu m'avais dit quelque chose que je désirais qu'elle sache. J'aurais pu en être offensée et lui faire honte. Tu lui plais, mais que veut-elle de toi ? Il te faut être prudent. Cet homme politique, ce n'est peut-être qu'une rumeur, rien de plus. On l'a vue dans sa voiture, mais il a pu simplement la raccompagner quelque part. Il y a eu d'autres histoires, et elle est plus âgée que toi. »

Il suait et souffrait de tant d'incertitudes, et de la peur du ridicule. Ces sensations, il commençait à les connaître depuis des semaines qu'il les éprouvait à présent. « Elle ne peut pas être beaucoup plus âgée que toi, remarqua-t-il. Et tu n'as que deux ans de plus que moi.

— Elle doit avoir cinq ou six ans de plus. » Puis toujours avec douceur, sa voix passant au murmure, elle demanda : « Tu l'aimes ? » Lorsqu'il hocha la tête pour acquiescer, un grand sourire las s'épanouit sur le visage de Farida, qui avança la main vers celle de son frère. Quand elle la retira, Amin avait une enveloppe pliée dans le creux de la main. « Elle a laissé ça pour toi. Après m'avoir interrogée à ton sujet et avoir eu de tes nouvelles, elle est restée figée dans un silence terrible. Je savais qu'elle allait faire quelque chose d'étrange. Elle m'a demandé si je voulais bien te transmettre ce message et j'ai dit que oui. Je suis fatiguée à présent, petit frère, et tu dois réfléchir à bien des choses. Tu me raconteras demain. T'ai-je dit que j'avais reçu un message d'Abbas aujourd'hui ? Un joli poème pour l'aïd. »

Il resta quelques minutes immobile après le départ de Farida, considérant la situation, tournant et retournant l'enveloppe dans sa main. Elle ne portait pas d'adresse et elle était cachetée. Il entra dans la maison et l'ouvrit à la hâte, puis déplia le fin papier bleu et lut l'unique ligne que le texte comportait, sans en croire ses yeux : *Je rêve à toi, mon bien-aimé.* C'était comme dans ses fantasmes. Il n'y avait pas de salutation, pas de nom, seulement cette ligne. Il était transporté de joie, il la voyait, il l'imaginait. Elle souriait et avançait la main pour caresser son visage. Quand elle s'est blottie entre ses bras, il a senti en lui une légèreté qui ressemblait à la panique.

Qu'attendait-elle de lui ? Que lui demandait-elle de faire ?

La première fois qu'ils se virent seuls, ce fut la seconde nuit de l'aïd, après la fin du ramadan. Farida avait passé la consigne à Amin. Ils se retrouvèrent à proximité de la fête foraine de Sikukuu, qui pendant les quatre jours que dure l'aïd occupait le terrain de sport situé à côté du golf. L'après-midi, la fête était réservée aux enfants. Ils envahissaient les stands et les carrousels, parés de leurs habits neufs, serrant dans leur main leurs précieux *pennies.* Ils achetaient des jouets, des glaces et des barbes à papa, faisaient des tours de manèges, certains chahutaient et étaient giflés, d'autres perdaient leurs grands frères ou leurs grandes sœurs et, pris de panique, fondaient en larmes. Quand le soir tombait, les enfants, comme partout dans le monde, devaient rentrer se coucher. Avec la nuit, les adultes commençaient alors à arriver, même si les plaisirs qui étaient proposés ne différaient guère, selon toute apparence, de ceux de l'après-midi et intéressaient surtout les enfants : stands de jouets, barbes à papa, manèges. La fête foraine était éclairée par des guirlandes électriques et des lampes à pétrole qui émettaient un puissant grésillement, mais la lumière se concentrait autour des baraques et des manèges, ainsi que de la tente qui servait d'ordinaire de vestiaire aux joueurs de cricket et qui avec l'aïd devenait un bar à glaces. Ce qui laissait dans l'ombre tout ce qui se trouvait à quelques pas de l'agitation, et dans l'obscurité totale tout le reste.

Jamila prononça doucement son nom à son approche pour le guider vers elle, et l'instant d'après leurs doigts s'effleuraient. Elle posa un baiser au creux de sa main gauche en prononçant le mot *Habibi*. Puis doucement elle le fit asseoir dans l'herbe, et leur ombre sur le sol disparut tout à fait. Elle lui caressa le visage comme il avait toujours imaginé qu'elle le ferait, puis, l'attirant à elle, elle l'embrassa, entrouvrant les lèvres afin qu'il sente sa moiteur. « Tu es beau », murmura-t-elle en glissant un bras autour de lui pour l'entraîner dans l'herbe avec elle. Il s'émerveilla de sentir son corps sous ses doigts. Il n'avait pas imaginé cette fermeté, cette densité, ni l'indicible sensation qu'il éprouverait à caresser ses courbes. Il s'était attendu à plus de légèreté parce que, comprit-il, elle avait été pour lui un être abstrait, un rêve. Ils échangèrent un baiser et il s'emplit tout entier de son souffle parfumé. Serrés l'un contre l'autre, ils se murmurèrent des choses, s'appelèrent bien-aimés. Après un moment, qui parut à Amin durer quelques secondes en même temps que l'éternité, elle annonça qu'il lui fallait partir. Elle était juste venue le prendre dans ses bras et lui dire combien il était beau, mais elle devait rentrer avant qu'on ne découvre son absence. Elle avait dit aux autres qu'elle allait acheter du pop-corn, pour faire passer le goût écœurant de la crème glacée. Il lui fallait rentrer avant qu'on ne se mette à la chercher. Viendrait-il la voir chez elle ? Ils auraient plus de temps.

« Quand ? demanda-t-il. Ce soir ? »

Elle aima son empressement et pour cela lui donna un baiser, puis elle se leva. Il se leva aussi et la chercha à tâtons dans le noir. Ils marchèrent vers la lumière, se tenant enlacés. Elle lui expliqua que ses nièces passaient la nuit chez elle, c'était un cadeau qu'elle leur faisait à l'occasion de l'aïd. Voulait-il venir lundi ? À neuf heures le soir. Elle laisserait sa porte ouverte pour qu'il n'ait pas à frapper. Si la porte était fermée, alors il devrait s'éloigner et attendre de ses nouvelles. Neuf heures précises. Maintenant il lui fallait partir. Elle sourit et lui donna un dernier rapide baiser. « Prends soin de toi, mon chéri », dit-elle.

Il resta dans l'obscurité et la regarda s'éloigner d'un pas nonchalant, comme si de rien n'était, en direction du bruit et de la foule. Il ne ressentait plus aucune peur à présent, mais un trouble et une incrédulité qui faisaient s'épanouir un large sourire sur ses traits. Elle le trouvait beau quand sans cesse il se répétait qu'elle était incroyablement belle. Elle l'avait embrassé avec des spasmes de plaisir quand il s'était attendu à ce qu'elle éclate de rire. Son visage était une multitude de détails, la lumière de ses yeux, la forme de sa bouche et ce sourire qui lui avait causé de la douleur. Tout meurt, dans l'instant parfois, le moment se prolonge et puis s'enfuit, fût-ce vers le cortège des souvenirs. Il savait que ces rares moments ne mourraient pas tant qu'il en garderait le souvenir – le goût de ses lèvres pour la première fois, ses cuisses pressées contre lui, sa main posée sur sa nuque. Il avait senti dans son étreinte un écho de sa propre impatience, de son propre désir. Ce devait être cela aimer et être aimé en retour, songea-t-il, imaginant, à présent qu'il savait, combien il devait être terrible d'aimer et d'être éconduit, d'avoir soif de l'autre et d'être rejeté par lui.

Il s'enfonça dans l'obscurité, loin de la musique et des lumières, progressant vers la route qui jouxte les terrains de sport. Il se demanda si on les avait vus. Il pensait avoir entendu un murmure dans le noir. Il y avait toujours des mouvements furtifs et d'actives manœuvres de séduction aux abords de la fête foraine les soirs d'aïd, que d'aucuns observaient avec des regards obliques et des sourires tolérants (à moins de la présence d'un grand frère), en espérant que rien de vraiment inconvenant ne se produirait. Lorsqu'il regagna la route, il pivota sur lui-même, comme s'il revenait d'une promenade sur la plage en longeant le terrain de golf, ou s'accordait une plaisante marche en solitaire sur l'allée de casuarinas. Une douce brise agitait le feuillage léger, et ici ou là une coque explosait sous ses sandales.

Il sourit en lui-même de ces apparences trompeuses, de cette promenade innocente censée l'éloigner de l'agitation de l'aïd, mais au fond de lui il avait le pressentiment que c'était ainsi que tout allait devoir être. On ne tolérait pas en ce lieu que de telles relations s'affichent en plein jour. Et l'implacable et rigoureux regard qu'on portait sur ces choses transformait les ruses furtives et inquiètes des amants en une comédie sordide. Il y avait toujours quelqu'un pour voir et ajouter sa bribe d'information à la bribe d'information de l'autre, jusqu'à ce que tôt ou tard tout soit découvert. Pour Amin, le ridicule et la honte d'être découvert se trouvaient émoussés par son état d'exaltation, mais il n'en ressentit pas moins un léger frisson de déplaisir et un rien de nausée en pensant aux mensonges qui seraient nécessaires.

Il s'éloigna de la fête en empruntant la route qui longe la façade blanche de l'hôpital Karimjee-Jeevanjee, du nom du philanthrope ismaélien qui avait si généreusement participé à sa construction. Les salles n'étaient plus éclairées que par des veilleuses à cette heure de la nuit, pourtant des carrés de lumière illuminaient les flamboyants qui bordaient l'avenue. L'hôpital ressemblait à un navire discrètement illuminé qui avançait sans bruit dans la faible clarté de la nouvelle lune. Sur la route déserte et silencieuse, à distance les uns des autres, des réverbères projetaient une lumière jaune de lampe à huile. Côté droit, face à l'hôpital, se dressait le musée qui commémorait l'Armistice de 1918 construit par John Sinclair, architecte en chef de l'administration coloniale. Il portait le nom de Beit-el-Amani, la maison de la paix. Ses coupoles, dont le blanc éclatant se détachait dans la semi-obscurité, rappelaient en plus modeste les volumes et les toits de Sainte-Sophie à Istanbul.

Amin passa devant le cimetière désaffecté situé en face de l'hôpital. La nuit, tout était silencieux, mais avec le jour, les marchands se pressaient à l'ombre de ses arbres pour vendre fruits et collations aux patients et à leur famille. Les grilles de la Résidence étaient closes à cette heure, ce qui n'empêchait pas un factionnaire de monter la garde dans sa guérite. Derrière ces grilles, dans un palais mauresque d'opérette également construit par John Sinclair, logeait le représentant du pouvoir en personne, le seul maître à bord, le gouverneur britannique, sir Henry Potter, commandant de l'ordre de saint Michel et de saint Georges. Les jours de cérémonie, il sortait dans sa silencieuse Humber noire, portant un casque colonial à plumes blanches qui émergeait du toit ouvrant comme une fontaine duveteuse. En des temps plus anciens, le casque avait sans doute coiffé un homme à cheval et les plumes s'étaient balancées au rythme du pas de l'animal qui allait gracieusement l'amble, mais l'efficacité avait remplacé la magnificence et le sens du théâtre. Ainsi la silencieuse limousine aux lignes pures constituait-elle un symbole plus approprié de la morosité qui présidait à la gestion de l'Empire moderne. Amin avait un jour aperçu la Résidence depuis la mer alors qu'il naviguait avec un ami, et il s'était senti comme un vilain petit garçon qui regarde par le trou de la serrure.

Face à la Résidence s'étendaient les jardins Victoria, où, en ces jours si proches de l'indépendance, la nouvelle Assemblée législative se réunissait. Le sultan Barghash, autre grand bâtisseur du XIXe siècle, auquel on doit routes, fontaines, égouts et palais, avait construit ce pavillon et ces jardins ceints d'un mur qui permettait aux femmes de la maison de se promener et de prendre discrètement leurs aises loin du regard des curieux. Il avait fait partout planter par ses jardiniers arbustes et buissons odorants, partout fait courir de l'eau, et, ce qu'il ne pouvait cultiver, il le leur laissait imaginer. Il acclimata des plantes et des arbres en provenance de diverses régions du monde, dont beaucoup étaient des présents du consul britannique de l'époque, un victorien pur jus qui partageait avec le sultan cette passion de l'horticulture même s'il lui arrivait de déplorer le luxe pervers de l'usage qui était fait des plantes. Un sultan plus tardif, dans un accès de gratitude envers les fonctionnaires de l'Empire qui avaient accéléré son ascension aux dépens d'un rival, avait baptisé ces jardins du nom de l'impérissable souveraine et les avait offerts au peuple. Amin dépassa, autre bâtiment dû à Sinclair, le tribunal avec sa réplique de dôme oriental. La pendule de la façade faisait bruyamment entendre son tic-tac en cette heure silencieuse. Sur la droite, se trouvait un autre cimetière. La ville était pleine de petits cimetières – aux carrefours, au pied des mosquées, dans des cours entourées de murs –, où des multitudes de morts se pressaient contre leurs descendants.

Amin marchait avec lenteur en direction du front de mer, savourant le silence des rues à peine éclairées. Il aimait ce silence des villes, si étonnamment singulier. Il aimait évoquer pour lui-même le muet grondement de la mer, ou la muette rumeur des ruelles étroites. Sur certaines places au cœur de la vieille ville, il entendait parfois l'écho silencieux d'un lointain rire de femme. Il ne croisa personne, seules passaient quelques voitures dont les passagers rentraient peut-être de la fête foraine ou d'une visite chez des amis à l'occasion de l'aïd, mais malgré ce vide, il avait l'impression de se trouver au milieu d'une foule. Des murmures et des rires lui arrivaient de fenêtres ouvertes, et même des portes restaient ouvertes sans surveillance, comme si nul ne craignait les rôdeurs. Des promeneurs s'attardaient sur le front de mer et il y avait encore de la lumière au palais, du côté des appartements de la famille du sultan. La marée refluait doucement, comme à regret, léchant dans un bruit de succion le mur de la promenade. Sur l'eau, plusieurs allèges étaient à l'ancre. À quai, le ferry amarré attendait la traversée du lendemain à destination de Dar-es-Salaam ou de Mombasa. Amin dépassa le poste des douanes où travaillait l'oncle Habib et où quelqu'un dormait sur les marches, le visage tourné vers le large. Le premier étage de la capitainerie avait ses jalousies levées et toutes ses lumières allumées. De la véranda fusaient des rires et des voix anglaises dans l'odeur du cigare. Il prit la route du dispensaire Ithnaasheri et pressa le pas en longeant l'ancien emplacement de la centrale électrique. Il se souvenait de sa démolition, mais des logements de turbines et d'hélices avaient été abandonnés là et s'emplissaient avec les pluies d'une épaisse eau graisseuse s'irisant au soleil. Par une nuit sans lune comme celle-ci (le très fin croissant de son premier quartier avait depuis longtemps sombré derrière la courbe du ciel), ces flaques étaient aussi noires que la sterne noire de la maison Usher. Enfant, il croyait ces eaux peuplées de créatures visqueuses qui ressemblaient à des serpents, et bien que sachant aujourd'hui que nulle vie n'était possible dans cette soupe toxique, il passa rapidement son chemin avec un reste d'inquiétude. Le guichet du cinéma *Sultana* était dans l'ombre, mais une faible lumière éclairait le hall d'entrée pour la dernière séance. Il s'arrêta et regarda le programme du lundi, puis il prit la direction de la maison.

Ce fut l'explication qu'il donna, la dernière séance avec des amis. Sa mère n'aimait pas cela. Pourquoi ne pas aller au cinéma en début de soirée ? Parce que c'est sortir tard qui est amusant, expliqua-t-il. Pourquoi sortir tard un lundi, quand tu as cours le lendemain ? insista-t-elle. J'ai fini mon travail et nous n'avons qu'une visite de classe mardi. Je serai rentré avant onze heures. Son père ne dit rien, mais Amin sentait qu'il n'était pas d'accord non plus – à un méchant froncement de sourcils, à une lueur dans le regard. Peut-être se doutaient-ils qu'il voyait une femme, mais comment pourraient-ils espérer l'empêcher de fréquenter quelqu'un, tôt ou tard ? Voilà pourquoi ils se montraient réticents, pensa-t-il. Et ils maugréaient à cause de l'incapacité où ils étaient de trouver une raison de lui interdire de sortir.

Le lundi à neuf heures du soir, tremblant et plein d'appréhension comme on peut l'imaginer, Amin poussa doucement la porte de l'appartement de Jamila, qui céda sous la pression. Elle se tenait à proximité et, dès qu'il fut entré, elle referma la porte et tira le verrou. La pièce était plongée dans le noir – une grotte –, mais une veilleuse qui brûlait dans le fond lui permit de voir qu'elle souriait. Elle lui imposa le silence d'un chut, puis le prit par la main pour le conduire vers la lumière. C'était la chambre d'ami : un lit, un fauteuil, une commode surmontée d'un miroir au cadre doré. Elle l'amena jusqu'au lit et s'assit à côté de lui, et, dans la semi-obscurité, il comprit que ce visage qui souriait rayonnait de bonheur. Il s'aperçut alors que lui aussi souriait à n'en plus pouvoir.

« Tu es venu », dit-elle, d'une voix frêle, taquine.

Il articula une vague réponse puis se pencha sur elle. Pour Amin c'était la première fois, et il s'abandonna sans résister aux mains de Jamila. Il ne pouvait croire à ces sensations de plaisir, de douleur et de libération qu'il éprouvait. Peu après, il se livrait tout entier à la frénésie d'aimer, sans rien d'autre pour l'ancrer que les caresses et la voix de Jamila.

Puis ils parlèrent, et Amin se sentit intrépide et heureux, comme s'il avait fait ses preuves dans quelque action difficile. Elle était étendue près de lui, elle le touchait, s'émerveillait de sa jeunesse et de la perfection de sa personne, tandis qu'il la caressait, s'emplissant du parfum de son corps. La veilleuse était toujours allumée et, après tout ce temps passé avec elle dans la pièce, il distinguait à présent les choses avec clarté. Il découvrit une fenêtre aux lourds rideaux fichée au milieu d'une des cloisons.

« Elle ouvre sur le salon, dit-elle dans un murmure. Cette chambre n'a pas de fenêtre qui donne sur l'extérieur. J'ai pensé qu'ainsi l'on ne nous entendrait pas. Je ne pourrais pas dormir ici, pas seule. C'est comme une tombe.

— Pourquoi ne m'as-tu pas emmené dans *ta* chambre ? demanda-t-il, mais peut-être s'aventurait-il trop loin.

— Elle donne sur la cour. On pourrait nous entendre. »

Jusque chez elle il leur fallait être discrets. Il éprouva une légère nausée à l'idée du danger. « Ça a été comme un miracle, dit-il pour effacer de son esprit cette pensée négative, et il l'entendit rire. Pourquoi ris-tu ?

— Parce que je suis heureuse, et parce que pour toi c'était la première fois, non ? C'est l'impression que j'ai eue. » Elle le serra dans ses bras. « Et parce que tu es beau.

Quand je t'ai vu traverser la rue dans ma direction l'autre jour, j'ai eu envie de toi. Vraiment envie. Voilà pourquoi je t'ai écrit ce petit mot. Je n'ai pas pu m'en empêcher. J'ai pensé que j'allais te perdre. Tu reviendras ?

— Demain, proposa-t-il, ce qui la fit de nouveau rire, si soudainement qu'elle plaqua une main sur sa bouche pour étouffer le son.

— Non, non, pas demain. Il nous faut être prudents *habibi*, sinon… Un autre jour, plus tard cette semaine peut-être. Viens vendredi. Veux-tu ? » proposa-t-elle en le caressant.

Il hocha la tête. « Oui, vendredi. Sinon quoi… ?

— Sinon ils nous empêcheront de nous voir. Ils diront de vilaines choses et nous ne pourrons plus nous voir. Tu es si jeune, tu vas encore à l'école, et je suis une femme divorcée, j'ai vingt ans passés.

— Je fais des études supérieures et j'ai bientôt vingt ans, rectifia Amin. Il ne doit pas y avoir tellement d'années de différence entre nous, et quand bien même, tu es la plus belle femme que j'aie jamais rencontrée, et si j'avais été ton mari jamais je n'aurais divorcé.

— Mon amour, il nous faut être prudents, sinon ils nous empêcheront de nous voir, répéta-t-elle dans un sourire, lui imposant le silence une nouvelle fois. Va à présent, ne sois pas en retard, tu sors de la dernière séance. »

Amin se glissa au dehors sans, songea-t-il, faire frémir le moindre souffle d'air. Sur le chemin de la maison il se sentit revivre, il était beau, il était aimé. C'est ainsi que tout a commencé, en février, l'année qui a précédé l'indépendance, peu avant l'arrivée des longues pluies. Une fois par semaine d'abord, puis plus souvent, et de plus en plus tôt dans la soirée, des mois durant, Amin se rendit chez Jamila. Ils chuchotaient, faisaient l'amour, réprimaient des rires, et quand l'heure arrivait de se quitter ils s'accrochaient l'un à l'autre comme des insensés qui étaient prêts à tout. Elle lui donna un anneau monté d'un rubis pour qu'il se souvienne d'elle quand ils étaient loin l'un de l'autre, et elle glissait parfois dans la poche de sa chemise un petit mot qui lui disait combien elle pensait à lui, et combien son odeur, ses caresses emplissaient sa vie. Il lui révéla, de son côté, que son propre corps meurtri avait le mal d'amour. Quand il n'était pas avec elle, il avait peur de la perdre, peur des paroles qui l'éloigneraient de lui. Puis il la retrouvait et il ne pensait plus qu'à ce corps, à ce souffle qui occupaient son existence tout entière. Il avait l'impression qu'il pourrait affronter n'importe quoi, n'importe qui.

Un après-midi Jamila vint trouver Farida, pour bavarder un moment avec elle ou se faire prendre les mesures pour la confection d'un nouveau vêtement, parce qu'elle avait besoin de voir son bien-aimé, même si elle l'avait encore vu la veille au soir. Elle ne dit mot devant Farida, bien qu'elle ne fût pas toujours capable de s'empêcher de sourire. Farida fit comme si elle n'avait rien vu, mais le plaisir qu'on lisait dans ses yeux la trahissait. Elle aimait leur amour secret. De son côté, il arrivait à Amin de se rendre à l'hôtel de ville, pour demander un renseignement dans tel ou tel service, passant d'un bureau à l'autre, faisant au passage un brin de causette avec les personnes qu'il connaissait, pour finir au bureau de l'emploi où il pouvait l'apercevoir.

Il était difficile d'avoir la tête au travail, un travail qui lui semblait aujourd'hui moins mobilisateur que jamais, car il avait du mal à s'arracher à ses pensées et désirait constamment la voir et être avec elle. Il fuyait les gens pour mieux penser à elle et envisager la façon dont ils pourraient rester ensemble pour les années à venir. Elle lui avait conté certains événements de son existence, et il savait aujourd'hui qu'il ne pourrait pas dire simplement à ses parents voici la femme que j'aime et avec laquelle je veux vivre. Il y avait le grand-père *mzungu* et les années pendant lesquelles sa grand-mère avait vécu aux yeux de tous dans le péché. Et même si cet épisode relatif à ses aïeux pouvait être oublié, ce qui n'était pas sûr, il y avait son divorce, son âge, et les rumeurs qui couraient sur ses aventures. Parfois Amin pensait qu'elle faisait allusion à ces dernières, mais il n'osait pas poser de questions. Il ne voulait pas savoir, pas encore. Ce qu'il savait en revanche à présent, c'était ce que Farida avait peut-être toujours su : que s'agissant d'amour, les parents imaginent toujours le pire et renforcent leur autorité par un excès de vertu et grâce à l'argument du chantage.

Lorsqu'il allait la retrouver c'était toujours une fois la nuit tombée, et toujours à une heure qu'ils avaient fixée d'avance. Il allait au rendez-vous à pied, prenait son temps, variait les itinéraires autant qu'il le pouvait. Il s'arrêtait pour bavarder avec une connaissance, ou s'asseyait un moment dans un café devant une tasse de thé, ou bien il s'attardait à écouter une discussion sur un match de football, jeune homme se livrant aux paisibles passe-temps de sa ville. Il veillait à ce que la rue soit déserte avant de pousser la porte qu'elle laissait légèrement entrouverte. S'il y avait quelqu'un en vue il continuait son chemin et revenait à la même heure le lendemain. Quand ils étaient ensemble, ils s'allongeaient à la lueur de la veilleuse dans la chambre d'amis, la pièce la plus éloignée de la rue. Quand ils parlaient, c'était dans un murmure, et ils étouffaient leurs rires et faisaient l'amour avec une intensité furtive. Pourtant, en dépit de toutes ces précautions, ils ne purent garder leur liaison secrète. Quelqu'un avait dû repérer ces subterfuges élaborés, ou entendre un soupir passionné. Quelqu'un avait dû l'apercevoir d'une fenêtre là-haut dans les étages, ou surprendre depuis l'obscurité d'une ruelle son immanquable arrivée, quelqu'un en tout cas avait dû le voir et en parler à quelqu'un d'autre. Et ce fragment d'information ajouté à un autre avait rendu la découverte de leur amour inévitable.

Partie III

7

Rashid

J'aurais dû comprendre, mais non. Il dormait à portée de battement de cœur, j'aurais dû l'entendre ce cœur battre autrement ces derniers mois. J'aurais dû deviner ce sommeil haché par les rêves et les fantasmes, cette respiration plus profonde certains soirs de tant d'émotion et de plénitude. J'aurais dû saisir ce qui avait changé en lui. J'aurais dû voir qu'il se passait quelque chose, remarquer ses airs assurés et même triomphants, mais non. Ce que j'ai vu je ne l'ai pas compris, et je n'ai rien entendu ni rien perçu ni rien senti, en tout cas rien que j'aie reconnu, ou seulement plus tard, longtemps après qu'ils eurent été découverts, quand par bribes le souvenir a refait surface comme une matière putride.

Quand je dis qu'ils ont été découverts, je ne dis pas qu'ils ont été surpris faisant l'amour. Je ne crois pas que cela soit arrivé. Nos aînés ont occulté tant de choses, et nous en ont caché tant d'autres, des choses souvent tellement ordinaires et banales que je me demande parfois pourquoi il a fallu qu'ils en viennent là. Était-ce pour nous épargner la laideur du monde ? S'agissait-il des cachotteries d'usage qui n'avaient à l'époque d'autre but que de tenir les jeunes le plus longtemps possible dans l'ignorance, afin qu'ils demeurent ainsi obéissants et dociles ? J'éprouve parfois un choc quand je vois à quel point j'ai échoué à comprendre les événements que j'ai vécus. Je suis sûr, cependant, que n'aurait pu rester secret le fait qu'ils aient été découverts faisant l'amour. J'ignore comment exactement ils ont été découverts, mais je ne crois pas que cela se soit passé ainsi, car il y aurait eu un vrai scandale et des histoires qu'on raconte avec jubilation et peut-être des meurtrissures. Il est aussi possible qu'ils n'aient même pas été découverts et se soient simplement trahis par de petites imprudences, certains qu'ils étaient d'être invincibles et que la beauté de leurs sentiments les protégeait de la censure et de la mesquinerie de leur entourage. Je n'étais pas, de toute façon, capable à l'époque de comprendre quoi que ce soit de cet ordre-là, de comprendre ce pouvoir de l'amour. J'étais trop plein de mes propres triomphes, de mon succès à l'examen, de l'obtention de ma bourse d'études à l'université de Londres. C'était vers la fin de juillet 1963, juste un mois avant mon départ, et il n'y avait pas de place dans mon esprit pour une chose aussi subtile que les sentiments que pouvait éprouver quelqu'un d'autre tant j'étais absorbé par mes rêves égoïstes. Je savais seulement que j'avais réussi ce que tellement de gens souhaitaient pour moi et que je désirais personnellement. Je me disais que par mon succès j'apportais à tous du bonheur. Je me sentais aimé et héroïque, et chaque jour je savourais l'admiration de ma famille et de mes amis. Les mots me manquent pour dire le poison violent qui infiltre le départ et l'exil, mais ce sentiment je l'ignorais également à l'époque. Comment aurais-je pu savoir ? Comment aurais-je pu même l'imaginer une seconde ?

Le soir où la nouvelle a éclaté, je lisais étendu sur mon lit. Sans doute un polar ou un roman historique, si je me rappelle bien mes goûts d'alors. Nous dévorions tout ce qui nous passait sous la main, sans scrupule ni honte : des BD pour les filles à *Anna Karénine*, Hemingway, les encyclopédies. Comme des bêtes à l'estomac solide, comme l'autruche de Melville qui engloutit sans discrimination pierres, asticots, herbes rares et savoureuses. L'heure du dîner approchait, nous le prenions le plus souvent après les prières de l'*isha*, passé huit heures, au retour de notre père à la maison. Tous les jours, sauf maladie (et il était rarement à ce point malade à l'époque), il passait l'après-midi et le début de la soirée à bavarder avec ses amis au café, où il feuilletait le journal, écoutait la radio, saluait les uns et les autres, avait un œil sur le monde. S'il manquait à l'appel, quelqu'un venait prendre des nouvelles, pour le cas où il aurait été souffrant ou empêché par quelque contretemps qui aurait surgi à la maison. Quand le muezzin appelait à l'*isha*, il se rendait à la mosquée, disait tout seul la prière du *maghrib* qu'il manquait régulièrement parce qu'il bavardait au café, puis il attendait que l'imam entame l'*isha*.

Parfois il rentrait à la maison entre le café et la mosquée, pour nous emmener, Amin et moi, à la prière. Peut-être qu'alors la conversation au café l'ennuyait, ou que des propos l'avaient irrité et qu'il ne voulait pas faire d'histoire. Ou bien était-ce qu'il avait entendu annoncer quelque hommage rendu à la mosquée à l'intention d'un voisin décédé. Quelle qu'en soit la raison, il se souvenait de temps à autre qu'il avait deux garçons qui grandissaient et qui traînaient à la maison au lieu de se rendre à la prière, et il venait s'occuper d'eux, dérogeant à sa routine. Aussi lorsque je l'entendis donner de la voix, comme j'avais manqué l'appel du muezzin à l'*isha*, je crus qu'il réclamait ma présence à la mosquée. *Naam*, répondis-je avec diligence (j'adore ce mot de *diligence*), car je savais combien il s'offensait lorsqu'il jugeait que nous lui manquions de respect. *Naam* est la forme la plus polie du *oui*, et rien ne comptait davantage pour nous que le respect dû à notre père. Dans le séjour, je vis Amin près de la porte d'entrée, il avait ses sandales encore aux pieds et venait à l'évidence tout juste d'arriver. Le visage paraissait serein, mais il avait les yeux écarquillés par la panique. Mon père lui faisait face, me tournant le dos, raide, les épaules voûtées, dans la posture qui était chez lui celle de la colère. Il avait dû s'emporter contre Amin à peine celui-ci avait-il franchi le seuil de la maison. Assise dans son coin habituel près de la fenêtre, tête baissée, ma mère se massait le front de la main droite. Farida se tenait debout près de sa machine à coudre, le dos collé au mur, les yeux rivés sur notre père. Son regard glissa un instant vers moi et j'y lus l'inquiétude. Elle eut un bref froncement de sourcils affolé, comme si ma présence compliquait les choses.

« Feisal, s'il-te-plaît, ne crie pas, dit ma mère, ce n'est pas utile. » Je compris à sa voix qu'elle avait pleuré. Amin le comprit aussi et la dévisagea. Mon père se retourna vers moi, il avait les traits tirés, le front bas, le regard incandescent, peut-être se demandait-il qui j'étais et ce que je faisais là. Il revint à Amin, fit deux pas dans sa direction et leva une main paume ouverte, mais il n'acheva pas son geste, incapable de frapper son fils chéri, qui attendait d'être gracié. Il n'avait pas levé la main sur nous depuis des années, et si rarement auparavant, tout juste une claque excédée ici ou là ou une tape sur le bras pour ponctuer un sermon bien senti. Ma mère répéta son nom, il laissa retomber son bras et alla s'asseoir sur le sofa à côté d'elle. Je vis que son corps tremblait – était-ce de colère, était-ce de douleur ou d'effroi ?

« Comment as-tu pu faire une chose pareille ? demanda-t-il. Tu as attiré la honte sur nous et sur toi-même. Tu ne penses donc qu'à ton plaisir ? Tu saccages ta vie, comme si tu n'avais rien dans la tête. Comme si personne ne t'avait jamais rien enseigné, ni donné la notion de ce qui est bien et de ce qui est mal. Comme si tu n'étais qu'un animal dénué de sentiment, sans respect pour toi-même ni pour qui que ce soit. Je ne sais même pas que te dire. »

Que s'est-il passé ? voulus-je demander, qu'a-t-il fait ? Mais la surprise et l'inquiétude me laissèrent sans voix, ce qui valait mieux, car je crois bien que j'aurais prononcé un mot, j'aurais été jeté dehors sur-le-champ. Mon père avait parlé d'un ton calme, son visage pourtant traduisait le mépris, et la véhémence de ses propos plombait la pièce. Il s'exprimait toujours avec douceur, même lorsqu'il était inflexible.

« S'il-te-plaît, explique-nous ce qui est arrivé », dit ma mère en relevant la tête. Sa main ne massait plus son front, elle fixait Amin de ses yeux immenses et brillants, le visage dévasté, les doigts de ses deux mains soudés entre eux sur ses genoux, tout entière tendue mais patiente. Le silence qui s'ensuivit parut durer de longues minutes.

« Qui vous a dit ? demanda Amin d'une voix tragique et sourde.

— Amin, lui opposa mon père avec lassitude, sans parvenir à réprimer un imperceptible sourire d'ironie amusée. Qu'importe. Chacun de tes gestes est l'aveu que ce qu'on nous a dit est vrai.

— J'ignore ce qu'on vous a dit », répliqua-t-il aussitôt. Moi aussi je l'ignore, désirai-je ajouter. Que s'est-il passé ? Je veux savoir.

« Nous cherchons à comprendre, reprit mon père. Ce que ta mère demande c'est que tu nous expliques comment cela a pu arriver. Comment tu as pu être aussi stupide. »

L'appel du muezzin nous parvint. Nous attendîmes sans un mot qu'il ait pris fin, comme le veut la coutume. Un silence providentiel, car je vis mon père soupirer et ses traits se décrisper. Il ferma les yeux un instant et remua silencieusement les lèvres pour accompagner les paroles du religieux : *Allahu akbar Allahu akbar, Ashhadu an laillaha ila llah, Ashhadu ana Muhammad rasulu llah*. À la fin de l'appel, il eut un mouvement convulsif de la bouche qui lui était familier, entre résignation et perplexité. Je vis ma mère lancer un coup d'œil dans sa direction et quelque chose passer, me semble-t-il, sur le visage d'Amin, dont le regard glissa de l'un à l'autre. Peut-être est-ce à ce moment-là qu'il s'est décidé.

« Je l'aime », a-t-il laissé tomber dans le profond silence qui avait suivi l'appel du muezzin. Ce fut tout ce qu'il dit, la seule explication qu'il donna, du moins pour l'heure, et le regard qui fut le sien après avoir prononcé ces mots, lèvres serrées, donnait l'impression que de son point de vue cette explication suffisait.

Mon père se leva, le visage comme un masque, les yeux baissés. Il chaussa ses sandales et partit pour la mosquée, sans rien dire, sans nous demander de le suivre. Il savait ménager ses sorties. Il lui arrivait ainsi de s'éclipser sur un long regard, sans un mot de rancœur ou de reproche, vous laissant mijoter dans le péché, si bien qu'à son retour, on était presque disposé à l'aveu et au repentir. C'était sans doute le pédagogue en lui qui nous amenait de cette façon à l'obéissance sans brutalité.

« Il aime qui ? Qu'a-t-il fait ? Que se passe-t-il ? laissai-je échapper aussitôt mon père parti.

— Toi, file à la prière », lança ma mère, mais je ne tins pas compte de son injonction, ce que jamais je ne me serais permis avec mon père. Il prenait tellement à cœur ces petits défis à son autorité que je ne me risquais pas à lui désobéir, mais les ordres de ma mère coulaient comme un flot permanent et régulier dont il était parfois possible de ne pas tenir compte. Elle essuya rapidement ses larmes et fit signe à Amin d'approcher. Il s'assit sur le sofa, là où mon père avait pris place quelques minutes plus tôt ; ses yeux restaient rivés au sol.

« Elle t'a pris à son piège ? C'est ça, n'est-ce pas ? C'est sûrement ça », dit-elle sans ménagements, sûre et certaine de la crédulité de son fils. Amin ne répondit pas, il gardait les yeux baissés, son visage luisait de sueur. Elle avait dans la voix un mépris qui ne cessait de croître.

« Sais-tu qui elle est ? Qui est sa famille ? Quels sont ces gens ? Sa grand-mère était une *chotara*, une enfant du péché, que sa mère avait eue avec un Indien, une bâtarde. Devenue femme, elle a été, des années durant, la maîtresse d'un Anglais. Avant, un autre *mzungu* lui avait fait à elle aussi une enfant du péché, autre bâtarde. Voilà ce qu'a été sa vie, une vie de souillure avec des Européens. La mère, celle-là même qui vit dans leur grande maison, et qui se croit quelqu'un parce qu'elle porte des soieries, des parfums et des bijoux en or, est l'enfant de ce *mzungu*, elle ne sait même pas qui est son père, à part qu'il est anglais, un ivrogne ramené à la maison. Quand son mari est venu avec elle de Mombasa, il savait tout cela, mais la famille est riche, ils se moquent de ce que pensent les gens. Ils ont toujours fait ce qu'ils ont voulu. Cette femme que tu dis aimer, elle est comme sa grand-mère, elle mène une vie de péché, une vie secrète. Elle a déjà été mariée et divorcée. Personne ne sait ce qu'elle fait au juste, ni qui elle voit. Ce ne sont pas des gens comme nous. Ce sont des gens sans vergogne, qui ne pensent qu'à eux. Tu dis l'aimer, mais que sais-tu de l'amour ? Tu ne connais pas ceux de son espèce. Nous te faisions confiance. Ton père… tu as vu, tu lui as brisé le cœur. »

Amin frissonna.

« Tu le connais », poursuivit-elle d'une voix un tout petit peu moins méprisante, s'adoucissant un rien pour mieux l'amadouer. C'était sa manière de procéder, matraquer puis enjôler, nous attendrir afin de nous amener à céder. Ils étaient très au point, mais nous étions sans doute faciles à manipuler, car élevés dans l'obéissance. « Il rentrera à la maison et il ne dira rien, mais tu sauras qu'il a le cœur brisé. Il était si fier de toi, tu ne dois plus la revoir. Demande pardon à ton père, ou bien alors ce sera fini entre vous. Il se fait vieux, je ne sais pas comment il va prendre tout cela.

Et ma vue baisse chaque jour, je ne lui serai plus guère utile bientôt. Nous avons confiance en toi, en dépit de tout, ne l'oublie pas. Promets-moi que tu vas cesser de la voir. »

Amin hocha imperceptiblement la tête de droite à gauche sans rien dire, comme un enfant boudeur et buté qui refuse de coopérer.

« Promets, se fâcha-t-elle, en lui appliquant une tape derrière la tête. Et regarde-moi quand je te parle. Tu veux donc le tuer ? »

Amin se leva et partit, la rage se lisait sur ses traits. Il se retourna comme pour répondre, mais pas un mot ne passa ses lèvres. Sans doute avait-il voulu dire que non, il ne promettrait rien, mais il n'avait pas pu. Il se dirigea vers notre chambre et s'y enferma en tirant le verrou. J'avais compris de cet échange que Jamila était la personne en question, car tout le monde connaissait l'histoire de sa grand-mère et de l'amant anglais qu'elle avait eu à Mombasa. Cela me laissa songeur, qu'Amin l'ait aimée, qu'il ait pu tenir tête à ses parents et leur faire cet aveu. Mais qu'impliquait au juste cette relation ? Qu'ils s'écrivaient des lettres d'amour, qu'ils s'étreignaient et s'embrassaient, qu'ils contemplaient leurs corps nus et faisaient l'amour ? Jamais je n'avais imaginé Amin faisant l'amour à quiconque, encore moins à une femme comme Jamila. Elle avait à mes yeux un prestige et une séduction qui l'apparentaient au monde des adultes, plus, au monde du péché, à celui des maîtresses et des scandales, alors que je ne voyais même pas, je crois, mon frère comme un adulte. Je croisai le regard de Farida et m'aperçus que je souriais à la pensée des folies d'Amin. Elle sourit elle aussi, du moins avec les yeux.

« Quel démon, dis-je.

— Il n'y a pas de quoi rire, lança ma mère avec emportement. Je ne t'ai pas dit de te rendre à la prière, toi ? Allez, de l'air, va, va. Et que cette histoire ne sorte pas de la maison. C'est bien compris, grand bavard ? »

Quand j'arrivai à la mosquée, l'on en était déjà au second *rakaa*. Je m'alignai sur les autres et pris la prière où elle en était. Impossible d'apercevoir mon père. Il y avait beaucoup de monde et je me trouvais contre le mur du fond, alors qu'il occupait sans doute le premier rang des fidèles. Cela ne se faisait pas, de toute façon, de regarder autour de soi pendant la prière, car alors chaque parole que l'on prononce, chaque mouvement que l'on fait s'adresse à Dieu, et Dieu n'aime pas que l'on soit distrait lorsqu'on s'adresse à Lui, que l'on tourne la tête d'un côté puis de l'autre en pensant à on ne sait trop quoi. On croise les bras sur sa poitrine, on baisse les yeux et on se soumet tout entier. La prière terminée, je dus rattraper ce que j'avais manqué du *rakaa*, et ce n'est qu'une fois ce devoir accompli que je pus parcourir du regard la mosquée pour y chercher mon père. Il se tenait sur les marches de l'entrée, avec aux lèvres un sourire amical et courtois, il bavardait avec quelqu'un, attendant que ce dernier ait retrouvé ses sandales pour descendre les marches avec lui. D'autres personnes restaient ainsi à converser, ou bien s'éloignaient par groupes de deux ou trois, avant de se disperser pour rentrer dîner chez eux ou se rendre au café écouter les nouvelles que donnait la radio. Ce fut un choc que de le voir si tranquille alors qu'il savait quelle sale besogne l'attendait à la maison, et à le voir ainsi tellement à l'aise je compris pourquoi il était si vital pour lui d'amener Amin à renoncer à son amour.

Amin ne pouvait pas lutter contre eux. Ils mirent un terme à toute l'affaire. Ce soir-là, on nous envoya nous coucher, Farida et moi (elle protesta, je ne dis mot). Et ils restèrent avec Amin jusqu'à ce qu'il s'engage à ne plus la revoir. J'ignore ce qu'ils lui ont dit, quelles promesses exactement il leur a faites, mais je devine. Ils ne l'auraient pas lâché de toute façon avant qu'il n'ait promis, invoquant à la fois leur propre douleur et leur crainte de le voir couvert d'opprobre, et Amin avec sa gentillesse et son sens du devoir n'était pas armé pour résister à leur amour. Peut-être que ce fut même plus simple encore, et qu'il a su ce qu'il avait à faire dès l'instant où ils en ont appelé à la confiance qu'ils avaient placée en lui. Il avait toujours été celui sur qui l'on pouvait compter. C'était l'image qu'il avait de lui-même, c'était ainsi qu'il avait gagné l'amour et le respect de ses parents et au-delà ; il lui était, j'imagine, impossible d'envoyer promener tout cela. Ainsi, d'une certaine manière, l'affaire avait-elle pris fin avant même que je ne la découvre, après quoi Amin refusa d'en parler avec moi.

Je plaisantai à son sujet, tentai de le flatter en mettant en avant ses dons de séducteur, mais il refusa de me dire comment tout était arrivé et ce qui s'était passé entre lui et Jamila. Je tentai même d'avoir recours à l'hypnose, projetant au plafond la lumière d'une torche lorsque nous étions couchés, en lui disant qu'il était en mon pouvoir, mais il continua de se taire. Et puis il réussit si bien à donner l'impression qu'il en avait fini avec cette histoire qu'il n'y avait pas de raison de ne pas le croire. Il me fut terriblement difficile de garder tout cela pour moi, surtout une fois Amin apparemment tiré d'affaire, lorsque rien n'empêchait plus d'en parler aux amis. Il allait à ses cours, rentrait à la maison, sortait avec ses amis à lui comme il le faisait autrefois, sauf peut-être qu'il se montrait plus silencieux et lisait la nuit de plus en plus tard. Dans tous les cas, j'étais alors sur le départ et j'avais mes propres préoccupations, et si je pensais à Amin et à sa liaison c'était sous l'angle d'une banale aventure qui avait failli mal tourner.

Il y a de cela si longtemps. J'étais alors aux prises avec mon propre avenir et absorbé par lui, au seuil de ma grande aventure que je jugeais noble et méritée, j'en suis conscient aujourd'hui. Je ne pouvais m'empêcher de penser que ce qui était arrivé à Amin avait quelque chose de comique et était de l'ordre de la frasque. Je tentai encore de le faire parler de Jamila avec des questions du genre : mais qu'est-ce que tu nous as fabriqué là, bourreau des cœurs ? Il refusa de répondre et j'en fus réduit à m'imaginer leur liaison en invoquant les maigres éléments de ma propre expérience, qui n'allait pas bien loin. Son silence même semblait révéler un grand savoir-vivre, une certaine finesse alliée à l'élégance. C'était être courtois pour l'amante sans diminuer le triomphe de la conquête quand les fanfaronnades et les détails auraient été sordides et maladroits.

J'étais jeune, et de l'amour et du sexe je n'avais que des récits de seconde main, ceux liés au lieu où j'avais grandi et aux gens qui m'entouraient, comme tous les garçons de mon âge, qui étaient aussi ignorants que moi. Mon frère aîné avait fait l'amour à une femme belle et divorcée, et l'impudent avait été découvert. Je ne pense pas que j'aie été envieux. J'avais l'habitude qu'Amin me devance à peu près en tout, et jamais je n'ai douté de voir venir mon tour. Non, en réalité, j'ai même sans doute pensé être celui qu'on devait envier, qui avait décroché une bourse d'études en récompense de son talent et de son habileté, quand Amin avait tout simplement commis les dangereuses bêtises si irrésistibles aux jeunes gens.

Quand on avait l'âge qui était le mien au moment de mon départ et l'éducation qui avait été la mienne, on ne connaissait de l'amour et du sexe que ce qu'on surprenait dans les conversations. On entendait ce que disaient les grands quand ils parlaient mal. Les gens respectables, de toute façon, ne parlaient pas de ces choses-là, du moins pas en présence des plus jeunes, et, si certains le faisaient, c'était par provocation ou par moquerie, pour faire étalage de leur expérience, affirmer leur virilité. Ceux-là, qui pour la plupart avaient leur réputation, ne détestaient pas que des adolescents écoutent ces conversations de rue et se divertissent de leur cynisme de mâle. Ils faisaient de l'amour une chose comique qui ressemblait à une farce dont le dénouement se devait d'être brutal. Les amants étaient épiés, et leur intimité suscitait sourires narquois et fous rires. Tel amoureux reçut de sa famille une bonne correction et subit l'humiliation d'être tourné en ridicule. Tel autre devint célèbre pour la brutalité avec laquelle il avait plaqué sa conquête. L'amour était comique et transgressif, une pantomime, une prouesse tout au plus. Dans le cas d'Amin c'était une prouesse, que son silence transformait en autre chose encore, qu'il avait planifié, calculé, pour sans le moindre doute être adroitement mis à exécution aux dépens de quelqu'un le moment venu. C'était en cela que ce qu'il avait fait apparaissait comme une action mauvaise et dangereuse, de celles que commettent ces jeunes effrontés en quête de plaisir.

Sauf que j'étais *présent* lors de la confrontation qui révéla l'affaire, cette affaire à laquelle ils firent mettre un terme. Me frappèrent alors l'angoisse d'Amin, son visage luisant de sueur, son silence. Je sentis la tension et saisis le sens de cette conversation dont Farida et moi avions, cette nuit-là, été exclus, j'en imaginai les suppliques et les ultimatums. Pourtant je choisis de ne pas comprendre ce qui se passait et de faire de mon frère un séducteur, je choisis d'oublier son silence et sa vulnérabilité, préférant le récit comique de l'amour auquel j'étais habitué. Je ne crois pas que j'aurais pu me comporter différemment. J'étais jeune, je l'ai dit, plein de mon importance, et rien ne m'intéressait plus que ce que je faisais, moi.

Je ne me souviens pas de mon départ, pas vraiment. Je me souviens de l'aéroport, de qui m'y a accompagné, je me souviens d'être monté dans l'avion, mais absolument pas des jours ni même de la nuit qui ont précédé ce départ. Pas en tout cas de ce que j'ai alors éprouvé précisément. Je me souviens qu'Amin m'a dit le dernier soir que j'allais rater les fêtes de l'indépendance, et qu'il m'a demandé de lui envoyer tout ce que je lirais qui me plairait. J'ai promis. Je me souviens que Farida pleurait à l'aéroport, et me souviens de l'embarras que cela engendrait, et du sourire de mes parents quand je me suis retourné pour la dernière fois. Je me rappelle leur geste de la main. Malgré mes efforts, ne me revient aucun des mots qu'ils ont prononcés. Piètres souvenirs.

Londres Londres ! Voici ce que j'ai vu Londres Londres ! Comme s'exclame dans son grand poème « New York » Léopold Sédar Senghor en découvrant Harlem :

Harlem Harlem ! Voici ce que j'ai vu Harlem Harlem !
Une brise verte de blés sourdre des pavés labourés par les pieds nus de danseurs

Je ne connaissais pas le poème à l'époque, mais, lorsque je l'ai lu, il m'a rappelé cette vision que j'avais eue de Londres tout là-bas en bas, depuis l'avion qui amorçait son virage avant d'atterrir. Ce fut comme une apparition miraculeusement sortie du néant, dont j'ignorais qu'elle existait au-delà de l'horizon. Senghor savait qu'Harlem était là, il exprimait quant à lui un cri de joie à la vue d'une chose abstraite et désirée, disant l'émerveillement d'avoir enfin atteint ce lieu, le lieu du renouveau et de la vitalité africaine au sein de cette diaspora que célèbre sa poésie. Londres n'avait pas pour moi ce pouvoir d'identification, et je n'ai pas eu la vision de pieds nus labourant les pavés vers une vie subtile. Londres n'était pas empreinte de cette résonance spirituelle et créatrice que Senghor cherchait et sentait en Harlem (« Écoute au loin battre ton cœur nocturne ») ; ni davantage porteuse des illusions de la mère patrie qui a découragé plus d'un Jamaïcain, mais elle était pour moi, comme pour tant d'autres de multiples manières, une abstraction aux dimensions mythiques, une destination impossible que j'avais atteinte à présent, chargée d'un pouvoir et d'un mystère inexplicables, riche des liens qu'elle entretenait avec nos désirs. Mon cri à moi, si j'avais su que j'en exprimais un, aurait été celui de l'ego. C'est là, et m'y voici. Ne suis-je pas le meilleur !

Je n'ai gardé que des bribes de souvenir, non de façon délibérée, ni par déni, mais parce que la mémoire de cette époque un peu folle est curieusement restée limitée, et parce qu'un savoir nouveau masque parfois ce qu'on savait avant, et que je suis resté ici longtemps. J'aimerais pouvoir me souvenir davantage. Je sais que je n'ai été ni inquiet ni intimidé, pas plus en tout cas que ne l'est normalement un étranger qui s'aventure en un lieu inconnu de lui, doutant d'une direction à prendre, craignant de mal faire, se méfiant des moqueries. Je me considérais comme quelqu'un qui a entrepris un long voyage pour intégrer un établissement où il va retrouver des gens comme lui, consciencieux, modestes quant à leurs talents mais secrètement ambitieux, novices en l'art des choses de l'esprit. Dans cet établissement je ferais de mon mieux pour briller, rechercher les éloges et m'épanouir. Aussi n'étais-je pas inquiet, je n'avais d'ailleurs pas la moindre idée de ce qui aurait pu m'inquiéter.

J'arrivai vers la fin août et fus pris en main par un homme mince et gauche du British Council. Il semblait embarrassé par la rencontre et me posa les questions rituelles, entrecoupées de longs silences. Je me souviens qu'il portait l'écharpe d'une université et je lui enviai cette écharpe, me promettant d'en porter une à mon tour le moment venu. Nous avons pris un autocar en direction de Londres, puis un bus rouge à étage pour Euston où je devais loger provisoirement dans une résidence universitaire en attendant la rentrée. L'homme du British Council m'a dit en souriant mollement qu'il reviendrait me voir le lendemain, mais je ne l'ai jamais revu. Il y avait de longs couloirs qui donnaient sur des pièces vides, et quelques étudiants étrangers comme moi qui rasaient timidement les murs. Pas très loin se trouvait le réfectoire (dans un bâtiment qui s'avéra être de l'autre côté de la route) où je devais aller prendre un repas, mais je n'ai pas saisi cette information que le concierge me donna, de même que je n'ai réussi à enregistrer quasiment rien de tout ce qu'il m'a dit. J'ai passé la première nuit sans rien manger. Le lendemain, je suis sorti faire un tour et, avec les livres sterlings que mon père m'avait obtenues dans un bureau de change et remises comme cadeau d'adieu, je m'achetai une grosse barre de chocolat chez un marchand de journaux – un petit homme d'un certain âge au cardigan vert, dont la boutique minuscule dégageait l'odeur douce et forte du tabac pour la pipe. Mais même une fois le réfectoire repéré, je n'arrivai pas tout de suite à me décider à aller y prendre un repas, hésitant sur ce que j'allais demander, craignant de ne pas savoir comment tout fonctionnait. Donc oui, j'étais finalement un peu inquiet. Ce que j'avais vu de la ville m'avait effrayé par son gigantisme et son rythme effréné. Je ne devais pas m'y sentir plus à l'aise avant des mois, peut-être même que jamais je ne m'y habituai tout à fait.

Quand ont débuté les séminaires d'intégration organisés par le British Council, je commençais à en ressentir sérieusement le besoin. Nous écoutions, inconfortablement vêtus de nos costumes divers, un chauve rubicond à la bedaine éhontée s'adresser à nous dans ce que je reconnus plus tard être l'esprit badin de l'administration. Il souriait en hochant la tête dans notre direction pour nous encourager à goûter son intelligence autant qu'il la goûtait, et nous inviter à profiter de l'existence. Ses phrases étaient parsemées de mots comme *palaver*, *badmash*, *hatari*, *inshaalah*, qui indiquaient que l'on avait affaire à un initié quant à nos cultures. Il nous appelait les garçons – nous étions tous de sexe masculin –, et c'était je pense par affection, nous étions embarqués sur le même bateau, membres de la même équipe. Il nous parla de l'étiquette, de ce qu'il fallait faire et ne pas faire quand on était invité dans un foyer anglais. On devait, en arrivant, bien essuyer ses pieds avant d'entrer, pour le cas où l'on aurait marché dans de la boue ou pis. Ne pas retirer ses chaussures, car ce serait montrer une familiarité déplacée. Si l'on était convié à un repas, l'on ne devait pas manger trop, ni trop vite, ni non plus roter. Ne pas redemander d'un plat, et encore moins se resservir à moins qu'on ne nous y engage. Il fallait toujours laisser quelque chose dans son assiette. Et ne jamais quitter la table avant d'y être invité. Je mis quelques années avant d'arriver à intégrer ces instructions, mais il fallut aussi du temps pour que se présentent les invitations. Notre conférencier nous expliqua également comment compter l'argent, comment nous déplacer dans le métro et où trouver nos fournitures d'étudiants, certaines de ces informations étant effectivement d'une utilité plus immédiate.

J'emménageai, l'heure venue, dans la résidence universitaire qui devait m'accueillir de façon permanente. J'y fis la connaissance d'un autre groupe d'étudiants étrangers. J'avais réglé toutes les formalités auprès de l'administration, prenant le bus comme on me l'avait indiqué, trouvant les bureaux de l'université pour m'inscrire aux cours, le tout dans l'agitation car je craignais toujours de me tromper. À chaque épreuve surmontée succédait un bref sentiment de triomphe. C'est dans cet état d'esprit, celui de maîtriser la situation, que je rédigeai ma première vraie lettre à la maison. J'avais écrit en arrivant (et gardé le pli sur moi pendant des jours avant de trouver un bureau de poste où oser entrer), mais c'était là ma première lettre mûrie, pensée. Je ne me souviens pas de son contenu dans le détail, mais je revois la table où j'étais assis, sa surface lisse de formica gris que je trouvais si élégant, si propre. J'avais dû, j'imagine, exprimer dans cette lettre mon soulagement d'avoir réussi un parcours sans faute, faisant démentir ma réputation de rêveur impénitent. J'avais sans doute dit avoir une chance inimaginable d'être là où je me trouvais et que j'allais faire de mon mieux pour être à la hauteur. J'avais dû parler du gigantisme de la ville, de la foule qui se pressait dans les rues. Malgré mes tentatives pour faire de l'esprit et de l'autodérision, peut-être n'avais-je pas réussi à cacher mon inquiétude devant ce qui restait à affronter : la banque, la cantine, le médecin, les magasins, autant de lieux où je pouvais encore me ridiculiser.

Je sais que je n'ai pas avoué combien j'aurais aimé être encore avec eux, à quel point j'avais le mal du pays. Combien me manquaient mes amis, l'odeur des venelles, la brise venue du large. Combien glacés et méprisants peuvent être les yeux bleus. Je ne leur avais pas écrit cela, pas encore, pas si tôt. Je ne voulais pas qu'ils me trouvent puéril, qu'ils me pensent accablé. Et lorsque je le fis, ce fut seulement dans mes lettres à Amin, après avoir, dans les mois qui suivirent, entamé une véritable correspondance avec lui.

Je me suis fait des amis dans le foyer, un groupe d'étudiants étrangers comme moi, qui en étaient tous à leur deuxième ou troisième année. Ils m'ont fait signe d'approcher quand la faim m'a forcé à descendre jusqu'au restaurant universitaire, où ils m'ont accueilli, s'intéressant à moi parce que j'étais un nouveau venu. Je me souviens de tous, et, parce qu'il est important de ne pas prendre de tels cadeaux comme allant de soi, je vais ici nommer chacun d'eux. D'abord il y avait Andrew Kwaku, originaire du Ghana, tranquille et attentif, mais qui souriait dès l'instant où il croisait un regard. Il parlait lentement, comme pour se donner le temps de bien réfléchir à ce qu'il disait. Puis il y avait Saad, qui venait d'Égypte, génial grassouillet porteur d'une grosse moustache semblable aux policiers de comédie qu'on voyait chez nous dans les films égyptiens. Il était toujours à parler et à grimacer, toujours à s'esquiver. Il était le plus âgé du groupe, en dernière année de spécialisation en radiographie. Ramesh Rao, lui, était indien, et d'une manière générale silencieux et réfléchi dans ce qu'il faisait, un rien ennuyeux d'un certain point de vue. Il avait en permanence un air aimable mais on voyait à son regard qu'il comptait et classait, évaluait tout ce qui défilait devant ses yeux. Il était la cible de nombreuses allusions grivoises de Saad, qui pensait que Ramesh ne comprenait pas, ce qui rendait la plaisanterie encore plus drôle. Et puis il y avait Sundeep, indien lui aussi, mais fringant et doux quand Ramesh se montrait prudent et sur la défensive. Saad disait de lui qu'il était cosmopolite, ce qui n'était pas pour déplaire à Sundeep. Il avait une épaisse chevelure gominée dont il prenait un soin amoureux et une garde-robe de prix qu'il exhibait au moins une fois par semaine quand de riches amis venaient le chercher en voiture. Il ricanait beaucoup, bien que jamais à nos dépens, et en la circonstance son arrogance m'aidait à supporter certains des affronts que nous avions à endurer. Enfin il y avait Amur Baadawi, le Soudanais, qui devint avec Andrew l'ami avec lequel je me liai le plus cette première année.

Il n'était pas facile d'approcher les étudiants anglais, même lorsqu'on était dans la même classe. Le sentiment d'une résistance exista dès le départ, un sentiment que j'éprouvais sans cependant être bien sûr de sa réalité. Je ne savais pas alors à quoi m'attendre, mais je sentais cette résistance dans la réserve des réponses à mes sourires épanouis. Je la voyais dans les regards qui se détournaient, dans les froncements de sourcils quand je suivais les autres après la classe en tentant de me joindre à eux. Je n'étais pas convié, je le voyais bien, aux rendez-vous de la bibliothèque, ou du café, ou d'ailleurs. Je surprenais les brefs regards mauvais qu'ils échangeaient, les sourires qu'ils retenaient. Parfois je remarquais de la gêne, notamment chez les filles, même si je me disais que les garçons les intimidaient d'une certaine manière. Un jour où je m'attardais à proximité d'un groupe à la fin d'un cours, j'entendis un étudiant demander d'une voix sifflante dans un murmure exaspéré : *qu'est-ce qu'il fait là ?* C'était un garçon joufflu de taille moyenne portant une frange de cheveux bruns, il avait une élocution soignée et s'appelait Charles. Sauf qu'il n'avait pas dit *il*, mais je ne me souviens pas exactement du terme qu'il avait employé. J'ai donc d'abord senti cette résistance, puis entendu les ricanements embarrassés, et remarqué les airs surpris ou irrités sur des visages anonymes dans les couloirs ou dans la rue, et j'ai fini par comprendre qu'ils étaient contrariés et qu'ils manifestaient leur antipathie. Ce fut tout de même une surprise. Il me fallut du temps pour apprendre à ne pas y prêter attention, toute une vie.

Mon apprentissage au cours de ces premières semaines ne se limita pas à cela, mais le sentiment que me laissèrent ces rencontres est resté, quand les autres leçons ont évolué du fait de la répétition et des nouveaux acquis. J'ai vu et entendu beaucoup d'autres choses, et j'ai appris à vivre, ou du moins à tracer mon chemin dans la vie, comme chacun le fait en toutes circonstances, mais la première leçon que j'ai apprise à Londres fut d'intégrer le mépris. C'est cette même leçon que nombre d'entre nous durent assimiler chacun à leur façon. Comme beaucoup en pareil cas, j'en vins à me considérer avec un sentiment croissant de déplaisir et d'insatisfaction, et à me voir avec leurs yeux. À me regarder comme quelqu'un qui mérite l'antipathie qu'on lui porte. J'ai d'abord cru que c'était à cause de ma façon de parler, parce que j'étais médiocre et maladroit, ignorant et muet, peut-être même trop visiblement désireux d'être aimé et mettant tout en œuvre pour y arriver. Ces sourires béats, doucereux, devaient embarrasser chacun de ceux auxquels je les adressais et qui se retenaient de rire. Puis j'ai pensé que c'était à cause des vêtements que je portais, des vêtements bon marché, sans allure, pas aussi propres non plus qu'ils auraient pu l'être, et qui peut-être me donnaient l'air d'un clown ou d'un déséquilibré. Mais les explications que j'essayais de trouver ne m'empêchaient pas d'entendre les paroles offensantes, le ton irrité dans les rencontres au quotidien, l'hostilité contenue dans les regards fortuits.

Je m'aperçus que je ne savais pas grand-chose de l'Angleterre, que tous les livres que j'avais étudiés et les cartes sur lesquelles je m'étais penché ne m'avaient rien appris de ce que l'Angleterre pensait du reste du monde et des gens comme moi. Peut-être ne devrais-je pas dire l'Angleterre, comme si ce pays n'était pas un lieu divers et varié, encore que je sois convaincu que sur la façon de percevoir ce qui n'est pas l'Europe et ses ressortissants, il y ait eu un large consensus. Ainsi aurais-je pu formuler mon observation sur cette hostilité contenue relativement à la Grande-Bretagne ou à l'Europe et à leurs semblables de par le monde, tout en ayant le sentiment qu'il y avait sur ce point une part de vérité. À vivre dans notre petite île plongée dans le tumulte de nos drames compliqués et de nos histoires égoïstes, je n'avais pas saisi l'intérêt de ces professeurs d'anglais qui nous parlaient de Shakespeare et de Keats et du juste milieu, je n'avais pas saisi la dimension planétaire de ce qui ne semblait être qu'une particularité locale. Partout dans le monde asservi, il y avait des professeurs d'anglais qui parlaient de Shakespeare et de Keats et du juste milieu, et l'important n'était pas ce que les sujets asservis pensaient de ces écrits, c'était ce qu'on leur en disait. Les professeurs eux-mêmes n'étaient pas tous anglais, mais comment aurions-nous pu le savoir et quelle différence cela aurait-il fait ?

J'ai donc dû apprendre à ce propos, et sur l'impérialisme, et sur la manière dont les récits qui établissaient notre infériorité et la suprématie de l'Europe étaient profondément gravés dans les esprits et passaient pour du savoir. Il fallait tout de même que je découvre cela avant d'avoir la moindre idée de ce qu'impliquait cette antipathie, cette gêne que je rencontrais, et que j'eus dans un premier temps du mal à supporter. L'un des professeurs s'entretint avec moi à ce sujet. Il avait dû me voir grincer des dents, ou peut-être était-il familier de l'expérience que je faisais. Les Anglais, dit-il, aiment à se dire froids et inamicaux. Cela leur donne l'impression d'être forts, de ne pas s'en laisser conter. Si vous les jugez accueillants, ils vont se mettre à pleurnicher et à s'apitoyer sur eux-mêmes, à penser que vous les croyez crédules. Soyez froid et désagréable, vous vous ferez rapidement des amis.

Nous parlions de ces choses entre nous, bien sûr, mais pas de l'effet qu'elles produisaient sur nous. Nous évitions, je crois, de considérer dans sa complexité la blessure que provoquait le fait de se sentir ainsi rabaissé, du moins dans mon cas, mais également le sentiment d'injustice et d'incompréhension, celui de se voir à la fois abusé et méprisé. De quoi pouvaient-ils s'offusquer quand c'étaient eux qui régnaient sur le monde et emplissaient nos têtes de notre inanité ? Le choc produit était plus proche de ce que j'éprouvais que de la manière dont nous en parlions quand nous répondions, sur la défensive et de façon sommaire, en nous montrant à notre tour injurieux et condescendants. Alors, nous faisions l'inventaire de nos propres expériences et de celles des autres, celles sans importance comme les plus significatives, assaisonnées à la sauce qu'imposait le moment pour peindre la mesquinerie des gens parmi lesquels nous vivions. Nous ne comprenions pas que nos protestations aient été anticipées et déjà présentées comme la manifestation d'une susceptibilité et d'une faiblesse de caractère. J'appris à éluder les questions qui semblaient inviter à aborder ces sujets car elles s'accompagnaient de ce regard sceptique qui faisait qu'avant même d'avoir ouvert la bouche pour exprimer nos pauvres griefs, nous comprenions ce que disaient les yeux, une inclinaison de tête, un sourire crispé. C'est ça, allez-y, plaignez-vous, égrenez vos banalités sur les préjugés raciaux, après tout ce qu'on a fait pour vous.

Si Sundeep était présent, il assurait la direction des récriminations contre les Anglais. Son regard alors s'embrasait et étincelait d'amertume, celle que lui avait acquise l'expérience. Il avait vécu plus longtemps que nous en Angleterre et manifestement connaissait son affaire. De notre groupe d'étudiants étrangers il était, à l'évidence, celui qui menait la vie la plus déréglée. Il avait une organisation compliquée, des rendez-vous et des coups de fil sur lesquels il restait discret et quelque peu mystérieux, pinçant les lèvres avec une courtoise réticence si quelqu'un l'interrogeait trop directement. Il concluait nos conversations en usant d'invectives d'une telle violence et d'un tel mépris que j'en frissonnais de mauvaise conscience : « C'est de la racaille. Je les connais mieux que vous tous. J'ai été à l'école ici, souvenez-vous. Ils prennent à peine un bain par semaine, et, quand ça leur arrive, c'est la même eau crasseuse pour toute la famille. Ils se torchent avec du papier. Quand tu serres la main à l'un d'entre eux, n'oublie pas d'aller te laver très vite, et surtout ne touche pas à la nourriture avant. Leurs femmes sont des putains. Elles se nourrissent de sang, de corne et de fourrure, elles ont des rapports sexuels avec les animaux. Quand tu les entends parler, tous autant qu'ils sont, tu as l'impression que le monde, ils l'ont inventé. La poésie, la science, la philosophie, ce sont eux, et pourtant tout ce qu'ils savent, ils l'ont appris de nous. » Il était assez élégant pour inclure Andrew et moi dans ce *nous*, hochant fermement la tête dans notre direction. Nous étions originaires d'Afrique noire, et Sundeep ne voulait pas, je crois, que nous nous sentions exclus, même s'il ne pensait pas sans doute qu'on ait beaucoup appris de nous. Je ne pouvais imaginer, quant à moi, que quiconque ait appris de moi et des miens quelque chose qu'il n'aurait acquis de lui-même le moment venu, mais la rhétorique arrogante de Sundeep nous faisait rire et nous sentir suffisamment bien pour qu'à notre tour nous lancions des regards de mépris. Il devait plus tard devenir célèbre comme écrivain pour avoir raillé l'intolérance des Africains et des musulmans, mais nous étions tous, à l'époque, heureux de partager ses fanfaronnades et ses jugements sommaires sur les Anglais.

De retour dans ma chambre, je rédigeais ma correspondance, trois, parfois quatre lettres par semaine. J'étudiais un moment le soir, puis quand j'étais fatigué je me mettais à mon courrier pendant une heure ou plus, le transistor Sony que j'avais hérité de Saad réglé sur le World Service de la BBC. Je lisais ensuite jusqu'à minuit. Les mots me venaient facilement dans des lettres que j'imagine aujourd'hui filiales, solitaires, nostalgiques, animées ou hautaines selon leur destinataire. Je n'étais sans doute pas très circonspect sur ce que j'y disais, n'ayant pas, je pense, le sentiment d'avoir grand-chose à cacher. J'écrivais à Amin toutes les semaines, le reste du courrier se répartissant entre les parents et les amis. Dans les premiers temps, je trouvais quotidiennement une lettre dans mon casier. Elles ne mettaient que trois jours à arriver, ainsi pouvais-je écrire et recevoir une réponse dans la même semaine, bien que cela ne se produisît pas assez souvent à mon goût. Très vite j'épuisais mes correspondants, à l'exception de mon frère. Ma mère invoqua le manque de temps et ses yeux qui la faisaient souffrir ; elle m'envoyait son bon souvenir ou un petit mot d'encouragement par l'intermédiaire d'Amin, qui ajoutait parfois une tournure railleuse de son cru. Mon père a écrit une fois, au tout début, une lettre sérieuse, sévère, prodiguant des conseils, rédigée avec un soin évident mais dont le contenu m'a échappé complètement avec le temps. Je ne crois pas qu'elle ait été très longue, elle tenait en fait du rituel. C'était la lettre d'un père à son fils auquel il accordait sa bénédiction, et qui m'a fait me sentir adulte et quelque peu abandonné, même si je sais que telle n'était pas l'intention.

J'écrivais à Amin, en toute liberté, des lettres dans lesquelles je m'épanchais et me plaignais, me lamentais sur ma solitude, décrivais le froid indescriptible de l'hiver, les tempêtes de neige et les lacs gelés. Il me répondait, me donnait des nouvelles et me réconfortait. *Le mal du pays est inévitable. Tu t'es fait des amis,* disait-il, *et c'est ce qui compte. Tu auras bientôt tellement d'amis que tu nous oublieras. Sérieusement, tu ne dois pas te sentir seul et déprimé, il ne le faut pas, tu ne dois pas te laisser aller à cela. Tire le meilleur parti de ce que tu vis, car l'important est que tu fasses fructifier tes talents, que tu mettes en valeur tes dons, c'est cela qui importe. Dis-m'en plus sur ces amis qui m'ont l'air bien sympathiques. Raconte-moi la neige. Ça fait quoi de la toucher ? Décris-moi ce que ça fait.* Je m'exécutais, et narrais les débats et les conversations avec mes amis et parlais des lieux que je visitais. Il me suggérait parfois de me rendre à tel ou tel endroit, de faire ceci ou cela. *Je t'envie d'avoir la possibilité de découvrir tant de choses. As-tu été au British Museum ? Es-tu allé au théâtre ? Il te faut voir une pièce de Shakespeare, voir comment ils montent ça à Londres dans les règles de l'art. As-tu vu Bush House ?* J'étais passé devant Bush House, le grand sanctuaire d'où la BBC émet son World Service et qui a pour certains plus de pouvoir d'évocation s'agissant de Londres que Trafalgar Square ou Downing Street. Je m'arrêtai devant l'énorme édifice qui ressemble à un cuirassé ou bien encore, selon l'angle sous lequel on le voit, à un village troglodyte au flanc d'une montagne. J'observai du trottoir d'en face les gens qui entraient et sortaient par ses portes à tambour, avec une pointe de déception. J'avais dû m'attendre à un feu d'artifice, à des ondes sonores crépitant dans les airs autour du bâtiment. Je racontais à Amin ces visites, mes cours, mes triomphes sans importance. J'étais fier de mes notes en dissertation, qui justifiaient toutes ces heures passées seul dans ma chambre, fier des commentaires des professeurs. Amin demandait à lire ces devoirs, je préférais lui adresser quelques-uns des livres que j'avais lus.

Je me souviens des premiers que je lui envoyai : *Le Masseur mystique, Les Élus du Seigneur, Route des Indes.* Je les achetai dans une librairie d'ouvrages d'occasion sur Charing Cross Road. J'étais resté des siècles sur le trottoir à fixer la vitrine, incapable de trouver le courage de passer la porte. Pour finir, le libraire, un Indien d'âge mûr, est sorti et m'a invité à entrer. Il m'a demandé si j'étais à Londres depuis longtemps, avec sérieux, avançant même légèrement le menton en parlant, parle plus fort, froussard. Je n'éprouvai aucune hostilité à son égard. J'ai reconnu dans son attitude renfrognée le privilège de l'âge, mais j'y sentais aussi comme une forme d'attention, un supplément d'intimité, j'imaginais mon père ou ma mère s'adressant à moi de cette façon. Je lui ai répondu que j'étais à Londres depuis quelques semaines, et il a hoché la tête en guise d'acquiescement, en même temps que je l'ai vu réprimer un sourire. Il m'a demandé si je cherchais quelque chose en particulier. Je lui ai dit que je cherchais des livres intéressants à envoyer à mon frère, et il a suggéré ceux-là. Je m'interroge aujourd'hui à son sujet, sur ce qui l'a amené à vendre des livres dans cette rue, et je me demande s'il n'y avait pas dans son sourire quelque chose de sardonique. Encore un empoté qui va apprendre ce que c'est que l'angoisse, j'imagine qu'il s'est dit. Je me demande s'il savait qu'en me suggérant la lecture de ces livres, il avait comme éclairé mon chemin dans le noir.

J'y suis retourné pas mal de temps plus tard, un an peut-être après cette première fois, c'était un autre qui tenait la boutique. À son accent lorsqu'il m'a salué, je le jugeai Allemand ou Hollandais. Mon oreille n'était pas alors suffisamment exercée pour faire la différence, je ne captais qu'un peu plus d'épaisseur dans la voix. L'apparence sans doute compta tout autant dans ma supposition. L'homme a souri et repris son travail. Après un moment à feuilleter les livres sans parvenir à me décider, je suis sorti d'un pas nonchalant.

Amin m'écrivit à la veille de la célébration de l'indépendance. J'ai gardé sa lettre, une belle lettre toute en demi-teintes, réfléchie, et dans laquelle il espérait que tout irait au mieux en cette heure de pompeux optimisme. Je ne l'ai pas relue depuis des années, et je ne crois pas que je le ferai jamais, mais je me souviens du ton qui était le sien, de son élégance, de sa retenue. Amin écrivait si bien, avec tellement d'esprit et de maîtrise de soi que je me surprenais souvent à sourire lorsque je le lisais, non que ce qu'il écrivait ait été drôle mais par simple plaisir.

Il y eut un sujet aux infos sur notre cérémonie d'indépendance. On passait à la télé. Les images étaient en noir et blanc à l'époque, et les festivités avaient lieu à minuit comme c'est souvent le cas, afin d'ajouter un rien de symbolisme au rituel mystique, en donner une représentation sacrée pour une passation au sens propre de la charge du pouvoir. Sur ces brèves images tournées de nuit dans une lumière insuffisante, il était impossible de reconnaître les lieux, de voir les casuarinas qui longeaient la plage ou d'entendre le bruit de la mer à quelques mètres de là. Tout ce que l'on put voir fut le drapeau qu'on amenait, et les soldats qui défilaient, et le Prince Philip au garde-à-vous. À sa droite, le sultan en longue robe noire, à sa gauche le représentant britannique dans son uniforme blanc, le casque colonial surmonté d'une plume. La voix forcée du reporter faisait de la scène un épisode de la géographie de l'Empire si familière des actualités, où chacun se conduit honorablement, selon son rang. Ce fut l'affaire de quelques instants, et l'on passa à autre chose. Presque exactement un mois plus tard, j'entendis aux nouvelles du soir sur le World Service un reportage relatant le renversement du nouveau gouvernement. C'était celui d'une radio amateur, épouse d'un des fonctionnaires coloniaux restés sur place pour assurer la transition. Peut-être d'ailleurs n'était-elle pas du tout radio amateur, mais entraînée et armée pour faire exactement ce qu'elle faisait dans l'éventualité où arriverait ce qui arrivait. Elle parlait fort, d'une voix inquiète, ses mots se bousculaient, elle était réfugiée sous un lit dans son bungalow. Elle se cachait car les balles sifflaient au-dessus de sa tête. Le journaliste donna son nom, et je reconnus celui du professeur de sport qui entraînait à la natation à l'école normale des filles. Toujours fringante à l'occasion des rencontres sportives entre établissements, donnant des coups de sifflet, distribuant les billets gagnants, arpentant les lieux à grands pas ambitieux. C'est elle, en tout cas, qui révéla au monde notre ultime vilenie.

Dans les jours qui suivirent il y a eu l'annonce de violences accrues et de massacres, de rapides et fines analyses de la part de journalistes et d'experts, mais pas un mot, pas une lettre – pas avant des semaines, lorsque ce qui s'était passé ne fut plus contestable, que l'incrédulité et la peur et la honte laissèrent la place à la réflexion sur la terreur qui avait submergé le pays. Quand la première lettre d'Amin arriva des semaines plus tard, elle était brève, prudente, et à l'évidence avait été ouverte. Elle me disait qu'ils avaient reçu le jour même un courrier de moi mais aucun des autres que j'indiquais avoir envoyés. Que tout le monde se portait bien, que je devais prendre soin de moi. J'ai compris qu'il ne pouvait écrire librement, et qu'il en était de même pour moi. J'ai annoncé à mes amis que j'avais enfin reçu des nouvelles, et que personne de ma famille n'avait été tué ou blessé, comme nous l'avions tous redouté. Ils ont partagé mon soulagement comme ils avaient partagé mon inquiétude et ma tristesse durant les semaines qui avaient précédé, par la suite j'ai rarement abordé le sujet avec eux. Tôt ou tard chacun aurait son lot de tragédies lointaines, et il faudrait apprendre à contenir sa peine.

Quelque temps plus tard, j'ai reçu une lettre de mon père. L'enveloppe était en mauvais état, et elle avait été postée de Mombasa. Elle m'informait que des choses terribles s'étaient produites, qu'il y avait danger et que je ne devais pas songer à rentrer au pays. Je ne sus que répondre, de peur de leur causer des ennuis. Les lettres d'Amin qui arrivèrent ensuite, espacées, se firent courtes et neutres. Ba a perdu son travail, de même que tant d'autres. Beaucoup de choses ont changé. Ma n'a pas pu se procurer le médicament pour ses yeux et sa vue la préoccupe. Cela la fait rager, comme on peut s'y attendre. Mais tout va bien et tous envoient leur souvenir affectueux.

Au cours des mois suivants, j'ai commencé à me considérer comme un exclu, un exilé. Je donne l'impression que tout a été progressif, et il est vrai qu'il m'a fallu deux mois pour arriver à évaluer ma situation, mais j'avais tout senti beaucoup plus tôt. La lettre dans laquelle mon père m'enjoignait de ne pas revenir m'avait sonné, paralysé, réduit au silence et paniqué. Que voulait-il dire exactement par là ? Où irais-je si je ne rentrais pas au pays ? Où pouvais-je aller ? Ce n'est qu'une fois cette peur panique retombée, lorsque les jours passèrent sans apporter de répit dans l'inquiétude, aucun nouveau courrier ne venant annuler le premier, que je cherchai les mots pour expliquer ce qui s'était passé, des mots que je me murmurai en secret dans la honte et l'autodérision. Pour la première fois depuis que j'étais arrivé en Angleterre, je me sentais un étranger. Je le compris, je m'étais cru à mi-chemin de mon voyage, entre l'aller et le retour, réalisant un projet avant de retourner chez moi, mais brusquement j'ai craint que le voyage ne s'arrête là et que je n'aie à passer toute ma vie en Angleterre, étranger au milieu de nulle part.

Avec le temps je me laissai aller à un sentiment de supportable étrangeté. Jour après jour, ce sentiment devint comme un emblème, imprécis quant à ses origines. Bientôt, j'en vins à parler des noirs et des blancs, à l'instar de tout le monde, proférant le mensonge avec une facilité croissante, acceptant la communauté de notre différence, concédant la vision abrutissante d'un monde « racialisé ». Car reconnaître que l'on est noir ou blanc, c'est limiter la complexité des possibles, c'est accepter le caractère mensonger qui a servi pendant des siècles et continuera de servir les soifs grossières du pouvoir et les affirmations de soi pathologiques. Qu'importe, je proférais mes mensonges en pensant qu'ils étaient de géniales vérités, et trouvais une manière d'affirmation de ma personne dans les chants rauques de la plainte et de la rébellion (à laquelle je prenais part plus en esprit que par la voix). Je découvrais les mensonges plus énormes encore qui nous avaient, tous autant que nous étions, mêlés et liés au-delà de toute réparation. Dans le tumulte des guerres, des droits civiques, de l'apartheid, avec le sentiment d'être présent à l'heure où se discutaient et se plaidaient les grandes causes de ce monde, je prenais mes distances avec les hostilités compliquées de mon pays. Elles n'avaient pas leur place dans cette conversation aux clivages limités avec ses sobres certitudes, et je ne pouvais guère que les subir en silence et dans la culpabilité lorsque je me retrouvais seul.

J'étudiais, je m'éloignais de mes amis étrangers, chacun suivait son chemin. Andrew était le plus ancien dans le pays. Pour ses dernières vacances avant qu'il ne rentre au Ghana, nous avons fait ensemble un voyage très divertissant dans le Lake District. Il était à l'époque encore possible de croiser, au coin d'une rue dans un gros bourg ou au détour d'une route de campagne, un quidam stupéfait, sidéré, abasourdi de voir une personne à la peau sombre. Il y a eu au cours du voyage beaucoup de ces rencontres, et toutes ne furent pas franchement drôles, mais nous en avons joué en prétendant être tout sauf ce que nous étions. Des Brésiliens, deux princes de Madagascar, des prêtres novices panaméens, et quand j'ai parlé à Andrew de mon enfance italienne, nous avons même essayé d'être italiens un temps. Nous avions l'impression que les gens étaient prêts à croire n'importe quoi nous concernant, même s'il se peut qu'ils aient cherché à nous faire plaisir parce qu'ils nous trouvaient fragiles et voyaient en nous des enfants. Nous nous sommes bien amusés, quoi qu'il en soit, en jeunes gens persuadés que leurs plaisanteries sont plus drôles que celles des autres et qui font mine de voir sous une forme affadie l'absurde en toute chose.

Il vit aujourd'hui aux États-Unis, où il enseigne la sociologie dans une université du Montana. Le Ghana n'avait pas marché, qui se révéla être un cloaque comme partout ailleurs. Andrew m'appelle une fois l'an, ou peut-être moins souvent que cela, mais curieusement nous n'avons pas réussi à nous revoir, même les fois où il est passé par Londres. Je ne crois pas à présent que nous le ferons un jour. Comment pourrais-je jamais me rendre au Montana et pourquoi le ferais-je ? La conversation est à chaque fois plus difficile, et la jovialité forcée. Les questions que l'on se pose mutuellement sont des faux-semblants pour retrouver une amitié qui plus jamais ne sera ce qu'elle a été. Je me demande pourquoi il continue de m'appeler à ce qui me paraît être des heures tellement bizarres. Je ne lui téléphone jamais, tout en me disant que je devrais. Je ne sais pas quoi lui dire, ni comment amorcer la conversation. Je me demande s'il m'appelle parce que les souvenirs le rendent nostalgique, ou si c'est qu'il est seul dans la vie, ou s'il éprouve le désir de me parler dans un élan de générosité, afin de se sentir en accord avec lui-même, ou bien encore parce qu'il vient de se remémorer quelque chose de notre passé qui l'a amusé. Aujourd'hui, en pensant à cela, je m'attriste que nos affections et nos amitiés soient si régulièrement et inconsidérément minées par l'apathie. À ce propos, voilà ce que je sais de ce que sont devenus les bons amis que je me suis faits en arrivant en Angleterre. Amur a obtenu un emploi temporaire au service en arabe du World Service de la BBC. Il avait le projet de travailler à la radio en rentrant au Soudan, et ce poste a été pour lui une façon de se former. Ainsi enfin j'ai pu pénétrer dans Bush House, passer les portes monstres du bâtiment, frimer en montant le majestueux escalier et parcourir son labyrinthe de bureaux et de studios d'enregistrement. Je me souviens qu'Amur avait dû échafauder un plan pour m'introduire dans l'édifice en prétendant qu'il devait m'interviewer. Sans doute la sécurité était-elle plus laxiste à l'époque, car je ne me rappelle pas qu'on ait vérifié mon identité ni qu'on m'ait posé la moindre question. Bush House ne pouvait que décevoir quand on l'a toujours imaginé comme une voix qui crépite dans les airs sur des milliers de kilomètres pour porter les nouvelles du monde avec une impartiale solennité. L'entrée et les escaliers répondaient à ce qu'on attendait, mais les studios et les bureaux étaient bas de plafond, exigus, mal aérés et surpeuplés. Partout cependant, c'était le travail et la détermination d'une ruche bourdonnante, et je dois avouer que j'enviais Amur. Il n'est resté là que quelques mois avant de rentrer au Soudan, après quoi j'ai totalement perdu sa trace. Parfois, dans ces moments d'oisiveté pleine de nostalgie où l'on veut retrouver tous ses amis perdus depuis des lustres mais qui jamais ne durent jusqu'au lever du jour, j'ai songé à chercher la fréquence de Radio Soudan pour l'écouter décrire les eaux du Nil ou les arides plaines du Dofar, et avoir au moins confirmation que la voix était bonne. Mais au matin, je me disais que les mots qu'il dirait n'auraient pas de sens pour moi, que je n'aurais aucunement la certitude qu'il s'agissait du même Amur, et qu'il devait sans doute plutôt travailler aujourd'hui dans une école de Dubaï ou de Sharjah que donner libre cours à son lyrisme sur Radio Soudan.

Sundeep, je l'ai dit, s'est rendu célèbre en tant qu'écrivain. Il a passé un an au Malawi et a écrit un roman satirique de bonne tenue sur ce pays, texte drôle et irrévérencieux sur les absurdités d'après l'indépendance se moquant des *bwanas* coloniaux, devenus tout naturellement des expatriés sans quitter le propret bungalow mis à leur disposition par le gouvernement. Je ne pense pas que le roman ait gêné les *bwanas*, ni qu'ils s'en soient tellement préoccupés. Ils savaient parfaitement qui avait construit ces bungalows ainsi que bien d'autres choses encore, et qui avait le droit moral de les occuper et de déambuler dans leur jardin aux plantations élaborées. Mais le président Banda n'a pas apprécié et a fait interdire l'ouvrage au Malawi. Sundeep était alors déjà hors de portée, et avoir son livre interdit par un président à vie au faîte de sa carrière et de son autorité ne fit aucun tort à sa réputation. Il a, depuis, écrit d'autres ouvrages provocateurs et de bonne tenue, et rencontré nombre d'admirateurs. J'ai lu presque tous ses livres, mais je n'attends plus avec impatience leur sortie. Je trouve qu'en dépit du piquant et de la fluidité de la langue, ils sont devenus très péremptoires, et tant de certitude dans le jugement est le début du sectarisme. C'est un dogme libéral, un paradoxe en soi qui, s'il est poussé trop loin, conduit à l'idée que la frivolité est le seul authentique gage de sérieux. Je ne veux pas m'aventurer aussi loin. Sundeep a trouvé son sujet en Afrique, et il y revient encore et encore dans ses livres, mais ce qu'il écrit des gens qui y vivent est un tissu d'intolérances inutilement méprisant, une manière de se donner en spectacle, comme dans sa jeunesse. Je ne l'ai pas revu, lui non plus, mais je lui ai écrit un petit mot de félicitation à la parution de son premier roman.

Ramesh est aujourd'hui un économiste de renom international, un avocat de l'éthique du développement économique. Il est cité dans des éditoriaux au ton empreint de gravité, consulté par les gouvernements et les agences des Nations unies, il occupe une chaire d'économie dans une prestigieuse université américaine (je ne me rappelle pas laquelle). Je suis allé écouter une conférence qu'il était venu donner à la London School of Economics. Il s'y est montré prudent et mesuré comme toujours, mais l'assurance et la conviction avec lesquelles il s'exprimait ne faisaient aucun doute. Je me suis approché pour le saluer, et il m'a adressé un sourire poli qui n'est pas arrivé jusqu'à ses yeux ; je devinai à son regard qu'il ne m'avait pas reconnu d'emblée. M'ayant identifié, il a ensuite esquissé de la tête un salut guindé auquel j'ai répondu par un large sourire dans l'attente de quelque chose de plus amical, puis il m'a demandé si tout allait bien pour moi. Je lui ai répondu que cela n'allait pas mal et que j'espérais qu'il en était de même pour lui. Il a hésité alors un instant avant de détourner les yeux. Je m'en serais voulu de ne pas lui avoir parlé. J'ai alors pensé à Saad, qui martyrisait tant Ramesh, et cette pensée m'a réjoui. J'ignore ce qu'est devenu Saad après son départ.

Quoi qu'il en soit, c'était plus tard. À l'époque, après la dispersion de mes amis, j'ai suivi le parcours logique dans ma situation, vivant au jour le jour, étudiant, me jetant sur une ambition dont je ne savais pas qu'elle m'attendait là. Être à la hauteur de cette ambition qui n'était pas officiellement reconnue m'obligeait à surpasser les standards qu'ils s'étaient fixés pour eux-mêmes, quand je trouvais en grande partie haïssable ce qu'ils représentaient. Ainsi haïssais-je ce que j'avais à faire, et haïssais-je d'avoir à le faire, tout en éprouvant un sentiment de triomphe quand je réussissais. À tous ceux qui me connaissaient, je donnais sans doute l'impression d'être plus préoccupé par la langue critique dans laquelle développer de façon appropriée les arguments de ma dissertation que par les affaires du pays lointain que j'avais quitté des années auparavant, alors que seul dans mes chambres sordides d'étudiant, plein d'un sentiment de culpabilité, je donnais libre cours à mon chagrin en pensant à ceux que j'avais perdus. Quand les lettres sans joie d'Amin arrivaient, je les redoutais comme si elles m'accusaient, bien que leur ton ait toujours été anodin et même apaisé quand leur situation se fit moins inquiétante. Je répondais régulièrement sinon fréquemment à son courrier, pesant mes mots. J'avais souvent l'impression que ce que j'avais à dire était fade, et même feint, je m'efforçais alors davantage encore d'envoyer des nouvelles qui aient de la substance, en donnant des détails : où j'étais allé, ce que j'avais fait, la grève des chemins de fer, le temps, beau ou mauvais. Les primevères sont en fleurs et j'aimerais pouvoir te décrire la délicatesse de leur couleur crème, aussi subtile à sa manière que le parfum du jasmin dans la fraîcheur du soir. Il fait soudain soleil et le paysage en est transformé. Les jardins sont partout fleuris et les arbres des parcs déploient leur frondaison. Tu n'imagines pas à quoi ressemble l'Angleterre lorsqu'elle verdoie ainsi. Une fois, à la fin du printemps, j'ai vu des soucis percer sous la neige tombée par surprise dans la nuit.

Je me représentais Amin lisant ces mots à mes parents et à Farida, je voyais leur regard déçu, perplexe. Pourquoi nous parle-t-il de ces choses-là ? Ne comprend-t-il pas que nous vivons dans la peur, le chaos et la pénurie ? Pourquoi ne nous envoie-t-il pas *quelque chose* au lieu de ce blabla ? Je leur envoyai un jour un calendrier avec des photographies de paysages. J'étais incapable de donner aux difficultés et à l'inquiétude dans lesquelles je vivais assez d'importance pour les leur faire partager. Je n'arrivais même pas à leur donner assez d'importance à mes yeux, par le biais des mots en tout cas.

Puis enfin, après des années de ce qui semble aujourd'hui un labeur incompréhensible, je pus écrire un jour que j'avais terminé mes études et réussi mon diplôme, que j'avais aussi miraculeusement décroché un poste dans une université. Celle-ci n'était pas à Londres, mais dans le Sud, ce qui me convenait très bien. J'étais heureux de quitter la vieille mégapole, ses foules et sa saleté, pour m'installer dans une petite ville. Cela me convenait tout à fait. J'allais vivre dans une rue calme en périphérie, cultiver un jardinet et exercer ma profession. Pour me détendre, j'irais tranquillement marcher à l'heure où subitement la nuit tombe, ou bien voir un film au cinéma. J'ai reçu une réponse dans la semaine, comme autrefois.

Rashid aimé, tu es notre fierté. Toutes nos félicitations. Quand j'ai lu ta lettre à Ma et à Ba cet après-midi, ils se sont tous deux mis à pleurer. D'abord Ba, les larmes lui coulaient le long des joues, il reniflait et cherchait à se contrôler, puis Ma, qui s'est jointe au concert en sanglotant, et pour finir nous tous, ensemble, comme si nous avions perdu la raison. C'était, je crois, parce que nous étions fiers de toi. Malgré l'éloignement, et la solitude, et toutes les difficultés que tu as dû rencontrer au quotidien, malgré tout cela, tu as montré courage et persévérance jusqu'à l'aboutissement de ce que tu étais allé chercher si loin. Je pense que nous avons aussi pleuré parce que la vie t'avait arraché à nous, et parce que nous aurions aimé te voir à présent de retour. Bravo, mon petit Italien. Quand j'ai eu terminé ma lecture, Ba a pris la lettre et l'a lue d'un bout à l'autre une nouvelle fois. Il ne va pas très bien ces temps-ci,

Allah le protège, il ne s'éloigne plus beaucoup de la maison quand il met le nez dehors. Nous avons traversé des temps difficiles, difficiles pour tous, mais pour certains plus que pour d'autres. Ta lettre relue, il l'a glissée dans la poche de sa chemise et il est sorti faire quelques pas, et partout où il passait – je l'ai découvert quand à mon tour je suis sorti un moment plus tard –, il annonçait la bonne nouvelle. S'il n'avait tenu qu'à lui, il l'aurait diffusée sur les ondes le soir même. Il a atteint la limite de ses forces, je crois, et il dort à présent profondément sur le sofa. Farida est encore avec nous, elle t'adresse elle aussi toutes ses félicitations. Elle a épousé Abbas, enfin. Il leur a fallu attendre les papiers. Le mariage a été célébré il y a quelques semaines, et elle part dans les jours qui viennent le rejoindre à Mombasa. Elle me charge de te dire qu'elle t'écrira de là-bas. N'y compte pas trop. Donne des nouvelles de ta petite maison à la campagne quand tu auras déménagé, mais pour l'heure Ma et Ba t'envoient leur bénédiction, baisers de nous tous. Amin.

Comme on peut l'imaginer, j'ai versé des larmes moi aussi en lisant ce courrier, au passage notamment où ils pleurent tous comme une madeleine. J'ai fait comme eux. Et j'ai recommencé à l'endroit où il est question de courage et de persévérance. Quand je songeais à la vie qu'ils menaient, je me disais que j'étais un privilégié et que j'avais bien de la chance, sans doute d'ailleurs le pensaient-ils aussi. Je me disais également qu'il m'avait fallu la force de persévérer, même si je n'avais guère eu d'autre choix, et j'étais heureux d'apprendre qu'ils l'avaient compris. Quand Grace est rentrée du travail, je lui ai fait lire la lettre et j'ai attendu que les larmes lui viennent, et évidemment arrivée au passage où tout le monde pleure elle a pleuré, et je n'ai pu que pleurer avec elle. Ah, c'était une lettre tellement joyeuse !

Je n'avais rien dit à Amin au sujet de Grace, alors qu'elle savait tout d'eux.

Il m'a fallu plus de temps que je ne l'aurais cru avant d'aborder le sujet. Je n'avais pas voulu entrer dans le détail de mon arrivée en Angleterre. Qu'y avait-il finalement à dire qui n'ait déjà été dit par tant d'autres avant moi. J'avais voulu expliquer comment j'avais commencé à écrire l'histoire d'Amin et Jamila. Comment lorsque je m'étais mis à y penser, j'avais dû imaginer la façon dont Rehana, la grand-mère de Jamila, et l'Anglais Pearce avaient pu se rencontrer, comment ils avaient réussi à nouer des liens à une époque où leurs univers étaient si distincts, si éloignés l'un de l'autre. Mais à partir du moment où je me suis mis à écrire sur mon arrivée ici, je n'ai pu m'empêcher, semble-t-il, de dire bien d'autres choses. Je n'ai pu m'empêcher de revivre cette époque, de goûter l'amertume et la déception qui lui étaient associées même après tant d'années. C'est la faute à mon ego – quand je me mets à parler de moi, je ne sais pas m'arrêter, je fais taire tout le monde et j'exige l'attention. C'est ce que Grace avait l'habitude de dire, et c'est une des choses qui l'avaient fait s'éloigner de moi. Cette chose-là et beaucoup d'autres encore, mais c'est là une histoire que j'ai bien l'intention de laisser de côté.

Il a fallu des années à Grace pour partir, et pendant presque tout ce temps la vie à deux a été plus que supportable. À certains moments nous étions heureux, comblés, nous nous aidions l'un l'autre à grandir, à échapper à nos souvenirs et à nos insuffisances. Mais à la fin, les antagonismes ont tourné à l'absurde et au poison, et elle a déclaré qu'elle s'en allait pendant qu'elle avait encore le désir de vivre et qu'il lui était possible de retrouver l'amour. J'ai bien sûr tenté de la dissuader, mais à partir du moment où elle a commencé à tenir ce discours, elle n'a plus cessé, et plus elle en disait, plus il lui devenait facile de poursuivre. Un jour elle a chargé la voiture et elle a mis le cap sur une nouvelle vie (pour revenir plus tard prendre ce qu'elle n'avait pas pu emporter ce jour-là). J'ai continué à vivre dans ma rue calme à la périphérie de la ville, je pouvais me rendre à l'université à pied, je n'avais pas besoin de voiture.

J'étais épuisé lorsqu'elle est partie, et j'ai pensé que finalement je n'allais éprouver que du soulagement. Mais je me suis senti terriblement seul et j'ai eu le cœur brisé comme jamais dans mon existence. J'ai alors compris que j'avais adopté sa façon d'appréhender les choses, de les penser, que j'avais calqué ma vie mentale en partie sur la sienne. En son absence, je ne parvenais plus soudain à vivre en accord avec moi-même. J'ai écrit à Amin dans ma détresse. Nous échangions encore une correspondance à l'époque, même si c'était moins fréquemment. Je n'avais d'ordinaire pas grand-chose d'intéressant à raconter, les détails de ma vie étaient trop banals et trop compliqués pour qui ne les partageait pas. Par où aurais-je commencé ? Il écrivait quand il avait des nouvelles à me donner, mais ces nouvelles étaient souvent tristes, et je pense que cela l'attristait de me les communiquer. Quand j'ai mentionné Grace, il m'a répondu par retour du courrier, et dans sa compassion il a parlé de sa propre douleur lorsque vingt ans plus tôt il avait perdu Jamila. C'est alors que m'est venue l'idée de conter leur histoire. J'avais compris avec le temps que la liaison qu'Amin avait eue avec Jamila ne pouvait pas être ce que j'avais cru qu'elle était au moment où je l'avais apprise. J'avais alors vu en lui le fringant séducteur embarqué dans une aventure risquée, mais c'était parce que je nc pouvais pas imaginer l'amour autrement que comme un cliché. Quand j'ai mieux compris, durant mes années avec Grace, j'ai pu imaginer la tragédie que cela avait été dans la vie d'Amin, et peut-être aussi de Jamila, même si j'ignorais presque tout d'elle. Mais je connaissais Amin, et me souvenais du soir où sa relation avait été découverte et du silence qui avait marqué les jours précédant mon départ, et de son silence depuis la concernant. À la longue, que son nom ne soit jamais prononcé ni aucune plainte exprimée sur la séparation d'avec elle avait quelque chose de mystérieux, de plus en plus présent en raison même de son absence. Lettre après lettre, je le taquinais sur son mariage, et il plaisantait en répondant qu'il appréciait le célibat. Aussi, lorsqu'après le départ de Grace il a évoqué Jamila pour la première fois depuis que j'avais quitté la maison, comparant ma détresse à la sienne, ai-je mieux saisi ce à quoi il avait renoncé. J'ai alors eu le temps de réfléchir à bien des choses que j'avais jusqu'alors laissées de côté, et c'est ainsi que j'ai songé à écrire sur ce qui avait pu se passer entre eux.

Un jour où j'étais plongé dans l'écriture, je reçus un télégramme d'Amin qui m'annonçait que ma mère était morte. Il n'y avait pas de téléphone à la maison là-bas, j'ai donc appelé la branche locale du parti et laissé un message, c'était ainsi que nous communiquions en cas d'urgence. J'ai rappelé plus tard et l'on m'a répondu que le message avait été transmis et qu'Amin avait été heureux de savoir que la nouvelle m'était parvenue. Je restai silencieusement chez moi, dans ma rue tranquille en périphérie de la ville, et pleurai ma mère que je n'avais pas vue depuis vingt-deux ans. Quand je considère ce que je suis devenu, je pense à ces batailles que ma mère et mon père ont livrées afin de vivre et d'aimer comme ils le souhaitaient. Je pense à leurs projets, à leurs inquiétudes quant à notre avenir, à mon propre travail sur un sujet qui ne va pas de soi, à ma vie planifiée, à la peine que je me suis donnée pour en arriver à cette pauvre existence apathique à laquelle j'aurais pu accéder sans le moindre effort. L'ironie est un miroir impitoyable qui nous renvoie tout.

Quelques semaines après le télégramme j'ai reçu une lettre d'Amin (je m'étais mis à redouter ses lettres). Il m'y parlait pour la première fois de sa cécité. Il était totalement aveugle d'un œil, et l'autre était déjà atteint. C'était la même affection qui avait ôté la vue à Ma, et il n'y avait pas sur place de médicament ni d'hôpital pour le traiter, comme il n'y en avait pas eu pour Ma. Pourquoi ne m'avoir pas parlé de cela plus tôt ? Viens, ne sois pas stupide. J'hypothéquerai la maison, on te fera soigner dans le privé. Ne gâche pas ce qui te reste de vie. Mais il m'a répondu qu'il était trop tard, que la maladie ne pouvait plus être stoppée. C'était ce qu'avait dit le médecin qu'il avait consulté à Dar-es-Salaam. Et puis, il ne pouvait pas laisser Ba seul. *Pour tout te dire,* écrivait-il, *je crois que cela m'est devenu égal de ne plus voir. J'ai compris, ces dernières années, qu'au pays des aveugles, un œil c'est déjà beaucoup d'ennuis. Plus importante que ces plaintes de vieillards sur leur corps qui les lâche est la nouvelle concernant Farida. Elle a publié l'an dernier un recueil de ses poèmes à Mombasa. Elle en a apporté un exemplaire quand elle est venue pour l'enterrement de Ma. Qui aurait cru que Farida serait un jour une poétesse ? Elle écrit depuis des années, tu sais ; simplement, comme elle est toujours souriante et qu'elle plaisante tout le temps, les gens la prennent pour une sotte. Ce qu'elle n'est pas, je m'en suis rendu compte depuis longtemps. En tout cas, l'ouvrage a été extrêmement bien accueilli, Farida a même lu certains de ses textes à la radio. Elle est invitée à Rome pour des rencontres culturelles et elle te postera le livre de là-bas. J'ignore pourquoi elle tient à te l'envoyer de Rome plutôt que de Mombasa, mais elle le sait sûrement. C'est son premier séjour en Europe et peut-être que t'expédier le livre d'Italie la fera se sentir plus près de toi. J'ai moi aussi un petit quelque chose à te faire parvenir que je vais lui donner. Pour l'heure, je t'adresse mes affectueuses pensées.*

Quelques semaines plus tard, un colis arrivait de Rome, c'était un exemplaire du recueil de poèmes de Farida, *Kijulikano*. Ce que l'on Sait. Il y avait un paquet dans le colis, emballé dans du papier kraft et noué avec de la ficelle, mon nom y était inscrit de la main d'Amin. Farida n'avait pas joint de mot à son envoi, ni rien écrit dans le livre. Ce n'était pas quelqu'un qui écrivait, jamais au cours de ces années elle n'avait répondu à aucun de mes courriers, en dépit des promesses qu'à de multiples reprises elle m'avait faites par l'intermédiaire d'Amin de donner des nouvelles dès qu'elle aurait terminé telle corvée, telle tâche. Il y avait une photo d'elle au dos de l'ouvrage. Le genre photo d'identité, celle de quelqu'un qui arrive et demande au photographe de prendre un cliché sans chichi et de faire vite.

Peut-être était-elle, ce jour-là, en route pour l'hôpital où elle se rendait auprès d'une tante souffrante et ne voulait-elle pas trop empiéter sur l'heure des visites. Elle avait gardé son *buibui* et simplement rabattu le voile en arrière pour les besoins de la photo avant de le remettre en place aussitôt la porte franchie. Farida portait maintenant des lunettes, à monture de plastique sombre dans leur partie haute, bordée de métal dans le bas. Elle arborait aussi un large sourire, comme si elle avait été surprise par quelque chose qu'aurait dit le photographe, à moins qu'elle n'ait souri à son mari, Abbas, qui l'avait accompagnée et qui restait hors champ. Contemplant la photographie de cette femme à la cinquantaine aimable et gaie, je m'aperçus que c'était l'image de quelqu'un que je connaissais à peine aujourd'hui.

Le livre portait cette dédicace :

À mon père et à ma mère qui m'ont appris à aimer. À Amin qui est bon et à Rashid qui ne nous a jamais quittés. À Abbas avec tout mon amour.

Qui ne nous a jamais quittés. Faites confiance au poète pour les mensonges du sentiment. Il nous a bien quittés, mais j'appréciai la gentillesse derrière les mots. Quand je lus les poèmes, je fus surpris, évidemment. Ils étaient formidablement émouvants, pleins de délicatesse, et d'une intimité que je n'attendais pas, et tellement intelligents, sans concession dans l'observation. Beaucoup traitaient de ces existences dérisoires que je connaissais si bien. Ils débordaient d'esprit et d'ironie sur la vie des femmes, et je vis dans son titre même une référence à l'œuvre de Shaaban Robert.

L'un d'eux avait pour thème Amin et Jamila, bien que sans les nommer. Il me fit monter les larmes aux yeux. Oui, j'ai été surpris. J'imagine qu'on l'est toujours à lire ce qu'écrit un frère ou une sœur, quelqu'un dont on a été si proche dans l'enfance. Amin pourtant avait raison, j'avais toujours pensé de Farida qu'elle était un peu nunuche – tous ces examens ratés et ces sourires à tous propos –, non dénuée d'intelligence, mais simplette dans sa volonté de bien faire. Depuis des années je n'avais pas eu à réviser mon jugement à son sujet ; ces poèmes me firent comprendre combien je m'étais trompé. Je lui ai écrit pour la féliciter très sincèrement, sans rien dire de ma surprise.

J'ai lu plusieurs fois ces poèmes, celui sur Amin et Jamila plus que les autres encore. Il m'a donné l'envie d'avoir le courage et le talent d'écrire avec autant de vérité, autant d'humilité. J'ai lu plusieurs fois ces poèmes aussi pour retarder le moment d'ouvrir le paquet d'Amin. Je devinai au toucher qu'il s'agissait d'un livre, et redoutai un peu qu'il y ait là un texte rédigé par lui. Cela curieusement me rendait nerveux de songer qu'Amin aurait pu écrire de son côté.

8

Amin

Suis-je un ? Je suis l'étang où elle se mêle à moi. Je n'ai jamais connu pareil manque ni pareil désir, comme si j'allais mourir de soif ou de folie si je ne la tenais pas entre mes bras, si je ne m'étendais pas à côté d'elle. Pourtant je ne meurs pas et je ne la tiens pas entre mes bras. Mais je n'ai jamais su grand-chose, et peut-être en est-il ainsi de tout amour tôt ou tard. Une chose aveugle s'est logée en moi de façon permanente, ses crocs s'enfoncent dans une partie tendre de moi que je ne puis localiser, que je ne puis atteindre. Je sens qu'elle me fait du mal. Cette douleur affreuse passe, elle est sur le point de passer, quand je n'ai au début pas eu même la force d'élever la voix, d'articuler les mots pour me l'expliquer. J'ai aimé imprudemment, mais ce ne fut pas une servitude. J'ai eu de la chance dans ma sottise. Jamais je ne l'abandonnerai. Je la verrai chaque jour aussi longtemps que je le pourrai, aussi longtemps que les années m'autoriseront à me souvenir d'elle. Loue la beauté du jour dans la nuit qui le suit, et ma nuit sera longue et sa beauté infinie.

Elle leur fait peur. Ils craignent qu'elle ne fasse de moi un bouffon, que les gens rient de nous. Les gens rient de tout, leur ai-je dit. Songe à sa réputation, a dit Ma. Songe à ton nom, a-t-il dit. On n'est rien sans un nom.

Ils ne pensaient pas ainsi quand par le passé ils ont mené ensemble leurs propres combats. Ils ont acquis une dignité depuis et le respect de leurs voisins et de tous les autres, et par négligence voilà que j'étais en train de me ridiculiser et de les ridiculiser. Les gens vont rire de nous. Ils vont rire d'elle plus fort encore, ai-je fait remarquer.

Ceux-là se moquent bien que l'on rie d'eux, a dit Ma. Ils ont la peau dure. Sa grand-mère s'est salie en menant une vie de péché avec un Anglais. Ils sont tous, sa mère et la famille qui vit dans cette grande maison, tellement influents de par leur fortune. Pour nous, tous les êtres sont égaux, leur piété mise à part, a écrit al-Biruni. Cela, c'est tout Ba. Il a toujours, à chaque fois qu'il le faut, la citation de poids qui traverse les siècles. Alors il frémit avec la morbide assurance dont ses paroles l'emplissent. Elle vit seule dans un appartement qui a sa propre entrée. On l'a vue dans la voiture d'un homme politique. Elle n'a aucun sens de l'honneur. Pour autant que je sache, m'avoir introduit chez elle est l'acte le plus honteux qu'elle ait jamais commis.

Cela fait des semaines maintenant. Chaque jour, quand je rentre à la maison, ma mère me dévisage en cherchant à savoir si je l'ai vue, à savoir si je suis malheureux de ne pas l'avoir vue. Aucun des deux ne parle d'elle, peut-être parce que cela les gêne. Ou par peur d'un affrontement comme celui de l'autre soir. Menaces, intimidations, larmes. Les larmes ont été les miennes, et les voyant couler ils ont compris qu'ils avaient gagné. Ne parlons plus de cette affaire, a-t-il dit, comme il le fait toujours lorsqu'il sent le moment venu d'affirmer sa supériorité en se montrant clément. Je sais comment ils l'ont appris. Oncle Ali a rapporté chez lui une rumeur. Il y a constamment des rumeurs, et sans doute a-t-il parlé de celle-là comme ça, pour se moquer. Le chien ! Sais-tu ce qu'on dit de lui ? Tante Halima a dû froncer les sourcils, et elle a fait appeler Farida. C'est Farida qui me l'a raconté. Tante Halima a insisté, usé de l'éventail complet de ses jurons, et menacé de mettre Ma au courant de toute façon. Alors Farida lui a dit que si elle faisait cela, ce serait comme de me tuer, parce que Ma en parlerait à Ba et qu'ils m'obligeraient à mettre un terme à tout cela ou bien à leur désobéir. Farida pensait que tante Halima, qui avait gardé le secret sur Abbas, garderait aussi mon secret. Mais tante Halima nourrissait tant de haine à l'encontre de Jamila, une traînée à ses yeux, qu'elle s'est empressée de tout raconter à Ma, tandis que Farida s'agitait auprès d'elle, plaidant et suppliant jusqu'au dernier moment. Farida s'en voulait.

J'ai été incapable d'aller la voir. J'avais trop honte. Farida l'a fait, pour expliquer et demander pardon. Je n'en ai pas été capable. Elle a dû penser que je ne l'aimais pas assez, mais c'est faux. Ou que j'étais trop faible pour lutter, et peut-être est-ce vrai. Je ne pouvais pas leur désobéir, après tant d'années.

Je suis en manque d'elle. J'ignorais ce que le mot signifiait avant d'avoir le manque d'elle. Je réfléchis dans le noir à ce besoin que j'ai, je fais des rêves de déserts jonchés de fragments d'os, de cadavres d'insectes et de bris de roche. Le sol est dur comme du métal et je me réveille, les pieds douloureux alors que je suis resté allongé sur le dos toute la nuit. Je vois en rêve un lit couvert de chenilles mortes, j'entends le vent comme soupirer dans les casuarinas. Jamais je n'ai rien entendu de plus triste, hormis les mots qu'elle a dû prononcer pour dire sa déception à mon sujet. Un cri m'arrache au sommeil au milieu de la nuit. Mes draps sont trempés de sueur, et mon corps est au toucher comme s'il avait baigné dans la flaque rouge d'une lumière incandescente. Je fais l'inventaire de ces symptômes comme un malade, ou comme un étudiant en science des fous. Quelle science est-ce là ? Celle de l'obéissance.

Je me dis qu'il va se réveiller parce que je ne dors pas. Qu'il va remuer, au moins, à cause des gémissements et des soupirs involontaires que je pousse en gigotant pour calmer une hanche ou une épaule endolorie. Impossible de me lever. Ils m'entendraient et penseraient que je m'en vais la retrouver. Au sortir d'un cauchemar je reste un moment immobile et j'écoute, pour le cas où je l'aurais dérangé. J'attends de voir si j'ai dit quelque chose qu'il va me répéter. Mais rien ne le dérange, apparemment. Son souffle est léger, son sommeil celui d'un innocent, il sourit en rêvant à l'Angleterre. Il est déjà loin d'ici. Même les yeux ouverts, on voit bien qu'il regarde au loin. Je souhaite presque qu'il s'éveille et m'oblige à lui parler d'elle. Il m'observe. Il veut savoir mais ne comprendra pas, pas encore. Quand il parle d'elle, il fait des plaisanteries, il est admiratif, et moi je ne m'avance pas. S'il répète quelque chose que j'ai dit dans mon sommeil, je lui réponds que nul ne peut être tenu pour responsable des paroles qu'il prononce la nuit parce qu'il se peut qu'il dorme, et qu'alors ce n'est pas lui qui parle. Ou bien l'obscurité aura pu se saisir de ses paroles et les déformer pour leur faire dire ce qu'elles n'ont pas dit. Je la porte aux nues la nuit. Comment en sont-ils tous venus à la haïr autant ? J'ai tellement de haine.

Elle m'a raconté son histoire. Elle n'a gardé qu'un vague souvenir de sa grand-mère, qu'elle a vue une fois à l'âge de quatre ans. C'était une dame corpulente au regard perçant qui souriait et parlait peu. Ses frères se la rappelaient mieux qui l'évoquaient souvent quand ils étaient plus jeunes. Elle a été la grande affaire de la famille, celle par qui le scandale est arrivé. Longtemps les récits se sont embrouillés, une histoire chevauchant l'autre, certaines manquant à l'appel, si bien que par la suite quand elle a cherché à savoir ce qui s'était vraiment passé, elle n'a pas réussi à démêler comment tout avait commencé et tout avait fini.

Il s'appelait Pearce, et il a surgi un jour de la brousse pour tomber dans les bras de sa grand-mère Rehana. Non, cela ne s'est pas passé ainsi, dit-elle, elle plaisante quand elle dit qu'il est tombé dans les bras de sa grand-mère. Il s'était perdu et avait erré des jours dans l'arrière-pays, ses guides somaliens l'ayant détroussé et abandonné. Quand on l'a amené à la maison, c'est Rehana qui a donné à l'Anglais sa première gorgée d'eau. Elle a dû y verser quelque chose, car dès l'instant où il a ouvert les yeux, il a été éperdument amoureux. C'est sa grand-mère, Malika elle-même, qui le lui a raconté. Elle était l'épouse de son grand-père Hassanali. Elle a survécu à tous et était encore de ce monde quand Jamila a eu quinze ou seize ans, l'âge de poser des questions sur ces choses. Elle n'a pas connu son grand-père. La voix de sa grand-mère Malika se faisait *toujours* plus rauque quand elle prononçait le nom d'Hassanali. Il était mort sans doute avant qu'elle ne soit née. J'ai du mal à prononcer son nom à elle. Comme si c'était osé.

Sa grand-mère Rehana avait été mariée à un marchand indien qui est parti pour ne jamais revenir. Elle eut plusieurs propositions après cela (*kaposwa na watu wengi*) qu'elle refusa toutes. Elle était difficile. Quand l'Anglais est arrivé elle n'était plus toute jeune, et il y avait déjà eu des cancans à son sujet. Personne ne pouvait rien lui dire. Quand l'Anglais est arrivé et qu'il l'a aimée, elle est allée vers lui. Sans un mot, tous les après-midi elle s'enveloppait dans son *buibui* et partait seule, et personne ne pouvait rien lui dire. Cela aurait été l'accuser de commettre le *zinah*. Et nul ne s'y serait risqué. C'était un crime terrible, passible d'une peine innommable : la lapidation. La seule personne qui pouvait lui parler était son frère, Hassanali. Il était, en outre, le tuteur de Rehana en l'absence prolongée de son mari, même si le frère était plus jeune que la sœur. Une femme devait toujours avoir un tuteur, que ce soit son père, son époux, ou en l'absence de l'un et de l'autre, l'aîné de ses frères. À défaut, le parent mâle le plus proche. J'ignorais cela. Quand elle me l'a expliqué, je n'arrivai pas à le croire au début, que n'importe quel homme de la famille ait pu devenir le tuteur d'une femme et diriger sa vie. Hassanali refusa d'aborder la question de ses après-midi. Que devait-il faire si elle confessait commettre le *zinah* ? Demander sa lapidation ?

Jusqu'à ce qu'à la fin, dans l'obscurité d'une venelle où elle passait un soir, on l'injurie. Dans sa colère elle s'en ouvrit à Malika de retour à la maison, mais sans reprendre le mot dont on l'avait traitée. Je ne vais pas me laisser salir par leurs paroles ordurières, avait-elle dit. Quelqu'un se plaignit de Pearce à l'administrateur colonial. Sans doute parmi les nobles omanais (*watukufu wamanga*) qui aiment à étaler leur sainteté et leur étroitesse d'esprit. L'on ne s'était pas plaint directement. Cela n'était pas digne d'eux. Un mot glissé peut-être à l'oreille du *wakil*, qui discrètement transmettait ensuite à l'administrateur colonial. Les Omanais avaient une conception très stricte de la morale et des convenances. La vue même d'un nombril leur était une offense (*makruh*), et un pet lâché en leur présence pouvait constituer un préjudice. On imagine la torture que les rumeurs sur Pearce et Rehana avaient pu être pour eux.

C'est ainsi que les amants étaient allés vivre à Mombasa, Pearce d'abord, rejoint ensuite par Rehana. Ils emménagèrent dans un appartement pour quelques semaines, quelques mois. Ce même appartement où Rehana resta toute sa vie, celui où elle est morte. C'est là que sa mère, Asmah, est née. Celle qui est sans péché – le nom que Rehana lui avait donné. Pleine d'espoir. Pearce était alors parti. Parti après être revenu, avant de la quitter pour de bon cette fois.

Cela n'est pas rien qu'il soit revenu, meurtri de l'avoir abandonnée, faisait-elle observer. Et l'on se dit qu'il avait dû l'aimer, même s'il était parti. À un moment donné, il a repris ses esprits et il est retourné chez lui. Il y avait bien des motifs pouvant expliquer ce départ. C'était une histoire impossible pour l'un comme pour l'autre. Elle a été forte et courageuse d'aller jusqu'où elle est allée. C'est ce que je pense, aujourd'hui que je cherche à me la représenter. Quelqu'un de calme et de fier. Une femme calme et fière.

« À quoi ressemblait Pearce ? » ai-je demandé.

Elle a souri et dit qu'elle appréciait que je l'aie appelé par son nom. Il était son grand-père, et parfois, en secret, elle disait ce nom, elle se le donnait. Sa grand-mère Malika le lui avait décrit comme étant grand et mince, avec des yeux étincelants. Elle ne pensait pas que sa grand-mère Malika ait aimé son regard, ni l'ait même aimé lui. Asmah, sa mère, lui avait indiqué qu'aux dires de Rehana, il était toujours enjoué.

Elle m'avait conté ces choses, étendue près de moi sur le lit à la lumière de la veilleuse. Parfois je ne pouvais voir son visage car j'étais dans ses bras, sa voix alors frôlait mes tempes. Ou bien elle s'adossait contre le mur et je posais ma tête sur ses genoux, la masse de ses cheveux effleurait ma joue et je levais les yeux vers elle et l'écoutais parler en caressant ses cuisses, ses seins. Ou bien encore, allongés l'un contre l'autre, nous bavardions sans que nos corps jamais ne se quittent un instant. Quand elle se sentait forte et qu'elle était heureuse, elle faisait des projets. Combien nous faudrait-il attendre avant que j'aie fini ma formation ? Une fois que j'aurais du travail, je pourrais mettre mes parents au courant et m'installer avec elle dans l'appartement. Elle emplissait ma vie de bonheur, elle était en permanence joyeuse. Quand j'étais loin d'elle, je ne parvenais pas toujours à faire face à l'inquiétude, à la terreur. Une nuit où nous étions en nage après l'amour, nous avons entendu quelqu'un marcher sur la route, ses sandales claquèrent en passant devant la maison, il sifflotait. Elle se serra contre moi en silence et frémit. « Qu'y a-t-il ? Qu'y-a-t-il ? » demandai-je. *J'ai peur*, répondit-elle. Je tentai de plaisanter. De quelqu'un qui sifflote ? Les esprits qui erraient une fois la nuit tombée sifflaient ainsi pour s'appeler l'un l'autre. *D'eux tous. De cet homme qui sifflote. N'entends-tu pas comme il est sûr de lui ? J'ai peur que tu me quittes.* « Jamais je ne te quitterai », ai-je dit.

Elle ne m'a pas tout de suite parlé de l'autre homme. Elle ne voulait pas, je pense, que je juge trop vite sa grand-mère. Elle voulait que je l'aime d'abord. Pearce avait pris des dispositions sur le plan financier, mais Rehana savait que cela ne suffirait pas longtemps. Il avait réglé la location de l'appartement pour six mois, ainsi le bébé naîtrait dans un endroit décent. Il avait également déposé une petite somme sur un compte en banque au nom de Rehana. Peut-être pensait-il qu'une fois qu'il n'y aurait plus d'argent elle retournerait vivre dans l'arrière-boutique avec son frère. Il lui avait laissé une adresse en Angleterre en cas d'urgence. Pearce n'expliqua pas comment retirer la somme, si bien qu'après son départ quand Rehana se rendit à la banque, on lui refusa cet argent. Elle ne comprit pas pourquoi. Elle n'était jamais entrée dans une banque auparavant et elle n'était même pas sûre qu'on lui ait refusé le retrait. Dans son désarroi elle pensa, honteuse, que c'était parce qu'ils désapprouvaient sa conduite. Elle n'écrivit pas à Pearce. Elle demanda à son frère Hassanali et à sa femme Malika de prendre Asmah un moment, le temps de mieux s'organiser. Ce ne devait pas être pour longtemps, mais Asmah resta chez eux toute sa jeune vie. Ce fut le seul enfant qu'ils eurent.

À Mombasa, Pearce s'était lié à un Écossais du nom d'Andrew Mills. C'était un ingénieur en hydraulique qui avait une chambre au Mombasa Club (Accès Réservé), réservé en fait aux Européens. Les voyageurs venus d'Europe y résidaient lorsqu'ils étaient en déplacement ou qu'ils rendaient visite à des amis. Andrew Mills habitait là en permanence. Il aimait trinquer. Il venait les voir à l'appartement quand Pearce y était encore, et il continua de venir après son départ. Il s'y installa quelque temps plus tard et prit le loyer à sa charge.

« C'est quoi un ingénieur en hydraulique ? » ai-je demandé.

Elle écarta la question d'un haussement d'épaules et fit courir son doigt humide sur mes lèvres. « Tant de discrétion, dit-elle. Tu me demandes ce qu'est un ingénieur en hydraulique quand tu t'interroges sur cet ami qui vient s'installer comme ça. Ou sur le genre de femme qu'est devenue Rehana.

— Une courtisane, dis-je, testant le mot anglais. » Un mot que l'on n'a pas souvent l'occasion d'utiliser.

« C'est ce que tout le monde a pensé, dit-elle.

— Pouvaient-ils penser autrement ? » demandai-je.

Elle haussa de nouveau les épaules comme pour dire qu'elle se moquait de leur avis. « C'était un homme d'un certain âge, reprit-elle. Il s'est installé dans l'appartement et l'a aidée à monter une petite affaire de textile. Elle a ouvert une boutique et engagé un tailleur pour confectionner et vendre des rideaux, des dessus-de-lit et autres articles de ce type.

— Comment a-t-elle eu cette idée ? Tu aurais pensé à quelque chose de ce genre ?

— Sans doute la bosse du commerce dans la famille, dit-elle. C'était son rêve, c'était ainsi qu'elle comptait s'en sortir. Une fois l'affaire prospère, elle récupérerait Asmah chez son frère et s'en occuperait elle-même. C'est à ce moment-là je crois qu'elle s'est mise à boire. »

Je sus alors que cela allait être une histoire tragique. Comment une femme qui a été abandonnée par son mari, qui a eu un enfant né du péché avec un Européen et qui s'adonne à la boisson peut-elle retrouver le chemin du bonheur ? Je restai silencieux ; elle me regarda avec un sourire triste et je sentis mes yeux s'emplir de larmes d'amour pour elle. J'ignorais ce que cette tristesse signifiait alors, mais elle gonfla mon cœur de chagrin.

« Nul ne sait ce qu'ils vécurent ensemble, dit-elle. Elle continua à voir la famille, mais jamais ne parla de sa vie avec l'ingénieur en hydraulique. J'ignore quels parents elle voyait. Il y a toujours de la famille. La domestique ne fut jamais native de Mombasa et ne put donc donner d'information. Mais il y avait des bouteilles vides. L'homme qui collectait les ordures chaque jour les rapportait aux commerçants pour empocher la consigne. Il expliqua d'où elles venaient et combien il en ramassait dans la semaine au cours de ses allées et venues. Personne ne leur rendait jamais visite, et Rehana sortait rarement le soir. Tous ces éléments d'information font aujourd'hui penser que Rehana aussi buvait, mais personne n'en a jamais su plus sur ce qui se passait dans la maison, ni si elle était vraiment une courtisane. Quand Malika et Hassanali accompagnés d'Asmah se rendaient à Mombasa, ils séjournaient chez des parents et venaient saluer Rehana dans la journée. L'ingénieur en hydraulique ne rentrait qu'après leur départ, si bien qu'ils ne le virent pas une seule fois.

« Ils vécurent ainsi de nombreuses années, quatorze ans, jusqu'à ce qu'éclate la guerre de 1914. Il était remonté contre la guerre, l'ingénieur en hydraulique. Puis un soir, alors que Rehana cousait l'ourlet d'une jupe ou était occupée à quelque autre tâche ordinaire de ce type, Andrew Mills s'effondra, victime d'un coma éthylique alors qu'il était dans sa chambre. Elle l'entendit tomber, et le retrouva mort. Attends, attends. Il lui avait laissé de l'argent dans son testament, si bien qu'elle put rester dans l'appartement et continuer son affaire de textile. »

Le petit Italien est parti aujourd'hui. L'air hébété, proche des larmes à la fin. Ce qui a fait pleurer Ma et Farida, et se plisser le visage torturé de Pa qui cherchait à se contrôler. J'ai dû cesser de sourire. Avec l'impression qu'il partait pour toujours. C'est ce qu'il désire, je veux le leur dire. Il en rêve depuis des années. Il s'éveille parfois d'un sommeil profond et se met à parler anglais. Qu'est-ce que cela veut dire ? Il rêve en anglais. Il va aller là-bas et réussir. J'en suis sûr. Il est prêt. Il continuera d'avancer tant il est sûr de lui et passionné, et quand le moment viendra d'être évalué il réussira sans difficulté.

C'est une libération que de le voir partir. La vie sera moins épuisante en son absence, et j'aurai plus de place dans la chambre. J'ai besoin de plus d'espace. Cela peut paraître mesquin, mais ce n'est pas ainsi que je le vois. J'ai davantage besoin d'être seul à présent. Il y aura moins de vie en nous tous, moins de vie du fait de son absence, mais il sera vite de retour. La semaine dernière, il a pris congé de ses amis, il est allé les voir chez eux. Individuellement, un drame à chaque fois. Ils sont pires les uns que les autres, ils ont promis de se retrouver au Caire ou à Budapest l'été prochain. Et puis hier soir il y a eu une longue discussion sur la question de savoir s'il devait mettre son costume ou bien choisir une tenue plus informelle pour le voyage. Ba pensait qu'il lui fallait porter un pantalon et une chemise propre, de préférence de couleur claire car les couleurs claires sont toujours élégantes. Ce qu'il ne disait pas, et ne s'est sans doute pas rendu compte qu'il *avait* dit, c'est que c'était ainsi qu'il le préférait. Ma penchait pour le costume. Il ne savait pas qui viendrait l'attendre à l'arrivée. Ah, peut-être la reine d'Angleterre, ironisa Ba de façon inhabituelle ; Ma ne releva pas. « De toute façon, tu ne veux pas que les gens pensent que tu n'as pas de costume, dit-elle. C'est la manière de s'habiller des Anglais là-bas, même s'ils portent de grands shorts flottants quand ils viennent ici, et puis c'est un joli costume. » Farida approuva de la tête, je ne pris pas part au débat et laissai les aînés décider. Ce fut le costume.

J'aurais été terrifié. Je crois qu'il l'était. Ni lui ni moi n'avons jamais voyagé nulle part. Est-ce que je l'envie ? Oui, ce me serait un soulagement que d'échapper au quotidien. Peut-être est-ce à cause d'elle que je ressens les choses ainsi, même si je ne veux pas mettre de distance entre nous. Je ne crois pas, au fond, que je l'envie vraiment. Un regret lancinant peut-être de n'avoir pas été convié au festin. Je n'attends pas de la vie qu'elle soit un défi ni un stimulant, et je ne suis pas insatisfait. J'aimerais aller pêcher plus souvent et apprendre à manœuvrer un outrigger avec plus de talent.

Je voudrais connaître les plantes et les arbres, leur nom, leur saison, leur usage. Me séduit le nom des différentes essences, j'adore voir les gens sentir le bois pour confirmer leur jugement. J'aimerais savoir ce qu'ils sentent. Je souhaite être enseignant à la campagne, découvrir ce style de vie. J'aime à lire lentement. Je lui ai demandé de m'envoyer tout ce qu'il lirait d'intéressant. Peut-être le fera-t-il, sinon il rapportera bien quelques livres en rentrant.

Ce qu'il cherche me fait peur. On ne peut pas s'en aller au loin comme ça, voir ce qu'il y a à voir et revenir. Ce que l'on voit nous change. J'ai peur qu'en rentrant il ait ces manières supérieures de ceux qui sont allés là-bas. Qu'à une question que quelqu'un lui pose il réponde avec un sourire tolérant. Puis s'exprime avec lenteur, afin que nul ne perde un mot de ce qu'il est en train de dire. Qu'il s'efforce d'être clair pour ne pas embrouiller son interlocuteur dans son raisonnement, tout en escomptant qu'on l'écoute avec respect. Qu'il pense enfin avoir accompli quelque chose d'important.

Quand l'heure du départ est arrivée, il est monté gauchement dans l'avion. Nous avons agité les mains, mais il était trop absorbé pour se retourner. Il a marqué un temps avant de s'engouffrer dans l'obscurité de la carlingue. L'instant d'après, il réapparaissait dans l'embrasure de la porte, il nous a cherchés et nous a adressé un signe d'adieu. Lorsque l'avion a décollé, Ma s'est vraiment mise à pleurer, disant que cet idiot allait se perdre quelque part. Ba a dit qu'on ne pouvait pas se perdre dans un avion. Il va se perdre, a-t-elle répété, ou se faire voler ses livres sterling. Elle a continué sur le même ton, les larmes en moins, pendant tout le trajet en taxi jusqu'en ville. En arrivant à la maison, elle était silencieuse et lui aussi. Un sourire brillait dans leurs yeux, je crois qu'ils étaient fiers de notre petit Italien, et sans doute déjà pensaient-ils à son retour.

J'ai songé à l'ingénieur en hydraulique en la voyant dans la voiture du ministre. C'est l'homme politique à propos duquel les rumeurs ont couru. Il a une femme et des enfants mais ne se cache pas de mener une double vie. Deviendra-t-elle sa maîtresse ? C'est ce que tout le monde pense. Dans trois semaines nous aurons l'indépendance et le ministre sera alors assez puissant pour ne pas prêter attention aux rumeurs. Peut-être les hommes de pouvoir ont-ils besoin d'une maîtresse.

Je l'ai vue tous les jours ces derniers mois. Je m'imagine avec elle chaque nuit. Nous échangeons à voix basse comme autrefois, puis nous faisons l'amour. Nous discutons des précautions qu'il nous faut prendre pour éviter d'être découverts. Je ne suis jamais retourné à l'appartement, ni n'ai jamais cherché à la revoir. Elle n'est pas revenue chez nous. Farida lui a parlé en mon nom. Elle a, de son côté, envoyé un mot à Farida afin de lui demander si nous pouvions nous rencontrer pour revenir sur ce qui s'est passé. J'ai dit que je ne pouvais pas. Je leur ai promis de ne plus jamais la revoir. J'avais trop honte de me retrouver devant elle. Je sais qu'elle aussi aura honte de moi, qu'elle pensera que je la juge mal. Elle sera furieuse contre moi, qui mérite pis.

Je l'ai aperçue à deux reprises, et à chaque fois mon cœur a bondi mais j'ai détourné les yeux avant de véritablement la voir. Je la retrouve chaque jour. Nous nous rencontrons à l'abri des regards, tard le soir, derrière les portes closes. Je m'appelle Msiri Amin, celui à qui a été confié un secret.

Aujourd'hui je l'ai vue dans la voiture du ministre et n'ai pas détourné les yeux. Je suis descendu de bicyclette et j'ai regardé. Il n'est pas encore ministre à part entière, aussi sa voiture ne porte-t-elle pas de fanion, mais bientôt, dans trois semaines, elle en portera un. J'ai pédalé en direction de la mer en passant derrière le palais de justice, et je me suis assis sur la pelouse où je suis resté des heures à penser à des choses que je savais déjà. Aucun signe des jardiniers ni des policiers qui gardent le tribunal. J'étais si calme, si silencieux que je me suis entendu respirer. Jusqu'à la mer qui s'est infiltrée paisiblement en moi. Et j'ai songé que nos maîtres s'étaient déjà discrètement esquivés, et que nous étions tellement habitués à obéir que nous continuions de vaquer à nos occupations d'esclaves même après leur départ.

Aujourd'hui je suis resté là des heures et j'ai su une fois de plus que j'avais commis une terrible erreur. Je n'avais pas le choix. J'aurais dû aller la rejoindre et vivre la vie secrète que je feignais de vivre. La rumeur nous aurait jugé sournois, nous aurait ridiculisés, la vie nous serait devenue intolérable, mais peut-être ne nous serions-nous pas sentis aussi salis. La voir dans la voiture du ministre m'a fait mal.

Quand je suis rentré, Ma était assise près de la fenêtre. Elle a un air tragique assise là, et je n'arrive pas à l'en déloger. Elle dit qu'elle a besoin de la lumière. Elle était en train de relire une lettre du petit Italien. Il nous approvisionne régulièrement, mais il y en a trois ou quatre qui lui sont chères et qu'elle garde dans sa corbeille à couture. Le soir était tombé, la radio diffusait un programme choisi par les auditeurs. Farida était sortie ou s'était retirée dans sa chambre. C'est quand elle a levé les yeux en m'entendant rentrer qu'elle m'est apparue tellement tragique. Elle a cherché mon visage sans bien le voir dans ce peu de lumière. Essayant de savoir à l'air que j'avais si j'étais allé la retrouver. Cela faisait des mois que je l'avais quittée, mais elle continuait de scruter ainsi mes traits à chaque fois que je rentrais. J'ai pris sur moi et suis allé m'asseoir à côté d'elle sur le sofa afin qu'elle puisse bien me voir et qu'elle soit rassurée. Elle perd progressivement la vue, et cette menace la terrorise. Parfois je m'aperçois soudain qu'elle est là tout près à pleurer en silence.

J'ai écrit à Rashid aujourd'hui. Je voulais lui écrire parce que demain est un jour particulier. C'est le jour de l'indépendance. J'ai ressenti ce besoin de lui écrire, je ne sais pas pourquoi. J'ai donc rédigé une lettre sérieuse, celle d'un adulte à un autre adulte, ce qui veut dire sans doute que je me suis montré solennel et sagace. Je ne voulais pas qu'il passe à côté de ce jour-là, je voulais qu'il s'en souvienne même s'il n'y participait pas. C'est alors qu'il m'a adressé une pompeuse missive pleine de réflexions pontifiantes, pour se moquer de moi sans doute. Cela aurait été drôle s'il avait été là, c'est pour cette raison, je crois, qu'il me manque parfois, même si jamais je n'irais le lui dire. Ses amis sont constamment à demander de ses nouvelles. Ils doivent lui manquer. Ils étaient toujours ensemble.

Il aurait écrit un poème à propos de l'indépendance s'il avait été là. Il aurait organisé un concours de poésie pour récompenser les meilleurs vers sur le sujet chacun dans la langue de son choix. Il aurait fait souffler un vent de folie pour qu'amis et voisins y aillent tous de leur poème. Il se serait procuré l'ensemble des gadgets liés à l'événement, tous les souvenirs des célébrations : le badge portant la nouvelle bannière, l'enregistrement du nouvel hymne national, la banderole à poser sur la porte, et peut-être même le grand drapeau à hisser à un mât, à condition que Ba l'y autorise. Le nouveau drapeau n'est pas bien différent de l'ancien, c'est la bannière d'Al-Busaïd, mais avec au centre des feuilles de trèfle à l'intérieur d'un cercle vert. Cela aurait pu être pire. Un perroquet perché sur une branche frêle ou un barracuda sur fond bleu avec ondulations noires pour représenter les vagues. Ce sont là de si fragiles emblèmes d'un État. Le nouvel hymne national a été diffusé à la radio ce soir, pour nous le faire connaître et éviter que nous n'échangions des regards ahuris demain, l'heure venue. Je n'ai pas réussi à le mémoriser. On va s'y faire, comme on va se faire au drapeau.

Tout a changé d'un coup. Nous n'avons eu le temps de nous faire à rien. Il a fallu trouver d'autres mots pour parler de ce que nous étions en train de vivre. Ils n'aiment pas entendre dire certaines choses, ni chanter certaines chansons. Nous ne sommes pas autorisés à prononcer le nom du sultan ni à évoquer l'ancien gouvernement. Cela a duré un mois à peine, puis une nouvelle fois tout a changé d'un coup. Le nouveau drapeau n'est plus. Il est illégal de l'avoir chez soi, même en souvenir. Je suis déjà en train de l'oublier. Je ne me rappelle pas la couleur des feuilles de trèfle, si elles étaient brunes ou or. L'hymne national aussi est déjà oublié. Je ne pense pas qu'il y ait aujourd'hui quelqu'un capable d'en fredonner une portée. Et celui qui le fera recevra à coup sûr la bastonnade dans le meilleur des cas. Des gens ont été tués. Je ne peux pas écrire ces choses-là. Nous avons eu tellement peur, il serait en outre stupide d'être pris à gribouiller ce qu'on nous demande de ne pas savoir.

Elle a été agressée. C'est arrivé le soir du soulèvement. Ils cherchaient le ministre, qui n'était pas chez lui, et ils sont allés voir s'ils le trouvaient chez elle. Elle leur a ouvert. Ce que nous faisions tous. Personne ne s'oppose, comment le pourrait-on quand ils cognent à la porte à coups de botte et de crosse de fusil. Après quoi ils s'en sont pris à elle. Quand la rumeur a couru dans les jours qui ont suivi, j'ai essayé de ne pas me dérober, je me suis rendu à l'appartement. C'était le matin, mais le couvre-feu interdisait les rassemblements dans les rues. Il y avait partout des hommes en armes, et des murs criblés de balles. Des maisons avaient été incendiées. Quand je suis arrivé devant sa porte, j'ai frappé longtemps, mais personne n'a ouvert. J'ai dit mon nom, pas de réponse. J'ai eu comme l'impression d'une présence à l'étage et j'ai levé les yeux. Quelqu'un était à la fenêtre du premier, qui s'est retiré quand j'ai reculé pour mieux voir. J'ai pensé que c'était un de ses frères. Je suis resté au milieu de la rue une minute ou deux, les yeux rivés sur la fenêtre, à attendre, mais personne n'est réapparu. Je n'ai pas osé appeler, j'ignorais si les assaillants avaient réussi à s'introduire dans le reste de la maison. Peut-être y avait-il d'autres femmes blessées, et l'on ne voulait pas d'un étranger venu prendre des nouvelles après d'aussi infamantes blessures.

Peut-être est-ce à cause du ministre qu'ils l'ont agressée. Ou bien parce qu'elle est belle et qu'on disait du mal d'elle. Un jour, j'ai appris qu'elle était partie. La famille tout entière est partie et la grande maison est aujourd'hui fermée et vide. Des centaines de gens partent, des milliers sont expulsés, d'autres ont l'interdiction de fuir. Ils veulent qu'on oublie tout ce qu'on a connu avant, sauf les choses qui ont déclenché leur colère et les ont poussés à agir avec autant de cruauté. Je m'égare en écrivant ces lignes qui peuvent me causer des ennuis si on les trouve. J'ignore comment elle est partie et où elle est allée. Je me demande parfois si ceux qui partent savent ce qu'ils font. Ils pourraient bien ne pas pouvoir revenir.

Je ne sais pas pourquoi je me suis mis à écrire. Sans doute parce que j'avais tellement de temps à moi et parce que j'ai senti que quelque chose de capital m'était arrivé. Je me suis mis à écrire pour revivre cette angoisse. En un sens, je crois que j'ai pensé que je pouvais encore la retrouver. Que me voyant un tel air tragique, quelqu'un forcément allait me prendre en pitié et dire : retourne vers elle, tu la mérites, tu as souffert suffisamment. Depuis qu'il y a des semaines je l'ai vue dans la voiture du ministre… Pauvre ministre, ils l'ont arrêté et humilié comme ils l'ont fait de tous les autres. Ils sont à présent tous en prison sur le continent, hôtes du président Julius Nyerere du Tanganika, rayonnant de plaisir à voir ce qui nous arrive. Depuis que je l'ai vue il y a des semaines, écrire est devenu un fardeau. À l'heure qu'il est, après les tueries et les expulsions, c'est aussi devenu dangereux. Je crois qu'aujourd'hui j'ai trouvé une raison de continuer à griffonner ces lignes. Elle est partie, Rashid est parti, tant d'autres sont partis. Ceux d'entre nous qui sont restés ont presque trop d'angoisse pour continuer de vivre.

Écrire ces quelques lignes c'est me dire que je suis vivant. Une manière de ne pas oublier.

Il est tard. Ba donne des signes d'impatience dans la pièce d'à côté, il ne tardera pas à venir frapper à ma porte pour me demander d'éteindre l'électricité. Il s'inquiète quand la lumière reste allumée tard. Il pense que cela attire les hommes armés, qui vont nous prendre pour des conspirateurs ou se saisir de l'occasion pour nous intimider. Farida n'a plus le droit de coudre tard le soir comme elle avait l'habitude de le faire, et je ne suis pas autorisé à lire jusqu'aux petites heures du jour. Ba ferme les fenêtres et verrouille les portes à 9 heures du soir. Les rues sont vides. Personne ne sort une fois la nuit tombée.

C'est il y a neuf mois que je me suis promis de rédiger ces notes pour me sentir vivant. Je n'ai rien écrit et pourtant je suis encore en vie. C'est idiot. J'ai obtenu mon diplôme d'enseignant et un poste dans une école à la campagne. Ba a perdu son travail. Des dizaines d'enseignants ont perdu leur travail, pour être remplacés par des gens comme moi ou par des jeunes qui ont terminé leurs études secondaires. C'est pure mesquinerie. Il est anéanti. Quand nous étions jeunes et que Rashid était encore là, je pensais que rien de mal ne pouvait nous arriver. Ma et Ba étaient si travailleurs, si modestes, c'étaient des gens tellement bons. Que pouvait-il arriver ? Et puis je l'ai perdue, et Rashid est parti et tout a changé. Ma et Ba sont découragés, ils ont peur. Ma ne veut pas que j'accepte ce poste à la campagne. Je lui explique que la campagne est devenue un lieu sûr aujourd'hui, à moins que les soldats n'en décident autrement, mais cela est valable partout. Elle s'emporte contre moi, me traite de naïf, de sot. Je promets de demander une autre affectation, mais ne vais pas le faire. J'ai envie de travailler à la campagne. Je sais oublier mes promesses. Je voudrais connaître le nom des arbres, apprendre à distinguer une essence d'une autre à l'odeur de son bois.

Ba parle peu. Il se voûte de plus en plus, fronce en permanence les sourcils et se met soudain à bégayer parfois. Il continue d'aller rituellement au café mais la plupart de ceux qu'il y retrouvait ont fui ou bien sont en prison. Il passe l'essentiel de ses journées à lire à la maison en attendant l'heure de se rendre à la mosquée. Quand Farida leur a parlé d'Abbas, son amoureux à Mombasa, et qu'elle leur a dit vouloir aller le rejoindre là-bas, il a pleuré. Sans sanglots ni cris, juste des larmes silencieuses qui ont coulé sur ses joues. Pauvre Ba, son existence n'a aucune raison d'intéresser quiconque, pourtant d'une certaine manière il me fait croire à la vertu, croire qu'elle est possible.

Nous fréquentons tous de plus en plus assidûment la mosquée. Le gouvernement profère ses mensonges socialistes et nous nous ruons vers les mosquées. Les jours sont plus sombres à tout point de vue. Les denrées alimentaires se font rares. L'électricité est souvent coupée et l'eau manque. Ainsi, inévitablement les mosquées se remplissent et les prières se prolongent. Je trouve un plaisir inattendu à cette communion.

Nous avons très vite saisi les limites de ce qu'il était possible d'attendre, et curieusement la peur a du coup quelque peu reculé. On reste chez soi ou l'on s'assoit dans son coin préféré de la rue, et on évoque les rumeurs, les derniers cataclysmes. Nous avons moins d'exigences, pour la plupart. On se persuade que la situation s'améliore de jour en jour. Ceux qui ont déclaré ne pas vouloir traiter avec les malfrats qui gèrent aujourd'hui nos affaires ont dû apprendre à le faire. Personne ne se moque d'eux. Les gens travaillent quand ils ont du travail. Ils se marient et ont des enfants. Les vieilles inimitiés refont surface. Les jeunes grandissent et partent s'ils le peuvent.

Les rues sont si vides. Beaucoup ont fermé leur maison et ont fui – vers Dar-es-Salaam, Mombasa, Nairobi, Dubaï, l'Inde. Sans doute ont-ils mis leur clé dans un endroit sûr en pensant à leur retour. Les maisons pourtant ne sont pas restées inhabitées longtemps. Le gouvernement s'en est emparé pour les répartir entre ses membres, mais leur occupation est triste, sombre et sans amour. Beaucoup de ces maisons tombent en ruine faute d'entretien. Un jour, avec les dernières pluies, la maison de nos voisins a fini par s'effondrer. Le mur de l'étage a cédé en premier, ce qui a laissé le temps d'évacuer les occupants avant que tout ne soit plus bientôt qu'un tas de mortier et de vieilles pierres et de poutres pourries avec des poulets courant dans tous les sens. Personne n'a été blessé, il y a même eu des rires et de la gaîté à voir la vieille ruine enfin s'écrouler, encore que nos voisins n'aient pas trouvé cela si drôle. Il y a eu aussi l'impression que quelque chose d'autre avait changé, qu'une masse énorme s'était dérobée à la vue. Tout semblait différent en regardant par la fenêtre.

Aujourd'hui nous avons eu des nouvelles de Rashid. Il a terminé ses études après toutes ces années. Cela semble incroyable, comme semble incroyable qu'il ait quelque chose à voir avec nous. Ba a attendu que je rentre du travail, puis il a tiré la lettre de la poche de sa chemise. Il va lui-même à la poste ces temps-ci, tous les jours, il a tellement de temps à lui. Le plus souvent, il n'y a pas de courrier. Aussi à peine arrivé ai-je repéré l'enveloppe « par avion » qui dépassait de son vêtement, avant même qu'il ne l'en ait extraite. Il me l'a tendue, me demandant de lire pour Ma qui ne peut plus déchiffrer à cause de ses yeux. L'enveloppe était ouverte, Ba devait déjà connaître son contenu. Farida se trouvait quelque part dans la maison et il l'a appelée pour qu'elle vienne. J'ai lu la lettre de Rashid à la famille au complet. Les larmes de Ba ont commencé de couler dès les premières lignes, dès la principale information à laquelle heureusement Rashid arrivait très vite, car j'ai saisi l'inquiétude sur les traits de Ma qui attendait la suite. À l'annonce qu'il avait terminé ses études, elle a remercié Dieu à voix basse, et les larmes silencieuses de Ba se sont muées en sanglots. Elle a prononcé le nom de Ba, forçant sur ses yeux pour mieux le voir assis seul sur le sofa, mais d'un « Lis », il m'a commandé de poursuivre. J'ai poursuivi. Rashid disait sa reconnaissance d'avoir été élevé dans l'amour de l'étude et le culte de l'excellence, sa tristesse d'être aujourd'hui si loin, son bonheur d'avoir décroché un poste universitaire en Angleterre, il décrivait la maison dans une rue calme où il allait pouvoir cultiver un jardin. Avant que je n'aie achevé ma lecture nous étions tous en pleurs. Je ne sais pas très bien pourquoi – soulagement d'apprendre qu'il n'avait pas failli, tristesse de ne pas l'avoir auprès de nous. Nous pleurions également sur nos propres souffrances que nous ne pouvions pas partager avec lui, sur ce qu'était aussi devenu le pays.

J'ai senti à ce moment-là… non, j'ai alors su que nous l'avions perdu. Ce n'était pas la première fois que j'avais ce sentiment, mais la description de cette rue tranquille en périphérie de la ville m'a donné la certitude que nous ne le reverrions pas. Cela me fait rêver de cette rue pour moi. Dans une de ses lettres il avait joint une photo, découpée dans un calendrier, représentant un petit lac dans un paysage de collines verdoyantes. Il disait être allé là en vacances avec un de ses amis, et que c'était très beau. Qu'est-ce qui le ferait revenir ici ? Pour faire quoi ?

Ba m'a pris la lettre des mains et il est sorti porter la nouvelle au monde. Je suis resté avec Ma et Farida à évoquer le souvenir du petit Italien et à regretter son absence. J'ai ensuite commencé de rédiger une réponse, que j'ai terminée ce matin. C'est comme la fin de quelque chose. Farida part dans quelques jours retrouver Abbas. Je les aurai pour moi tout seul bientôt.

Il y a des jours où tout paraît tellement proche, où les événements vieux de plusieurs années semblent dater d'hier, où les choses se bousculent en un trop-plein qui menace d'exploser. Je pense à elle chaque jour. Personne ne prononce plus son nom, et je n'ose pas demander ce qu'elle est devenue. J'ai interrogé Farida une fois, elle a eu l'air peiné, ennuyé pour moi. J'ai voulu lui demander si elle avait une adresse où je pouvais lui écrire, mais je me suis retenu, je ne serais peut-être pas allé jusqu'à écrire. Je n'ai pas cherché à en savoir plus, et Farida s'est tue. La douleur que j'ai lue dans ses yeux me disait, je crois, de l'oublier. Je ne peux pas l'oublier. Je m'imagine être avec elle. Pendant des heures et des heures parfois. Je revis les moments passés en sa compagnie et je m'étonne de la précision des souvenirs même après tant d'années, de leur force aussi. Aujourd'hui je suis allongé sur le lit à côté d'elle à l'écouter parler de ce soir de l'aïd où dans le noir pour la première fois je l'ai serrée dans mes bras en l'appelant ma bien-aimée. Elle aimait à évoquer ces instants, à se jouer de mon désir brûlant. Mes mains la caressent tandis qu'elle parle, caressent la chair ferme de ses cuisses, le relief de ses hanches. Au bruit sourd d'une porte qu'on ferme trop vigoureusement à l'étage, elle s'interrompt. Je veux savoir si elle a eu peur, si elle a sursauté, mais elle n'est plus là et je reste étendu seul dans le noir. Le souvenir de ce bruit de porte m'a traversé comme s'il venait de se produire à l'instant.

Je me rappelle mon retour chez moi à pied après l'avoir croisée pour la première fois, la terreur que j'ai alors éprouvée en songeant à l'avenir. Cette terreur ne m'a jamais quitté, mais l'ivresse que je ressentais en sa présence, et même en son absence, me la faisait presque oublier. Parfois, revenant de chez elle, je ne pouvais m'empêcher de sourire de joie à chaque pas. Puis je me répétais les mots tendres et toutes les promesses que nous nous étions faites, dubitatif. J'entends encore ces paroles et ces promesses, qui ne me laissent plus dubitatif. Parfois elles m'emplissent de honte et d'un étrange et irrésistible dégoût. Je me bouche les oreilles et je rentre sous terre, ce qui ne m'empêche pas de les entendre malgré tout. Je n'arrive pas à imaginer la façon dont elle a réagi, ce qu'elle a ressenti, ce qu'elle a pensé de moi quand on lui a dit ce que j'avais fait. Je n'arrive pas à imaginer l'épouvante qui a été la sienne quand ces hommes l'ont agressée.

Je ne pouvais pas les abandonner. Je ne pouvais pas leur désobéir. Tels qu'ils sont. Elle est aveugle à présent et anxieuse. Elle reste à la maison du matin au soir. Parfois j'oublie sa présence dans la pièce tant elle est silencieuse. Elle aime à parcourir l'album de photographies. Nous n'en avons qu'un. Elle passe la main sur les photos et les décrit tandis que je tourne les pages. Celle-ci c'est Farida à Mombasa avec ses cousines sur la plage près de Tiwi le jour où nous avons pris le ferry à Likoni. Celle-là c'est Rashid dans la pièce qu'il a jouée à l'école. Il porte une longue fausse barbe dans le rôle du vizir Barmaki. Elle ne parle de Rashid qu'enfant. Quand il nous a annoncé dans un courrier qu'il était marié à Grace elle a juste demandé si elle était anglaise avant de retourner à son silence. Des jours plus tard elle a réclamé du papier à lettre. « Écris exactement ce que je vais te dicter », a-t-elle dit. Puis elle a prononcé de vilains mots et des menaces que j'ai fait semblant de transcrire. Au royaume des aveugles les borgnes sont rois. Je n'ai pas posté la lettre, comme je l'ai prétendu. Ils n'ont jamais fait allusion à elle, à Grace. Je ne sais pas pourquoi ils sont si surpris, si perturbés. Que croyaient-ils ? Qu'il allait rester seul toute sa vie ? Comment se fait-il que même les meilleurs puissent être cruels ?

Elle rit et reprend goût à la vie quand elle fait courir ses doigts sur les photographies qu'elle ne peut plus voir. Elle n'éprouve pas de chagrin à ne pas les voir. Mais elle est souvent triste et reste sans rien dire si on ne lui parle pas.

Et quand je lui parle, elle me dit simplement de continuer mon travail, de corriger mes copies ou de lire, sans m'occuper d'elle. Je m'efforce de lui raconter ce que je fais, de m'adresser à elle sans inflexion de voix, comme dans une conversation normale. Parfois cela l'amuse, car l'intention est trop évidente, et elle me demande d'arrêter de jacasser. Elle ne s'entend pas penser. Les silences peuvent être mortels, et l'on reste assis ainsi paralysés.

Quand Ba est à la maison, il allume souvent la radio, alors elle attaque les journalistes, conteste leur façon de présenter les nouvelles, les surprend à mentir. « Au pays des aveugles, qui a besoin d'yeux ? » lance-t-elle aux commentateurs.

Ba fait de longues marches le matin. Il part en direction du bord de mer et flâne parmi les bateaux de pêche. Puis il s'engouffre dans les ruelles pour arriver au marché. Il achète des fruits et des légumes et revient à la maison en passant par la poste. À son retour, il fait cuire les légumes, découpe des fruits en tranches et m'en met une part de côté pour quand je rentre de mon école à la campagne. Tante Halima nous fait porter un panier pour le déjeuner, parce que Ma s'est trop souvent brûlée au brasero. Farida a envoyé une plaque chauffante mais il y a des pannes d'électricité, et même avec une plaque chauffante Ma n'est plus en sécurité. Elle a renoncé, je crois. Brisée par les événements et par la solitude.

Il tremble. Il ne sort jamais après le déjeuner. Parfois, il s'installe dans la cour pour lire, et si une prière est dite à la mosquée en hommage à un voisin défunt il s'y rend. Sinon il reste à la maison et il tremble en entendant à la radio les voix qui s'enflent et les discours braillards et haineux des ministres du gouvernement. Il ne me laisse pas sortir le soir, non pas comme on le fait pour un enfant pour lequel on a peur, ou dont on craint les bêtises. Je ne crois pas, non. C'est parce qu'il a peur qu'il m'arrive quelque chose et qu'ils se retrouvent seuls. Je suis heureux de penser qu'ils vont mourir un jour prochain. Je ne dis pas cela parce que je les hais ou que j'ai quoi que ce soit à leur reprocher, mais parce que cela mettra fin à la solitude et au vide. Je crois qu'eux aussi sont heureux de savoir qu'ils vont mourir bientôt. Je le suis aussi de savoir que je vais mourir.

Je commence à jouer un petit rôle dans les cérémonies de deuil. Cela a débuté par une présence assidue à la mosquée. J'ai trouvé cette communion étrangement réconfortante, même si je n'arrive pas toujours à adhérer à ce que je dis. Je me suis familiarisé avec toutes sortes de prières et de rituels. Cela s'est imposé à moi. Au bout de quelque temps les gens m'ont m'adressé leurs questions comme si j'étais un érudit en la matière, ou m'ont demandé de réciter une prière, preuve qu'ils voyaient bien de la piété en moi. C'est ainsi que je me suis retrouvé à aider lors des funérailles et des veillées mortuaires. On attend à présent cela de moi. Quand quelqu'un meurt dans le voisinage, je fais partie de ceux auxquels on fait appel pour organiser les cérémonies. Tant de gens sont partis, il ne reste plus aujourd'hui que les enfants et les vieillards, qui aiment à penser que des voix amicales vont pleurer leur trépas. On n'a pas l'impression de s'occuper de morts.

Je ne dis presque rien sur les morts. J'applique les procédures prescrites. Je plaide pour qu'ils aient une vie dans l'au-delà. C'est comme un tour de passe-passe. Il n'y a pas d'au-delà, mais si cela peut vous aider à vous sentir mieux, étendu que vous êtes sans voix ni souffle, je vais demander que vous soit accordée la miséricorde dans l'autre monde. Les vivants trouvent un sens à cela, à imaginer un lieu où vont les morts et à prier pour la sérénité et le repos de leur âme.

Aujourd'hui il a plu. À verse. De l'aube jusqu'au début de l'après-midi. La pluie a fait se lever les vieillards, qui ont ri et poussé des cris, elle a fait se pencher Ma sur Ba et le tirer par la manche avec un rien de l'espièglerie d'autrefois. Et sortir les enfants dans les rues, qui ont couru et pataugé dans les torrents nés de ce déluge et du débordement des gouttières des toits. Elle leur a fait faire la course à des esquifs hâtivement bricolés dans des boîtes d'allumettes et des coques de noix de coco.

Un courrier est arrivé de Rashid. Je ne me suis pas précipité pour l'ouvrir. Il écrit à intervalles irréguliers des lettres brèves et décousues, en envoyant toujours à Ma et à Ba le bon souvenir de Grace. Je transmets, sans effet aucun, et adresse leur bon souvenir à Grace quand je réponds. Je perçois son abattement dans les lettres qu'il écrit, et j'ai le sentiment que mes réponses laborieuses sont tout aussi révélatrices. Quand j'ai fini par la lire ce soir, la lettre disait que Grace l'avait quitté. C'était une lettre pleine d'angoisse, et j'ai eu mal pour lui. Il restait dans mon esprit ce petit frère bavard et bravache, vulnérable aussi, et j'ai eu mal en pensant à sa solitude dans ce pays inconnu. J'ai commencé de lui répondre et finirai demain, mais je m'aperçois que pour comprendre ce qu'il ressent j'ai repensé à Jamila, et j'y ai fait allusion dans ma lettre. Je n'ai ni écrit ni prononcé son nom depuis des années. C'est pourquoi je veux attendre demain, pour me relire avec le jour et voir à quoi ma lettre ressemble.

Je ne pense pas que je vais leur parler de Grace, surtout pas à Ma. Sa santé est fragile, elle respire avec difficulté et se plaint de douleurs. L'infirmière à l'hôpital nous a dit que c'étaient les poumons et qu'on n'y pouvait rien. Il n'y a pas de médecin pour l'examiner en ce moment, pas avant plusieurs jours, pour une raison que nous n'avons pas réussi à élucider. Le pharmacien a refusé de me délivrer quelque médicament que ce soit avant de savoir de quoi elle souffrait. Elle peine à respirer à l'heure qu'il est dans son lit sans parvenir à trouver le sommeil, tandis qu'il peste, allongé à côté d'elle. Je les entends tandis que j'écris ces lignes.

Cela m'a fait du bien de parler à Rashid de Jamila. J'ignore si ces mots griffonnés pourront être utiles à quelque chose, mais ce que j'ai écrit à son sujet lui montrera la bêtise des gens, ma bêtise. Peut-être lui enverrai-je ces quelques lignes. J'ignore combien de temps encore je vais pouvoir écrire et travailler, j'ignore ce qui se passera ensuite et comment nous allons tous vivre. J'ai quasiment perdu l'usage d'un œil.

Je commence à trouver dans l'obscurité et le silence une manière de bonheur suprême. Si nos dirigeants nous supprimaient la musique et interdisaient la radio et la télévision, je ne pense pas que je le déplorerais. Cela peut sembler mal d'interdire la musique, ainsi que le font les plus austères Wahhabites, comme si l'on interdisait la gaîté et la vie, mais j'aurais le silence en retour.

Le chagrin a ses bienfaits. Ma est partie voici quatre jours, et ce fut la fin de ses souffrances. Ba semble avoir trouvé quelque énergie dans ce départ, il a commencé à revenir sur le passé, à parler d'elle et de leur vie commune. Farida est venue pour les funérailles et elle a apporté son livre. Ainsi enfin ai-je pu découvrir ses poèmes. Elle en a lu un hier soir, Ba a écouté et apprécié alors que j'aurais pensé qu'il pleurerait. C'était un poème sur Ma du temps où nous étions enfants. Il a écouté et souri et dit que oui, que c'était ainsi qu'elle était. Il veut que Farida l'aide à trier les affaires de Ma. Je crois qu'il la veut simplement près de lui, pour lui tenir compagnie. Je ne sais pas combien de temps il tiendra le coup. Il semble curieusement plein d'énergie. Cela m'attriste qu'il ne puisse pas revoir Rashid avant de partir à son tour. Cela m'attriste que je puisse ne pas revoir le petit Italien avant que ma vue ne m'abandonne, ne pas l'entendre respirer à côté de moi ni baragouiner dans son charabia.

La radio a rendu l'âme et nous n'avons plus les nouvelles. L'eau a été coupée presque toute la journée, à cause d'une panne à la station de pompage. Nous ne savons plus rien faire marcher. Nous ne savons plus nous occuper de nous-mêmes, ni rien faire de ce qui nous est utile ou agréable, nous n'avons même pas un pain de savon ou un paquet de lames de rasoir. Comment a-t-on pu en arriver là ?

Suite

Quelque temps avant de lire les carnets d'Amin, je participai à un colloque organisé à Cardiff par quelqu'un que j'avais connu pendant mes études supérieures et avec lequel je renouai récemment. Étudiants, nous rédigions nos dissertations en même temps, suivions les mêmes séminaires de recherche, jouions au squash deux fois par semaine. Nous étions amis, de cette façon-là. Puis, entrés dans la vie active, nous avons pris des chemins différents et complètement perdu le contact. Je n'ai plus ensuite entendu parler de lui, ni ne suis jamais tombé sur des écrits dont il aurait été l'auteur. Je suis d'ailleurs à peu près sûr qu'il pourrait dire la même chose de moi. Il m'est bien arrivé de penser à lui, soit parce qu'un nom me rappelait le sien soit pour tout autre raison accidentelle de ce type. Puis il m'a envoyé un courrier électronique, ayant trouvé mon adresse sur le site de l'université où une absurde vanité nous pousse à figurer. Il m'écrivait, disait-il, parce qu'il se souvenait d'une conversation que nous avions eue au sujet d'*Othello*, et qu'il avait été à l'époque si impressionné par mes propos qu'il avait tenté de me persuader d'écrire sur la pièce. Il espérait dans son courrier que je l'avais fait. Dans tous les cas, il organisait un colloque sur la sexualité interraciale dans les écrits en langue anglaise, et il voulait savoir si j'accepterais d'apporter ma contribution. Ce serait sympathique de se revoir, ajoutait-il, et d'échanger des nouvelles. Je le pensais aussi, et lui donnai mon accord.

Au lieu d'un texte sur *Othello*, que jamais je n'écrivis en dépit de sa flatteuse suggestion, j'en proposai un autre sur race et sexualité dans les œuvres des colons au Kenya. J'y faisais quelques observations simples concernant la fiction et quelques essais, en montrant l'absence des rencontres sexuelles dans ces écrits, comme de leur sublimation à travers des témoignages de soutien peiné ou des rumeurs d'écarts tragiques. Au cours du débat qui suivit mon intervention, j'évoquai l'histoire de Rehana, ou ce que j'en savais, la présentant comme un exemple du type d'histoire qui fait défaut dans ces textes. Je nommai la ville et l'époque approximative où les événements s'étaient déroulés, soulignant les conséquences inattendues qu'ils avaient eues pour sa petite-fille Jamila. J'ignorais alors le nom de Pearce. Mon intervention n'avait rien d'extraordinaire, ni de provocateur ni d'ambitieux, et tenait davantage d'une brève causerie sur des questions qui m'intéressaient.

Il n'y avait que six personnes dans la salle, l'essentiel du public ayant fait le choix d'un débat qui se tenait à la même heure sur William Faulkner. C'est sans doute ce que j'aurais moi aussi choisi si je n'avais eu ma communication à assurer. Après mon intervention, une personne s'est approchée. Elle m'a félicité (cela fait partie des politesses convenues en la circonstance), et m'a demandé s'il lui était possible de s'entretenir avec moi de l'histoire de Rehana et de sa liaison avec un Anglais. J'ai attendu d'en savoir plus, déjà sur la défensive. C'était une femme séduisante, qui approchait la quarantaine, de quelques années plus jeune que moi. J'ai attendu car je voulais savoir comment nous allions nous y prendre. J'étais las, et prudent dans mes rencontres. Depuis Grace, je n'avais fait aucun effort pour entamer une autre histoire sentimentale, ma vie s'en trouvait triste et solitaire, mais elle était paisible et gérable. Je n'ai généralement pas la vanité de voir en tout échange une tentative de séduction, c'est même plutôt le contraire, mais il y a parfois des complications qui vont à l'encontre de la séduction, des méprises, des blessures, une gêne. Alors j'ai attendu.

Elle m'a expliqué que son grand-père avait été pendant une brève période au début du siècle administrateur colonial dans une petite ville de la côte kenyane, cette ville même que j'avais présentée comme étant celle de l'histoire que Rehana avait vécue. Il avait laissé des notes sur cette époque et dans ce court texte qui était resté inachevé faisait allusion à une liaison entre une femme du pays et un voyageur britannique, sans cependant donner de noms. Elle se demandait s'il ne pourrait pas s'agir de l'histoire que j'avais évoquée, car la raison pour laquelle son grand-père relatait cette affaire était que le voyageur anglais avait ouvertement vécu un certain temps avec cette femme, ce qui était inhabituel. Il insistait également, comme je l'avais fait dans mon intervention, sur l'impossibilité de telles relations qui sont inéluctablement vouées à l'échec. L'amant anglais est rentré dans son pays et la femme s'est attachée à un autre homme.

C'est ainsi que j'ai rencontré Barbara Turner.

Nous avons passé la soirée ensemble, et elle m'a donné une quantité d'informations que jamais je n'aurais espérées. Son grand-père s'appelait Frederick Turner, il rentra en Angleterre en 1903 et ne reprit jamais du service dans les colonies. Christabel, sa femme, ne pouvait souffrir l'Empire, et elle lui manquait trop pour qu'il poursuive dans cette voie. Il s'était tourné vers le professorat et enseignait la littérature à l'université de Nottingham où, poétesse aujourd'hui publiée, Christabel avait des admirateurs et de l'influence. C'est à cette époque que Frederick Turner a commencé la rédaction de ses mémoires. À chaque fois qu'il prenait la plume, il inscrivait la date dans la marge. Le texte s'arrêtait à juin 1905. Son premier fils, John, le père de Barbara, était né en juin 1905. C'est peut-être la raison pour laquelle Frederick avait renoncé à poursuivre, comblé par l'arrivée d'un petit être idéal. J'ignore si l'écriture de ces mémoires était pour lui une chose sérieuse, ou si elle venait remplir le vide de ses journées, ou bien apaiser des poussées de nostalgie qui se dissipèrent aussitôt que le petit John vint au monde. Il avait alors sans doute également repris contact avec Martin Pearce, qui vivait tout près à Newark. Ceci aussi avait pu être une raison de renoncer à ces mémoires. Il ne voulait pas offenser un ami. De fait, Martin et Frederick étaient devenus d'excellents amis, et même après que Martin se fut installé à Londres où il avait accepté un poste de chercheur au British Museum, les familles se rendirent visite et restèrent en relation.

Rien là qui n'ait été dans l'ordre des choses. J'avais maintenant le nom de l'amant anglais de Rehana et celui de l'officier colonial qui l'avait recueilli. Que Martin Pearce soit devenu un orientaliste n'a rien de vraiment surprenant, même si voir Frederick Turner en professeur de littérature surprend davantage. Il ne pouvait pourtant faire pire que bien d'autres dans cette discipline. Martin et Frederick ont tous deux survécu à la guerre par chance. Martin fut envoyé en Mésopotamie comme spécialiste des antiquités et Frederick resta à l'abri chez lui. Ce qui est moins dans l'ordre des choses, c'est que la fille de Pearce, Elisabeth, ait été la mère de Barbara. Elle m'a brièvement conté l'histoire de ces liens au cours de notre première rencontre, mais elle m'en a dit davantage par la suite. Pour ce qui m'intéresse ici, je me contenterai d'indiquer que la mère de Barbara, Elisabeth, était la fille unique de Martin Pearce (bien que nous sachions que cela n'était pas le cas), et qu'elle a épousé le fils aîné de Frederick Turner. C'est Elisabeth qui a révélé à Barbara l'identité de l'Anglais qui avait eu une liaison affichée avec une femme de là-bas. Après la mort de Frederick (1940), Elisabeth s'est plongée dans ses mémoires et a demandé à sa belle-mère, Christie Turner, si elle savait qui était l'amant anglais. Ton père, a-t-elle dit. Martin Pearce avait alors lui aussi disparu (1939), et garder le secret n'avait plus de sens. La mort était partout autour d'eux.

J'ai expliqué mon intérêt pour cette histoire. J'ai parlé à Barbara de Jamila et d'Amin, mais elle n'a tout d'abord retenu, semble-t-il, que le fait qu'il y ait eu un enfant, le fait que son grand-père ait eu une fille de sa maîtresse indigène.

Elle s'appelait Rehana, l'ai-je reprise. Rehana Zakariya, pas sa maîtresse indigène. Elle a donné à sa fille le nom d'Asmah, celle qui est sans péché. Et Asmah a donné à sa fille le nom de Jamila, ce qui veut dire belle.

« Jamila est ma cousine, a dit Barbara.

— Il y avait aussi deux frères aînés, ai-je ajouté.

— J'ai deux frères aînés aussi, a-t-elle dit. »

Quelques jours plus tard, la mère de Barbara, Elisabeth, m'a envoyé un mot pour m'inviter à déjeuner. J'avais demandé à consulter ces mémoires, et elle avait alors souhaité me connaître. Barbara n'était pas conviée. Elisabeth ne voulait pas que je pense du mal de son père. Elle avait près de quatre-vingts ans, mais elle était encore alerte et vive, presque imposante par son physique, en aucun cas d'aspect fragile ou donnant l'impression de quelqu'un de fatigué. Elle avait préparé un déjeuner léger mais raffiné : un potage de maïs, du saumon rôti servi avec des épinards, et une tarte aux pommes et aux épices. Barbara lui avait rapporté mon récit. Elle voulait en savoir plus sur Jamila et sur sa mère. Je lui ai dit ce que je savais. Elle ignorait qu'il y avait eu un enfant. Même Frederick l'ignorait, mais son père avait dû savoir. Du moins savoir qu'elle était enceinte quand il l'a quittée pour rentrer en Angleterre. Elle m'a demandé si je savais si son père avait jamais écrit à Rehana et à l'enfant, ou s'il était allé les voir. J'ai répondu que je ne savais pas. « Ainsi j'ai une sœur », a dit Elisabeth. Son mari, John, aurait adoré. Il était mort deux ans plus tôt, a-t-elle indiqué avant d'ajouter après une courte pause : « Je n'arrive toujours pas à croire qu'il est parti. » Elle a demandé si sa sœur vivait toujours et si je connaissais son nom. J'ai dit qu'elle s'appelait Asmah, mais que j'ignorais si elle vivait toujours. Elle m'a demandé de lui écrire le nom, m'a demandé s'il y avait un moyen d'entrer en contact avec Jamila, ou avec sa mère si celle-ci était encore en vie. J'ai dit que j'allais me renseigner.

J'ai reçu et lu les carnets d'Amin peu de temps après, et j'ai compris qu'en dépit du réel désir qui était le mien, je n'aurais pas été capable d'imaginer l'angoisse dans laquelle ils avaient vécu. Alors j'ai su ce que j'allais faire. Il était temps de retourner à la maison, si je puis m'exprimer ainsi, de leur rendre visite, d'enterrer mes peurs, de demander pardon pour mes manquements. Cela leur ferait plaisir, me ferait plaisir, et réveillerait en moi des fibres et des nerfs restés en sommeil depuis trop longtemps. Barbara m'a demandé si elle pouvait m'accompagner. « Pour quoi faire ? ai-je répondu, surpris. Ce ne sera pas facile pour toi là-bas, les coutumes qui diffèrent, l'inconfort. » J'ai dit cela parce que je voulais qu'elle insiste. Je voulais qu'elle dise qu'elle souhaitait venir quelle que soit ma réponse, parce qu'elle voulait être avec moi et partager tout cela. Je voulais qu'elle dise que je lui manquerais si je partais longtemps, comme elle me manquerait, elle. Elle me connaissait sans doute suffisamment à présent pour savoir combien j'étais timide en réalité et que je désirais qu'elle m'accompagne sans vouloir le lui imposer.

« Peut-être réussirons-nous à retrouver Jamila, a-t-elle glissé.

— Je ne sais pas, ai-je dit. Tout est éparpillé, dispersé aux quatre coins du monde. Personne ne peut retrouver personne.

— Quelqu'un saura », a-t-elle repris. Elle avait lu ce que j'avais écrit. J'en avais assez, et je le lui dis, assez de l'écriture, autres mémoires abandonnés. Cela m'avait amené au point de vouloir aujourd'hui redémarrer, de vouloir repartir. Même si ce n'était qu'une illusion, elle était de celles qui font se sentir bien, et cela suffit.

« Je vais devoir envoyer un courrier pour expliquer que tu viens, pour le cas où cela perturberait Ba. Il nous faudra dormir dans des chambres séparées, tu sais », lui ai-je dit, et l'idée de cette comédie à nos âges nous a fait tous les deux sourire.

Table

Composition Nord Compo
Achevé d'imprimer par Grafica Veneta S.p.A.
à Trebaseleghe (Pd), en mai 2022.
Dépôt légal : Mai 2022

ISBN : 978-2-207-16545-4 / Imprimé en Italie.

440556